29 座中皆豪杰

○ 烽火戏诸侯 著

001　第一章　夜航船

038　第二章　宁姚来见陈平安

071　第三章　落魄山待客之道

102　第四章　剑斩十四

134　第五章　天下圣贤豪杰

174　第六章　议事

205　第七章　无话可说

227　第八章　那就打

247　第九章　河畔议事

第一章
夜航船

　　进了条目城,陈平安不着急带着裴钱和周米粒一起游历,先从袖中拈出一张黄纸材质的阳气挑灯符,再双指作剑诀,在符箓四周轻轻划抹,陈平安始终凝神观察符箓的燃烧速度,心中默默计数,等到一张挑灯符缓缓燃尽,这才与裴钱说道:"灵气充沛程度,与渡船外边的海上无异,但是光阴长河的流逝速度,好像要稍稍慢于外边天地。我们争取不要在此地拖延太久,一月之内离开此地。"

　　裴钱点点头,心领神会,脚下这艘渡船巨城,多半是一处类似小洞天的破碎山河秘境,只是被高人炼化,就像青钟夫人的那座渌水坑,已经是一座小天地了。

　　陈平安散开先前剑诀的残余气机,稍稍投石问路,剑气流溢十数丈,就被陈平安立即收拢,不再任由剑气继续蔓延开来。

　　条目城内天地灵气稀薄,不是一个适宜炼气的修道场,当然不排除万瑶宗和三山福地的那种可能,某人或某地,鲸吞了半个一,甚至是占据了更多的灵气和气运,最终使得一座小天地,若大海归墟一般。

　　裴钱看着大街上那些人流,视线挑高几分,眺望更远处,亭台楼阁,竟是越远越清晰,太过违反常理,好像只要看客有心,就能一路看到天涯海角。

　　裴钱视线最终落在一处极远的高楼廊道中,有个宫女模样的妙龄女子背影,在明月夜中踮起脚尖,高高探出手臂,露出一截白玉藕似的手腕,悬挂起一盏竹篾灯笼。宫女蓦然回首,姿容秀美,对裴钱嫣然一笑。裴钱对此见怪不怪,只是微微视线偏移,在更远处,两座高耸入云的彩楼之间,架有一座廊桥,如一挂七彩长虹悬在天隅,廊道中央地带，站着一个长着鹿角的银眸少年，十指交缠，横放胸前，大袖曳地，恍若一位仙家书上的阁中帝子，正在与裴钱对视。

裴钱视线再转，一处建造在小山上的富丽府邸，朱楼碧瓦，雕梁画栋，其中有一位衣裙绸缎光泽如月色流水的女子，头戴一顶金色冠冕，正斜倚美人靠，涂抹胭脂，轻轻点唇。发现了裴钱的打量视线后，似乎受到了惊吓，美人立即拿起一把纨扇，却又好奇，故而只是以一把绘有繁密百花的精致纨扇，遮掩半张面孔，对着裴钱。只见那女子半截鲜红嘴唇，半张雪白脸庞，好像认清了那裴钱的姿容并不出彩，她便轻轻一挑眉，眉眼轻挑却不轻佻，只是略带几分挑衅意味。

裴钱立即收起视线，揉了揉额头，只是往远处多看了几眼，竟然有些许目眩之感，裴钱重新定睛，挑选那些更近的风景和行人，眼前这条街道尽头拐角处，出现一队巡城骑卒，为首一骑，马上持长戟，人与坐骑皆披甲，武将所披挂铁甲之甲片，如鱼鳞般细密。路上拥堵，人满为患，披甲武将偶尔提起手中长戟，轻轻拨开那些不小心冲撞骑队的路人，力道极巧，并不伤人。

裴钱先与陈平安大致说了眼中所见，然后轻声道："师父，城内这些人，有点类似郁家一本古籍上所谓的'活神仙'，与狐国符箓美人这类'半死人'，还有白纸福地的纸人，都不太一样。"

符箓傀儡，最为下乘，是靠符胆一点灵光的仙家点睛之笔，作为支撑，以此开窍生出灵智，其实没有真正属于它们的肉身魂魄。

陈平安却是第一次听说"活神仙"，十分好奇，以心声问道："活神仙？怎么说？"

裴钱愣了一下，看了眼师父，她误以为师父在考校自己的学识，等到确定师父是真不知道这个说法，这才解释了那本生僻杂书上的记载。至为关键的一句话，是那活人魂魄，被分别拘押在文字倒影的水狱中，或是群峦叠嶂的囚山赋中。可是书上并没有说破解之法。

陈平安点点头，那就是有点类似溥瑜的那把本命飞剑，虚实转换，只在一个心念间？只是天底下除了崔瀺和崔东山，有谁能够显化出如此多的心念？又是如何支撑如此多城中住客的"自说自话""自思自想"？还是说所有条目城的当地人士，都被同时用上了白纸福地的手段？可惜崔东山不在身边，不然估计这个学生，到了这座城内，只会如鱼得水？

陈平安早年远游，不管是在桐叶洲与陆台同行，还是在鬼蜮谷遇到那个黑衣书生，都希冀着未来落魄山的晚辈，别如自己这般读书不多，吃亏太多。希望有朝一日，下山历练，靠着自家山上的藏书，博闻强识，能够在寻觅机缘一事上，占到些先机，也能少些不必要的意外。

如今看来，反而是陈平安的开山大弟子裴钱率先做到了这点。不过这当然离不开裴钱的记性太好,学拳太快。

好像人生路上,多有一个个"本以为"和"才发现"。

裴钱蹲下身,周米粒翻出箩筐,黑衣小姑娘这趟出门,秉持不露黄白的江湖宗旨,没有带上那条金色小扁担,只是拎着一根绿竹杖。

陈平安和裴钱将小米粒护在中间,一起步入城中繁华街道,路上行人,言语纷杂,其中有两人迎面走来,陈平安一行让出道路,那两人正在争吵一句"甲光向日金鳞开",有人引经据典,说是向月才对,另一人面红耳赤,争执不下,冷不丁递出一记老拳,将身边人打翻在地。倒地之人起身后,也不恼怒,转去争执那雨后帖的真伪。

裴钱轻声道:"师父,所有人说的都是中土神洲大雅言。"

陈平安点点头:"多看多听。"

那队骑卒策马而至,如披荆斩棘,街上路人纷纷避开,为首武将稍稍提起长戟,戟尖却依旧指向地面,所以并不显得太过居高临下,气势凌人,那武将沉声道:"来者何人?报上名来。"

陈平安抱拳笑道:"曹沫。"

裴钱答道:"郑钱。"

小米粒有样学样,说道:"周哑巴。"

那武将点点头,提醒道:"城内不许寻衅斗殴,不许强买强卖,不许擅自举形飞升,此外再无任何禁忌。"

一番问询,并无冲突,骑队拨转马头,继续巡视大街。去了临近一处书铺,陈平安发现所卖书籍,多是版刻精良的地方志,翻了十几本,都是浩然天下古老王朝的旧书,手上这本《郯州府志》,按照疆域、典礼、名宦、忠烈、文苑、武功等,分朝代筛选罗列,极尽详细。不少地方志,还内附世家、坊表、水利、义学、坟茔等。陈平安以手指轻轻摩挲纸张,叹了口气,买书就算了,银子会打水漂,因为所有书的纸张,都是某种神异道法的显化之物,并非实质,不然只要价格公道,陈平安还真不介意搜刮一通,买去落魄山充实藏书楼。

陈平安不断拿起书又放下,在书铺内未能找到有关大骊、大端这些王朝的任何一部府志。

只看不买,绝对不是天底下任何店铺会喜欢的客人,只不过陈平安已经做好了被驱赶出门的准备,也想要通过此事,来大致判断渡船的年月岁数。

书铺掌柜是个文质彬彬的儒雅老人,正在翻书看,倒是不介意陈平安翻翻检检,坏了书的品相,约莫一炷香后,耐心极好的老人终于笑问道:"客人们从哪里来?"

周米粒一听到问题,想起先前好山主的提醒,小姑娘立即如临大敌,赶紧用双手捂住嘴巴。

陈平安揉了揉小米粒的脑袋,与那掌柜笑答道:"从城外来。"

"说句从来处来也好啊。"老掌柜摇摇头,喃喃自语一句,似乎对陈平安这个答案太过失望,就不再言语。

陈平安笑问道:"掌柜,城内有几处卖书的地方?"

老掌柜无奈道:"这哪里能晓得,客人倒是会说笑话。"

一位身穿儒衫的清瘦文士大笑着步入书铺门槛,他蓄有美髯,看也不看陈平安一行人,只是走到柜台那边,与掌柜老者朗声笑道:"那处群峰矗立,定是那千年万年前,为谷中大水冲激,沙土悉数剥去,唯剩巨石岿然,故而挺立成峰。"

那掌柜眼睛一亮:"沈校勘好学识,奇思异想如天开,当是正解无疑了。"

老掌柜立即弯腰从柜子里边取出笔墨,再从抽屉中取出一张狭长笺条,写下了这些文字,轻轻呵墨,最终转身抽出一本书,将字条夹在其中。

老掌柜合上柜台上那本书,交给这位姓沈的老主顾,后者收入袖中,大笑离去,临近门槛,突然转头,抚须而问:"小子可知隙积术会圆,碍之格术,虚能纳声?"

陈平安笑着摇头:"不知。"

其实陈平安知道些皮毛,不然当初在蜃景城黄花观,也不会跟刘茂借那几本书。只是在这条目城,不知为妙。

"现在的年轻人,到底怎么回事,尽是些一问三不知的。"被掌柜称呼为"沈校勘"的美髯文士,有些遗憾,神色间满是失落,变抚须为揪须,好似一阵吃疼,摇头叹息,快步离去。

陈平安带着裴钱和小米粒离开书铺。

裴钱轻声道:"师父,那位沈夫子,还有掌柜后边赠送的那本书,好像都是……真的。"

陈平安竖起手指,示意噤声,不要多谈此事。

不承想那个美髯文士转身走来,犹不死心,拿出那本老掌柜赠送的书,又问道:"年轻人,如今是大衍历几年了?若是知道,我就将此书送你。"

陈平安笑着从咫尺物当中取出一枚小暑钱,是珍藏已久之物,右手抬起,掌心摊开,神仙钱一面篆文"常羡人间琢玉郎"。

那位沈校勘脸色微变,陈平安左手拈起小暑钱,就要将其翻面,美髯文士刚瞥见反面一个"苏"字,就揪心不已,转过头去,连连摆手道:"小贼狡黠,怕了你了。去去去,咱们就此别过,莫要再见了。"

陈平安重新收起神仙钱,裴钱眨了眨眼睛:"师父,真是那个喜欢四处崖刻'奉使过此'的人?"

陈平安点头道:"只是不知为何会留在这里。我以为这位老夫子,会恼羞成怒,拿那本书砸我一脸。"

周米粒感慨道："真是人心难测,江湖险恶哩。"

陈平安拍了拍小米粒的脑袋,笑道："宦海沉浮,云谲波诡,确实是江湖险恶。"

街上有个算命摊子,老道人瘦得皮包骨头,在摊子前边用炭笔画了一个半圆,形若半轮月,刚好笼住摊子,有很多与摊子相熟的市井稚童,在那边追逐打闹,老道人伸手重重一拍摊子,骂骂咧咧,孩子们立即一哄而散。老道人瞧见了路过的陈平安,立即扶正了身边一杆写了句"欲取长生诀,先过此仙坛"的歪斜幡子,突然扯开嗓子喊道:"万两黄金不卖道,市井街头送与你……"

不承想那三人径直走过了摊子,置若罔闻不说,还故意视而不见,最终走入了邻近摊子的一间兵器铺子,老道人收起眼巴巴的视线,哀叹一声,愤懑道:"莽夫莽夫,不识大道。"

算命摊子一旁,还有个小摊,棉布上边,搁了些古旧的瓶瓶罐罐,有病恹恹的汉子脑袋低垂打瞌睡,先前邻居老道人大声嚷嚷,都没能吵醒他,等到老道人转过头,突然说了句"呆货,生意登门了,醒醒",汉子猛然抬头,发现摊前无人,就继续瞌睡。老道人有些看不过眼这汉子的怠懒,嗤笑道:"昔年荆老弟,何等豪迈气概,如今成了个坑蒙拐骗还挣不着钱的包袱斋。"

汉子只是闭目养神,老道人从长凳上站起身,一脚踢倒个就近的鎏金小水缸,巴掌大小。老道人讥讽道:"你说是从宫里头流出来的,说不定还有傻子信几分,你说这玩意儿是那门海,可以养蛟龙,谁信?哎哟喂,还鎏金呢,贴金都不是吧,瞧瞧,罪过罪过,都掉色了。"

汉子也是个脾气极好的,只是默默弯腰,抓起那只给踹得掉色的小水缸,重新摆好。

老道人又是一脚踹翻小缸。汉子再次摆好那物件,只是放在了离那道士更远的棉布一角,闷闷道:"世人只知道祖骑青牛,谁晓得你呢?晓得你的,也不会来这里。你不一样每天在这儿喝西北风。"

老道人坐回长凳,喟然长叹。其实许多城内的老街坊,跟上了岁数的老人差不多,都渐渐消逝了。

而他们这对摆摊邻居,不管如何,好歹还能留在这边,一个曾经骑乘青牛,云游天下,欲求一幅五岳真形祖宗图。一个曾经骑乘一头羸弱跛脚老驴子,晃晃悠悠,驴子背上,有虬髯剑客,背大弓。三尺剑与六钧弧,皆可入水戮蛟。

陈平安入了铺子,拿起一把刀鞘,抽刀出鞘,刀苗子细窄,极其锋锐,铭文"小眉"。陈平安屈指一敲,刀身颤动却无声,唯有刀光涟漪如水纹阵阵。陈平安摇摇头,刀是好刀,而且还是这铺子里边唯一一把"真刀",陈平安只是可惜那老道人和包袱斋汉子的言语,竟然嗓音模糊,听不真切。这座天地,也太过古怪了些。

店主是个虎背熊腰的魁梧大汉,笑道:"明明是个背剑之人,却要来铺子挑刀,不像话。"

有个青衫老人正在苦苦哀求:"我家祖上那幅字帖,真真不能给外人瞧见,行行好,就卖给我吧。"

汉子斜瞥那老人一眼,懒得搭话。

陈平安收刀归鞘,放回原处,与那店主汉子问道:"这把刀怎么卖?"

汉子笑道:"想要买刀,可以,不贵。只需要拿一碗滁州酸梅汤,半斤铜陵白姜,些许汤山的时令嫩藕,来换即可。"

陈平安笑问道:"敢问这三样东西在何处?"

汉子答道:"别处城内。"

街上响起喧哗声,再有马蹄阵阵,是先前巡城骑卒,护送一人,来到兵器铺子外边,是个风度翩翩的书生。

那个书生走入铺子,手里拿着只木盒,见到了陈平安一行人后,显然有些讶异,只是没有开口言语,将木盒放在柜台上,打开后,正好是一碗酸梅汤、半斤白姜和几根雪白嫩藕。

那汉子瞧见后,竟是有些热泪盈眶,二话不说,绕过柜台,与陈平安说了句"对不住",拿起名为"小眉"的长刀,抛给那个书生。

先前与店主讨要字帖的老人酸溜溜道:"邵城主,又来咱们这儿搜刮地皮了啊?随便晃荡三城,这就有些假公济私了吧?"

那书生直接将那把刀佩在腰间,这才与那老人笑道:"哪怕是我,出入一趟本末城,一样很不容易。"

姓邵的书生想了想,与那店主说道:"劳烦拿出那幅无字之帖,我来补上。"

那店主眯起眼:"邵宝卷,你可想好了,小心丢掉来之不易的城主之位。"

书生笑着不说话,汉子取出一幅字帖,无文字,却花气熏人,只见钤印有缉熙殿宝。

陈平安双手笼袖,站在一旁看热闹。

邵宝卷,别处城主。

滁州酸梅汤、铜陵白姜和汤山嫩藕。

这就意味着渡船之上,最少有三座城池。

书生满脸笑意,看了眼陈平安。陈平安立即笑着点头致歉,转过身去。

邵宝卷伸出一根手指,在那无字帖上"书写",店主汉子笑着点头,收起那幅花香扑鼻的字帖,然后取出另外一幅字帖,开篇"儿子赋性鲁钝",末尾"乞丙去"。汉子将这幅字帖送给书生,说道:"恭喜邵城主,又得一宝。"

邵宝卷将那幅字帖交给老人，轻念一个"丙"字，一幅字帖，竟是就此燃烧起来。

老人先是震惊，随后狂喜，双手接过那幅"真火若虚"的燃烧字帖，好像终于了却一桩心愿，等到字帖烧尽，当场老泪纵横，对那年轻城主作揖不起。

书生只说对你家先贤仰慕已久，理当如此作为。

老人低头擦拭泪水，然后从袖中拿出一只小袋子，绣"娥绿"两字，和一截尺余长度的纤绳，磨损严重。

老人轻声笑道："这袋螺子黛，刚好重五斛。再加上这纤绳，邵城主就缺那只绣鞋，便能见着崆峒夫人了。"

邵宝卷道了一声谢，没有假装客气，将那袋子和纤绳径直收入袖中。

老人满脸欣喜，匆匆离去。

那书生看了眼陈平安三人，再看了眼裴钱和周米粒的行山杖，突然说了句，"北俱芦洲，壁画城，摇曳河"。

陈平安想了想："挈电，鬼蜮谷，积霄山。"

邵宝卷会心一笑："果真是你。"

陈平安笑道："原来是你。"

当年第一次游历北俱芦洲，陈平安过摇曳河的时候，装傻扮痴，婉拒了一份仙家机缘。

身后壁画城中挂砚神女，最为擅长厮杀，很快就主动认主一位外乡人。陈平安是很久以后，才通过落魄山供奉、披麻宗元婴修士杜文思，得到一份披麻宗的秘录档案，得知鬼蜮谷内那座积霄山上的雷池，曾是一座破碎的斗枢院洗剑池，来自远古雷部一府两院三司之一。后来拜访过木衣山的主仆两人，那位流霞洲外乡人，连同腰悬古砚"挈电"的神女，一起将仙缘得了去。事实上，在那两位之前，陈平安就率先遇到了积霄山雷池，只是搬不走，只挖走些"金色竹鞭"。

邵宝卷告辞离去，陈平安点头致意。

出了铺子，那老道人大声问道："那后生，故乡寒梅千万，可有一树着花吗？"

邵宝卷看了眼默不作声的陈平安，转身笑道："年年花开千万树，无甚稀奇的。"

那老道人大笑一声，起身以脚尖一点，将那鎏金小水缸挑向邵宝卷，书生接在手中，那蹲地上打盹的汉子也只当不知，全然无所谓自家摊子少了件宝贝。

裴钱一头雾水，小声问道："师父，那老道长，这是在问你吧？"怎么感觉那个什么城主邵宝卷，就是来这条白城内，处处寻宝捡漏儿的？

陈平安点头，眯眼笑道："不着急。"

裴钱转过头，发现邵宝卷已经走到了远处，站在一个卖饼的老妪身边，既不买饼，也不离去，好像就在那边等人。

很快就有一位挑担子的僧人现身，颇为气盛，脚步极快，愤愤然道："我辈出家儿，千劫学佛威仪，万劫学佛细行，尚且不得成佛，南方魔子敢言直指人心，说甚见性成佛。当扫其窟穴，灭其种类，以报佛恩！"

陈平安驻足不前，神色凝重。

路过老妪身边，僧人放下担子，看样子是打算买饼。

老妪指了指僧人搁放在地上的担子，正要问话，邵宝卷已经抢先问道："这个是什么文字？"

僧人正要答话，陈平安见那邵宝卷又要言语，皱眉不已，与这位书生以心声说道："本是佛家公案，你掺和什么。"

邵宝卷微微一笑，转过头，似乎就在等陈平安这句话，立即以心声问道："如何是西来意？道士担漏卮吗？"

"哦？"那个摆摊的老道人好似听闻双方心声，立即起身，却只是盯住了陈平安。

陈平安笑了笑，只是望向那个书生："步步为营，环环相扣，真是好算计。"

邵宝卷笑道："渭水秋风，愿者上钩。"

陈平安问道："那这里就是澧阳路上了？"

邵宝卷径直点头道："好学识，这都记得住。"

后世哪怕是一心向佛之辈，细心翻看佛门公案，也往往不会过多留心一处无足轻重的地名。

陈平安心中恍然。澧县也有一处辖地，名为梦溪，难怪那位沈校勘会来这边晃荡，看样子还是那间专卖府志书铺的常客。沈校勘多半与邵宝卷差不多，都不是条目城当地人士，只是占了后手优势，反而占尽先机，所以比较喜欢四处捡漏儿，像那邵宝卷好似几个眨眼工夫，就得宝数件，而且别城中一定还另有机缘，在等着这位邵城主靠着"他山之石，可以攻玉"，去一一获取，收入囊中。沈校勘和邵宝卷，今天在条目城所获机缘法宝，无论是沈校勘的那本书，还是邵宝卷的那把宝刀"小眉"，还有一袋子螺子黛和一截纤绳，都很货真价实。

至于那位枯瘦老道人的虎视眈眈，陈平安反而不太在意，又不是当年在那骸骨滩、鬼蜮谷，注定只能逃不能打。陈平安当下唯一的担心，还是害怕牵一发而动全身，例如算命摊子旁边的那个虬髯汉子，尤其是这个邵宝卷，不知道还藏了多少后手在等着自己。

这就像一个游历剑气长城的中土剑修，面对一个已经担任隐官的自己，胜负分明，不在于境界高低，而在于天时地利。

那个原本打算买饼吃的僧人，显然也瞧见了陈平安。僧人不再与那老妪言语，重新挑起了那一担子每个字皆亲笔手书的《青龙疏钞》，问道："瞧你也是个北边的家乡人，一同南去见那些脚底人?"

邵宝卷不露声色,心中却微微讶异。僧人不过初见此人,竟然就给予一个"北边的家乡人"的评价。要知道邵宝卷看书极杂,生平最为熟稔各类典故,他先前凭借一城之主的身份,得以轻松游历各城,便掐准时机,多次来这条目城等候、跟随、问禅于僧人,哪怕照搬了后世明确记载的数十个机锋,在僧人这边却始终无所得。于是邵宝卷心神急转,立即又有了些思量计较。

陈平安双手合十,与那位后世被誉为"周金刚"的僧人致礼后,却是摇摇头,犹豫了一下,瞥见裴钱和小米粒手中的行山杖,与那僧人笑道:"不如先欠六十棒。"

按照浩然天下的史书记载,僧人会在龙潭驻足、会烧了那一担子亲笔手书的经书,还会有那"不疑天下老和尚舌头"一言,更有那惊世骇俗的结茅山巅、呵佛骂祖,又有那道得也、道不得都是三十棒的禅门公案。

书铺那边,老掌柜斜靠大门,远远看热闹。

这些个外乡人,下船先来条目城的,可不多,多是在那推敲城或是本末城下船落脚。而且年复一年,当地人见多了无头苍蝇乱撞,像今天这个青衫剑客,如此谨言慎行,像是胸有成竹,有备而来,还真是少见。至于那个邵宝卷,福缘深厚,最是例外。书铺掌柜略微收回视线,瞥了眼兵器铺子,那个杜秀才同样站在门口,一边端那碗滁州酸梅汤,一边啃着块铜陵白姜,显得十分闲适。看来这位五松先生,已经从容貌城城主邵宝卷那边,填补上了那幅《花气熏人帖》的完整内容,那么杜秀才很快就可以通过这幅字帖,去那别称白眼城的无用城,换取一桩心心念念的机缘了。渡船之上,各座城间,一句话,一件事,一样物件,历来如此兜兜转转,确实来之不易、得之更难。

书铺掌柜有些奇怪,这个杜秀才的眼神,好像多次停留在那青衫客所背长剑上。难道是故人?绝无可能,那个年轻人岁数对不上。

奇了怪哉,杜秀才登船之前,可是浩然天下一等一的山中炼师,呵赤电扬紫烟,很是威风。据说他家乡附近的铜陵之山,都被他给炼掉了大半。哪怕是那些半仙兵品秩的长剑,极少能入杜秀才的法眼。杜秀才的开山铸炼,还闹出过一桩天大的笑话,在条目城内都是入了档的,根据《荒唐篇》中条目记载,杜秀才家乡旁边曾经有座盱眙水神府,大河中的虾兵蟹将,被誉为"浩然天下最为雄健"。结果给这位五松先生,硬生生炼煮了小半,使得那水府苦不堪言,不得不去文庙喊冤诉苦。外乡人携带的那把长剑,难道是杜秀才早年认识之人的仙人遗物?

街上那僧人有些疑惑,仍是双手合十回了一礼,然后在挑担挪步之前,冷不丁与陈平安问道:"从义理窟翻驳而出,衲子反带书生气?"

陈平安只能哑然。僧人摇摇头,挑担出城去,只是与陈平安即将擦肩而过之时,蓦然停步,转头望向陈平安,又问道:"为何诸眼能察秋毫,不能直观其面?"

陈平安答道："只等禅灯一照，千古之下，十方龙象，点开正眼，灼破昏衢。"

僧人微微皱眉。

陈平安反问："谁来点灯？如何点灯？"

僧人大笑道："好答。吾辈儿，吾辈儿，果不是那南方脚底汉。"

陈平安欲言又止。浩然天下的禅宗佛法，有南北之分，可在陈平安看来，双方其实并无高下之分，始终认为顿渐是同个法门。

僧人却已经挑担远去，仿佛一个眨眼，身形就已经消失在城门那边。

邵宝卷以心声言语，好意提醒道："机缘难求易失，你应该趁热打铁。"

陈平安默不作声。

邵宝卷微笑道："我无心算计你，是隐官自己多想了。"

陈平安眯眼问道："怎么？邵城主好大气魄，是想要凑齐德山棒、临济喝、云门饼、赵州茶？"

邵宝卷无奈道："先前确实有些贪心，如今却被隐官拦路夺去六十棒，甚至都不是那三十棒，自然是万万不成了。"

邵宝卷突然一笑，问道："那咱们就当扯平了？此后你我二人，井水不犯河水，各找各的机缘？"

陈平安不置可否，只是笑道："邵城主是什么城主？既然井水不犯河水，总要让我知道井水、河水各在何处才行。"

邵宝卷微笑道："此时此地，可没有不花钱就能白拿的学问，隐官何必明知故问。"

陈平安其实已经瞧出了个大致端倪，渡船之上，最少在条目城和本末城内，一个人的见闻学识，比如沈校勘知道诸峰形成的真相，邵宝卷为那幅无字帖填补空白，补上文字内容，一旦被渡船"某人"勘验为确凿无误，就可以赢取一桩或大或小的机缘。但是，代价极有可能就是留下一缕魂魄在这渡船上，沦为裴钱从古籍上看到的那种"活神仙"，身陷某些个文字牢狱当中。如果陈平安没有猜错这条脉络，只要足够小心，学这城主邵宝卷，走街串巷，只做确定事，只说确定话，那么照理来说，登上这条渡船越晚，越容易获利。但问题在于，这条渡船在浩然天下名声不显，太过隐晦，很容易着了道，一着不慎满盘皆输。

至于为何陈平安先前能够一见到"条目城"，就提醒裴钱和小米粒不要答话，还源于当年跟陆台一起游历桐叶洲时，陆台无意间提到过一条渡船，还开玩笑一般，询问陈平安天底下最难对付之事为何。后来等到陈平安再次去往剑气长城，闲暇之时，翻检避暑行宫秘密档案，还真就给他找到了一条关于脚下渡船的记载，在《真珠船》的末页旁白处，看到了一条关于夜航船的记载。因为家乡有座自家山头叫真珠山，加上陈平安对《真珠船》所写驳杂内容，又极为感兴趣，所以不像许多书那般粗读，而是从头到尾仔细翻阅到了尾页，所以才能看到那句"前有真珠船，后有夜航船，学海无涯，一叶扁舟，缝缝补补，载人夜游万古天地间"。

文字旁边，歪歪扭扭又写了一行字，陈平安一看就知道是谁的手笔——"去你娘的，两拳打烂。"

所以后来在城头走马道上，陈平安才会有那句"天下学问，唯夜航船最难对付"的无心之语。

等到陈平安重返浩然天下，在蜃景城那边误打误撞，从黄花观找出了那枚斐然故意留在刘茂身边的藏书印，看到了那些印文，才知道当年书上那两句话，大概算是剑气长城上任隐官萧愻，对上任刑官文海周密的一句无聊批注。

至于这个邵城主，为何失心疯般针对自己？只要给陈平安找着了这条夜航船的几条根本脉络，自然可以入乡随俗，再顺藤摸瓜，与邵宝卷好好问剑一场。

裴钱不担心那个什么城主邵宝卷，反正有师父盯着，裴钱更多注意力，还是在那个消瘦老道人身上，瞥了眼那杆写有"欲取长生诀，先过此仙坛"的歪斜幡子，再看了眼摊子前边的地上阵法，裴钱摘下背后箩筐，搁放在地，让小米粒重新站入其中，裴钱再以手中行山杖指向地面，绕着箩筐画地一圈，轻轻一戳，行山杖如刀切豆腐，入地寸余。一根行山杖立地，裴钱撒手之后，数条丝线缠绕，如有剑气盘桓，连同那个金色雷池，如一处袖珍剑阵，护卫住箩筐。

裴钱轻轻抖袖，右手悄然攥住一把竹黄裁纸刀，是那郁泮水所赠咫尺物，裴钱再一探手，裁纸刀返回袖中，左手中却多出一根极为沉重的铁棍，她身形微弯，摆出那白猿背剑术，手腕轻拧，长棍一个画圆，最终一端轻轻敲地，涟漪阵阵，街面上如有无数道水纹，层层荡漾开来。

在皑皑洲马湖府雷公庙那边，裴钱将一件符箓于玄所赠的半仙兵铁枪，一分为三，将两端锋芒若刀锋的枪尖打断，最终变为双刀一棍。

虬髯汉子看了眼以杖作剑再画符的裴钱，轻轻点头，毫不遮掩自己的赞赏之色。

那老道人眼中所见，与邻居这位虬髯客却不相同，啧啧称奇道："小姑娘，瞧着年纪不大，些许术法不去提，手脚却很有几斤力气啊。是与谁学的拳脚功夫？莫不是那北俱芦洲后生王赴愬，或是桐叶洲的吴殳？听闻如今山下风光大好，好些个武把式，一山还比一山高，只可惜给个女子争了先去。你与那娘们，有无武学渊源？"

裴钱说道："老神仙想要跟我师父切磋道法，不妨先与晚辈问几拳。"

蹲在地上的汉子有些笑意："封君是老神仙不假，可惜拳脚功夫不太利索，若是问拳，哪怕去了封君的地盘乌举山，老神仙依旧必输无疑，小姑娘很聪明。"

老道人转过身，跳脚大骂道："崆峒夫人所在点睛城，有个家伙每天对镜自照，嚷嚷着：'好头颈，谁当斫之？'说给谁听的？你还好意思说贫道不利索？你那十万甲兵，是拿来吃干饭的吗？别忘了，还是贫道撒豆成兵、裁纸成将，帮你聚拢了万余兵马，才凑足十万之数，没良心的东西……"

那汉子赤髯如虬，干脆席地而坐，笑道："我不也还了你一只门海。"

裴钱立即以心声说道："师父，好像这些人拥有'别有洞天'的手段，这个什么封君地盘鸟举山，还有这个好心大胡子的十万甲兵，估计都是能够在这条目城自成小天地的。"

陈平安以心声答道："这位封君，如果真是那位青牛道士的道门高真，道场确实就是那鸟举山，那么老神仙就很有些岁数了。我们静观其变。"

老道人越说越气，一脚踹得棉布摊子上的瓶瓶罐罐东倒西歪一大片："贫道让你胳膊肘往外拐，帮着外乡人欺负家乡人，贫道收摊之后，定要去与城主告你一状。"

汉子扯住棉布一角，挪了挪，尽量远离那个算命摊子，满脸无奈道："与我计较什么？你找错人了吧？"

封君这才重新望向那个青衫背剑的外乡客，问道："街上担漏卮之人，不是秃驴是道士，是也不是？！与贫道直说！只要你小子一个真心话！"

陈平安笑道："道法兴许无漏，那么街上有道士担漏卮，怪我做什么？"

老道人一跺脚，气恼且笑："好家伙，如今儒生讲理，越发厉害了。"

邵宝卷突然插了一嘴："大道五十，天衍四九，那么到底是圆满还是缺漏，也是个嘴上兴许，心中不一定。"

陈平安问道："邵城主，你还没完没了了？"

刹那之间，陈平安就发现自己置身于一处山清水秀的形胜之地。

身边再无条目城街道，山路上只有一个骑青牛的老道人，斜挎行囊，缀着一排竹管，相互磕碰声清脆悦耳，在道路上朝陈平安迎面而来。

陈平安看着那头青牛，一时间有些神色恍惚，愣了半天，因为如果他没有记错的话，当年赵繇离开骊珠洞天的时候，就是骑乘一辆木板牛车，少年青衫，青牛牵引。据说当时还有个神色木讷的驾车汉子。陈平安又记起一事，先前条目城内那位持长戟的巡城武将，说了句很没有道理的"不许擅自举形飞升"，难不成眼前这位青牛道士，能够在别有洞天当中，以"活神仙"的诡谲姿态，得个虚无缥缈的假境界？

街上，邵宝卷会心一笑。渡船之上的古怪何其多，任你陈平安生性谨慎，再小心驶得万年船，也要在这边阴沟里翻船。

如果不是邵宝卷天赋异禀，同样早就在此沦为"活神仙"，更别谈成为一城之主。天底下大概有三人，在此最为得天独厚，其中一位，是那北俱芦洲的火龙真人，剩下一位，极有可能会与邵宝卷这位流霞洲的"梦游客"，有那玄之又玄的大道之争。

在条目城这边，只是片刻之后，陈平安就如同一步跨出门槛，身形重现条目城原地,只是背后那把长剑夜游,已经不知所终。

与此同时,那个算命摊子和青牛道士,也都凭空消失。

裴钱神色镇定,甚至没有多问一句。

陈平安轻声安慰道:"无妨。"

邵宝卷笑呵呵抱拳告辞。

陈平安点头道:"后会有期。"

一位妙龄少女姗姗而来,先与那邵宝卷嫣然笑道:"邵城主,这就走了?"

邵宝卷微笑道:"下次入城,再去拜会你家先生。"书生只是一步跨出,便无视城池禁制,转瞬之间就离开了条目城,可谓满载而归。

少女这才对着陈平安施了个万福:"我家主人说了,让剑仙写下一篇《性恶》,就可以从条目城滚蛋了。若是错了一字,就请剑仙后果自负。"

陈平安笑问道:"敢问你家主人是?"

少女笑答道:"我家主人,现任条目城城主,在剑仙家乡那边,曾被称为李十郎。"

与此同时,邵宝卷前脚刚走,就有人后脚赶来,是个凭空现出身形的少年。不理会那个怒目相向的少女,少年毕恭毕敬,只是与陈平安作揖道:"我家城主,正着手打造一幅印蜕,打算作为书房悬挂之物,为首印文,是那'酒仙诗佛,剑同万古',其余还有数十枚印文,靠着一拨拨外乡人的道听途说,实在是太难搜集,所以需要陈先生帮忙亲自补上了。"

那少女见外乡青衫客似有所动,就要跟随少年去往别城,立即对那少年恼羞道:"你还讲不讲先来后到了?"

不承想少年是个暴脾气的,直接骂道:"秦子都,你这黠婢!怎么跟我说话的,还不赶紧掴自己三大嘴巴子?"

被直呼姓名的少女一个愕然,又被当众骂作黠婢,兴许是忌惮对方的身份,她没有还口,只是眼帘低垂,泫然欲泣,掏出一块绣帕擦拭眼角。

那少年得意扬扬,继续劝说陈平安跟随自己离开条目城:"陈先生,脂粉堆里太腻人,不够雅致,我家城主知晓你向来不喜这类莺莺燕燕、狂蜂浪蝶。香风阵阵如问剑,成何体统。所以陈先生还是跟随我速速离去,我家城主已经摆好了宴席,为陈先生接风洗尘,还额外备有一份重礼,作为补齐印蜕的酬答。"

陈平安微笑道:"你不该如此说碧玉姑娘的。"

之所以没有立即答应这少年的邀请,是因为陈平安还是想要在这条目城多逛逛,以及需要与虬髯客道一声谢,再就是兵器铺子那个汉子,先前走到门口,好像一直留心自己背后那把夜游,又因为那铜陵白姜、汤山藕这几样地方美食的缘故,其实陈平安对那铺子掌柜的身份,已经有了几分猜测,极有可能是白也早年入山访仙时,遇到的那位五松先生。所以陈平安打算去跟这位杜秀才讨要一幅水牛图，成与不成，聊过再说。万事开头难，可只要一条脉络起了个线头，就会轻松很多。

听到陈平安称呼秦子都为"碧玉"，一语道破了她的小名，那少年明显有些讶异，随即开怀笑道："不承想陈先生早已知晓这贱婢的根脚，如此说来，想必《红晖阁逸考》《胭脂纪事》与那《香艳丛书》，陈先生肯定都看过了，年轻剑仙多半是性情中人，难怪我家城主对陈先生青眼有加。李十郎分明是错看陈先生了，误将先生当作那些行事刻板的迂腐之辈。"

陈平安立即笑着解释道："不敢当，我只是偶然听旁人提起，三本书其实都没看过。"

在那少年提及最后一本书的时候，陈平安瞬间掐剑诀，同时以剑气罡风，消弭打散那少年的嗓音，免得给裴钱和小米粒听了去。老厨子胡乱买书，真真害人不浅。

既然那封君与算命摊子都已不见，邵宝卷也已离去，裴钱就让小米粒先留在箩筐内，收起长棍，提起行山杖，重新背起箩筐，安安静静站在陈平安身边。裴钱视线多在那名叫秦子都的少女身上流转，这个姑娘出门之前，肯定花费了不少心思。少女身穿紫衣裙，发髻簪紫花，腰带上系小紫香囊，绣"胭脂神府"四字。妆容尤其精致，裁金小靥，檀麝微黄，面容光莹。尤其罕见的，还是这少女竟然在两边鬓角处，各涂抹一道白妆，使得原本略显圆润的脸庞，立即修长几分。

裴钱看得瞠目结舌，少女若是每趟出门，都以类似妆容示人，先前得在自家屋内耗费多少光阴？不嫌麻烦吗？

陈平安犹豫了一下，还是没有阻拦，或是提醒这少年小心，反而瞬间挪步，稍稍远离那口无遮拦的少年几步，免得被殃及池鱼。

果不其然，那少女猛然抬头，快步近身，一手拽住那少年耳朵，使劲一扯，拽得那少年哎哟喂歪头，少女另外一手对着那少年的脸庞就是一顿狠挠，嘴上骂着"让你叫我贱婢叫我黠婢"。少年也是个不愿吃亏的，更不晓得什么怜香惜玉，反手就一把扯住那少女的发髻，面容瞧着像是同龄人的一双金童玉女，很快就抱作一团，纠缠拧打在一起，相互间连那肘击、膝撞都用上了，很是鸡飞狗跳。

这一幕看得小米粒大开眼界，这些本地人都好凶，脾气不太好，一言不合就抓面挠脸的。

裴钱看了眼师父，陈平安轻轻摇头，示意她不用劝架。那扭打在一起的少年少女，就像从天上打到地上，一起摔落在地上，最后少年一脚踹在那少女面门上，少女还以颜色，双脚一前一后，踹在少年胸口与裆部，最终双方一起向后倒滑出去。所幸双方都像是不谙拳脚功夫的，没闹出太大动静，少女蹒跚起身，拍打身上尘土，少年一手捂脸，一手按胸，龇牙咧嘴摇晃起身后，不得不弯着腰。

裴钱见那少女，竟是剃眉再画眉，这会儿给那少年一脚踹掉了一条眉毛，早先面如桃花的精致妆容，变得一塌糊涂，一张花脸。她头顶所簪紫花，也给那少年先前揉碎了散落在地，此时少女站在街上，就显得有些滑稽。

而那绣有"胭脂神府"的小香囊，在扭打过程中也给打开了绳结，跑出了一只铜绿小蝉，大如榆荚，先前给那少年起身时看准时机，悄悄一脚踩在靴子底下。小名碧玉的少女很快发现自己走失了一只用以养粉媚人的绿金蝉，急得团团转，指着那少年威胁道："龙宾，还我绿金蝉！"

陈平安叹了口气，看来一桩机缘，与自己擦肩而过了。

在那桐叶洲太平山，虞氏王朝的供奉戴塬曾经给了陈平安一份赔罪礼，墨锭名为"月下松道人墨"，只是给陈平安转手送人了。据说那墨锭每逢月下，曾有一位小道人如蝇而行，自称那黑松使者、墨精臣子。后来陈平安询问崔东山，才知道那位古墨成精的小道人，好像就叫"龙宾"，它得道之地并非那墨锭，只是当时刚好游历到此。它喜欢以世间一锭锭珍稀古墨作为自己的"仙家渡口"，游走不定，行踪飘忽，若非机缘临头，仙人就算得墨也难觅踪迹，属于文运凝聚的大道显化之属，与香火小人、"蚂蚱"银虫，算是差不多的得道路数。而每枚龙宾驻足过的"渡口"墨锭，都有文气蕴藉，所以当时就连崔东山都有些惋惜，陈平安自然更是心疼，因为如果将此物送给小暖树，显然最佳。

渡船之上，遍地机缘，不过却也处处陷阱。

"破烂玩意儿，谁稀罕要，赏你了。"那少年嗤笑一声，抬起脚，再以脚尖挑起那绿金蝉，踹向少女，后者双手接住，小心翼翼放入香囊中，系紧绳结。

少女问道："剑仙怎么说？到底是一字无错写那《性恶》篇，再被礼送出境，还是从今天起，与我条目城为敌？"

陈平安与她说道："我不写什么，只希望在此随便闲逛几天，你家城主想要赶人就赶人。李十郎率性，视我仇寇无妨，我视条目城却不然。"

少女皱眉道："恶客登门，不知好歹，恼人烦人。"她蓦然而笑，"年轻气盛，不过倒是个气量不狭的剑仙。"

如有敕令，她做竖耳倾听状，然后说道："副城主刚刚听闻剑仙莅临，要我与剑仙捎话，你们只管放心游览条目城，不过只有三日期限，三日之后，若是剑仙找不到去往别城之法，就怪不得咱们条目城按例行事了。"

少年刚要说话，她一跺脚，怒道："龙宾，这是我家城主和副城主的决定，劝你别多事！不然害得两城交恶，你连那仅剩的'平章事'头衔都保不住。"

陈平安不愿身边少年为难，笑道："你我四天后相约此地碰头。"

少年点点头，答应了此事，只是脸上抓痕依旧条条清晰，少年愤愤然，与那出身胭脂神府的秦子都讥笑道："咱们走着瞧，迟早有一天，我要集结大军，挥师直奔你那胭脂窟、白骨冢。"

艳妆女子红袖添香，一双素手研墨，本是毋庸置疑的一桩文房雅事，可对于这位官拜松烟督护、玄香太守的龙宾而言，确实有那么点大道之争的意思。

秦子都咋了一声："大放厥词，斯文扫地，不知羞的东西！"

少年懒得与这头发长见识短的婆姨纠缠，就要离开条目城，陈平安突然伸手，一把握住少年胳膊，笑道："忘了问平章事大人，到底来自何城？若是四天后，平章事大人不小心给事情耽搁了，我好主动登门做客。"

少年叫苦不迭："疼疼疼，说话就说话，陈先生拽我作甚？"

陈平安实诚笑道："沾沾文气。"

那少年低头瞥了眼袖子，自己被那剑仙握住胳膊处，五彩焕然，如江河入海，渐渐凝聚而起，他哭丧着脸："家底本就所剩不多了，还给陈先生搜刮了一分去，我这惨淡光景，岂不是王小二过年，一年不如一年？"

陈平安笑道："等我以后离开了渡船，自会遥遥酬谢平章事大人。"

那少年眼睛一亮，就不再刻意拘押自己袖上的神异景象："当真？！"

只是不等少年与陈平安有更多合计，少年就一个趔趄后退，身形消散，去往别城，只能急匆匆与陈平安说了一句话，好像谶语："鸡鸣天上，犬吠云中。"

鸡犬城？取名字是不是太不讲究了？若是"得道城"，岂不更好听些？估计是名字太大，不合适？

陈平安抖了抖袖子，右手指尖凝聚出一粒五彩光亮，文气浓郁，如指尖生花，最终被陈平安收入袖中。

秦子都对此并不上心，条目城内，过客们各凭本事挣取机缘，没什么好奇怪的。只是她看向那额头光洁、梳丸子头的裴钱时，眼神复杂，最终一个没忍住，劝说道："小姑娘，士为知己者死，女为悦己者容，你若是能够好好拾掇一番，也是个姿容不差的女子，怎的如此敷衍马虎，看这剑仙，既然都清楚我的小名了，也是个晓得闺阁事的行家里手，他也不教教你？你也不怨他？"

裴钱出门游历，从来穿着利落，无半点妆容，发髻更是简单，这会儿她面无表情说道："用不着，利落些，不碍事。"

那秦子都痛心疾首道："不碍事？怎就不碍事了？爱美之心人皆有之，女子让自己增添姿色，不是天经地义的正理吗？"

裴钱看着眼前那个当下一脸妆容惨兮兮的少女，忍住笑，摇摇头不再言语。

陈平安笑道："古人云天地清淑之气，萃在女子闺房。世间女子得闲了，确实皆宜淡妆。碧玉姑娘方才说女为悦己者容，既然天地是第一大才子，那么女子无论浓妆淡抹，只需得体，便与之最相宜。"

一半话语,是陈平安的真心话,只要裴钱自己想要与那胭脂水粉打交道,别是那浓艳路数,当然无妨。到了裴钱这个岁数,毕竟再不是当年那个黑炭小姑娘,确实也该好好打扮自己一番。当然要说裴钱自己不乐意,喜欢素面朝天,也无所谓。至于剩余一半话语,当然是陈平安与这位书上所谓胭脂神府秦娘娘的客气话。

秦子都惊讶不已,竟是再无先前初见时的倨傲清冷姿态,与陈平安施了个万福,而且第一次换了个称呼,笑语盈盈道:"陈先生此语,可谓得体又契心,让人听之忘俗。那么奴婢就预祝陈先生在接下来三天内,顺遂有所得。"

陈平安与她抱拳道了一声谢。

秦子都问道:"陈先生可曾随身携带胭脂水粉?"

陈平安摇头道:"不曾。"

显然又错过了一桩机缘。

她笑着点头,亦是小有遗憾,然后身形模糊起来,最终化作七彩颜色,一时间整条街道都芬芳扑鼻,七彩好似仙人的举形高升,然后转瞬去往各个方向,没有任何蛛丝马迹留给陈平安。

陈平安笑道:"四天后换了地方,咱们说不定能吃上臭豆腐。"

裴钱会心一笑,有些期待。脂粉妆容什么的,太累赘,裴钱只觉得会妨碍出拳,所以她是真不感兴趣。不过骑龙巷的石柔姐姐,十分喜欢这些,不知道三天内有无机会,能够在这条目城带几样回去。

小米粒站在箩筐里边,听说那臭豆腐,立即馋了,赶紧抹了把嘴。啥也没听懂,啥也没记住,就这臭豆腐,让黑衣小姑娘嘴馋,惦念不已。

陈平安稍稍挪步,来到那棉布摊子旁边,蹲下身,眼神不断偏移,拣选心仪物件,最终选中了一张巴掌大小的袖珍小弓,与那坐拥十万甲兵的虬髯客问道:"这张弓,怎么卖?"

摊子先前那只鎏金小水缸,已经被邵宝卷得了去。棉布上边,这会儿还剩下一小捆枯死梅枝,一只水仙小瓷盆。一幅收起的卷轴,外边贴有一条小笺,文字娟秀:"教天下女子梳妆打扮。"一件铁铸三猴捞月花器。一块乌木镇纸,上题"不肯随风,玄寂无声。大人自正,镇之以静",落款二字,"叔夜"。

最后就是摆放在角落的那张小弓,造型古朴,玲珑袖珍,仿佛稚童嬉戏之物,铭文细微,不易察觉:"云梦长松。"

虬髯客见这人挑来挑去,结果独独挑了这张小弓,神色无奈,摇头道:"卖也卖,只是客人你不易买,得先凑齐几本书,最少三本,给我看过了,公子再用其中一本书来换。至于其他,我就不多说了。"

陈平安点点头,心中有了主意,又转头望向那卷轴,问道:"这幅画怎么卖?还是以物易物？"

虬髯客点头笑道："公子聪慧，我这摊子买卖，确实需要以物易物，只是所需之物，不在条目城内，路途迢迢不说，而且禁卫森严。公子犹不死心，就去寻一处，在那骊山北麓，崖刻有天宝遗迹，公子若是能去得那处清凉世界当中，在绿玉池边，再取回一美人神像，就可以换走卷轴，到时候自有一桩福缘，主动来见公子了。"

陈平安问道："如此说来，这幅卷轴，与那天宝遗迹的清凉世界，都是虚幻之物，下一桩福缘才是真？"

今天条目城内所见所闻，除邵宝卷、沈校勘之外，虽然都是"活神仙"，但依旧会分出个三六九等，只看各自"自知之明"的程度高低。像眼前这位大髯汉子，先前的青牛道士，还有附近兵器铺子里边，那位会惦念家乡铜陵白姜、滁州酸梅汤的杜秀才，显然就更加"活灵活现"，行事也就随之更加"率性而为"。

虬髯汉子咧嘴一笑，答非所问："若是公子心狠些，访仙探幽的本事又足够，能将那些妃子宫娥诸多白玉神像，全部搬出清凉世界，那么就真是艳福不小了。"

裴钱突然聚音成线说道："师父，我好像在书上见过此事，如果记载是真，那个骊山北麓好找，天宝崖刻却难寻，不过我们只需要随便找到一个当地的樵夫牧童，好像就可以让他帮咱们带路，当有人手书'避暑'二字，就可以洞天石门自开。据说里边有一座浴池，以绿玉刻画为池水，波光粼粼，犹如活水。只是洞内玉人景象，过于……香艳旖旎了些，到时候师父独自入内，我带着小米粒在外边候着就是了。"

陈平安气笑道："连这个都晓得？你从哪本杂书上边看来的秘闻轶事？"

裴钱眨了眨眼睛："是在溪姐姐说的，当年在金甲洲，每次战事落幕后，她最喜欢与我说这些神怪志异故事，我只是随便听听。当时问在溪姐姐池有多大，那么多的绿玉，能卖多少神仙钱，在溪姐姐还骂我是财迷呢。"

汉子见那陈平安又盯住了那乌木镇纸，主动说道："公子拿一部完整的琴谱来换。"

陈平安心中了然，无疑是那部《广陵止息谱》了，抱拳道："感谢前辈先前与封君的一番闲聊，晚辈这就去城内找书去。"

虬髯汉子只是点头致意，笑道："公子收了个好徒弟。"

陈平安带着裴钱和小米粒离开摊子，先去了那间兵器铺子，店主坐在柜台后边，正在生嚼嫩藕就白姜，见了去而复还的陈平安，汉子既不奇怪，也不问话。

陈平安作揖道："拜见五松先生。"

那汉子问道："你有无功名在身？"

陈平安起身恭敬答道："晚辈并无科举功名，但有学生，是榜眼。"

汉子有了些笑意，主动问道："你是想要那幅先前被邵城主补全内容的《花气熏人帖》？"

陈平安摇头道："《花气熏人帖》，五松先生肯定留着有用。晚辈只是想要与五松先生厚颜讨要一幅水牛图。"

汉子微微意外："在渡船上边讨生活，规矩就是规矩，不能例外。既然知道我是那杜秀才了，还知道我会绘画，那么夫子工文绝世奇，五松新作天下推，何谓'新文'，多半清楚？算了，此事可能有些为难你，你只要随便说个我生平所作诗篇题目即可，小子既然能够从白也那边得到太白仙剑的一截剑尖，相信知晓此事不难。"

陈平安一脸尴尬。

太白剑尖，是在剑气长城那边莫名其妙得到的，对于这位能够与白也诗歌酬答的五松先生，陈平安也只是知晓名字和大致的身世，作过什么诗篇是半点不知，其实陈平安之所以知道五松先生，主要还是这个杜秀才的"炼师"身份。简而言之，白也所写的那篇诗，陈平安记得住，可眼前这位五松先生曾经写过什么，一个字都不清楚。

在那箩筐里边帮着好人山主使劲点头如小鸡啄米的小米粒，更加尴尬，只得挠挠脸。

那杜秀才笑了笑："既然长剑方才还在，偏偏这趟折返，刚好不在身上，小子那就莫谈机缘了，水牛图不要多想。"

汉子叹了口气，白也独自仗剑扶摇洲一事，确实让人感伤。果然就此一别，桃花春水深。

陈平安有些遗憾，不敢强求机缘，只得抱拳告辞，想起一事，问道："五松先生能否饮酒？"

汉子笑着不说话。

陈平安便从咫尺物当中取出两壶仙家酒酿，搁放在柜台上，再次抱拳，笑容灿烂："五松山外，得见先生，斗胆赠酒，小子荣幸。"

汉子看着那个年轻青衫客跨过门槛的背影，伸手拿过一壶酒，点点头，是个能将天地走宽的后生，所以喊道："小子，若是不忙，不妨主动去拜会遒翁先生。"

陈平安立即转身，快步走回铺子，又拿出两壶酒。

杜秀才愣了愣："作甚？"

陈平安轻声问道："敢问那大字之祖的《瘗鹤铭》，到底是否出自遒翁先生的手笔？"

杜秀才伸出双手，按住两壶新酒，微笑不语。

陈平安只得再次离去，去逛条目城内的各个书铺，最终在那子部书铺、道藏书肆、别录书阁，分别找到了《家语》《吕览》和《云栖随笔》。其中《家语》一书，陈平安循着零散记忆，起先是去找了一间经部书铺，询问无果，掌柜只说无此书，去了伪书铺子，一样无功而返，最后还是在那子部书铺，才买到了这本书，确定里边有那张弓的记载后，才松了口气。原来按照条目城的史志目录，此书地位由"经部"下降至"子部"，但不是像浩然天下那样，已经被视为一部伪书。至于《吕览》，也非摆在杂家书铺售卖，让陈平安白白多跑了一趟。

只是等到结账的时候，陈平安才发现条目城内的书铺，书的价格确实不贵，可神仙钱竟然完全无用，别说是雪花钱，谷雨钱都毫无意义，得用那山上修士视为累赘的金银、铜钱，亏得裴钱和小米粒都各自带有一只储钱罐，小米粒更是自告奋勇，拦住裴钱，抢先结账。总算立下一桩奇功的小姑娘笑嘻嘻，摇头晃脑，开心不已，忙不迭从自己的私房钱里边，掏出了一枚大金锭，交给好人山主，豪气干云说不用还了，小钱钱，毛毛雨。

站在箩筐里边的小米粒，最后轻轻咳嗽一声，裴钱笑着点点头，示意自己会记在功劳簿上。

不过花了不到二两银子，就买到了三本书，足够让陈平安去虬髯汉子那边换取小弓，一桩机缘了。

但陈平安还是继续找那其他书铺，最终跨入一处名家铺子的门槛，条目城的书铺规矩，问书有无，有问必答，但是铺子里边没有的书，一旦客人询问，就绝无答案，还要遭白眼。在这名家铺子，陈平安没能买着那本书，不过还是花了一笔"冤枉钱"，总计三两银子，买了几本墨迹如新的古书，多是讲那名家十题二十一辩的。有些书上的记载，远比浩然天下更加翔实和深邃，虽说这些书一本都带不走，但是此次游历途中，陈平安哪怕只是翻书看书，书上学问到底都是千真万确。而名家辩术，与那佛家因明学，陈平安很早就开始留意了，多有钻研。

当时那名家书铺的掌柜，是个相貌清雅的年轻人，萧萧肃肃，爽朗清举，十分神仙气态，他先看了眼裴钱，然后就转头与陈平安笑问道："小子，你想不想自辟一城，当那城主？只需拿一物来换，我就可以不坏规矩，帮你开辟新城，此后诸多便宜，不会输给那个邵宝卷。"

陈平安与此人作揖致歉道："先生好意心领，只是那濠梁养剑葫芦，是半个家乡故人的遗物，委实是不能拿来与先生做买卖的，不然别说是生意往来，小子受名家学问恩泽多矣，原本就算直接转赠先生，都是无妨的。"

一个濠梁，是剑仙米祜赠送给陈平安的，最早陈平安没收下，还是希望离开剑气长城的米裕能够保留此物，只是米裕不愿如此，最后陈平安就只好给了裴钱，让这位开山大弟子代为保管。

那年轻掌柜看着陈平安，突然拊掌而笑："天下学问得个驳杂有何难，半点不难，唯独难在心诚二字。今天得后世晚辈此诚心一语，已然大为宽慰吾心。所以不收钱，与你赠言几句，要找的那本书，其实都不算是书了，就那么点字，不在此地，在那街上第一间的志书部书铺，《经籍志》，道家条目下的《守白论》，记得是志书部，因为要比道藏部所载内容更多。"

陈平安道谢离去，果然在入城后的第一家铺子里边，买到了那部记载《守白论》的志书，只是陈平安犹豫了一下，仍是多走了许多冤枉路，再花一笔冤枉钱，重返道藏书铺，多买了一本书。

路上，周米粒竖起手掌挡在嘴边，与裴钱窃窃私语道："一间铺子，能放下那么多书，各个掌柜随便抽出一本，就都是咱们要的书，可怪可怪。"

裴钱笑道："小天地内，心意使然。"

周米粒恍然大悟："果然被我猜中了。"

在陈平安四处找书的时候，杜秀才走出铺子，来到那虬髯客旁边，叹了口气："涉及修士心中，三教百家学问的取舍，那小子此举十分凶险啊。若非出身儒家某个道统文脉，其实倒也无所谓了，随意取舍便是，反正半点不伤道心，就算伤了，无非是事后多读几本书罢了，一样可以缝补。"

汉子点头道："所以我起先并不想卖这张弓给他，若是故意诱人买卖，太不厚道。只是那小子眼太尖，极其识货，先前蹲那儿，故意看来看去，其实一早就盯上了这张弓。我总不能坏了规矩，主动与他说这张弓太烫手。"

杜秀才笑道："可若是这桩买卖真做成了，你就能够彻底卸去束缚了，再不用靠着什么十万甲兵，去斩那人头颅，才可以脱困，终究是好事。咱们一个个画地为牢，在此苦苦等候百年千年，日复日年复年的重复景象，确实累人，看也看吐了。"

那汉子咧咧嘴："我若是有酒喝，保证一滴不吐。"

杜秀才笑着丢出一壶酒水，那大髯汉子接过酒壶，嗅了嗅酒水香味，满脸陶醉，继而伤感不已，喃喃道："以前仗剑背弓，骑驴走江湖，只喜欢痛饮，如今都要舍不得喝一口了。"

名家铺子那边，年轻掌柜正在翻书看，好像翻书如看山河，对陈平安的条目城行踪一览无余，微笑点头，自言自语道："书山从来不空，没什么冤枉路，行人下山时，从不两手空空。越是兜转绕路，越是一生受益。沈校勘啊沈校勘，何来的一问三不知？夜航船中，知之为知之，不知为不知，是知也。"

他随即有些疑惑，摇摇头，感叹道："这个邵城主，与你小子有仇吗？笃定你会相中那张弓？所以铁了心要你自己拆掉一根三教栋梁，如此一来，将来修行路上，可能就要伤及一部分道门机缘了啊。"

在陈平安来这名家铺子买书之前，邵宝卷就先来此地，花钱一口气买走了所有与那个著名典故有关的书，有数百本之多。所以陈平安先来此地买书，其实原本是个正确选择，只是被那个假装离开条目城的邵宝卷捷足先登了。

年轻掌柜想了想，还是难得走出铺子，抬头望天，微笑道："陆道友，岂不是被我连累，画蛇添足，这小子似乎与道门愈行愈远了，害你平白无故又挨了'一剑'？"

那个刚刚登船的年轻外乡客，既是需要严谨治学的儒生，又是需要云游四方的剑仙，那么今天是递出一本儒家志书部典籍，还是送出一本道藏铺子的书，两者之间，还是很有些不同的。不然如果没有邵宝卷的从中作梗，递出一本名家书籍，无伤大雅。只是这位先前其实只是讨要那"濠梁"二字而非什么养剑葫芦的年轻掌柜，这会儿站在铺子门外，嘴上说着致歉言语，脸色却有些笑意。

陈平安一行人回到了虬髯汉子的摊子那边，他蹲下身，保留其中一本书，取出其余四本，三本叠放在棉布摊子上边，手持一本，四本书都记载有一桩关于"弓之得失"的典故，陈平安将最后那本关于这则典故文字最少的道家《守白论》，送给摊主，陈平安显然是要选择这本道书，作为交换。

至于那位名家书铺的掌柜，其实算不得算计陈平安，更像是顺水推舟一把，在何处渡口停岸，还是得看撑船人自己的选择。何况如果没有那位掌柜的提醒，陈平安估计最少得跑遍半座条目城，才能问出答案。而且有意无意的是，陈平安并没有拿出那本儒家志书部藏书。

方才看到陈平安拿出四本书后，汉子起先有些欣慰，只是当陈平安递出那本道藏部典籍后，汉子瞥了眼书名，愣在当场，犹豫起来，他不着急去接过书，满脸疑惑道："公子难道不曾去过名家书铺？"

陈平安笑道："去了，只是没能买到书，其实无所谓，而且我还得谢谢某人，不然要我卖出一本名家铺子的书，反而让人为难。说不定心里边，还会有些对不住那位仰慕已久的掌柜前辈。"

不远处的兵器铺子，杜秀才在柜台后边优哉游哉喝着酒，笑容古怪，到底是文庙哪条文脉的子弟，小小年纪，就如此会说话？那个曾经专程拜访过鸡犬城两次，也游历过一趟条目城的伏胜老儿，就一定教不出这样的学生。

汉子这才点点头，放心取过那本书，哪怕他早已不在江湖，可江湖道义，还是得有的。汉子再看了眼地上的其余三本书，笑道："那就与公子说三件不坏规矩的小事。先有荆蛮守燎，后有楚地宝弓被我得到，所以在这条目城，我化名荆楚，你其实可以喊我张三。地上这张小弓，品秩不低，在这里与公子道贺一声。"

裴钱听到此处，一下子就神采奕奕，以前与宝瓶姐姐还有李槐，一起看那些演义小说，其间就看到过这位化名"张三"的虬髯大侠，而且这位江湖前辈，还有头驴子！只不过那些书，都是些稗官野史和江湖演义，裴钱三人当时都以为这位虬髯客是杜撰出来的人物。

汉子当然不清楚那个小姑娘在琢磨什么，只是自顾自说道："本末城那位殿脚女出身的崆峒夫人，我与她侍奉的一位副城主，有宿怨，封君先前说崆峒夫人是点睛城人氏，当然是故意拿话蒙骗你的，封君多半与那邵城主暗地里达成了某个约定。"

陈平安笑道:"先前去往鸟举山与封老神仙一番叙旧,晚辈已经知道此事了。应该是邵城主怕我立即动身赶往本末城,坏了他的好事,让他无法从崆峒夫人那边获得机缘。"

其实一旦被陈平安找到那个邵宝卷,就不是什么机缘不机缘的。至于邵宝卷身为一城之主,在条目城内好像十分有恃无恐,为何偏偏如此担心自己在那本末城出手,陈平安暂时不知,实在是没法猜。本末城,本末倒置?舍本逐末?何况只说那名士袖手,清谈玄学心性,又有无数关于本末二字的解析,五花八门,对于这些陈平安是个十足的门外汉。本末城的立身之本,比起一听便知大义、再看几眼书铺就能勘验真相的条目城,要奇异古怪太多,所以到底何解?天晓得。

汉子继续说道:"十二座城池,皆有个别称,比如本末城就又称为荒唐城,城中人与事,比那历朝历代帝王君主扎堆在一起的垂拱城,更加荒诞。"

三事说完,汉子其实不用与陈平安询问一事,来决定那张弓的得失了。因为陈平安递出那本道书,就是某种选择,就是答案。

出乎这位虬髯客的意料,陈平安又取出了一本书,只是没有放在那三本叠放的书的最上边,而是单独放在一旁。

那张三低头看了眼那本书,又抬头看了眼站在箩筐里边的黑衣小姑娘,立即笑道:"那就再多说一事,公子真要去了本末城,既需小心,又可放心。"

陈平安阻拦不及,只得作罢。其实他本来是想问那个邵宝卷是什么城的城主,不然问一句怎么去往本末城也好,那就可以无视本末城李十郎的那道逐客令了。本末城一心想要赶人,却又不告诉他如何离城,这就很不仗义了,天底下没有这样的待客之道。

汉子拿起那张小弓,陈平安则拿起棉布上边的四本书,收入袖里乾坤,再接过那张史书上记载曾射蛟虬于云梦之圃的古弓,却只是收入袖中,没有藏入咫尺物中。

那汉子对此不以为意,反而有几分赞赏神色,行走江湖,岂可不小心再小心?他蹲下身,扯住棉布两角,随便一裹,将那些物件都包裹起来,拎在手中,再取出一本册子,递给陈平安,笑道:"心愿已了,牢笼已破,这些物件,要么公子只管放心收下,要么就此上缴归公条目城。怎么说?若是收下,这本册子就用得着了,上边记录了摊子所卖之物的各自线索。"

陈平安接过了册子和包裹,动作无比娴熟,将那棉布包裹斜挎在身。

虬髯客抱拳致礼:"就此别过!"

汉子背后凭空出现了一把长剑,气势凌人,如剑仙即将远游。

陈平安抱拳还礼,裴钱和站在箩筐里的小米粒亦是如此。

这个化名张三的虬髯客伸手一探,身边又蓦然出现了一头跛脚老驴,翻身上背后,笑问道:"敢问公子,江湖名讳?"

陈平安有些难为情，道："剑客曹沫。"

"好名字，酒更好。"虬髯客大笑不已，就此骑驴离城而去。

跛脚驴有些瘸拐，背剑汉子在驴子背上晃晃悠悠，拿出那壶酒，一路仰头豪饮，消失在城门口那边。

周米粒看了看斜挎包裹的陈平安，小声道："裴钱裴钱，这位大胡子江湖前辈，真是碗口大的胸襟，出手阔绰得很嘞，条目城多来几个，咱们就赚大发啦。"

裴钱笑着点头："可不是。骑驴子走江湖的，肯定都是头等豪侠嘛。"

陈平安无奈道："知道了知道了，不用故意提醒师父。"

裴钱笑眯起眼，嘿嘿笑着。

周米粒轻轻摸了摸裴钱的那颗灵光小脑阔（壳），学那沾沾文气的好人山主，她也要与裴钱沾沾聪明气。

裴钱也由着小米粒摸那丸子发髻，悄悄问道："师父，接下来怎么说？"

陈平安说道："随便找个落脚地儿。"

三人一起散步街上，陈平安突然伸出双指，比画起来。

这条夜航船上，有一条相对粗浅的根本脉络——很简单，承认不知即是知。所以只要秉持这个宗旨，短期内就一定可以行走无碍。

再经过今天接连的见闻、问答，陈平安更加确定了第二条根本脉络，关键就在两个字上边——交互。

裴钱有些好奇，师父像是在写字？

陈平安一边缓缓而行，一边以手指做笔，在身前的天地间，写下了三句话：

震分阴阳，交互用事。

选代交互，令长月易，迎新送旧。

文字倒影，交互横斜，山水相逢，错综砥砺，积土成山，积水成海。

一位身材修长的锦衣文士，出现在陈平安身边，伸手将那些文字余韵一一打散。

陈平安微笑道："见过李十郎。"

那位条目城城主李十郎，没什么好脸色就是了，只是默然与陈平安并肩而行，然后丢出一张青纸，却非符箓，只是写有"卖山券"三字。

一张青色纸张悬空静止，李十郎一言不发，一闪而逝，来也匆匆去也匆匆。

陈平安将那卖山券收入手中，思量片刻，以手指抹去"卖"字上的那个"十"字，于是纸张文字，就变成了"买山券"。

贵为夜航船上四城之一的城主李十郎，竟然去而复返，不过瞧着脸色越发难看，显然没有想到这个年轻过路客，如此难缠。

陈平安笑呵呵道："这么巧，眨眼工夫，就又见到城主了。"

老子下棋是下不过师兄崔瀺,但是跟其他人对弈,不谈棋术高低,只谈心境深浅,还真可以随随便便,就身前无人。

李十郎问道:"你与那青牛道士,做了一笔什么买卖?"

陈平安只是伸手拍了拍斜挎的包袱。

这位城主冷笑一声,再次离去。

陈平安将那买山券递给裴钱,笑道:"就当是赊欠的利息了。"

裴钱赶紧摆手,礼物太重了,她大致看得出这张纸的珍稀程度。

陈平安一边走一边转头,虽然依旧眯眼,神色却尤为温暖,与裴钱轻声道:"师父第一次送你礼物,是那鱼竿,还是挑灯符?"

裴钱这才收下了那张符箓,小心翼翼放入袖中。

陈平安身体后仰,与小米粒笑着承诺道:"只要再有收获就送你。"

小米粒小手一挥:"都是江湖中人,么(没)个锤子好客套。"

犹豫了一下,黑衣小姑娘挠挠头,好像有些羞赧,不好意思开口。陈平安停下脚步,裴钱立即心有灵犀,轻轻摘下箬笠,递给师父。

满脸都是灿烂笑意、双手使劲捂住嘴巴的小姑娘,在好人山主背好箬笠后,微微弯腰,将脑袋放在陈平安肩膀上,悄悄问道:"回了家,能不能陪我做件事啊?"

陈平安笑道:"是一起去见那个卖咱们铃铛的江湖女侠?当然可以,没问题啊。"

周米粒哀叹一声,啥跟啥嘛:"我是说咱们回了家,就一起去红烛镇耍啊,以前觉得太远哩,我个儿小,一个人走不动嘞。"

因为她家在他家啊。

陈平安寻了一处热闹处的客栈落脚,还是需要用那金银结账,三人住宿三天,合计二两八钱银子,店伙计取出了戥秤,动作娴熟,用小剪子裁剪碎银。

陈平安见到此物,没来由想起了早年杨家铺子的那套家什,除了买卖时用来裁剪碎银,还专门称量某些价格高的珍稀草药,所以陈平安小时候每次见着店伙计愿意兴师动众,取出此物来称量某种草药,那么背着一个大箬笠、站在高高柜台下边的孩子,就会紧紧抿起嘴,双手使劲攥住两肩绳子,眼神格外明亮,只觉得大半天的辛劳,风吹日晒雨淋什么的,都不算什么了。

念头纷杂急转拘不住,因为眼前这戥秤是衡器之属,陈平安又想到了如今浩然天下的光阴刻度和那度量衡,自然而然,就记起宋集薪在大渎祠庙提过的那拨过江龙练气士。因为客栈柜台上这戥秤、秤盘和乌木杆,还有数枚白铜小秤砣,显然都是山下寻常物,所以陈平安一瞥过后,发现与条目城书籍一样,都非实物,他就没有再多看多想。

裴钱自己就有一整套戥秤,其中两只秤砣,还给她篆刻了"从不赔钱""只许挣钱"等字,所以这会儿仿佛沾亲带故,跟他乡遇故知似的,天然亲近,比陈平安更留心,看得仔细，她突然与陈平安悄然道："师父，这套戥秤用上了虬角杆，寻常人家可用不起。"

陈平安以心声笑道："多半是富贵门庭家道中落了，流落市井之物。可惜材质再名贵，此物也是虚相，我们带不走的。"

裴钱点点头，想了想，又问道："秤杆上边还有一行小字，'山阳大方，内库恭制'，师父，这里边有什么说法吗？"

陈平安摇摇头道："不清楚，不过既然是内库制造，那肯定就是宫中之物了。只是不知具体朝代。"

裴钱问道："师父，等会儿咱们在客栈安置好，我单独走一趟府志书铺，去查一查什么是'山阳大方'？"

陈平安哑然失笑，天下学问何其驳杂，真是一个学海无涯了，只不过裴钱愿意探究，陈平安当然不会阻拦她的好学求知，点头道："可以。"

跟客栈要了两间屋子，陈平安单独一间，在屋内落座后，打开棉布包裹，摊放在桌上。裴钱来这边与师父告辞一声，就独自离开客栈，跑去条目城书铺，查验"山阳大方"这个古怪铭文的根脚来历。小米粒则跑进屋子，将心爱的绿竹杖搁在桌上，站在长凳上，陪着好人山主一起看那些捡漏儿而来的宝贝。小姑娘有些眼馋，问可以要吗？陈平安正在翻阅虬髯客附赠的那本册子，笑着点头。小米粒就轻拿轻放，对那啥卷轴、镇纸都不感兴趣，最终开始欣赏起那只早早就一眼相中的水仙小瓷盆，双手高高举起，赞叹不已，她还拿脸蛋蹭了蹭微微凉的瓷盆，凉爽真凉爽。

陈平安翻开一页册子，笑道："喜欢就送你了。不过事先说好，小盆是假的，带不走，你只能在渡船上待几天就耍几天，到时候别伤心。"

这只瓷盆，来历不俗，在虬髯客赠送的册子上，被誉为一座水仙修道窟，底款"八百水裔"，跟那鎏金小水缸有点像是"亲戚"，可以视为一座天然水府，类似珠钗岛刘重润早年在朱敛等人帮助下，秘密打捞起来的水殿、龙舟。可惜水仙小瓷盆一样是仙师炼化的某种虚相假象。

小米粒捧着那只水仙小瓷盆，使劲摇头道："我就是瞧着喜欢嘞，所以可劲儿多瞧几眼，就算小瓷盆是真的，我也不要，不然带去了落魄山，每天担心遭毛贼，耽误我巡山哩。"

陈平安反复翻阅册子数遍，反正内容不多，又闲来无事。按照册子上边关于这些物件的诸多详细记载，不仅是水仙小瓷盆，那捆已经枯死的梅花枝条，连同"叔夜"款乌木镇纸，以及造型古怪的捞月花器和"梳妆"卷轴，都只是机缘线索的其中一个环节，作为衔接其余两事的桥梁而已。那位虬髯客张三的包袱斋，其实只有一张"云梦长松"古弓，是货真价实的实物，已经被陈平安得手，只是当下品秩依旧难定，而且陈平安觉得这张弓，有些烫手。

至于那只作为宫中门海的鎏金小水缸，被青牛道士不知如何不坏规矩，就转赠了答话，在那皇帝君主扎堆的垂拱城，邵宝卷可以讨要一个某种意义上的"封正"，让水缸由虚转实，水缸中水的深浅，就看垂拱城某位皇帝陛下"口含天宪"的讨封本事了。册子上边，说此物可以与龙王篓互补，龙王篓压胜天下蛟龙之属，门海却可以用龙气作为饵料，饲养天下水裔。养在水缸内，是一种山上所谓的"半走水"，一抓一养，天衣无缝。

陈平安笑道："回头到了北俱芦洲哑巴湖，我们可以在那边多留几天，开心不开心？"

小米粒笑得合不拢嘴，却说道："一般般，开心碗口大。"

她将水仙小瓷盆放在桌上，趴在桌上，补了一句："回了落魄山，就有桌儿大。"

陈平安打趣道："我那左师兄，脾气不算太好，尤其是对陌生人，很难聊。哪怕在我这个小师弟这边，左师兄都从没个笑脸，所以对小米粒很刮目相看了。"

小米粒下巴抵住胳膊，轻声问道："好人山主，你会想山主夫人吗？"

陈平安忍俊不禁，点头道："当然会想啊。"

小米粒眉眼弯弯，说道："我觉得不像唉。"

陈平安放下册子，拿起那乌木镇纸在手中把玩，道："得让自己不那么想，才可以不那么想，你说想不想？"

小米粒皱起眉头，道："山主说是就是吧。"

陈平安看过了册子，其实如今他相当于继承了虬髯客的包袱斋，在渡船上也能摆摊迎客了。

站起身，放下那乌木镇纸，陈平安掂出一张挑灯符，悬在空中，缓缓燃烧，然后走到窗前，先前在递出的那本书当中，夹有一张符箓，虬髯客接过书之时，已是心知肚明了，但是依旧帮忙遮掩了，没有取出交还陈平安，这就意味着陈平安此举，并没有破坏夜航船的规矩，等到虬髯客骑驴出城后，书内的那张符箓如泥牛入海，杳无踪迹。

不碰壁，就不知规矩界线何在。

陈平安这次登上夜航船后，依旧入乡随俗，大体上循规蹈矩，可有些细微事情，还是需要尝试。其实这就跟钓鱼差不多，需要事先打窝诱鱼，也需要先晓得钓个深浅。何况钓大有钓大的学问，钓小有钓小的门道。起先陈平安目的很简单，就是一个月之内，救出北俱芦洲那条渡船所有修士，离开夜航船，一起重返浩然天下，结果在这条目城上，先有邵宝卷三番五次设置陷阱，后有冷脸待客的李十郎，陈平安还真就不信邪了，那就掰掰手腕，试试看。

陈平安心中默默计数，转过身时，一张挑灯符刚好燃烧殆尽，与先前入城如出一辙，并无丝毫偏差。

先前在道人封君那座别有洞天的鸟举山道路中，双方狭路相逢，大概是陈平安对老前辈一向敬重有加，积攒了不少虚无缥缈的运道，一来二去，双方就没动手切磋什么剑术道法，一番和气生财的攀谈后，陈平安反而用一幅临时手绘的五岳真形图，与那青牛道士做了一笔买卖。陈平安绘制出的那幅五岳图，形制样式都极为古老，与浩然天下后世的所有五岳图出入不小。有一幅五岳图真身，最早是在藕花福地被种夫子所得，后来交由曹晴朗保管，再安置在了落魄山的藕花福地当中。陈平安当然对此并不陌生。

封君终于得偿所愿，大为欣慰，对陈平安这个好像福星登门的年轻后生，枯瘦老道人更是刮目相看，作为交换，陈平安就让老道人帮忙将那把长剑夜游，带去另外一城，不但如此，心情大好的老道人，主动要求与陈平安做了几笔额外的小生意，双方各有问答，封君就与陈平安说了几桩渡船秘事，当然封君只说了些可说的，例如离船之路，以及出城换城之法，至于邵宝卷如何当上城主，成为一城之主又有哪些便宜行事，老神仙就都笑而不言了。

那把已经不在身边的长剑夜游，陈平安一直与之心生感应，就像深夜时分遥遥处，有一粒灯火摇曳夜幕中，路人陈平安，清晰可见。

只要陈平安发狠，一剑劈斩渡船天地，两者遥相呼应，陈平安有信心既可让裴钱和小米粒先行离开渡船，同时自己也可去往封君所在城池，继续留在这条夜航船上晃荡。到时候再让裴钱重返披麻宗渡船，直接飞剑传信太徽剑宗和趴地峰两处，北俱芦洲那边，陈平安认识的朋友、敬重的前辈，其实不少。

小米粒站在长凳上，想起一事，乐和得不行，两只小手挡在嘴边，哈哈笑道："好人山主，咱俩又一起走江湖嘞，这次咱们再去会一会那座仙府的山中神仙吧，你可别又因为不会吟诗作对，给人赶出去啊。"

陈平安一本正经道："怎么可能，这些年我作诗功力大涨，见谁都不怵。小米粒，可不是我与你吹牛啊，以前在剑气长城那边，我遇到个自认是读书人的老修士，还是十四境呢，好像是化名陆法言来着，反正就是仰慕我的诗名，主动去城头找我，说我的诗篇合韵律，平仄惊人，他佩服不已，甘拜下风，所以一见着我就要揪心。"

小米粒听得一惊一乍，赶忙鼓掌，神采奕奕："了不得了不得！"

唉，只是可惜自己的十八般武艺，都没有用武之地了，因为这次远游故乡哑巴湖，其实小米粒偷偷与老厨子讨要了好些诗词，都写在了一本书上。她挑灯一一抄录那些诗词的时候，老厨子就在一旁嗑瓜子，顺便耐心回答小米粒，诗词当中什么字，是怎么个读法怎么个意思。

小米粒问老厨子这些都是书上照搬来的吗？老厨子说不是的，都是他临时想的，急就章之属，学问之旁支末流。当时小米粒就急眼了，说可别连累好人山主和她被人瞧不起啊。老厨子说不会不会，还说在他家乡那会儿，好些人都说他的诗篇，是从水中明月捞出、从渡口杨柳折下、从酒缸里拎起的，所以还是有点斤两的，他之随心所欲，却是许多诗词名家毕生苦求不得的神仙语。

小米粒将信将疑，最后还是信了老厨子的说法。

那晚桌上灯火中，小姑娘一边抄录文字，一边晃荡双腿；老厨子一边嗑瓜子，一边絮絮叨叨。

所以落魄山，才会如此让周米粒喜欢。哪怕好人山主经常不在家，但是还有裴钱和老厨子，暖树姐姐……

对这个洞府境的落魄山右护法来说，剑气长城，那也是一个很好的地方啊，在周米粒心中，是仅次于落魄山、哑巴湖的天底下第三好！

一个是朋友可多可多的家乡，一个是江湖小小不太大的故乡，一个是她这个哑巴湖大水怪，不小心就扬名两座天下的地方。

陈平安朝站在凳子上的小米粒，伸手虚按两下："出门在外，行走江湖，咱们要稳重内敛。"

小米粒一屁股坐在长凳上，重新趴在桌上，有些忧愁，皱着疏淡的眉毛，小声说道："好人山主，我好像啥都帮不上忙唉。在落魄山外边……"

说到这里，黑衣小姑娘挠挠头，不肯再说下去了，只是有些难为情。有人说她只是个屁大的洞府境，还是个来历不明的小精怪，当了落魄山的护山供奉，简直就是个天大的笑话。其实好些年她都挺伤心的，因为那些闲话本来就是实话，她只是怕暖树姐姐他们担心，就假装没事人似的。

陈平安笑着伸手揉了揉小米粒的脑袋，猜出了个大概，试探性道："是有外人说你境界不高，笑话你了，背地里嚼舌头？"

这件事，回了落魄山后，还真没人跟陈平安说过。这么大的事儿，竟然没谁说过，自己得记一笔账了，从崔东山到裴钱再到老厨子，还有陈灵均，一个都别想逃，只有小暖树，就算了。

小米粒嗯了一声，小心翼翼道："好人山主，可不是我怕挑担子啊，我每天都挑着金扁担巡山，就是为了偷偷用来告诫自己职责大哩。只是这么大官儿，不如换个人吧？我看景清就不错啊，他还喜欢当官，让他来当这个护山供奉，我看挺合适，传出去也好听些，景清是元婴境嘛。"

陈平安笑道："让他当落魄山的护山供奉？咱们那位陈大爷胆子再大，也不敢有个想法，而且灵均更不愿意与你抢这个官衔。"

陈灵均哪怕敢当那下宗的宗主，在祖师堂议事之时，当着那一大帮不是能一剑砍死就是能几拳打死他的自家人，这家伙都能摆出一副舍我其谁的架势，却是独独不敢当这护山供奉的。陈灵均有一点好，最讲江湖义气，他什么都敢争，比如下宗宗主身份，也什么都舍得给,落魄山最缺钱那会儿,其实陈灵均变着法子拿出了许多家底。按照朱敛的说法,陈大爷那些年,是真捉襟见肘,穷得叮当响了,所以在魏山君那边,才会如此直不起腰杆子。但是已经属于别人的,陈灵均说什么都不会抢,别说是小米粒的护山供奉,就是落魄山上,芝麻绿豆大小的好处和便宜,陈灵均都不会去碰。简而言之,陈灵均就是一个死要面子活受罪的老江湖。

可能连陈灵均自己都不知道,无论是被他记账无数的山君魏檗,还是打交道不多的夫子种秋,其实对他都评价极高。

而且在陈平安内心深处,落魄山一直空悬的左护法那把座椅,一早就是为陈灵均准备的。在当年寄给曹晴朗的那封密信上,就提到过此事,只等这家伙走渎成功后,就会落实此事。只是等到陈平安返回浩然天下,到了落魄山,见那陈灵均确实是走路飘得有些过分了,就故意没提此事,反正好事不怕晚,再晾这位"交友遍天下"的陈大爷几天就是了。

陈平安安慰道:"落魄山上,谁的官最大?谁说话最作数?"

小米粒咧嘴笑道:"当然是好人山主!"

陈平安微笑道:"落魄山上官大官小,不看境界高低,只看……名气大小!那你自己说说看,谁当这个护山供奉才能服众?"

小米粒神采飞扬,却故意重重叹了口气,双臂抱胸,高高扬起小脑袋:"这就有点愁人嘞,不当官都不行哩。"

陈平安笑着点头:"可不是。"

裴钱返回客栈,敲门而入。

陈平安刚好在随口询问小米粒为什么要一起去红烛镇玩耍。裴钱立即脸色尴尬起来,本来没多想的陈平安就立即多想几分,瞥了眼自己这位开山大弟子,裴钱眼珠转动,就跟她小时候闯祸给陈平安逮住,是一模一样的光景。

小米粒赶紧一脸疑惑,然后装傻道:"为啥咱俩要一起逛红烛镇啊,有没有其他原因?嗯,这是个瓜子大小的问题,哈哈,先前我不是给出答案了嘛,好人山主记性不太好唉。其实吧,就是我兜里钱不多,买不起瓜子……"

说到这里,小姑娘真编不下去了,只好苦兮兮转头看着裴钱。

裴钱只好聚音成线,一五一十与师父说了那桩玉液江风波,说了陈灵均祭出龙王篓,老厨子问拳水神娘娘,还有之后小师兄造访水府,当然那位水神娘娘最后也确实主动登门道歉了。只是一个没忍住,裴钱又说了小米粒在山上独自晃荡的景象,小米粒真是没心没肺的,走在山路上,随手抓把翠绿叶子往嘴里塞,左看右看没人,就一大口乱嚼树叶,拿来散瘀。裴钱从头到尾,没有刻意隐瞒,也没有添油加醋,一切只是实话实说。

陈平安听过之后，点点头，只说了三个字："知道了。"

他假装没听过裴钱的解释，只是揉了揉小米粒的脑袋，笑道："以后回了家乡，一起逛红烛镇就是了，咱俩顺便再逛逛祠庙水府什么的。"

小米粒笑逐颜开，继续搬过那只水仙小瓷盆耍。

裴钱取出数本书，每本书都有折页，正色说道："师父，查到根脚了，是那刘承规，山阳人氏，字大方。官史、府志记录都不少，在名宦、文苑、水利等诸多条目之下，都有此人的记录，只是篇幅都不算长。按照书上记载，涉及戥秤一事，好像是此人率先从钱入厘，使得这种山下衡器，更加精准了。"

陈平安开始翻书，因为裴钱早有折页，翻检极快，如此看来，这位书上先贤，与朱敛，还有黄花观的大泉三皇子刘茂，可以算是同道中人，精通各类术算和条例规范。

当陈平安看到其中宫观条目，发现此人曾经担任敕建玉清昭应宫的副使。除此之外，皇帝祭祀汾阴，又派刘承规监督运送物资，此人曾经开辟水路。

陈平安心中了然，瞬间明白了为何自己会在客栈见着戥秤，又为何会差点与之错过机缘。陈平安大道亲水，以及自己咫尺物当中那几本术算书，可能就是线头之一。今天在条目城送出了那本道门书，多半就是为何会与之见面不相识、一眼多看都无的根源所在了，如果不是裴钱执意要去查阅书籍，陈平安就肯定不会在意那戥秤，秤杆上什么铭文都要瞧不见。

而裴钱拥有一套完整戥秤，就又是属于她的一桩因果一份机缘，所以她就瞧得见那句铭文。

那张云梦长松小弓，果然烫手。这是不是意味着，许多在浩然天下虚无缥缈、可有可无的一条条因果脉络，在夜航船上，就会被极大彰显？例如青牛道士，赵繇骑乘青牛板车离开骊珠洞天，东海观道观的老观主，藕花福地的那幅老祖宗五岳真形图。虬髯客，跛脚驴，裴钱在演义小说上看过他的江湖故事，裴钱在小时候，就心心念念想要有一头驴子，共走江湖。兵器铺子的五松先生，白也的仙剑太白一截剑尖，佩剑夜游……

裴钱看着沉思不语的师父，轻声问道："有麻烦？"

陈平安回过神，摇头笑道："恰恰相反，解决了师父心中的一个不小疑惑，这条渡船的运转方式，已经有些端倪了。"

原本陈平安其实已经被条目城的一团乱麻，覆盖掉了先前的某个设想。如今越发笃定，这艘夜航船的关键，终究还是夜中高谈阔论的士子，还有那位同船游历、舟中伸腿的僧人。

以及谁都不会太多去想的那位撑船人！

陈平安重新翻开那本虬髯客赠送的册子，缓缓思量起来。

夜航船上总计十二城，其中有上四城，那么应该还会有中四城和下四城了。

条目城除了城主李十郎，还有副城主。其余城池，应该也会设置正副。

一个君王无数的垂拱城，其中有骊山北麓的那个清凉避暑地，就藏着与那幅卷轴牵扯的下个机缘。松烟督护龙宾所在的鸡犬城，则隐藏着关于《广陵止息谱》的机缘线索。

在名家铺子，那位与白玉京三掌教陆沉有过一场"濠梁之辩"的年轻掌柜，竟然还提议用一枚濠梁养剑葫芦，来帮助陈平安开辟新城。这就意味着渡船上的城池数目，极有可能不是个定数，不然以一换一的可能性，太小，因为会背离这条夜航船收集天下学问的根本宗旨。再加上邵宝卷的只言片语，尤其是与挑担僧人和卖饼老妪的那桩缘法，又透露出几分天时地利的大道规矩。渡船上的绝大多数"活神仙"，言语行事踪迹，好像会周而复始，渡船当地人士当中，只剩下一小撮人，例如这座条目城的封君、虬髯客、兵器铺子的五松先生，是例外。

但如此一来，这一小撮人，就显得更加身在山水文字牢笼中了。年复一年，百年千年，就像一直在翻看同一本书，只等外乡人登船，才能隔三岔五，增删些许文字而已，对于这些岁月悠久的老神仙、老前辈来说，岂不更加糟心？

陈平安从咫尺物当中取出一张白纸，写下了所见人物、所知地点和关键词汇，以及所有机缘线索的由来和指向。

先前裴钱刚刚入城，她当时所见三位神异人物——挂起灯笼的宫女，小山府邸中的纨扇女，还有一处彩楼之间廊桥上，一双银色眼眸的鹿角少年，多半都是条目城之外各大城中的某些重要角色。他们要么是副城主，要么是类似龙宾、秦子都这样的城主近侍。

裴钱看着师父将一张白纸写得密密麻麻，然后师父双手笼袖，盯着那张纸开始沉思不语。

裴钱轻声道："师父，李十郎交出的那张卖山券。"

这是个问题，却不是在提问。

陈平安笑道："等于咱们在条目城已经有了一处落脚地，就像桂花岛上边的那栋圭脉宅子，因为将卖山券修改为买山券后，就相当于山下一张交割完毕的官府勘验地契了。只不过师父没打算去住，接下来有机会的话，还是要卖回给李十郎的，不然硬生生在人家地盘，给咱们大摇大摆剐出个山头，城主大人想要眼不见心不烦都难，终究是伤了和气。"

裴钱皱了皱眉头，察觉出异样，立即从袖中取出那张青纸材质的买山券，发现背面多出了"且停亭"三字，与此同时有个嗓音响彻屋内："陈剑仙如果再不去买下戥秤，就又要晚了。"

陈平安笑问道："李城主，非礼勿视，非礼勿闻，是也不是？"

李十郎笑答道："天下学问，还见不得了？人人敝帚自珍，是什么好事吗？至于非礼而闻，谈不上，你我心知肚明，不必打此机锋，本是你故意先提及的我，我再来帮你验证此事罢了。此后三天，好自为之。"

裴钱望向陈平安，想要询问师父这个条目城城主的话，到底能不能信。毕竟李十郎，没头没脑的，好像一开始就对师父不太待见。反而是那龙宾所在的城池，好像知道了师父的隐官身份，而且专程赶来条目城，主动讨要一幅完整印蜕。

陈平安笑道："尽信书不如无书。"

裴钱问道："师父，那戥秤怎么讲？"

其实裴钱都不明白李十郎会何唯独要说此事，师父说此物是虚幻之物，得与失，意义何在？可要说一位条目城城主故意坑他们钱，好像说不通，那也太无聊和下作了。

陈平安解释道："戥秤的价值，不在其本身，而是在那些刘承规精心刻画出来的刻度，以及那些大大小小的秤砣上边。遇到识货的，就会变得值钱，很值钱。即便带不走戥秤，师父也可以帮你依着原有规范，准确描绘出刻度间距，再缝补还原那些略有磨损的大小秤砣，所以李十郎才会如此提醒。"

陈平安犹豫了一下，与裴钱正色道："不过这桩属于你的挣钱机缘，你争与不争，在两可之间，都是可以的。"

裴钱毫不犹豫道："那还是算了吧，懒得再跑一趟。"

周米粒立即说道："裴钱裴钱，我兜里金元宝和银锭儿还多着呢，一条条英雄好汉，只等着我一声令下，就出门去大展拳脚嘞，你们可别担心钱不够啊。"

裴钱拧了拧小米粒的脸颊："就不是这么回事。"

陈平安让裴钱留在屋内，独自走出，在客栈柜台那边，见到了一行人。有些讶异，因为与自己一样，显然都是刚刚登船没多久的外乡人。

一位背书箱的年轻儒生，弱冠之龄的面容，神色从容，腰悬一枚书院君子玉佩。

陈平安对此并不陌生，钟魁，还有剑气长城那位君子王宰，都有。样式相同，篆文各异。

那个儒生，正在与那店伙计商量着戥秤怎么买卖。

此外还有一个背桃木剑的年轻道士，身边站着个少年僧人，背着个用布遮掩起来的佛龛，是那随身佛。

年轻道士长得尤其风流倜傥，正在与同伴小和尚低声笑道："听说这条渡船有座城内，有个家伙自称是某佛转世，定是那邪魔外道无疑了，我们要不要把书呆子晾在一边，斩妖除魔去？"

少年僧人默不作声。

三人见着了陈平安，都没有什么惊奇之色。而更引起陈平安注意的，还是站在客栈外街上不远处的一位持剑老者,剑仙无疑了,还有可能是一位仙人境。

背桃木剑的年轻道士缩手入袖,掐指心算,然后立即打了个激灵,手指如触火炭,悻悻然而笑,主动与陈平安作揖致歉道:"是小道失礼了,多有冒犯,得罪了。实在是这地儿太过古怪,见谁都怪,一路战战兢兢,让人好走。"

确实怪异,他们虽说身份特殊,职责所在,所以在这条渡船上通行无阻,但是想要更换城池,一样需要解谜一般,通过层层关隘,没有捷径可走,亏得元雾这家伙好像无所不知,才势如破竹一般,最终抽丝剥茧,循着那条不断清晰起来的脉络,一路来到这座外乡过客最难进入的条目城。这位龙虎山天师府的黄紫贵人,觉得如果是换成自己单独游历这艘渡船,哪怕有保命符傍身,没个七八十年,根本别想离开,老老实实在这儿鬼打墙似的,至多是一处处游山玩水过去。那几座城,其实个个大如王朝山河,游历路上,有人手持灯笼,上书"三官大帝"四字,红黑相间,悬于门首,可以解厄。有人以小机插香供烛,一步一拜,以此虔诚拜香至山顶。

有个卖酒的长脸汉,一喝高了,就与酒肆的账房先生发酒疯,说要诛你十族。

有个名叫不准的疯癫汉子,手持一大把烧焦的竹简,逢人便问能否补上文字,定有厚报。

有驿骑自京城出发,快马加鞭,在那驿站、路亭的雪白墙壁上,将一道朝廷诏令,一路张贴在墙上。与那羁旅、宦游文人的题诗于壁,交相辉映。还有那白天汗流浃背的轿夫,深夜赌博,通宵达旦不知疲倦,使得在旁屋舍内挑灯夜读的官员摇头不已。尤其是在条目城之前的那座本末城内,年轻道士在一条黄沙滚滚的大河崖畔,亲眼见到一大拨清流出身的公卿官员,下饺子似的,给披甲武夫丢入滚滚河中,却有一个读书人站在远处,笑容快意。

陈平安点头致意,微笑道:"无妨。看个热闹又不凑热闹。"

"大气!"这位龙虎山小天师与那青衫客称赞一声,然后轻轻一手肘敲在少年僧人肩头,"你们聊得来,不说几句?"

少年僧人还是继续修习闭口禅,不过多看了眼陈平安,少年僧人双手合十,陈平安还礼。

那儒生花了几两银子,从客栈这边买下了戥秤。年轻道士问道:"如何?"

儒生摇头道:"意思不大,聊胜于无。"

一行三人走出客栈,街上那位老剑仙默默跟随三个年轻人,一同去往城门口,只是这一次,与那挑担僧人还有骑驴虬髯客都不同,有那巡城骑卒护送。

陈平安双手笼袖站在门口,就如他自己所说,只是看个热闹,遥遥目送四人离去,显然这三位的出城,是直接离开这艘夜航船。

条目城内,一处小亭外,李十郎望向那且停亭匾额,叹了口气,身边侍女多达十数位,秦子都只是其中之一。

除此之外,就只有一位白发苍苍的青衫老书生,笑问道:"城主,既然如此心疼,而且那位年轻剑仙都说了,他是愿意卖的,那你就买呗。这些生意事,你不擅长谁擅长?怎么,破天荒拉不下脸挣钱了?这可不像你的一贯作风。"

李十郎说道:"年轻后生身上,那一股子扑鼻而来的迂腐气,条条框框的,尽是些刻板规矩,让人瞧着不爽利,与他做买卖,委实难受。后来的那个儒生,就好多了。"

白发老书生爽朗笑道:"别扯这些个有的没的,分明是那年轻剑仙做买卖太精明,与你起了某种大道之争,让你忧心且吃疼了。一个不小心,说不定这条目城的城主之位,就该花落别家了吧?不然十郎会火急火燎丢出一道逐客令,白白给一个年轻晚辈瞧不起胸襟气度?捏鼻子递出卖山券,还要给人冷嘲热讽,这就好受了?"

卖文挣钱一事,如果不去谈挣钱多少的话,只说行事风格,身边这位李十郎,可谓天下独一份,不然也说不出那句惊世骇俗的言语:"我耕彼食,情何以堪?誓当决一死战!"

李十郎气笑道:"听你这口气,是很想条目城换个城主了?"

白发书生说道:"我只是想让贤,不再当劳什子的副城主了。学那张三,走就走了。"

冥冥之中,条目城的正副两位城主,可能还要加上杜秀才那几位,都认为那虬髯客已经知道了出城之时,就是最后一点灵光消散之时。

大髯游侠佩长剑,骑跛脚驴饮美酒,就此离去,与此间天地无声道别。气概豪迈,令人艳羡,而无惋惜。

不过渡船之上,更多之人,还是想着法子苟延残喘,得过且过。比如李十郎就从不掩饰自己在渡船上的乐在其中。

所以李十郎此刻并没有接话,这位老友,与自己不同,身边老友只是借醇酒妇人以避心中礼教,而且担任了副城主,约束要比摆摊的虬髯客更多,离城更难。

条目城内,藏书无数。天文地理,三教九流,诸子百家。人伦军政,方士术法,典制仪轨。鬼怪神异,奇珍宝玩,草木花卉。

夜航船最早只有四千余条目,演变成如今多达四百多万条。

李十郎突然说道:"你要是真不愿意当这副城主,他身边那个年轻女子,可能会是个契机,说不定是你唯一的机会了。"

白发老书生摇头笑道:"酒桌大忌是劝酒,岂不大煞风景?"

李十郎愤愤道:"这种不解风情的年轻人,能找到一位神仙眷侣就怪了!难怪会天各一方,这小子活该。"

老书生笑道:"那本山水游记上边的陈凭案,可不是一般的花前月下啊。"

李十郎说道："若真是如书上这般性情中人，我再白送他一道卖山券！莫说是一座且停亭，送他芥子园都无妨。"

老书生拆台道："先前那道买山券，也不是十郎白送的，是人家凭自己本事挣的。交情归交情，真相归真相。"

李十郎无奈，望向小亭，唏嘘道："可惜了这凉亭风月。"

鸡犬城内，一处大河之畔，一位高冠男子缓缓而行，岸上不远处有书院，岸边还有石碑矗立，铭刻"问津处"，而那滔滔河中，有一处水心砥柱大石，石上置猿槛中。

龙宾轻声问道："城主，当初那位白衣僧人游历渡船，偏偏只留下此物在船上，说是静待有缘人，难道就是那个陈平安？一位剑仙，还是读书人，好像不沾边。"

高冠男子笑道："不可说，说即不中。"

龙宾瞥了眼远远跟随他们的一位男子扈从，小心翼翼问道："莫不是要问剑？"

高冠男子说道："再说。"

别称无用城的白眼城内，一处乡野地界，那个离开条目城的封君骑着牛，牛角挂一把长剑，老道人高歌而行，怀里捧着个不知道从哪里捡来的西瓜，说那青牛道士，能延将尽之命，白鹿真人，可生已枯之骨……结果挨了一拨乡野顽劣稚童的泥块乱砸，追着打，让这不要脸的蟊贼将那西瓜留下，闹哄哄的，路上尘土飞扬。老道人骑在牛背上，摇摇晃晃，抚须而笑，没办法，受人恩惠，替人办事，吃点苦头不算什么。

这白眼城内，夜幕中，有位读书人立在闹市桥头，天上唯有一星如月。

读书人微微叹息，不知何时何人，才能帮助白眼城破个无用局。

条目城客栈里边，三人坐在桌边，裴钱在抄书，小米粒在陪着好人山主一起嗑瓜子。

陈平安双指并拢，轻轻屈指敲击桌面，突然说道："先前那位秦什么来着的姑娘，嗯？"

裴钱写完一句话后，停下笔，抬头眨眨眼："不知道名字，可能没见过，反正记不清。"

陈平安点点头。

小米粒却说道："叫碧玉，我晓得嘞！还有那啥两本书，我都记得的，等会儿，让我想想，莫急莫急！"

小米粒不再嗑瓜子，双臂抱胸，皱紧眉头，开始认真思考那两本书的书名。

陈平安丢了个眼色给裴钱，裴钱立即与小米粒微笑道："记这个做什么？没有的事。"

小米粒一脸茫然。裴钱提起笔，做横抹状。小米粒看了眼裴钱，再看了眼好人山主，哀叹一声："行吧行吧，记不得喽。"

裴钱继续低头抄书，小米粒继续嗑瓜子，反正她本来就记不住那两本书的名字，哈,白得一桩功德。小米粒突然有些良心难安,就将自己身前那座瓜子山,搬出一半往裴钱那边。

陈平安走到了窗口,抬头望向夜幕,背对着她们,不知道在想些什么。

小米粒刚想要说话,裴钱抬起头,抄书不停,却以眼神示意小米粒不要说话。

小米粒只好继续嗑瓜子,这个她是真知道答案,好人山主是在想某个在远方的姑娘哩。

以前第一次游历北俱芦洲的江湖,陈好人其实也会经常这样发着呆看着天,眼神柔和得就像……那些水边的芦苇啊杨柳啊,反正就是风一吹,心情就会跟着摇来晃去的,一会儿开心,一会儿不那么开心,再一会儿就又开心了。

陈平安双手笼袖,斜靠窗台,呆呆望向天幕。

夜航船上十二城,怎么能与那座飞升城比呢?

陈平安猛然抬头,喃喃道:"莫不是做梦吧?"

浩然天下,被一剑劈开天幕,有人仗剑从别处天下,飞升至此。

那位飞升境剑修,又循着那一粒剑尖光彩的牵引,气势如虹,御剑直去北俱芦洲和宝瓶洲之间的广袤大海,又随手一剑随意斩开禁制,瞬间落在白眼城地界。

连同夜航船十二城城主在内,都察觉到了这等惊骇异象。只是无一例外,谁都没有去主动招惹那个气势汹汹的女子。

那青牛道士最为可怜,因为就他离着那位女子剑仙最近了,枯瘦矮小的老道人目瞪口呆,看着眼前那位年轻女子,飞升境剑仙?

老道人挤出个笑脸,故作镇定,问道:"你哪位啊?"

那女子伸手一抓,将那把悬在牛角上的长剑夜游,握在手中,与那封君眯眼问道:"陈平安呢?!"

第二章
宁姚来见陈平安

原来她是来找那个做生意贼精贼精的小子。青牛道士松了口气，就说嘛，偷个西瓜而已，不至于挨雷劈。

老道人丢了手中狗啃一般的西瓜，从神色镇定，到恍然大悟，再到满脸的意外之喜，行云流水，哪有半点矫揉造作："姑娘你是说那位陈道友啊，他是贫道一见如故的挚友，忘年交，交情瓷实，虽是一场萍水相逢，却十分交心，不然陈道友也不会将此剑交给贫道保管，一起远游这座无用城，好帮他开路。"

这条白眼城村野小径上，一剑斩开夜航船禁制的飞升境剑修，背剑匣，匣内双剑，女子手持一把长剑夜游。

正是从第五座天下飞升至浩然天下的宁姚。

先是破境，剑斩一尊远古神灵，积攒了一桩不小功德，再剑开天幕，飞升远游浩然天下，循着四把仙剑之一的太白剑尖这点线索，最终给她找到了这条古怪渡船。只是不承想没有见到那个家伙，反而遇到了个牛角挂剑的骑牛老道人。

下意识，宁姚就以为他被困在了渡船这边。只是她转念一想，剑气长城和蛮荒天下都困不住他，怎么可能会被一条装神弄鬼的渡船拘押？那家伙在哪里不能如鱼得水？只是不曾亲眼见到他，她还是有些担心。

宁姚皱眉道："这里是无用城？那么他在何处？"

那家伙若是在这条渡船游历访仙，遇到了谁，碰到了什么棘手情况，才需要将一把佩剑交给别人？还是说他又重操旧业，一边当包袱斋，一边算计人？飞升境泉府那边，这些年只差没挂上一幅祖师像了。

老道人脸色又变,毫无凝滞,大义凛然道:"你这小姑娘家家的,贫道不管你是何方神圣,有何家世有何靠山,怎的,是要与陈道友寻仇,问剑一场?那可就别怪贫道倚仗岁数……帮陈道友接下这道梁子了!"

绝口不提什么剑仙什么飞升境。只当自己眼力不济,根本看不出来。

宁姚笑问道:"前辈真能接下这道梁子?"

那个家伙,明明都已经回了浩然天下,若是在宝瓶洲家乡也就算了,可如今看样子都往北俱芦洲逛了,怎么?很闲?

老道人脸色再变,都不用如何审时度势,就再次话头一转,由衷感慨道:"你们这些年轻人的红尘恩怨,贫道毕竟是方外之人,到底是不好掺和的。容贫道倚老卖老一番,在这里好心劝姑娘一句,若是真与贫道那位陈小道友有些误会,双方说开就好了。天底下的大好姻缘,可莫要给个'没说开'耽误了。"

宁姚笑了笑,果然是那家伙的同道中人。

老道人眼光何等老辣,立即如释重负,果然是那小两口了。陈小道友好福气!

渡船上,他们这些得以开辟出别有洞天的修士,所谓的举形飞升,随心而走,可真可假,归根结底,还是个借字,而且有借,就有还,你情我愿,规矩森严,买卖公道。但是最怕一剑破万法,尤其是能够破开天地禁制的剑修,先前那位女仙葱蒨,就差点在渡船这边着了道,若非她身边有位仙人境剑修护道,以剑开道,强行离去,不然那葱蒨极有可能阴沟里翻船。

一般来说,仙人境剑修,就可以在夜航船上来去自如,但是想要在渡船上撒野,依旧做不到。因为渡船如今还拘着一位仙人境剑仙,在那本末城当个跑腿打杂的店小二呢。也幸亏那位剑仙心不是一般大,寄人篱下足足千余年,都没有失心疯。

而且这条渡船,也确实最不欢迎天底下最为一根筋的剑修,除了一身沛然剑气和凌厉剑术让人忌惮之外,一身学问,往往浅,于渡船而言少有裨益,甚至可能还不如一位诸子百家的下五境修士。

"陈小道友如今身在条目城。"老道人抚须笑道,"只是这位小姑娘,可不是贫道唬人,凭你的剑术,登船与下船都不难,唯独在渡船诸多城池间的走街串巷,还真就不太容易了,极难极难。你就像是面对一位飞升境的阵师,只能落个天时地利尽失的处境。与其仗剑开路,四处乱撞,还不如让那陈小道友主动来找你。"

只要那小子一来白眼城,就等于他自己取回了长剑,一笔买卖,就算两清。何况眼前这位飞升境女修,瞧着先前赶路不太轻松,风尘仆仆的,有些难以掩饰的神色疲惫。

就是她那一双眸子,还是让人不敢直视。

不愧是山上最为难缠的剑修,一身气势,锋芒毕露。倒是那个陈小道友,与人言语时，和颜悦色，与人对视时，眼神柔和，好像与这位女子剑仙刚好相反。

大概是有这位飞升境剑修的衬托，老道人越发觉得与那个陈小道友相处如沐春风，刚刚分别，就让人甚是怀念啊。

宁姚环顾四周："我在这里等他。"

半个时辰内，如果还不来，她就去找他。不是没有信心找到他，跨越两座天下的无数山水，她都没觉得如何累，只是真的等到离他很近了，宁姚反而想要停下脚步。

见面后的第一句话，她该说什么？宁姚不知不觉皱起了眉头。

那个走也不是不走也不妥的老道人，骑在牛背上，貌似气定神闲，实则心里慌得很，尤其是当这女子一皱眉，就更惴惴不安了。老道人瞥了眼在地上开花的西瓜，有些惋惜，早知道就不丢了，这会儿还能啃啃解闷。

不是青牛道士胆小，遥想当年，在那浩然天下，这位喜好云游天下、嬉戏人间的封君，那也是壮举一桩桩、仙迹一处处的得道高人，实在是跟一个飞升境剑修相处，太过令人头皮发麻。天底下有几个剑仙，真有好脾气？一个个的，学了点剑术，不是在出剑砍人，就是走在出剑砍人的路上。

就说那剑术裴旻，当年不就是如此？不然他何至于逃难来到这条夜航船，只为了暂避锋芒？

这些个剑术高的，就没一个好说话的。

条目城，客栈内。

陈平安对裴钱笑道："那道买山券，先借给师父。"

裴钱递出那张青纸材质的仙券，说道："师父只管去接回师娘，我会护住小米粒的。"

陈平安笑着点头，收起买山券放入袖中，单手撑在窗台上，一个翻身离开屋子，然后拔地而起，"举形飞升"一般，一袭青衫直去天幕。顺便低头望去，陈平安将一座条目城的景象尽收眼底，果然不只是一座城池那么简单，而是山河绵延，一望无垠，风景壮阔，随着身形升高，脚下这方天地就像一块棋盘，一些纵横线交错处，有那人烟灯火聚集的城池盘踞，或是高耸入云的山岳矗立，如同一颗颗落在棋盘上的棋子。

条目城那位巡城武将在陈平安刚刚御风之时，就丢掷出手中那杆大戟，去势快若奔雷，好似剑仙祭出了一记飞剑。长戟化作一道璀璨虹光，划破长空，雷声阵阵，动静极大，直奔那个胆敢犯禁的外乡人。

陈平安稍稍更改飞升轨迹，脚尖一点，刚好踩在那杆大戟的尖端，然后身体蓦然后仰，缩地成寸，身在十数里外的别处，双指并拢，默念一个"斩"字，一划而下。

一处山水秘障，碰到了世间最管用的一道破障符，给后者硬生生在小天地间劈出一道大门。

天下剑修,剑破万法。

陈平安向前一脚跨出,同时一挥袖子,将那尾随而至的长戟打落回人间,身形消失在大门处。

循着长剑夜游在渡船上的那粒"灯火光亮",陈平安不管不顾,只是笔直一线而去。

在陈平安翻出屋子后,小米粒赶紧跳下凳子,跑到窗口那边,好像是发现自己个子太矮,只好又折返回桌子,搬了条凳子过去,站在凳子上,伸长脖子,使劲望去。

裴钱走到窗口,小米粒轻声问道:"是山主夫人来了吗?"

裴钱趴在窗台上,笑着点头:"肯定是师娘来了。"

小米粒在裴钱耳边轻声问道:"那等会儿见着了山主夫人,我要磕几个头才合适啊?一百个够不够?"

裴钱第一次游历完剑气长城回家后,那会儿的裴钱个儿还不太高,跟暖树姐姐差不多,每次跟周米粒说起剑气长城那边的事情,裴钱都贼开心,说了好些稀奇古怪的见闻,还有裴钱在那边闯荡江湖的丰功伟绩,还说有个叫郭竹酒的小丫头片子,黝黑黝黑的,比黑炭还黑,而且个子比小米粒还矮一大截,却是个功力极其深厚的马屁精,见着了师娘次次都会磕头。那个绰号绿端的小丫头片子,傻是傻了点,说话比陈灵均还不着调,不过其实人还不错,勉强能算是师父的弟子吧……一来二去,小米粒就记住了那个按照辈分算是裴钱师妹的矮个小姑娘,以及那个小姑娘最喜欢磕头。

裴钱被小米粒这么一问,就立即知道不妙,若是给师父知道了自己小时候,回到家里是怎么在背后埋汰郭竹酒的,估计要惨兮兮。

师父的那些小账本,可从来不落笔,只在师父心里,谁都翻不着瞧不见的。

所以裴钱先告诉小米粒不用磕头,到时候见着了师娘,记得扯开嗓子,多喊几声山主夫人就好,再提醒小米粒,不认得什么郭竹酒。

小米粒挠挠脸,说道:"我铆足劲儿喊话,嗓门可大,一不小心就跟打雷似的,吓着了山主夫人咋办?"

裴钱笑着揉了揉小米粒的脑袋:"师娘很厉害的,不会被你吓到。"

小米粒想了想:"怎么个厉害啊?"

裴钱沉默片刻,望向窗外的暮色,给出一个好像答非所问的答案:"没有师娘的话,我就遇不到师父了。"

小米粒突然伸出手,轻轻拍了拍裴钱的胳膊。因为不知道为什么,黑衣小姑娘觉得裴钱这会儿好像有些伤感,不大不小的,就是有那么一丢丢。

长大以后的裴钱,经常会这样,在落魄山陪着自己和暖树姐姐,不管是在竹楼二楼,在崖畔石桌,还是在山巅栏杆,坐着坐着,聊着聊着,裴钱就突然不说话了,想着事情，抿起嘴唇，而且会腰杆挺直，好像在看很远很远的地方。

那些年在山上，偶尔裴钱会高高抬起头，望向很高很高的地方，但是她的心情，好像又在很低很低的地方，小米粒就算想要帮忙，也捡不起搬不动。

裴钱再也不会卷起袖子，先沿着地上那些青砖，一步一步倒退而走，再往崖外纵身一跃了。也不会再与自己一起大摇大摆走路巡山了。裴钱也不会在树下一个蹦跳，双手抓住树枝，让自己抓住她的脚丫一起荡秋千了。很多裴钱以前需要跳起才能抓住的树枝，如今裴钱踮起脚尖，就抓住了。棋墩山上的那个马蜂窝，她们已经很多年没和它斗智斗勇满山跑了。

很多裴钱个儿矮矮时候的有趣事情，就像兜里的瓜子，一嗑就没了。

手臂被小米粒轻轻一拍，裴钱转过头，再微微低下头，笑问道："咋了？"

小米粒好像从裴钱袖子上双指拈住了一粒瓜子，往自己嘴里一丢："小小忧愁，一吃就没。"

裴钱笑了起来，小米粒也跟着笑起来，起先还有些含蓄，等见到裴钱开心，小米粒就一下子笑得合不拢嘴了。

裴钱一拍脑袋，快步走向桌子，收起那幅贴有彩笺便签的卷轴，小米粒跳下凳子，趴在桌上，哈哈笑道："我晓得的，没见过它，么（没）得这回事嘛！"

裴钱嗑起了瓜子，小米粒趴在桌上，犹豫了很久，突然小声说道："裴钱，你能不能修行啊？"

裴钱疑惑道："问这个做啥？"

小米粒咧嘴一笑，圆乎乎的下巴搁在手背上："随便问问。"其实她是怕下一次出远门，隔了好些年才回家，害怕裴钱个儿没有长高，却有白头发了。

裴钱笑道："我一直有练剑啊，好像……不是特别难。"又赶紧补了一句，"这种话，你千万不能跟我师父说，晓不得？"

小米粒一下子兴高采烈："知不道！"

陈平安离开了李十郎坐镇的条目城，来到一处陌生城中，远游至此的陈平安竟是头朝地，一头撞入大江之中，一拳递出，江河随之断流，逢水开水。随后闯入第三处城池内，有一座巍峨山岳拦在路上，陈平安剑诀变化，学那丁婴和裴旻，以指剑术，剑光暴起，逢山开山。

在下一座城内，陈平安御风掠向一座云中廊桥，桥上有一位面容秀丽却略显清苦的修长女子，瞧见了擅自越界的陈平安，她越发脸色不悦。

这女子气象惊人，无数个袖珍景象萦绕在她四周，如小鸟依人。有那玉簪铺在藕池边，兰舟系渡口，雁群南归，一座香火祠庙，匾额上书"藕神祠"三字。有那门前草葱郁，天上星河转。有那瑞脑消金兽，在屋内青烟袅袅，风卷起帘子，侍女踮着脚尖，面朝窗外院子里边的芭蕉和樱桃,与一位憔悴女子窃窃私语……还有泥泞道路上,十数辆马车缓缓而行,一位神色凄苦的女子掀起车帘,忧心忡忡……

她身边站着一位双袖垂下的少年,姿容俊美,银色眼眸,头有鹿角。鹿角少年抬起手,探出袖子,手心处凝聚出一道雷法,小如芥子,威势却大如天劫。

陈平安继续御风,抬起一手,亦是掌心雷法凝聚。最终那女子轻轻摇头,眼神幽寂的鹿角少年便重新缩手入袖。

才过了那道高悬天上的云中廊桥,紧接着陈平安发现自己出现在一处宫殿内,眼前是一面等人高的巨大镜子,竟然可以映照出人之五脏六腑。陈平安现身后,一身凌厉剑气与浑厚罡气,令那镜面泛起阵阵涟漪。大殿内有两位护镜人,有人一刀劈下,有人祭出飞剑,陈平安径直前行,一手握住那刀锋,随手推开,一手双指夹住飞剑,轻轻丢回,一袭青衫,大袖飘摇,走入镜中,闲庭信步,转头微笑道:"多有得罪,借过,只是借过。"

曾经两次远游剑气长城,走过多少千山万水?一条夜航船不过十二城,这点路程,算得了什么?

大海之上,一行四人御风悬停,脚下海面,波涛汹涌,掀起高达数十丈的巨浪,声势惊人,都是被那位女子剑仙的剑气牵引而起,远处海上还有那八风雷动、五色烟云聚散不定的天地异象。

他们刚刚离开那条夜航船没多久,那女子仿佛就在他们身边近在咫尺处出剑,剑斩禁制,打开渡船小天地的大门,身形一闪,落入渡船。

什么天地规矩渡船法度,都是纸糊;什么山上凶险、秘境诡谲,都是虚妄,反正她一剑即平。

龙虎山的那位天师府黄紫贵人,给结结实实吓了一大跳,拍了拍心口,毫不掩饰自己的胆战心惊:"小道这辈子就没见过这么行事霸道、出剑仙气的女子。"

十数里距离,对于他们这四位山上修士来说,那一剑落处,真就是近在眼前。

元雾说道:"如果没有猜错,是飞升城的宁姚。"

年轻道士眼神玩味,难不成你们俩早就认识?

元雾只得笑着解释道:"她这趟离开飞升城,带了一块文庙关牒玉牌。"

年轻道士试探性问道:"宁姚是靠着积攒功德,学那文圣一脉的赵繇,破例返回浩然天下?"

那位一向沉默寡言的老剑仙冷不丁说道:"她已经是一位飞升境剑修。"

老人先前已经拔剑出鞘,护在三位年轻人身前。主要还是为天师府小天师和那少年僧人护道,至于元雾,其实不用老剑仙太多上心。

年轻道士震惊不已："宁姚才几岁,至多四十来岁吧,她怎么就飞升境了?!"

那宁姚,成为第五座天下历史上的第一位玉璞境修士,并不奇怪。宝瓶洲风雪庙魏晋,就是四十岁左右跻身的玉璞境。

宁姚再顺势成为那座崭新天下的第一位仙人境,也不算太过奇怪。算是她厚积薄发,得天独厚,该她独占一座天下剑道魁首。

但是她就这样跻身飞升境,如果还不奇怪就真有鬼了！年轻道士使劲摇头,打死他都不信,宁姚已经是飞升境了。

老剑仙说道："宁姚修行资质太好,拥有一把仙剑,在第五座天下又有气运在身,她跻身飞升境,不算太难,只是这么快破境,确实出人意料。"

关于宁姚是否能够跻身飞升境,浩然天下的山巅,其实多有议论,都觉得不难,唯一的争论,是宁姚到底需要多久才能破开仙人境瓶颈。比如这位来自中土神洲的老剑仙,就猜测大概还需要八十年,与怀算盘子的估算差不离,只有那个坐庄邀请众人押注的郁胖子最夸张,说至多三十年,好嘛,这下子真给郁泮水通杀了,赚了个盆满钵盈。

数座天下的年轻十人,加上候补十人,总计二十人。

飞升城宁姚,亚圣一脉儒生元雱,剑气长城隐官陈十一,以及候补之一的流霞洲梦游客,化名邵宝卷的容貌城城主。

一条夜航船,如果不是元雱刚刚离开,差点就占到了四个。而这个元雱,正是辩论赢过李宝瓶的那位儒生。

年轻道士转头望向老人,笑嘻嘻道："前辈？"

老剑仙知道这小子想要问什么,淡然道："打不过,勉强能逃命。"

剑修之间的同境问剑,捉对厮杀,浩然天下的剑修,远远不如剑气长城,这是常理,不想承认也得承认。

已经在南婆娑洲开宗立派的齐廷济,就坐实了这个道理。砍个玉璞境修士,真就跟玩一样。

何况如今那宁姚已是飞升境了。

年轻道士感叹一声："可怕,真是可怕,这样的女子,将来谁能成为她的道侣,真真是让小道万分好奇了。"

老剑仙破天荒有些笑意："既然宁姚不是去蛮荒天下砍大妖,而是往渡船上边赶,走得还这么急,是为什么？"

年轻道士大声笑道："老江湖,不愧是老江湖,见解独到,眼光犀利！"

老剑仙一笑置之。

山中修道,岁月悠悠,只要是还打着光棍的老男人,谁还没点儿女情长英雄气短？毕竟不是那个好像脑子进水的左右。

若是世上真有翻检姻缘簿子的月老牵红线，一定是烦那阿良，怕那左右——一个会哭着喊着求那月老、恨不得让自己手脚都缠满红线；一个是月老你敢近身就是与我左右问剑。

元雾说道："我们继续赶路。"

一行人御风去往中土神洲。像他们这样的队伍，如今浩然天下总计有六支。

年轻道士御风之时，没来由想起条目城内，那个笑脸和煦、脾气极好的青衫客，莫不是这家伙，招来了宁姚？那家伙胸襟、气度自然都是极好的，可他那相貌，好像怎么看都还不如自己啊。

邵宝卷先前在那条目城，去而复返，去了名家铺子，买了所有记载那个典故的书，此后立即搬出容貌城城主的身份，再次捏碎一枚类似通关文牒的符箓，动身去往那个荒诞至极的本末城。

在一座琼楼玉宇恍若仙境的宫殿廊道中，邵宝卷见着了两位姿容绝美的女子，一位身穿宫装，气态雍容，一位衣裙宽松，妩媚动人。

前者正是殿脚女出身的崆峒夫人，如今是这水龙殿西苑的宫中女官领袖，司职画眉、挑灯，她还兼任西苑掌书官，算是龙鳞渠十六院的半个女主人。

这会儿她跪坐在一张青竹凉席上，转头与邵宝卷微笑致意，并未起身相迎。

崆峒夫人只有一只脚穿着绣鞋，常年如此。

一旁女子则脱了靴子，躺在竹席上，斜倚瓷枕，正在持杯饮酒，天然妩媚，仰头饮尽手中一杯仙家酒酿，崆峒夫人便又为她倒满一杯。

此女姿态豪迈如男子，微微醉醺，两颊红晕，望之如桃花仕女。

她却不是本末城人氏，真名朱素，在李十郎的条目城内，化名朱姝，生前是那北濠名妓，好饮酒。只是她曾经有个规矩，不遇知心人，就滴酒不沾。朱素是条目城李十郎的身边侍女。至于为何经常来此找崆峒夫人饮酒，大概是遇到了同病相怜的知心人。还有些在两城广为流传的香艳传闻，邵宝卷无心探究真假。

邵宝卷作揖行礼，微笑道："见过吴夫人，朱姑娘。"

朱素衣襟微开，露出一片若隐若现的雪白肌肤，她眯起一双桃花眸子，笑问道："邵城主，莫不是已经凑齐了三物机缘？"

邵宝卷取出三物，一袋子螺子黛，一截纤绳，还有早就备好的一只绣鞋，向前几步，弯腰放在青竹凉席边缘。

朱素突然伸出一脚踩中那绣鞋，妩媚而笑："哟，还真给邵城主凑齐了，这可是相当不容易的事情。不如奴婢跟你做一笔买卖，三物归我，我归宝卷，至于是春宵一刻还是几度春风，都可以商量。"

邵宝卷无奈道："朱姑娘说笑了。"

吴绛仙坐起身，眼神幽幽，收起了那五斛螺子黛和一截纤绳，然后拿起那只绣鞋，更换坐姿，再侧过身，低头弯腰，将其穿在脚上。

邵宝卷早已收起视线，目视前方，不去看这旖旎一幕。

其实邵宝卷在容貌城之外的十一城中，最怕来这荒唐城，因为在这里，修士境界最管用，也最不管用。像他们这种外乡人，按照此方天地规矩，属于渡船过客，一位玉璞境，在这本末城内就是一境的修为，一位刚刚修行的修士，在这里却可能是地仙修为，甚至拥有玉璞境的术法神通。只有龙门境左右的修士，在城内的修为，会与真实境界大致相当。

陈平安背后箩筐里的那个洞府境小水怪，来到城内，当然可以攀升几个境界，可陈平安的瞬间跌境，就是邵宝卷的机会了。

所以邵宝卷不得不再走一趟本末城，就是为了设局埋伏那位隐官。在杜秀才那边，先给出白姜等物，换取长刀小眉，获取机缘是真，其实更多还是为了不露痕迹地接近陈平安，再添补一幅《花气熏人帖》的文字内容，帮助那位富氏后人完成心愿，最终从老者那边换来一袋子螺子黛和一截纤绳，与崆峒夫人换取一桩实打实的机缘是假，与她请求一事是真。

崆峒夫人站起身，问道："邵城主有什么要求，尽管提，只要是我能力所及，绝不推脱。便是要我与雁门郡公讨要那四百卷《长洲玉镜》，或是那套崔协律编撰、虞内史补撰的《区宇图志》，都没有问题。相信李十郎的条目城那边，已经苦等多年了。只是东都观文殿的节录本珍藏，我无法调动，还请邵城主不要强人所难。"

本末城的西苑龙鳞渠和东都观文殿两地，藏书极丰，总计多达四十余万卷，但是最为珍稀的一部分书籍，始终没有与那条目城互通有无，李十郎对此也没有办法。

邵宝卷看了眼朱素，崆峒夫人转头笑道："就不留你了。"

朱素眼神幽怨，放下酒杯，一手捂住领口，一手拎住双鞋，缓缓起身，含情脉脉，小声道："加我一个，岂不更好？"

崆峒夫人置若罔闻，在朱素身形消散之后，邵宝卷才开口说道："我不是与吴夫人索要这些珍贵藏书，只是恳请一事，希望吴夫人在某一刻打开城池禁制，好让某人不受本末城大道拘束，能够出剑一次，与一个渡船过客，倾力递出三剑即可。"

崆峒夫人微微皱眉："邵城主要杀之人，是那位年轻女子身边的青衫剑仙？"

邵宝卷点头道："正是此人。"

崆峒夫人走在白玉栏杆旁，习惯性伸出一根纤细手指，轻轻抵住眉头，一时间有些难以抉择。

先前那位手持行山杖的年轻女子，竟然能够身在条目城内，与自己遥遥对视一眼，就已经让崆峒夫人大为惊奇。

至于邵宝卷所谓的某人，正是那个被夜航船拘押千年的仙人境剑修，姓万名群，玉工出身，这会儿还在一处酒肆端茶送水。

浩然天下的小暑钱样式几经修正，最终还是选择了这位玉工的铸造规范，而且雪花、小暑和谷雨三种山上神仙钱，其中唯有小暑钱采选篆文，正是发轫于万群这位公认的痴情种。而这位最终成为剑仙的著名玉工，之所以主动找到夜航船，并且在本末城沦为跑腿小厮，当然是为了能够让崆峒夫人回心转意，与他再续前缘。

在崆峒夫人犹豫间，她和邵宝卷几乎同时仰头望向天幕处。

剑光如虹，光照四方，一闪而逝，最后那位女子剑仙落在了白眼城内。

崆峒夫人怔怔出神，喃喃道："好出彩的女子。"

邵宝卷则有些心悸，因为他猜出了那位女子剑仙的身份——剑气长城百剑仙为首的宁姚，如今第五座天下当之无愧的山巅第一人。

夜航船本身是一件妙不可言的仙兵，坐镇渡船之人，修为更是相当于一位飞升境。

先前那位流霞洲女仙葱蒨，以及与她联袂找寻渡船的那位剑仙，可都不是仗剑落船的，与陈平安一样，是先乘坐渡船，再在夜航船这边"停岸"，只是葱蒨见机不妙，身边那位剑仙只好仗剑开辟出一条去路，而夜航船这边又没有太过刻意阻拦罢了。关于脚下这条渡船的底蕴深浅，邵宝卷哪怕身为十二城主之一，依旧不敢说自己已经看了个真切。

邵宝卷蓦然身形一闪，竟是身不由己地离开本末城。崆峒夫人立即施了个万福，算是遥遥与某人行礼致敬。

天意难测。

鸡犬城内。

在陈平安先前路过的大江之畔，高冠男子带着龙宾一起缩地山河数百里，来到屏障"城门"处。这位鸡犬城的城主，心意微动，水面如纸，铺出一幅雪白卷轴，大小不一的七八十枚印蜕，一一浮现而出，朱白印文皆有。

为首一枚印蜕正是那"酒仙诗佛，剑同万古"。

这是这位上四城之一的鸡犬城城主，用来借机调侃一下白眼城黄城主的，后者不是说那仙佛茫茫两未成嘛。

男子腰间悬配一枚古玉，上刻篆文"阜陵侯"，这就是自嘲了。

城主身边的少年，忍不住咧咧嘴，笑道："这个陈先生，雅也雅，俗也真俗。在剑气长城都能开起铺子，卖酒挣钱不说，还有心思刻这么多的印章，没哪个外乡剑修做得来这等事。"

高冠男子笑道："听说《百剑仙印谱》之后，还有那部《丽剑仙印谱》，如今连一百枚都没集齐，任重道远啊。"

龙宾说道："若是能够直接得到两本印谱，就不要如此多事了。"

男子摇摇头，问道："看这些印文，你有没有发现些学问？"

龙宾瞥了眼江面印文，说道："金石印文一道，字体若是细分，多达数十种，可这个陈平安来来去去就那么几种篆文，处处恪守规矩法度，也难怪会被李十郎当作迂腐之辈。而且就连那相对生僻的叠篆、鸟虫书之流，都极少用，莫不是担心剑气长城的剑修们认不得？印章卖不出去？而且哪怕是印章边款，依旧无一字是草书，就像完全没学过、根本不会写似的。"

男子笑道："叠篆就只有三枚，'美意延年''牵肠挂肚''一知半解鬼打墙'，还是为了借字形意，是有心取字之繁绕，来呼应印文。此外所有印文，都容易让人辨认，为何？当然是这位年轻隐官的心境显化使然了。追求一个类似天经地义的学问境界，在哪里都站得住脚，没有什么门槛，就不用……处处讲究什么入乡随俗了，就像随便与人说句话，山上人懂，读书人懂，不曾读书的贩夫走卒，听了也不难理解。"

龙宾作揖赞叹道："城主高见。"

男子自顾自说道："但是我之所以如此看重《陋剑仙印谱》，不只是因为印文内容，更在于这里边藏有一场拔河，太过有趣。"

男子抬起袖子，双手做拈笔写字状，轻轻一戳，微笑道："书生事，不外乎读书治学、立言写书两事，村塾蒙童都会写字，有何稀奇。但是这个陈平安的字，形似一人，已经很像了，但是偏要辛辛苦苦，吃力不讨好，始终在追求神似另外一人，所以就有趣至极了。我甚至完全能够想象，一个陋巷少年在练字的时候，越到后边，越较劲得咬牙切齿，好像眼神要杀人。"

少年望向水面上的那幅印蜕水卷，惊讶道："原来还有这么多的门道。"

高冠男子双手负后，蓦然而笑，自言自语道："真是个妙人。"

单枚印文最多。

最相思室。

心系佳人，思之念之。

游山恨不远，剑出挂长虹。

清澈光明。

少年老梦，和风甘雨。

一生低首拜剑仙。

身后北方，美目盼兮。

呦呦鹿鸣，啾啾莺飞，依依不舍。

天下此处剑气最长。

观道观道观道。

花月团圆,神仙眷侣。

人间有女美姿容,羞走天上三盏灯。

并无山水形胜地,却是人间最高城。

稚童嬉闹处,剑仙豪饮时。

霜降橘柿三百枚。

风摧我不动,幡不动心不动。

金风玉露,春草青山,两两相宜。

白鹭昼立雪,墨砚夜无灯。

城头何人,竟然无忧。

髻挽人间最多云。

雁撞墙,鱼化龙。

求醉耶,勿醉也。

花草葱葱。

登城如上坟,出剑即祭酒。

歇于雁荡山大龙湫,及三更梦中,星火满天,喜不成寐,赤足跳入草莽中。

定光佛再世落尘娑婆世界凡夫。

火锅就酒,天下我有。

冬笋炒肉。

远游人,画中人,心上人。

狐说八道。

书钱不贵,就是难买。

羊肠小道,人人野修。

让你一招。

天劫而已。

大写其意神通明。

不过是撑伞而行。

悔过不如无过错。

知不足。

不敢仗剑登城头,唯恐逐退三轮月。

为何要学剑?

剑开托月山。

哪条街巷没剑仙。

无飞剑者也是剑修。

唯我剑气长城,可以目中无人。

……

还有那成双成对的印蜕。

你。我。

形影不离。两心相照。

稽首天外天。道法照大千。

慷慨去也。浩然归也。

为君倒满一杯酒。日月在君杯中游。

前人今人。皆是剑修。

剑仙也曾少年。剑仙也曾少女。

二掌柜所卖酒水极佳,不信且喝。果然好喝。

……

更有那印文带边款内容的。

边款:道路泥泞人委顿,豪杰斫贼书不载。真正名士不风流,大石磊落列天际。印文:原来是君子。

边款:千赊不如八百现,精诚难敌风波恶。印文:挣钱不易,修道很难。

边款:世间人事无意外,争名夺利忙不休,教俺这江湖老子白眼看。印文:喝酒去。

边款:自古诗家词客,恨不得打杀一个情字,唯我只恨情愁不登门,喝他娘的酒,怒从胆边生,一棍砸在书,打烂婉约词。印文:愁煞光棍汉。

边款:没钱剑仙无酒可醉,婀娜佳人突然有秋膘。印文:如何是好。

边款:故人更是佳人,慷慨多奇节。少年心有一峰,忽被云偷去。印文:不小心。

……

垂拱城。

摆放有古镜的那座大殿外,有个怠懒汉子,其实一直坐在台阶上,横剑在膝,身体后仰,双肘抵地,懒洋洋望着远方,脚下踩着一条碗口粗的白蛇。

那条白蛇扭转身躯,口吐人言,在骂人呢:"来砍我啊,王八蛋,臭不要脸,就你那剑术,屁大胆子,敢拔剑砍大爷?你都能砍死老子?你咋个不让人在书上写是你斩尽蛟龙呢?"

那汉子抬起一手,抠着鼻孔,点头道:"对对对,是是是。"

白蛇这才消停些,轻轻摇晃尾巴,说道:"这些个老的小的,烦人不烦人,这都多少年了,也没个消停,就说老街那边的,买不起白鹤,每天就想着偷街坊邻居的白鹅,都不管管？还有那个耙耳朵，每天就蹲门口看过路姑娘，他家那个婆姨每次见着了，就拎着菜刀冲出门去，要砍路过女子的胳膊啊腿啊，像话吗？那个叫全忠的，每天不是聚众赌博，就是花钱收买人心，拉帮结派，跟附近几条街的那些老冤家，真不是一般的吃饱了撑着，一天到晚群架，你他娘的打就打了，好歹弄几把能砍出血花来的兵器不是，扁担板凳是怎么回事？打之前还排兵布阵，打完之后还要论功行赏分鸡腿，跟老子闹呢?！啊?！"

那条白蛇越说越气，一张嘴咬住那懒汉的小腿，汉子一阵吃疼，扯了半天也没能扯下，哎哟喂了半天。

"他娘的你几天没洗澡了，啥味啊？"白蛇终于松开嘴，竟然还吐了口唾沫在地上，"我都不稀罕说那些乌衣巷的家伙了，还有那个姓李的，跟你家的几拨子孙，无冤无仇的，双方隔了多少年，根本就八竿子打不着，放着好好的走镖挣钱不做，偏不走正道，非要变着法子约战，两拨穷光蛋加一起，就那三十几匹马，铁骑凿阵冲杀，披靡给谁看啊？疯了吧！他娘的还有些老光棍老色坯，都破落成啥样了，每天一碗酒能喝大半天，还要在路边唾沫四溅，牛皮吹上天，在那儿比拼谁睡过的女人多……再说那个名儿叫普通的，你说是不是脑子有病，每天只吃一顿饭，然后没事就跑几条街那么远，堵人门，非要让那个曾经被他逼着吞金自尽的家伙，还他金子！"

汉子足足听了一刻钟，实在是忍不住了，打了个哈欠，坐起身，无奈道："不这样闹腾，还能做什么呢？总得找点事情做做。"

一个个的，无论明君昏君，无论开国皇帝还是亡国之君，都是名垂青史的人物。

其实一座垂拱城，更多的还是君臣之间的吵架，估计只要夜航船还在，双方就能一直吵下去。至于家家户户关起门来的老子骂儿子，老祖宗骂不肖子孙，那就更是不用说了。家家有本难念的经。

白蛇扬起头颅，怒道："没半点眼力见儿的东西，赶紧给壶酒喝！没有好酒，你就往自己大腿上割一剑，让爷对付对付。"

汉子笑道："等那对神仙眷侣来咱们这边做客了，我帮你与他讨要几壶货真价实的仙家酒酿。"

那条白蛇默然，然后小声嘀咕道："断头酒喝不得。到时候你可别光顾着与他称兄道弟，请他吃什么炖蛇羹。"

"水是眼波横，山是眉峰聚。欲问行人去那边，眉眼盈盈处。"汉子深呼吸一口气，双手按住剑鞘，笑道，"年轻且活着，真是让人羡慕啊。"

那条白蛇盘踞起来，问道："你个不学无术的，啥时候会拽文了？"

汉子伸了个懒腰，道："咱们是去看看有无新编的童谣，还是去那长平亭逛逛？"

那条白蛇嗤笑道："有本事就去乌江亭！"

汉子提剑起身："有胆子，没本事。"

汉子耍了个花哨旋剑，一个不小心，长剑摔落在地，那条白蛇一甩尾，将那长剑扫出去十数丈，记起一事，提醒道："稷嗣君这个讨债鬼，又跟你讨要那《律令傍章》的酬劳了，正在与你那婆姨诉苦呢，说他最近是真揭不开锅了。没办法，真不是他胡说八道，隔三岔五就要请个司马喝好酒，喝高了，胆气一足，就换个司马去饱以老拳。酒钱，药钱，毕竟都是实打实的开销，你真怨不得老爷子跑来哭穷，不过老爷子今儿故意穿上那双快要磨穿鞋底板的破旧靴子，就稍微有点过犹不及了。"

白蛇突然怒道："你瞪大眼睛看老子作甚，卖老子能换几个钱？毛病！"

汉子收回视线，一步步走下台阶，问道："那个女子，真是飞升境？"

白蛇滑下台阶，说道："必须是。而且不知为何，见着了那个娘们，方才再见着了那个年轻剑仙，老子这会儿总觉得有些眼皮跳，腿不稳，心发颤啊。"

汉子弯腰拿起那把长剑，扛在肩上，低头望去："我没听清，你再说一遍？"

白蛇恼羞成怒，突然蹿起，就要咬那汉子的小腿，就当是小酌几两酒水，结果给汉子一脚挑高，再拿剑鞘使劲拍飞出去。

汉子抱剑而立，满脸的心满意足，点头道："这就很有帝王气魄了。"

只是汉子很快忧愁不已，想一想自己的那个婆姨，再想一想那个年轻剑仙的神仙眷侣，真是人比人气死人啊。

只是不管如何，还是喜欢她。

这个以剑敲肩缓缓而行的惫懒汉子，觉得自己三十五岁的时候，她才二十岁，那一年的她，很美。

邵宝卷来到一处不属于渡船十二城地界的山巅，云雾缭绕，山顶只有一位相貌清癯的中年文士，和一位坐在蒲团上酣睡的僧人。

这座孤山四周，云海茫茫，依稀可见一座座城池，如一叶叶浮萍随水起伏不定。倏忽间景象变化，又如置身于天外，一颗颗星辰小如芥子，尽收眼底，灿若银河。再眨眼工夫，景象又变，仿佛有行人纷纷抬脚，犹如一尊尊高大神灵，迈步走在远古道路上，孤山只是路上的一粒尘埃。

邵宝卷先与文士作揖行礼，然后苦笑道："船主，为何一定要我如此针对陈平安？"

若是不答应此事，他不但保不住容貌城的城主之位，甚至还无法脱离梦境，虽说只是一粒神识，就此沉沦渡船天地之中，但是对于邵宝卷这位梦游客而言，身为数座天下的年轻候补十人之一，志在大道登顶，这就几乎涉及与性命等同的整个大道前程了。

只要一粒心神不得脱困，破元婴瓶颈之时无任何心魔侵扰的他，大道之上的下一道关隘，用佛家言语，就是大如须弥山，横亘路上。而邵宝卷对于三教诸子百家学问，恰恰只有佛家，研习最少。不然也不会独独与佛家机缘，数次失之交臂，始终苦求不得。

中年文士反问道:"猜一猜,他入城后,连你在内,他总共与渡船当地人氏,说了几个字?"

邵宝卷摇摇头,苦笑不已,这如何猜得出?

中年文士缓缓走到山巅崖畔:"他是外乡人,你也算半个,所以正好。其他人都不适合做此事。"

邵宝卷的三次算计,以及之后的布局,成与不成,根本不重要。渡船根本就不奢望一个年轻十人候补的邵城主,能够留下一个年轻十人之一的隐官陈十一。

不只是双方境界差距,更多还是心性。

中年文士需要的,只是通过邵宝卷现身条目城,一些个胡搅蛮缠,让那位年轻隐官在夜航船上,多与人闲聊,多访仙捞取机缘,多多益善。

陈平安在夜航船上说话越多,涉及文字越多,他在渡船上边的分量就越重。每个字都是一颗钉子,每句话都是一条锁链,每一场机缘,都是一丛荆棘小牢笼,最终那个年轻人稍稍起念,就会心如刀割。

这就是渡船的待客之道,一般人可没有这份待遇,仙人葱蒨都配不上。

所以说破例直接让陈平安三人进入条目城,是有讲究的。

中年文士远望那座白眼城的村野小路,笑道:"人算不如天算吗?这就有些麻烦了。"

他对邵宝卷笑道:"你自己都找好退路了,还怕什么后患?鸡犬城那个龙宾,一口一个陈先生,又帮着阜陵侯开口讨要印蜕,所以你故意涉险道破陈平安的隐官身份,其实是很明智的,反而可以打消对方心中的那个万一。再说了,到最后你真要被迫与他对峙,大可以把所有脏水泼在我身上,在这里就当是先答应你了,所以不用有任何负担。"

邵宝卷默不作声。

这位船主张夫子,拥有飞升境的修为。这条渡船,是一件靠着缝缝补补、不断攀升品秩的仙家至宝,如今已是仙兵品秩。而且夜航船上,近期将会开辟出最新四城。

这也是邵宝卷最近如此孜孜不倦、四处奔波的原因之一。

而且邵宝卷的最大依仗,还不是什么容貌城的城主身份。而是他在每次寤寐和清醒之间,能够将真身留在流霞洲修道之地,梦游夜航船,一次次转换某粒心神,靠着反复入梦,一次次为渡船各城添加学问。通过这条捷径,以极快速度积攒出足够的功劳,赢得下四城之一的容貌城城主之位。

只是邵宝卷至今无法确定张夫子的生死、真实境界、大道根脚、压箱底本事,一切都太过虚无缥缈,太过神不知鬼不觉。

一条夜航船上,应了那句老话,书中自有黄金屋、千钟粟、颜如玉,而且每个人所知学问，都可以拿来换钱，可以让"活神仙们"在此续命，拼凑魂魄，炼实为虚，保持一点灵光不散。

中年文士眺望远方云海，邵宝卷循着视线，发现是那座夜航船上十二城中，最为沉重的鸿毛城，别称结果城。而这个所谓的"沉重"，是那种货真价实的重量。渡船十二城，一直都有大小之分，轻重之别。

邵宝卷哪怕是一城之主，都无法进入鸿毛城，只是知道些零散的道听途说。

与那严格遵循"事必求真""宁阙勿书"这些治史原则的条目城完全不同，鸿毛城恰如其名，记录了不计其数的琐碎事，有大有小，但因为都是些渡船之外、神仙难翻的老皇历，所以轻如鸿毛，无足轻重。城内档案堆积如山，记录着山上山下，庙堂官场，江湖市井，记载了无数的事情，有些事，既有起因，也有结果，但是鸿毛城从不去管这个结果的真假，从不刻意探究什么真相。一份官府衙门的批文，地方宗祠乡贤的一句盖棺定论，某位江湖名宿为了摆平纠纷的一句公道话，都会被记录在册。而有些事，无论大小，因为在浩然天下本就没有结果，所以只在条目末尾，写下"无果"二字。

中年文士说道："忙你的去。"

邵宝卷毕恭毕敬，与这位船主作揖告辞。

那个坐在蒲团上的僧人，终于睁开眼。

中年文士笑道："你觉得陈平安是否有所察觉？"

僧人重新开始打盹。

中年文士双手十指交错，大拇指轻轻互敲，缓缓道："北俱芦洲，割鹿山刺客，靠着左手逃过一劫，至今记忆犹新。开山大弟子的提醒，山水囚牢，文字的倒影，还清楚夜航船这个名字，因果线，东海观道观的脉络，成长道路上，开始越发坚信每一个学问、每一个道理都是有力量的，却同时又是一种负担。好像确实是有点麻烦了。一个年轻人，就这么难对付吗？"

每个朝代都有自己的法度规范，每个地方都有自己的风土习俗，每个人都有自己的处世之道。

他想起一些陈年往事。

渡船历史上的贵客当中，有当年尚未飞升去往青冥天下的陆沉，以及陆沉身边那个化名顾清崧的撑船舟子仙槎。

还有曾经的浩然贾生，之后的文海周密，是在去往倒悬山途中，被邀请登上夜航船的。

以及那个从中土神洲返回家乡宝瓶洲的绣虎崔瀺，后来的大骊国师。

中年文士忍不住笑了起来："一个文脉首徒，一个关门弟子，绣虎开门你关门？真有这么厉害？"

夜幕中。

青牛道士察觉到一丝异样，立即翻身下了牛背。老道人不知何时又捡了个西瓜，蹲在路边。背对着那个好像有些局促不安的飞升境女子，老道人深呼吸一口气，轻喝一声，好个气沉丹田，一掌就劈开了西瓜，将一半先放在脚边，然后开始低头啃起另一半。

很快就有一袭青衫踉跄现身，出现在宁姚身边。

一条乡野小路，地上都是月色。

陈平安出现在道路上，宁姚其实一直在原地等待，终于等到了这个家伙。

他看着她，她看着他。

曾经在剑气长城的一处门口，他与她那次久别重逢后，说了一句，浩然天下陈平安，来见宁姚。

又一次重逢。只是这一次，双方都在异乡。

而两人的最早家乡，小镇还在，可骊珠洞天其实已经没了，两截城头还在，其实剑气长城也没了。

可她还是那个她，宁姚永远是那个宁姚。

陈平安笑容灿烂，只是开始渐渐皱起脸，使劲抿起嘴唇，然后瞬间眼神明亮起来，又翘起嘴角，忍着笑，眼神温柔。

什么都没有说，又好像什么都说了。

宁姚，这么多年，我很想你，有些辛苦，但是没什么，今天遇到你，就是最好了。

她神采奕奕，微微仰起头，眉眼飞扬，与那个家伙说道："飞升城宁姚，来见陈平安！"

路边蹲着的老道人，刚啃完手中一半西瓜，半生不熟的，滋味一般，刚要拎起另一半，听到这俩名字后，一哆嗦，再一个弯腰，一个探臂抄手，手背贴地，掌托西瓜，如仙人手掌山岳，怎就不是神仙风范了？老道人抚须而笑，瓜是不熟不甜，一身道法术法尚可，不曾生疏了半点。

让他哆嗦的俩名字，与那相逢投缘、关系莫逆的陈小道友没啥关系，是飞升城，以及宁姚。

剑仙什么的，老道人见过太多，可是一整座天下的板上钉钉第一人，分量可比青牛道士当下手中的半个西瓜重多了。

大玄都观那位孙老哥，才是青冥天下的第几人？好像是第五？

符箓于玄，咱那于老弟，两大袖子装满了符箓，才是浩然天下第几人？好像具体第几，至今都没个确凿说法，反正名次很靠后就是了。

宁姚如果只是剑气长城的宁姚，倒也还好，所谓的未来大道可期，终究只是意外重重的未来事。可是一个已在飞升城的宁姚，一个已是飞升境的宁姚，就是真真切切的眼前事了。

既然已经在那第五座天下，给她成功跻身了飞升境，那么就意味着在以后的修行路上，只要在千八百年之内，宁姚暂时别去文庙撒泼，或是别去白玉京问剑，她就再无意外了。

如今宁姚仗剑远游浩然天下，那是带着一身"天下大道"来的。什么是过江龙？这就是了。

老道人忍不住转过头，顾不得会不会给那陈小道友记仇，仍是忍不住瞥了眼那个背剑匣的远游女子，多看一眼都是赚啊。

何谓老江湖？就是人生路上见过谁，与谁喝过酒，呼朋唤友，与谁过招，切磋过道法。天高地阔的，一位修道之人，曾经赢过谁，未必如何，曾经输给谁，反而说不定是一桩长脸的事。

呔！那陈小道友，小贼好胆识，竟然还对宁仙子动上手了？！

宁仙子，可以出剑了，剁了他那一双狗爪子啊，这种事情要是传出去，岂不是教外人白白看笑话……等会儿，今夜这事谁能传出去？那陈小道友，该不会与他翻脸，与那宁仙子吹啥枕头风，让她来个杀人灭口吧？罢了，一双人间除此再无的神仙眷侣，天造地设一般，花前月下，卿卿我我，羞煞明月，正合时宜。

贫道多余了，还是吃瓜吧。

陈平安轻轻抱住宁姚，很快就放开她，后退一步："怎么来了？"

她鬓角耳边有些红晕，什么脂粉，什么描眉，什么梳妆打扮，哪里需要？

宁姚将手中长剑还给陈平安，说道："是不是太托大了？佩剑都敢交给别人。"

陈平安接过那把夜游，背在身后，笑道："封君老神仙，旷达磊落之辈，交出佩剑夜游，我很放心，不比自己背剑在身差了。"

宁姚有些疑惑，封君？

陈平安背对那啃草青牛和啃瓜老道人，与宁姚眨了眨眼睛，提醒道："就是在剑气长城，与你提到过的那个青牛道长，其实这位老神仙，最早提出了'外用符箓内炼丹，阴阳相济术道兼'。只可惜老道长收徒门槛太高，吃亏太多，才未能真正扬名数座天下。世人多是德不配位，才不配名，封君老神仙刚好相反，教人打抱不平。"

宁姚哦了一声："我当是谁，原来是你以前提过的四位道门前辈之一。"

远远蹲着的老道人，其实一直竖起耳朵，这会儿听得两眼放光，双肩微颤，手中这瓜，余味无穷，甜是真甜。

哪四位？

东海观道观的那个臭牛鼻子，大玄都观的孙怀中，符箓于玄，龙虎山大天师，火龙真人,这就已经五个了。不管贫道挤掉哪个,都是烧高香的美事啊,在四人中垫底都成。

陈小道友先前在那鸟举山,与自己闲聊,怎的不提这茬,不够以诚待人啊。既然心中早有这份敬仰,藏掖作甚?年轻人脸皮子太厚,肯定不行,太薄,更不好。

当时袖中滑出一把匕首,旋转不定,瞧着挺瘆人的,害得贫道差点误以为真遇见了那个曹沫,再一手掌心聚五雷正法,耍来耍去,无非就是"正宗"二字,咋的,是一位桃木剑搁家里忘了捎带的天师府小贵人啊?不承想原来都是误会。

像那云雁草虫扰人梦,铁马冰河入梦来,如此这般的误会,倒也不失美好。

神清气爽的老道人,立即丢了手中瓜,抖了抖双袖,轻轻咳嗽一声,才缓缓起身,面朝那对年轻男女,老道人没忘记后脚跟一磕,将地上剩余瓜皮一脚踹飞。

老道人抚须而笑,瞥见那飞升境女子后,略作思量,还是半点不亏心,打了个稽首,朗声道:"贫道封君,道号青牛。"

陈平安破例还了一个道门稽首。

宁姚抱拳回礼:"晚辈宁姚,幸会道长。"

老道人笑声爽朗,这趟白眼城的劳碌奔波,能够亲眼见到这双璧人仙侣,值了值了。

陈平安从袖中拈出那道青纸材质的买山券,老道人眼尖,瞧见了将"卖"字改为"买"字,背面显出"且停亭"三字,老道人打了个激灵,那个担任条目城老天爷的李十郎,风流是风流,却不是什么好商量的人,尤其是做起买卖,精明得一塌糊涂,陈小道友竟然能从他手里拿到此物?夜航船十二城,除了那容貌城邵宝卷还是个雏鸟,其余十一位老城主,各有各的性情脾气,各有各的大道神通,可都不是什么省油的灯。

陈平安再拈出一张符箓,交给老道人:"换剑为符,买卖依旧。"

老道人哑然,接过手中那张跌份儿的黄纸符箓,只得点头答应下来,继续帮这小子打探那个消息。

陈平安带着宁姚来到条目城一座凉亭内,匾额且停亭。

白眼城的夜幕小路上,老道人哀叹一声,闲来无事,拈起那符箓一瞧,立即凝神屏气,以道袍大袖一卷,瞬间将符箓收入袖中。再伸手一抓,怀抱一物,走向那坐骑,青牛卧地,老道人坐上牛背,青牛起身,缓缓而行,老道人一手托瓜,一手轻敲几下,侧耳聆听,自言自语道:"天地氤氲,万物化醇。大音希声美矣,大中至正粹然……肯定甜!"

凉亭外的台阶下,站着那个出身胭脂神府的李十郎侍女,秦子都与陈平安和宁姚施了个万福,然后取出一张梧桐叶,笑道:"以后陈先生可以凭此物,往来于城门与凉亭。只是还需谨慎使用,一旦笔画用尽,城主就要按例收回此亭了。"

陈平安果然发现那道买山券的背面,原先三字"且停亭","且"字已经少去一竖,而整个"停"字都已消失。陈平安与那秦子都笑着点头,再伸手一抓,从她手中隔空取物,拿过那一叶梧桐,梧桐正反面铭刻有"府庠生"和"识字农",府字已经少去一点,大概与买山券是一样的规矩,每用一次,就会少去一笔画。至于为何少了个"停"字,肯定是因为自己这趟违例犯禁去往无用城。

陈平安笑道:"谢过秦姑娘。"

秦子都嫣然笑道:"陈先生喊奴婢为碧玉即可。"

陈平安微笑不言,很想说一句"我们又不熟,喊我陈剑仙即可"。

宁姚双手负后,仰头望向那凉亭的匾额和楹联。

陈平安略作思量,不着急离开此地,再次取出那道买山券,问道:"此物可以换取几个答案？买山券两字,每减去一笔,劳烦秦姑娘为我解一惑,如何？"

因为有一位飞升境剑修在,城主肯定不好随便窥探此地,所以秦子都沉默片刻,稍稍起念,似乎得到了城主李十郎的许可,点头又摇头,道:"可以,不过规矩要改一改,买山券还剩下两个字,陈先生只能问两个问题。至于"且"字少去的那道笔画,城主说就当是送给宁城主的一份见面礼了。"

陈平安想了想,点头答应下来。对于条目城的这座且停亭,陈平安一开始就没想着长久占据。这条夜航船,就不是什么久留之地。

刹那之间,秦子都下意识侧过身,还不得不伸手挡在眼前,不敢看那道剑光。

原来是那个一言不发的女子剑仙,毫无征兆地拔剑出鞘,一剑斩开了条目城的天地禁制,循着秦子都的那道心念,直接去找城主李十郎。

而那个青衫背剑的年轻男人,继续留在原地,好像没事人一样,微笑问道:"敢问秦姑娘,夜航船有哪些城池小天地？"

被狠狠算计了一遭的秦子都,恼火不已,怒道:"你们两个,是事先约好了的?!"

陈平安摇摇头,还真没有。

来时路上,他只是与宁姚随口说了些条目城见闻和遭遇。

秦子都瞪了眼那人,沉声道:"上四城,鸿毛城,条目城,鸡犬城,规矩城!"

陈平安打断她的言语:"劳烦秦姑娘一并加上四城的别称。"

秦子都不言语。

陈平安就挪步走到凉亭台阶上,落座后双手笼袖,身体前倾,略微佝偻,可是比起刚入城那会儿,要神色闲适许多,整个人显得松松垮垮的,很懒散。

秦子都说道:"四城别称,结果城,无涯城,得道城,山上城。"

陈平安点点头,有些心不在焉。先前路过,瞧见大河畔问津处,有高冠男子龙宾,远处有一位差点出剑的剑客扈从,是那鸡犬城了。只是不知为何,水心处大石,为何会关押着那头雪白色的心猿。所以这座鸡犬升天的得道城,哪怕城主不邀请,都必须得去了。

"中四城,白眼城,灵犀城,垂拱城,太平城。别称无用城,第一城,家谱城,甲子城。"

陈平安已经逛过了那垂拱城,当时大殿外有个惫懒汉子坐在台阶上,只是转头看了眼殿内,没有半点阻拦自己的意思。

御风经过天上廊桥处,有那清苦女子和鹿角少年并肩而立,多半是别称第一城的灵犀城了。寓意船外文无第一,夜航船上偏偏有?

秦子都说出最后四城:"下四城,本末城,推敲城,杂项城,容貌城。别称荒唐城,一字城,争渡城,声色城。"

陈平安问道:"如何去往别处城门?"

"只说在我条目城内,随便找家书铺,以某个勘验过后的条目,换取一道通关文牒,再与店主说去何城,即可通行无阻。"

陈平安双指突然拈住买山券的最后一个"亭"字,硬生生止住了纸上"亭"字的缓缓消失,笑道:"秦姑娘只说了条目一城的出城方式,这桩买卖就不公道了。其余十一城的关牒由来呢?"

陈平安摊开手掌,晃了晃,再抬起另外一只手中的买山券:"鸿毛城,鸡犬城,白眼城,规矩城,垂拱城,灵犀城……算了,将此城换成容貌城,打个对折,总计六城。"

秦子都犹豫了一下,伸出手掌,弯曲两指:"最多三城,而且必须是鸡犬城,白眼城,本末城,没得商量了。我就不信陈剑仙能够时时刻刻攥住这道买山券。"

鸡犬城和白眼城,与条目城关系不错。何况鸡犬城刘城主,本就有意让此人去那边做客。而那处处荒唐还敝帚自珍的本末城,与条目城一向关系最差,就让这个不讲规矩的惹祸精,去那边兴风作浪。

陈平安收起双手,没来由改口道:"那这笔买卖就当没做成,我与秦姑娘换个小问题,那邵宝卷是哪里的城主?"

秦子都松了口气,说道:"是那下四城之一的容貌城。"

陈平安看着对方的神色,笑问道:"是不是有了条目城的关牒,如今也未必能去容貌城了?"

秦子都点点头。邵宝卷是一城之主,当然可以闭门谢客。

陈平安松开指尖的买山券,正反两边的文字,就此消散天地间,但是那张货真价实的青色符纸,却留在了陈平安手中。

秦子都恨恨道:"陈剑仙若真是城主认为的那种迂腐刻板之辈,倒也好了。"她的言下之意,当然是这个精明算计的陈先生,不当商贾当剑仙,太不像话了。

陈平安笑了笑,道:"正因为不是,我才能一步一步走到这里来,坐在这且停亭台阶,与秦姑娘客客气气说话,做着和气生财的买卖。"

秦子都疑惑不解,却未深思什么,只当是这个年轻剑仙的胡说八道。

陈平安起身，走下台阶，转头望向那匾额，轻声道："名字取得真好，人生且停一亭，慢行不着急。"

秦子都哂笑不已，既然如此喜欢，为何还要做那桩买卖，将此亭交还条目城？过客能够在此落地扎根，就等于多出了一张保命符。杜秀才、青牛道士之流，可都是好不容易才攒出各自的一份家业，而且相较于且停亭这种近乎实物的一方山水地盘，什么别有洞天，只是听着玄妙、看着花哨而已，其实远远不如这座凉亭。

陈平安如今手中只剩下那一叶梧桐，以后也能来此处，可是一座且停亭却已经物归原主了。

不过秦子都依稀记得，此人先前在条目城大街上，听闻自家城主是李十郎，眼神当中有过一丝明亮光彩。不过年轻人很快就有些脸色尴尬，大概是这辈子修行顺遂，从不曾如此被人当众冷落过？眼中还闪过一抹黯然，不过稍纵即逝，好像从未有过。秦子都当时因为厌烦那个鸡犬城的墨锭儿，又实在好奇这个条目城的过客剑仙，所以才将这些不易察觉的细节，看得真切。

秦子都没来由又记起一事，好像城主两次去见那青衫剑仙的时候，年轻外乡人与李十郎并肩而行，数次欲言又止，眼角余光却一直在那儿偷偷打量。只等城主取出那道卖山券，年轻剑仙这才恢复正常神色，开始做起了买卖。

在城主现身去往大街之前，副城主当时还调侃一句，年轻人瞧着性情很沉稳，照理说不该如此沉不住气，看来十郎你一口一个《性恶》篇，一口一个从条目城滚蛋，把他气得不轻啊。

一处庭院，不及三亩，地只一丘，故名芥子。

宁姚仗剑一步跨出，来到那小园门口，眼神凌厉得有些出乎寻常，格外不讲道理了。

她与什么条目城，什么李十郎，没有半点关系，但是陈平安有。

曾经她家乡的城头上，在那三轮明月下，宁姚坐在那个人身边，他一得闲，就经常会拿起身边珍藏的一些书，多是些早年积攒下来的文人笔札，其中就有一部《画谱》。陈平安当然没有与她说过什么青牛道士，但是他趴在城头上，经常拿出那部《画谱》晒月亮，偶尔抬头，与宁姚信誓旦旦说过，这个李十郎，真是神仙中人，除了有件事不能学，其他学问，真是让人神往，实在太厉害了。所以自己的竹简上，就一字不差刻了那篇《交友箴》。"休提封侯事，共醉斜曛里"也写得漂亮，李十郎说那治学文章、传奇戏文的区别，更是说得极好，原来跟与人讲道理是差不多的道理。

尤其是李十郎做生意，更是一绝。只是在别地书商版刻书这件事上，稍稍有些气量不是那么大。可惜如何都遇不着这位李先生了，不然真要问一问这位十郎，真有那么穷酸落魄吗？当真是文章憎命达不成？再就是李先生出生那会儿，真遇到了一位仙人帮忙算命吗?当真是星宿降地吗?是祖宅地盘太轻,搬去了家族祠堂才顺利诞生吗?若是李十郎好说话,就还要再问一问,先生发迹之后,光耀门楣了,可曾修缮祠堂,说不定可以在两处祠堂匾额里边,孕育出那香火小人呢。

宁姚就想不明白了,这样的一个李十郎,当年城头上,怎么能让他絮絮叨叨个没完,至于吗?

到了这条目城,真见着了李十郎,又如何?还想与那李先生问那些昔年的一个个心中疑惑吗?

她最清楚不过,陈平安这辈子,除了那些亲近之人挂念在心头,其实很少很少对一个素未谋面的陌生人,会如此多说几句。

李十郎与担任副城主的那位老书生,一起走出画卷当中的芥子园。

李十郎皱眉问道:"有事?"

宁姚点头道:"有事。"

李十郎笑问道:"何事?"

宁姚转头望向那个白发老人,说道:"与老先生无关,有请前辈挪步避让。"

年迈书生微笑道:"好的好的,理当如此。"

李十郎立即伸手抓住老友袖子,老书生使劲一挥袖子,走了。

一瞬间,天地间皆是剑光,以致整条夜航船,都被一道剑光破开了个巨大窟窿,山巅那位文士叹了口气,心意微动,缝补渡船缺漏。

所幸这条渡船的存在方式,类似曾经的那座剑气长城。这也是夜航船的大道根本之一。而陈平安在条目城悟出渡船学问在"交互"二字,也是其中之一。

蒲团上边的僧人也睁开眼,伸了个懒腰,就要起身,中年文士笑道:"暂时还不用。"

白发老人重返原地,忍俊不禁,只见城主李十郎手中拿着本稀烂的画谱,天地间四面八方,不断有书页碎片聚拢而来。

老书生啧啧称奇,打趣道:"被一座天下的第一人问剑,也算咱们条目城的一桩美谈了。这么一想,我都不舍得卸去副城主职务了,再当个几百年便是。"

且停亭那边。

宁姚一步跨出,重返此地,收剑归匣,说道:"那芥子园,我瞧过了,没什么好的。"

陈平安笑着点头,双手揉了揉脸颊,难免有些遗憾:"这样啊。"

然后陈平安就要拈起那片梧桐叶,带着宁姚去往城内客栈。只希望小米粒别学当年的裴钱,见面就磕头。

宁姚突然说道:"不与碧玉姑娘道声别?"

陈平安哑然。

秦子都挤出一个笑脸,颤声道:"不用。"

陈平安手中梧桐叶光彩一闪，与宁姚就到了城门口，一起走向城内那客栈。

条目城并无夜禁，但是相较于白天街上的熙熙攘攘，还是略显冷清，街边已经没了摊子，大小铺子也都已关门，只有几处酒楼，还有灯火和喧哗声。

宁姚沉默片刻，说道："我不该出剑的。"

陈平安握住她的手："两可之事，没什么该不该的。"

宁姚望向两旁街道："这就是学问能卖钱的条目城？"

陈平安点头笑道："很好啊，不愧是李十郎。"

到了客栈大门那边，裴钱和小米粒已经在门口等着了。

一直故作镇定的小米粒一下子着急起来，一张因为绷得太久、稍稍用力过多的笑脸，傻乎乎望向好人山主身边的那个女子，一手使劲扯着裴钱的袖子，使劲跺脚，笑脸不变丝毫，急吼吼道："裴钱裴钱，不然我还是磕头吧，不然总觉得礼数不够唉。"

裴钱踮起脚尖，与师父师娘远远招手，一边小声道："真不用。"

小米粒再绷不住那个笑脸，苦着脸道："真不用啊？"

裴钱揉了揉黑衣小姑娘的脑袋，柔声道："真不用。以后曹晴朗和景清在身边的时候，你见着了师娘，再磕头补上。"

小姑娘挠挠脸，记住了。

宁姚抖了抖手腕，陈平安只得松开手。

到了客栈那边，宁姚先与裴钱点头致意，裴钱笑着喊了声师娘。

宁姚弯腰揉了揉小米粒的脑袋，笑道："在我家乡，人人都知道哑巴湖酒，能让很多剑仙喝得说不出话来，只能继续喝酒。"

小米粒使劲点头，然后后退一步，一手迅速伸入袖中，最后摸出一大把瓜子，高高举过头顶，双手奉上，大声道："山主夫人，请嗑瓜子！"

宁姚有些意外，陈平安忍住笑。

一行人进了客栈，柜台伙计刚瞧见那青衫书生在询问有无空屋子的时候使眼色，一脸茫然，然后就看到那人，给身旁女子使劲一肘打在肋部，就消停了。

最后那个年轻男人多要了一间屋子，起先是问有没有那独门独院的宅子，年轻伙计没给好脸，明明兜里没几个钱，不过是身边跟了个好看女子，就来咱这儿摆阔了？背了把剑了不起啊，真有本事咋个不上天啊？

进了宁姚那间屋子，裴钱很快就拉着小米粒离开。

陈平安落座后，直愣愣看着宁姚，宁姚就喊住了刚刚出门的裴钱和小米粒，说聊聊天。

小米粒蹦蹦跳跳返回屋子，裴钱一脸无辜落座。

十万大山里边，那处山巅，一位十四境和一个飞升境，结果就只有一栋茅屋。还真不是李槐过不惯苦日子,而是走江湖走多了,尤其是跟在裴钱身边走那一遭,听多了江湖里边五花八门的骗术,也见多了山下武把式讨生活的不容易,怎么看自己都像掉进了个江湖骗子窝,见那黄衣老者腿脚利索,为了打造一座崭新茅屋,东跑西奔,劈柴砍木,据说还是一位堂堂飞升境大修士,做着这些个勾当,谁信?反正李槐不信。

当时只看得李槐心生恻隐,难免心疼这位龙山公老前辈的勤勤恳恳,以及……居无定所。李槐就说,新茅屋弄两间屋子,他们一起住,而且他可以搭把手,一起搭建个住处,反正能遮风挡雨就成。

结果那黄衣老者一听李槐要帮忙,就跟起了一场大道之争差不多,老人义正词严,死活不让,说少爷是千金之躯,双手岂可触碰这些下作活计。还说他哪敢与少爷住一块儿,只会打搅少爷的读书,而且篱笆栅栏那边,其实挺凉快的。

于是在那老人忙活的时候,李槐就蹲在一旁,一番攀谈,才知道这位道号龙山公、暂名耦庐的飞升境老前辈,竟然在浩然天下游荡了十余年,就为了找他聊几句。李槐忍不住问前辈到底图啥啊,老人差点没当场淌出十斤辛酸泪当酒喝,低头劈柴,神色落寞得像是座孤零零的山头。

这位黄衣老者,如今道号龙山公,其实早先在蛮荒天下,化身无数,化名也多,桃亭、鹤君、耕云,加上如今的这个耦庐……听着都很雅致。只是每次李槐都不知道老前辈哪里说错了,就会莫名其妙响起一连串爆竹声,要么被迫现出原形,满地打滚,要么被那半个师父老瞎子一脚踹出山顶。就这么坎坎坷坷的,好不容易等到茅屋建好了,果真只是李槐一人的住处。对屋成了李槐的书房,李槐瞥见那些让人头疼的书后,结果老人还问他缺啥书,可以帮忙找来补上,再珍稀的孤本善本,只要是在蛮荒天下有的,那就都没问题。李槐当时就觉得这位老前辈混江湖混不开,是有理由的。我李槐像是一块读书的料吗?

今天在那书房里,又给自己取了个化名"吴逢时"的黄衣老者,搬了条椅子坐在门口,都没敢打搅自家少爷治学当圣贤,沉默良久,见那李槐放下手中书本,揉着眉心,老人由衷佩服道:"少爷年纪不大,心境真稳,果然是天生神异。不像我,这大几千年的岁数,真是活到狗身上去了。"

至于为何取名吴逢时,当然是为了讨个好兆头。希望多了个李槐李大爷,他能够沾点光,跟着时来运转。

李槐放下书本,实诚道:"什么收徒什么拜师,我就没当真啊。不管瞎子老前辈为什么愿意收徒,我不还是那个我?如果我让他失望了,除了对不住,还能如何?没让他失望,我当然也高兴,半个师父的老瞎子,反正也不用谢我,都是半个师徒了嘛,瞎客气什么。"

一口一个"瞎"字,听得黄衣老者胆战心惊,李槐这大爷多半没事,自个儿保管有事啊。老人觉得必须做点什么了，赶忙站起身，抖搂袖子，摔出一大堆物件在书桌上。

广寒幽山之丛桂，裁剪片条，采撷荧惑火精，炼为笔搁。

一幅摊开的草书字帖，上边赋诗一首，帖中绘有珊瑚笔架，老人双指拈住那只珊瑚笔架，竟然一拈而出，就那么轻轻搁放在桌上。

一方老龙横沼砚，铭文气魄不小："养玉骨，千秋物，主人用之光怪出。"

还有一只碧玉荷塘清趣笔洗，落款"嫩道人"，用笔温婉，纤细可人。

李槐疑惑道："老前辈这是做啥？"

桌上东西的好坏，李槐还是大致看得出来的。只是如此一来，李槐心中越发叫苦不迭：有完没完，我来这儿是游山玩水的，给老前辈你连累得每天装样子翻书也就罢了，难不成还要附庸风雅地练字作画不成？

那黄衣老者还一脸谄媚道："少爷是千年不遇的读书种子，这点见面礼，不成敬意，不成敬意啊。"很难想象这是一位在蛮荒天下大名鼎鼎的飞升境大妖。

曾经的王座大妖里边，绯妃那婆娘，还有那个当过哥们又翻脸的黄鸾，再加上老聋儿，他都很熟。金翠城的那个小姑娘，与他更是很有些故事。就连剑气长城的那个董老儿，游历蛮荒天下那会儿，都被它追着咬过。

至于阿良就更别提了，只要这个狗日的每次路过十万大山，老瞎子就让他放开手脚。所以他最有名的那个化名，是那桃亭。

蛮荒天下的桃亭，浩然天下的顾清崧。这两位，在各地天下，都小有名气。

老瞎子双手负后，走入茅屋，站在屋门口，瞥了眼桌上物件，与那条看门狗皱眉道："花里胡哨的，满大街叼骨头回家，你找死呢？"

听得黄衣老者眼皮子直打战，诚心诚意，好心邀功不成，反倒是忠肝赤胆，一副热血心肠，被凉水当头浇透了。

李槐起身，算是帮着老前辈解围，笑问道："也没个名字，总不能真的每天喊你老瞎子吧？"

老瞎子笑道："老瞎子不也挺好，喊就是了。"

李槐竖起大拇指道："越来越对胃口！是大半个师父了！"

黄衣老者瞥了眼那张老脸都要笑出一朵花来的老瞎子，再看了眼次次找死都不死的李槐，最后想一想自己的惨淡光景，总觉得这日子真没法过了。

这一天，山巅这边，难得有了些烟火气，最终桌上摆了一大锅炖肉，热气腾腾，香气扑鼻。

起先李槐过意不去，都不好意思下筷子，只是当他看着老瞎子率先下筷，黄衣老者下筷半点不含糊后，李槐就跟着不客气了。

老瞎子斜瞥一眼，黄衣老者就要立即端碗离开桌子，李槐一脚踩在长凳上，夹了一大筷子狗肉到碗里，一拍桌子怒道："干吗呢，老瞎子你还讲不讲半点义气了?!"

李槐笑着对黄衣老者道："别起身，咱们就坐着吃，别管老瞎子，都是一家人，这一天天的，摆威风给谁看呢？"

黄衣老者想了想，觉得自个儿还是端碗去门外比较安生，不碍眼，好歹能吃足一碗，不承想老瞎子冷笑道："放着桌上肉不吃，去门外刨土吃屎啊？"

黄衣老者一时间悲喜交加，只好默默低头吃肉，咦？好像滋味还不错，好个咸淡适宜，李槐这个小王八蛋的手艺真是不错啊。

老瞎子下筷不多，细嚼慢咽，突然说道："李槐这趟回家乡，你就跟着。轻重利害，自己掂量，做好了，旧账翻篇。"

至于没做好会如何，老瞎子都懒得说。

黄衣老者使劲点头，见那李槐给坐在主位上的老瞎子夹了一筷子，就有样学样，赶紧给李大爷夹了一大筷子肉。

突然发现跟着李大爷混，挺不错啊。这都跟老瞎子平起平坐吃一锅肉了不是？

只是后来眼力见儿极好的黄衣老者，发现李槐那小子每次夹肉给老瞎子，都像是在给另外一位老人。

年轻人脸上笑嘻嘻，嘴上胡扯着有的没的，只是依旧不够老到，因为眼神没藏住话。

中土神洲天幕处，蓦然出现一粒芥子大小的身影，笔直坠落。

在下落期间，那汉子双手摊开，身形旋转不停。飘然落地，摆出低头状。一手双指并拢，抵住额头，一手摊掌向后翘。

在外人眼中，这份姿势潇洒不潇洒，不好说，反正是他想了很久才琢磨出来的出场方式。

可这他娘的是在中土文庙的广场上啊。

一位文庙陪祀圣贤只是瞥了眼，就选择视而不见，还让附近的君子贤人都别理睬此人，别去套近乎了。

只有一个老秀才屁颠屁颠离开功德林，现身此地，十分捧场，侧过头，一手捂住脸，挥手道："哪来的俊后生？快快，收一收你的器宇轩昂，龙骧虎步。"

那汉子满脸委屈，大喊一声"老秀才"，两人快步迎面走去，双方握手，老秀才唏嘘不已，使劲摇晃起来："当年结交何纷纷，片言道合唯有君。"

汉子感慨道："万人丛中一握手，使我衣袖三年香。"斗诗？老秀才真是不长记性，找错对手了。

老秀才眼睛一亮，压低嗓音道："以前没听过啊，从哪抄来的？借我一借？"

汉子一脸赧颜道："拙作，临时起意，有感而发，拿去拿去，兄弟之间客气什么。"

谁借不是借，挨骂一起挨。

两人抱在一起，只差没有摆出一双难兄难弟抱头痛哭的架势了。

老秀才使劲捶打那家伙的后背，啧啧称奇道："阿良老弟，这一身的腱子肉，比以前更结实了。"

那个满脸胡茬的邋遢汉子哀号道："老秀才啊老秀才，想死你了，小弟差点就嗝屁了不说，好不容易卸掉那只乌龟壳，这些年的日子过得还是苦啊。一提起这个，就要忍不住猛汉泪落啊。"

老秀才加大了捶打汉子后背的力道："辛苦，咱哥俩都辛苦啊，不容易，好兄弟都不容易啊！"

阿良一边咳嗽一边问道："老秀才，怎么你瞧着瘦了，却重了，莫不是胸有丘壑、心怀天下的缘故？"

老秀才松开手，埋怨道："尽说些让人难为情的大实话。"

阿良吐了口唾沫，捋了捋头发，头发其实不多，好不容易才给他扎出个小发髻。

其实也怪不得他不爱来这儿晃荡，都没个姑娘。作为当之无愧的四大姓圣人府后裔，他主动来这边的次数，确实屈指可数。次次不是被拎过来与人对峙说理，就是被喊过来与人赔礼道歉。

只有老秀才次次不闲着，肯定第一个跳出来，故意站在对方那边，嗓门最大，喊话最凶，可劲儿煽风点火，要么阴阳怪气帮阿良对头说话，要么撂狠话，说将这个家伙砍死拉倒，囚禁在功德林几年哪里够。

反正后来阿良都习惯了，只要见那老秀才在场，他就只管一脸诚挚，与人低头认错，谁拦着他道歉就跟谁急眼。而在老秀才成为陪祀圣贤之前的那些岁月里，阿良绝不会这么好说话，甚至经常懒得理会文庙那边的请人，即便是那位亚圣亲自将他带去文庙问责，至多就是一言不发，爱咋咋的。

今儿不需要阿良与谁道歉，老秀才反而有些不适应，叹了口气，然后疑惑道："怎么这么迟才来，你不是早就回了浩然天下？在流霞洲那边晃荡个啥？"

阿良指了指头顶，无奈道："好歹长出些头发，不然我敢去哪里？只会让姑娘们瞧着心疼怜惜。这不是先到了流霞洲，就想着去找葱蒨姐姐叙叙旧嘛，不承想她不在家里，听说去了雨龙宗祖址那边，好些年没回家了。我就让葱蒨姐姐的弟子，帮忙飞剑传信一封，很快她就回信一封，言简意赅，就俩字：'等着！'老秀才你听听，是不是十分的情真意切？"

老秀才一跺脚，帮着阿良扼腕痛惜道："那你倒是等着啊。"

阿良嘿嘿笑道："等嘛等，我怕一个见面，小别胜新婚，葱蒨姐姐就要把持不住。"

老秀才跟着嘿嘿笑着。阿良突然沉默起来,看着这个从来个子不高的枯瘦老人。

老秀才如今是哪里都去不得了,比起当年自囚功德林,是不一样的。

两人一起走向那文庙前边的台阶,一起坐下。

阿良说了些来时路上的趣闻事迹,说在流霞洲某个酒楼饭馆里边,他学老秀才当年,吃饭喝酒不给钱,打欠条又不成,就怒喝一声"拿笔来",要留下一幅墨宝,帮着题写匾额。笔墨伺候后,他写下的那几个字,写得那叫一个精气神十足,比城头刻字都要用心了,只是掌柜的不识货,连饭钱酒菜,再加上纸钱,一并讨要了,只好先欠着。

还说在一处彩裙飘飘、绣鞋多多的仙家渡口,好巧不巧,刚好听见了一堆人在聊自己,说得他都有些不好意思了,尤其是两个小姑娘,她们的漂亮眼眸里,好像写满了阿良与哥哥两个说法,教人喝了美酒一般醉醺醺,而他这个人,老秀才是最清楚不过了,最容不得别人这么乱夸自己,就正了正衣襟,端着空酒碗凑过去,与他们来了句实诚话,说那十四境剑修,真没什么了不起的,意思不大……结果给赞了句"秃子",还说"他娘的怎么不干脆说道老二不是真无敌"。

既然话都给对方说了,他就只好在那边坐了会儿,听那些酒客又闲聊了几句,双方相谈甚欢,他忙着称兄道弟,小蹭了些佐酒菜,最后实在受不了那些姑娘的爱慕眼神,担心又招惹什么不必要的情债,这才放下酒碗,离开酒肆,一个极有讲究的停步,抬头看一眼夕阳,这才接一个更有学问的冷丁丁大踏步,独自走在那街上,只留下一个令女子见之心碎的落寞背影,以及……那一笔不小心给忘记了的酒债。

老秀才轻轻拍打身边汉子的膝盖,赞叹道:"可以可以,风采依旧,这都没给人打折。"

阿良哈哈大笑。

头发不多的邋遢汉子,接下来又与老秀才说了很多游历趣事。

说他去了一趟天上,见了在那边辛辛苦苦合道星河的于老儿,不聊那什么十四境,免得岁数一大把、修行资质却一般般的于老儿伤心伤肺。只说他一直嫉妒自己身边的所有朋友,为什么他们就有这么一个英俊潇洒、风流倜傥的朋友,而我阿良就没有?那于老儿听过之后,半天没说话,大概是愧疚难当和自惭形秽吧。

只不过于老儿最后倒是说了句话,挺像个读书人:"能让一个老人心心念念的,是故乡是家乡,更是曾经的童年,少年。"

阿良唯独没说自己在那流霞洲最后一个停步处。那是一处荒郊野岭的乱葬岗,别说天地灵气了,就是煞气都无半点了。汉子盘腿而坐,双手握拳,轻轻抵住膝盖,也没说话,也不喝酒,只是一个人枯坐打盹,旭日东升,天地明亮,才睁开眼睛,好像又是新的一天。

不管阿良说了什么,老秀才坐在一旁,听得仔细。只要是别人在说话,不管讲得有理无理，大事小事，有趣无趣，老人都是这样的，神色认真，耐心极好，等旁人说完了，老秀才再说自己的话。

可能只有这样的老人，才能教出那样的弟子吧，首徒崔瀺，左右，齐静春，君倩，关门弟子陈平安。

阿良轻声问道："左右那呆子，还没从天外回来？"

老秀才嗯了一声。

阿良说道："怎么都想不到，当年在大骊京城，是跟那家伙的最后一面。"

老秀才点点头。

遥想当年，饿着肚子的老秀才在那学塾教书，有一天瞥见学塾外边站着个偷听学问的外乡人，一看就是书香门第的有钱孩子。老秀才便铆足劲儿多讲了几句精妙学问，等到闹哄哄的稚童们放学归家去，少年果然被当时还半点不老的学塾夫子一身才学所折服，就那么一直等在门外，最后还在门口作揖求学，说是想要拜师。少年很懂礼数，很讲规矩，老秀才当时乐和不已，便觉得自己还没弟子呢，这不眼前就有个现成的？教谁学问不是教嘛。

那天黄昏里，一大一小两个读书人，一路伴着鸡鸣犬吠和炊烟袅袅，闻着饭菜香味，并肩走在街巷里，到了家里，不承想那个少年还会生火做饭。

老秀才缓缓道："教谁不算教？不承想一个不小心，偏偏教了个最聪明又最愿意务实的学生。"

阿良笑道："别的不说，有件事我得谢他，如果不是他，我就只能认识个文圣，而不是什么老秀才了。"

老秀才摆摆手，于是阿良就只是递过去一壶酒。老秀才接过酒壶，阿良陪着一起喝酒。

阿良突然冒出一句："老秀才，你没老那会儿，模样其实真不咋的。"

老秀才呵呵一笑："放你的屁，肯定比你俊俏。你再瞧瞧我的几个学生，哪个模样、风度不是一等一的好？"

阿良嗤笑道："不谈传授学问，先生也能给学生教出个模样啊？"

老秀才揉了揉下巴："其他文脉，学也学不来啊。你看再传弟子当中，小宝瓶，曹晴朗，小裴钱……你再看看你？"

阿良站起身，老秀才问道："干吗去？"

阿良笑道："放心，我找人去，估计很快就需要你在这里帮忙说话了。"

老秀才赶紧起身，压低嗓音道："那就干脆多找几个，还有的赚，我这里有份名单，拿去拿去。"

阿良接过那张纸，收入袖中，只是瞥了一眼，就知道自己有的忙了，匆匆化虹离去。

在那拳脚与剑都可以随意的天外,悬空对峙的两人四周,光亮点点,皆是遥远星辰。

一个手里拎着她自己半截手腕的羊角辫小姑娘,一边将手腕与伤口对齐,一边与那人瞪眼道:"够了没?!非要拦着我去蛮荒天下?!信不信惹毛了我,我就一头撞入南婆娑洲或是桐叶洲,让你那个可怜兮兮的先生彻底玩完?!"

一袭青衫,面无表情,单手持剑,一身剑气再无拘束:"求你去。"

好不容易暂时马虎地缝上了那一截纤细手腕,萧瑟晃了晃胳膊,灿烂笑道:"那就不去找你先生的麻烦了,我换个地儿,去那宝瓶洲落魄山,拜会一下咱们那位隐官大人?!"

一剑递出,就是答案。

蛮荒天下一处渡口,那位与醇儒陈淳安一同守住南婆娑洲的墨家巨子,单独在此处,一人建城,一人守城,两不耽误。

一个魁梧男子,身边带着个小精怪,从海上归墟来到蛮荒天下,再游历至此,一路上都刻意绕过山头势力,只看山水。

刘十六仰头望向那座"自行生长"的奇异城池。

一旁那个自封旋风大王的小精怪,孩童模样,背着个大大的包裹,里边都是小精怪舍不得丢的家当,这会儿战战兢兢站在那座渡口边缘,小声道:"师父,书上说多一事不如少一事,看样子咱们得绕路了。"

小精怪忍不住抱怨道:"走走走,师父,啥时候是个头啊?"

刘十六笑道:"本来是想带你来见一见你的小师叔,这会儿不成了,看来还要多走好些路。"

小精怪哀叹一声:"烦烦烦。能够早些见着小师叔就好了。"

刘十六笑着点头:"过了剑气长城,到时候师父找条渡船,就能轻松些。"

小精怪说道:"师父,我可没有神仙钱!是真穷,不是装穷!"

刘十六揉了揉小家伙的脑袋:"跟你小师叔一个德行,大事不含糊,就是小事上,抠抠搜搜的。"

小精怪突然有些忐忑,小声道:"师父,我就是个小精怪,小师叔是剑气长城的大隐官,会不会嫌弃我啊?"

刘十六笑道:"不会,他是你的小师叔嘛。"

小精怪犹豫了一下:"那么大师伯呢?齐师伯呢?我真的都瞧不见了啊?"

刘十六嗯了一声:"没办法的事情。"

小精怪有些灰心丧气："师伯们都是这样,那我跟着师父修行作甚？早知道就躲在家乡山里了。"

刘十六笑道："不要这么想,哪怕是今天,也有些事情,是只有你能做成的。"

小精怪抬起头,一头雾水："比如？"

刘十六说道："比如跟师父一起赶路啊。"

小精怪翻了个白眼,只是很快咧嘴笑了起来,师父倒也不算骗人。

"师父,大师伯为啥被称作绣虎啊？"

"是别人给起的,你大师伯也不怎么喜欢这个绰号,好像一直不太喜欢。"

"那么齐师伯为什么总跟左师伯打架呢？是关系不好吗？"

"那时候他们岁数小嘛。两人关系其实很好。"

"那么小师叔为什么会当上隐官啊？"

"回头你自己问他去。"

"师父,大妖到底有多大啊,剑仙有多仙气？"

"不好说啊。"

"师父,你的师父,为什么被叫作老秀才啊？年纪很老吗？"

"没有,其实我们的先生,岁数不算大,只是有些显老。"

"那么我那位祖师爷爷,他最喜欢哪个学生啊？是师父吗？"

"肯定是你的小师叔了。"

"哦,那我可要与小师叔搞好关系了。"

"对的,是得这样。"

"师父,你借我些神仙钱啊。"

"嗯？"

"你说的啊,小师叔是个财迷啊,我要准备一份见面礼。"

"没有,师父没说过。你那小师叔,很大方的,从不抠搜,你见着了他,辈分小,只管收礼,不用送礼。"

"师父,那从今天起,你干脆认我当徒孙吧？等我见着了小师叔,收了礼,再改回来当弟子？"

"这样不好吧？"

"师父,说句心里话啊,我突然觉得跟你混,会没啥大出息。不过算了,看在师伯们和小师叔都那么厉害的分上,就认了你当师父吧。我不反悔,你也要一样啊,别因为以后我没啥出息,就后悔啊。"

"没问题。"

"好,一言为定！那我也没问题了。"

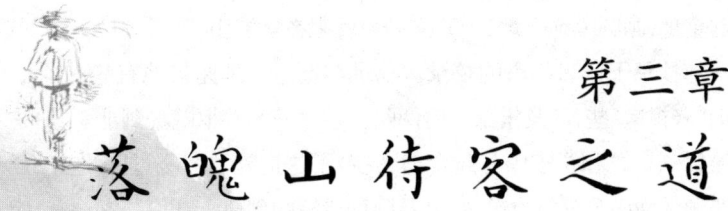

第三章 落魄山待客之道

看着使劲傻乐和的小米粒,裴钱有些无奈,亏得是这位落魄山右护法,不然别说是换成陈灵均,就算是曹晴朗这样的得意学生,明儿都要糟糕。

周米粒告辞一声,飞奔离去,去了趟自己屋子,她回来的时候,带了一大袋瓜子,一小袋溪鱼干。

陈平安站在窗口那边,看了眼天色,然后掐出一张挑灯符,挑灯符缓缓燃烧,与先前两张符箓并无异样。再双指掐剑诀,默念一个"起"字,一条金色剑气如蛟龙游弋,最终首尾衔接,在屋内画出一个金色大圆,打造出一座金色雷池的术法禁地,符阵气象,几近于一座小天地。

相较于裴钱先前在大街上以铁棍依葫芦画瓢,陈平安施展阵法,显然要更加圆转如意,契合道意。

裴钱脑子里立即蹦出个说法:天道幽玄。

在竹楼学拳那会儿,教拳的老人,经常挂在嘴边的一句话就是"你裴钱资质太差,连你师父都不如,一点意思都没有"。

等到裴钱成了那个名动天下的郑钱,回到落魄山,有次与老厨子切磋拳法,朱敛收拳后,恰好也说了一句差不多的言语:"比起山主,你始终差了一点意思。"

宁姚嗑着瓜子,问道:"这是剑阵?"显然宁姚也觉得这门与阵法融合的剑术,很不简单。

陈平安点头道:"跟人学来的,只不过加了点自己的剑法和拳意。"

这道一直没有名称的阵法，最早来源于学生崔东山，后者喜欢以一把剑仙遗物飞剑金穗，画圆隔绝天地，十分玄妙。后来在落魄山，陈平安拉上了刘景龙和崔东山，取出一部抄录于避暑行宫的秘录。秘录与倒悬山那座雷池有些渊源，只是文字记载，要更加"老祖宗"些，涉及雷部一府两院三司之一的斗枢院洗剑池。陈平安让两人翻阅档案，最后刘景龙和崔东山一起合力，完善了这道阵法。不过陈平安如今施展起来，还是习惯顺手增添几分自身拳意，以及阿良传授的剑气十八停。

身在渡船，终究寄人篱下，不宜多说飞升城和落魄山事项。

在这夜航船上，只要这座天地的老天爷有心，就没有什么是不可知的学问。

当下众人已经身在阵法内，陈平安望向裴钱，裴钱立即会意，报了个数字。

在陈平安"举形飞升"离开条目城之前，陈平安就以心声，打哑谜一般，与裴钱说了"书页"二字。从陈平安离开客栈去找宁姚那一刻起，裴钱就已经在分心计数，只等师父询问，就给出那个数字。

宁姚有些疑惑。陈平安笑着解释道："怕被算计，被蒙在鼓里都浑然不觉，一个不小心，就要耽搁北俱芦洲之行。"

陈平安双指并拢，轻轻一抖手腕，从人身小天地当中的飞剑笼中雀中，竟然又取出了一张燃烧大半的挑灯符，这就与青牛道士和虬髯客一样，算是在渡船上别有洞天了。这张挑灯符的燃烧速度，与窗口悬停的那张挑灯符，差异不小，终于被陈平安勘验出一个隐藏颇深的真相，哂笑道："渡船这边，果然有人在暗中掌控光阴长河的流逝速度，想要神不知鬼不觉，就来个山中一甲子，世上已千年。肯定不是条目城的李十郎，极有可能是那位船主。"

崔东山的袖里乾坤，能够让置身牢笼中的修道之人，度日如年，那么自然也可以让局中人，领教一下什么叫真正的白驹过隙。

裴钱听得有些头皮发麻，试想夜航船上的十天半个月，优哉游哉晃荡十二城，等到离开渡船，才惊觉浩然天下已经过去数月，甚至长达数年之久。

陈平安走向窗台，朗声道："劳烦李十郎与船主说一声，夜航船如今是靠拢一处归墟入口，还是打算直接去往蛮荒天下，都无所谓，唯独更改光阴长河一事，既然已经被我察觉，是不是就可以免了？"

陈平安站在窗口片刻后，转头望向宁姚。

宁姚摇头道："要么是那位船主没有留神这边，要么是对方道法够高，我察觉不到蛛丝马迹。"

陈平安点点头，坐回原位，轻声问道："这趟出门，能在浩然天下待多久？"

宁姚从堆积成山的瓜子里边，用手指拨出三颗。

陈平安一拍桌子震天响，骂骂咧咧，愤懑不已："只有三个月？！文庙那边如今管事的,是失心疯了,还是脑子进水了?你别管,谁敢来催你,我骂回去!"

宁姚轻轻摇头。

陈平安震惊道:"只有三天?!"

宁姚默不作声。

陈平安皱紧眉头,揉了揉下巴,眯起眼,心思急转,仔细思量起来。

周米粒赶紧再拨了一大堆瓜子给山主夫人,多嗑些。

刹那之间,宁姚长剑离匣,她一手持剑,突兀一斩屋内虚空处,瞬间就已经仗剑远游而去。

不用宁姚言语,宁姚与陈平安也一直未有任何心声交流,双方根本无须眼神交汇,陈平安就已经跟随宁姚身形一闪而逝。

双方来到一处山巅,正是先前邵宝卷觐见船主处。只是再不见那中年文士和瞌睡僧人,此刻山巅已经空无一人,但是留下了一张蒲团。

陈平安伸手绕后,轻轻抵住背后剑鞘,已经出鞘寸余的夜游自行归鞘,他环顾四周,赞叹道:"壶中洞天,大好河山,手笔是真不小,主人如此待客,让人还礼都难。"

陈平安蹲下身,仔细打量起那张蒲团,好像是船主故意留下的,作为解谜的奖励。

宁姚双手拄一把仙剑天真,俯瞰一处云海中的金色宫阙,说道:"只凭你我,还是很难抓到这个船主。"

"做客有做客的讲究,玩命有玩命的打法。"陈平安留下那张蒲团,起身与宁姚笑道,"回吧。"

宁姚递出一剑。

条目城客栈那边,宁姚和陈平安联袂返回。

裴钱已经坐在了周米粒身边的长凳上,小米粒就一直保持先前那个嗑瓜子嗑到一半的姿势,当个木头人,等到好人山主跟山主夫人返回,小米粒这才继续嗑瓜子如飞。陈平安笑道:"没事,刚才逛了个有趣的地方,差点就能见着一位张夫子。接下来咱们聊天,可以随意些。"

陈平安一口气取出四壶酒,其中有两壶桂花酿,两壶家乡的糯米酒酿,再取出四只酒碗,在桌上一一摆好,都是当年剑气长城自家酒铺的家伙,将那壶糯米酒酿递给裴钱,说:"今天你和小米粒都可以喝点,别喝多就是了。"给自己和宁姚都倒了一碗桂花酿,试探性问道:"不会真的只有三天吧?"

"是三年。不过我不会停留太久。"宁姚说道,"我来这边之前,先剑斩了一尊远古余孽独目者,好像是曾经的十二高位神灵之一。在文庙那边赚了一笔功德。能够斩杀独目者,与我打破瓶颈跻身飞升境也有关系,不只一境之差,剑术有高低差异,而是天时地利不全部在对方那边了,所以比起第一次问剑,要轻松很多。"

破境，飞升。两场问剑，天时地利，独目者，高位神灵。说这些的时候，宁姚语气平和，脸色如常。不是她刻意将惊世骇俗说得云淡风轻，而是对宁姚而言，所有已经过去的麻烦，就都没什么好多说的。

宁姚今天却多说了一句："如果有你在，会更轻松些。"

只是宁姚没说，是飞升城有剑气长城的末代隐官在，飞升城更轻松些，还是她身边有陈平安在，她就会更轻松些。可能都是，可能都一样。

宁姚没什么好难为情的，因为这是实话。

甚至整个飞升城都不会否认这个事实，尤其是隐官一脉的剑修，和刑官里边的武夫一脉，再加上泉府一脉的年轻剑修，都尤其怀念那个留下太多有趣事迹、无数个大小故事的年轻隐官。哪怕是因为各色理由，那些对酒铺二掌柜、半个外乡人毫无好感的剑修，扎堆喝酒时，每每聊起此人，无论是一句"远看是阿良，近看是隐官"，还是一句"一拳就倒二掌柜"，抑或是花里胡哨上了战场，都是谈资，都是极好的佐酒菜。

就连被陈平安带回浩然天下的九个剑仙坯子里边，都有不喜欢年轻隐官的孩子，而且还不止一个。但是谁都不否认，对敌之时，己方阵营，身边若有隐官帮着出谋划策，查漏补缺，出剑时就能身陷险境，舍生忘死。

陈平安闻言有些愧疚，举起酒碗，抿了口酒，拿起自家落魄山的一条溪鱼干当佐酒菜。

宁姚说道："在那座遍地机缘的新天下，如果谁能斩杀远古神灵，哪怕不是十二高位，只要运气好点，就可以获得一门神通。根据飞升城的谍报，道士山青，桐叶洲女冠黄庭，流霞洲蜀中暑，都有了各自的机缘。"

宁姚的言下之意，当然是你陈平安如果也在第五座天下，肯定每天都很忙，会是一个天字号的包袱斋。

陈平安便说了太平山遗址一事，希望黄庭不用太担心，只要返回浩然天下，就可以立即重建宗门。

宁姚点头说道："等我回了，就去与那女冠说一声。"

发现陈平安直愣愣看着自己，宁姚问道："需要我再捎些话吗？你着不着急？"

陈平安斩钉截铁道："没有！"

宁姚喝了口酒。

小米粒觉得自己总算能够说上话了，转头小声问道："裴钱裴钱，是不是你说的那个教你背剑术和拖刀术的女冠姐姐，你还说她长得贼好看，看人眼光贼一般？"

桌上师徒两个，都头大了。

裴钱脸色尴尬道："我有说过吗？"

周米粒看了眼裴钱，再看了眼好人山主和山主夫人，犹豫了一下，说道："没有吧？"

她觉得自己大概是说错话了，赶紧喝了一大口糯米酒酿，笑嘻嘻道："我酒量不好，说醉话哩。"

宁姚笑了起来，看来是需要跟小米粒多聊聊了。

要说落魄山上的长辈缘，除了暖树姐姐，周米粒自认第三，没谁敢称第二。

陈平安的两位师兄，左右，君倩，当年在落魄山上，虽说逗留时日都不长，但无一例外，都与小米粒聊得最多。他们确实都比较喜欢跟周米粒聊天，因为这个哑巴湖大水怪，最是童言无忌。大管家朱敛太滴水不漏，山君魏檗太拘谨，暖树每天太忙碌，陈灵均会躲着他们，只有这个喜欢巡山的小米粒，既喜欢问东问西，也会有问必答。

陈平安立即岔开话题，之后闲聊，裴钱才得知一事，师父竟然早就仰慕条目城的李十郎。

裴钱面色有些古怪，好像很难想象，师父也会如此仰慕别人。

周米粒挠挠脸，是挺尴尬的，不比当年斗诗落败给人赶出去差了。

陈平安倒是没见异常。与裴钱笑道："还记不记得你小时候，在桐叶洲赶夜路那会儿，我教你那些用来壮胆的顺口溜？"陈平安抿了口酒，双指并拢轻轻敲击桌面，微笑道："门对户，陌对街。昼永对更长，故国对他乡。地上清暑殿，天上广寒宫。掌握灵符五岳篆，腰悬宝剑七星纹。"

裴钱咧嘴一笑："烹早韭，剪春芹。槐对柳，桧对楷。黄犬对青鸾，水泊对山崖。山下双垂白玉箸，仙家九转紫金丹。"

陈平安点点头："其实这些都是我按照李十郎编撰的对韵，挑挑选选，裁剪出来再教你的。师父第一次出门远游的时候，自己就经常背这个。"

这些美好的文字内容，曾经伴随草鞋少年一起走过千山万水。每当思乡的时候，就会让少年想起家乡的街巷，小镇的槐树，山中的楷树，每当饥肠辘辘的时候，就会想起韭菜炒蛋、芹菜香干的香味。它们让一个懵懂少年，忍不住去想那云弁使雪衣娘，白玉箸紫金丹，到底是些什么。

"他在书上说穷人行乐之方，无甚秘诀，只有'退一步'法。我当时读到这里，就觉得这个前辈，说得真对，好像就是这样的。很多人事，绕不过，就是死活绕不去，还能怎的，真不能怎的。"陈平安笑道，"但是没有想到，李十郎在书中又举了个例子，大抵是说那溽暑时节，帐内多蚊，羁旅之人借宿邮亭，不堪其扰，然后亭长就说了一番言语，就是'不必远引他人为退步'，因为道理很简单，'即此一身，谁无过来之逆境？'故而以昔较今，不知其苦，但觉其乐。所以我每次练拳走桩过后，或是遇到了些事情，熬过了难关，就越发觉得李十郎的这番话，似乎已经把某个道理，说得一干二净毫无余地了，但他偏偏自己说自己'劝惩之意，决不明言'，怪不怪？"

裴钱瞪大眼睛："师父说与己为敌，不用着急跟谁比，要今日我胜过昨日我，明日我胜过今日我,就是从这里边来的道理?"

陈平安笑着点头:"可不是?不然你以为师父的道理,都是天上掉下来再给我接住的啊?"

陈平安举起酒碗,转头望向窗外,然后猛然间一口饮尽,算是遥遥敬了一碗酒,与那李十郎由衷致谢一番。

条目城一处层园内,白发老书生与李十郎并肩而立,看着池塘内的水纹涟漪,笑道:"这个马屁,这份心意,你接还是不接?"

李十郎冷哼一声,道:"小子佩服我又如何,世上仰慕我李十郎才情学识的人,何止千千万。这小子油滑无比,莫不是把我当那一棍一枣的蠢人了?我敢笃定,那小子十分清楚,你我此刻就在旁听,因为他已经知晓了直呼李十郎名字,我这边就可以心生感应。"

老书生啧啧不已。

李十郎随即神色舒展,抚须而笑:"只不过这番肺腑之言,临时抱不来佛脚。诚心与否,一眼可见。"

老书生点头附和道:"到底是剑气长城的隐官大人,连船主都敢算计,也真能被他算计了。能让这么个精明后生都要心生仰慕,十郎算是大大长脸一次了。"

李十郎点点头,说道:"那青牛道士,便只会吃瓜。"

在那夜航船下四城之一的容貌城,中年文士隐匿身形,来到一处宴席上,满座红弦翠袖,烛影参差,望者疑为神仙中人。有女子正在抚琴,主位上是那位主动让出城主职务给邵宝卷的英俊男子,绰号美周郎。

中年文士又跨出一步,悄无声息来到别处,与一位身形模糊的男子笑问道:"你与陈平安曾经算是剑气长城的同僚吧?为何让邵宝卷对他出手?是你与上任刑官文海周密,早就有过什么约定,属于不得已而为之?"

那个连船主都看不清面容的男子,原来正是剑气长城牢狱中的那位刑官。

此人离开剑气长城之后,就一直在夜航船做客,男子此刻与那船主张夫子淡然道:"只是一笔买卖,有个婆娘,想要从宝瓶洲脱身离去。"

中年文士笑道:"奇了怪哉,陈平安人都在这渡船上了,不正是她脱身的最佳时机吗?退一步说,难道陈平安去了北俱芦洲,还能直接决定正阳山那边的形势变化?"

男子说道:"田婉只是算了一卦,好像必须如此,才能九死一生。"

中年文士疑惑道:"是那头藏在灯芯中的化外天魔?"他自顾自摇头道:"就算有那头化外天魔,依旧不至于。在这里,化外天魔哪怕是飞升境了,依旧不济事。"

男子挥挥手,下了逐客令。中年文士只是站在原地,陷入沉思。

条目城内。

宁姚取出一盏油灯，轻轻捻动灯芯，打开一道山水禁制。

当年剑气长城飞升离开之前，陈平安将这盏油灯交给了缝衣人捻芯，让其一起带去了第五座天下。如今宁姚已是飞升境剑修，那么它的存在，就可有可无了。

屋内蹦出个白发童子，盘腿而坐，悬空而停，大额头，珥青蛇，悬双剑，穿法袍，一双眼眸莹莹然，估计在小天地里边，正无聊，这会儿被迫现身后，还啃着手指头。

一头飞升境化外天魔，化名吴霜降，在剑气长城的牢狱里边，有事没事就让老聋儿喊他爷爷，老聋儿也从不含糊，说喊就喊。

只不过他的青蛇、双剑和法袍，都早已经跟陈平安做了买卖，当下都是些可怜兮兮、念旧使然的障眼法了，是个不折不扣的穷光蛋。

等他瞧见了一袭青衫的陈平安后，白发童子满脸不敢置信，挨了雷劈一般，眼神呆滞，恍若隔世，泫然欲泣，随后那脸色，一份好似伤着了心肺的委屈，就像一滴浓墨，滴入清水，瞬间晕染开来。他一屁股摔地上，手脚乱动，号啕大哭起来，最后使劲捶胸，好像伤心得一个字都说不出口，只是坐在地上哀号。

陈平安嗑着瓜子，斜眼道："打住。"

麻溜儿站起身，白发童子开始扯开嗓子，满脸涨红，围绕着一张桌子开始大踏步，振臂高呼："隐官老祖，玉树临风，衣锦还乡，功高盖世，天下无敌，拳高绝顶十一境，剑术更高十五境……"

裴钱嗑着瓜子，看着这个比较古怪的存在，这白发童子说话有些不着调，连她都有些听不下去。比起郭竹酒，差了不是一点半点。

周米粒则误以为这个矮冬瓜是景清附体了。

陈平安说道："差不多就行了。"

白发童子先与宁姚谄媚言语："宁姐姐果然信守承诺，不愧是此后万年雷打不动的天下第一人！"

宁姚没理睬。

然后白发童子跑到陈平安身边，小心翼翼问道："隐官老祖？那笔买卖怎么算？"

陈平安说道："你已经是自由身了。"

陈平安返回浩然天下之后，与崔东山询问过"吴霜降"，才知道真正的吴霜降，竟然能够跻身青冥天下的十人之列。而白发童子，果然如自己所料，正是吴霜降的心魔，甚至还是他的山上道侣。

她的真名，天然。在岁除宫山水谱牒上就是这么个名字，好像就没有姓氏。

只不过陈平安觉得当这化外天魔是那吴霜降，就挺好的。

当年他与鹳雀客栈那个深藏不露的年轻掌柜，原本关系极好，就因为这头化外天魔的"归属",最后还闹得有些不愉快。

白发童子叹了口气,怔怔无言,千辛万苦,得偿所愿,反而有些茫然。

他蓦然双手叉腰道:"那俩谁,那丸子头,还有那矮冬瓜,干吗的,竟敢与我家隐官老祖坐在一张桌上?! 我借你们胆了吗? 啊? 听不懂人话不是? 赶紧给我坐地上去!"

裴钱呵呵一笑。周米粒挠挠头,半点不怕就是了。

下一刻,这头飞升境的化外天魔,蓦然现出一尊虚无缥缈的法相,瞬间撑起了条目城天地,微微屈膝低头,将一地山河尽收眼底过后,双袖一旋,星光点点,散落天地间,他又转瞬间就收起法相和星光,身形缩小回原形。除了陈平安和宁姚,还有一双眼眸光彩熠熠的裴钱之外,连那巡城骑卒都未能察觉到这份气机涟漪,甚至连巍峨法相都未能瞧见半点。唯有李十郎和老书生抬起头,发现了不同寻常处。

由此可见,吴霜降的术法神通之高。难怪崔东山会说这位岁除宫宫主,即将成为青冥天下最新的十四境大修士。

白发童子大摇大摆坐在了陈平安对面的空长凳上,双手搁在桌上,刚要站起身,突然低下头,见那黑衣小姑娘也没能踩着地面,那就无所谓了,继续坐着,给自己拨了些瓜子在眼前,自顾自嗑起了瓜子,这才压低嗓音道:"隐官老祖,啥地儿,挺悬乎啊,再往外瞧,就是乌漆墨黑的光景了,这儿的东道主,至少飞升境起步。难不成这里就是咱自家的山头? 娘咧,真是家大业大啊! 那咱们真是发了啊!"

陈平安说道:"我们在一条渡船上。"

白发童子愣了愣,身体前倾,都顾不得嗑瓜子了,伸手挡在嘴边,怂恿道:"隐官老祖,那咱们啥时候动手? 这要是都不干他一票,有失风采跌份儿! 现在月黑风高的,正适合出手,有你有宁姐姐,再加上我在旁摇旗呐喊,负责压阵,啥渡船不渡船的,明儿起就是咱们的家底了。"

陈平安微笑道:"那你先去探探路?"

他叹了口气,继续嗑瓜子,只当自己啥也没讲。他发现桌上摆了些破烂,嗑瓜子没啥意思,百无聊赖,就站在长凳上,开始捣鼓起那些虚相物件,一小捆干枯梅枝,一只造型素雅的水仙小瓷盆,一件铁铸花器,一块落款"叔夜"的乌木镇纸。

他突然有些伤感,缓缓抬起头,望向对面那个正在喝酒的家伙,揉了揉眼角,满脸辛酸道:"怎的,隐官老祖都回家乡了,反而还混得越发落魄寒酸了呢?"

陈平安只当没听见。

他突然小心翼翼问道:"倒悬山那边,有没有人找过你?"

陈平安没有藏掖,点头道:"找过我,拒绝了。"

他站在长凳上,笑问道:"当时是当时,现在呢?"

当时陈平安在剑气长城自身难保,能不能返回家乡都两说,拒绝就拒绝了。如今回了浩然天下,又会如何?"

陈平安笑道:"答应过你。所以八十年内,就算吴霜降来了,只要有我在,你都是自由身。"

一个趴在柜台那边打盹的"年轻伙计",突然抬起头,然后打了个哈欠,单手托腮,微笑道:"年轻人口气这么大,会不会撑死自己啊?"

白发童子瞬间脸色惨白。

陈平安说道:"让吴宫主苦等了。"

"年轻伙计"笑问道:"现在怎么说?是收回不知天高地厚的豪言壮语,在我这边赚取一笔不小的香火情呢?还是拦我一拦?"

陈平安拈出一张符箓,笑道:"既然吴宫主精通算卦,都算准了我会来这夜航船,早早就守株待兔,小心起见,不如再破例一次,暂时恢复修为巅峰,以十四境大修士再给自己算一卦,不然小心阴沟里翻船,来浩然天下容易,回青冥天下就难了。至于吴宫主这次破例,肯定会坏了与文庙那边订立的跌境远游这么个规矩,不过我可以用功德在文庙那边,替吴宫主抹平。"

中年文士那边,神色有些无奈,吴霜降莅临夜航船,自己竟然毫无察觉。

那位刑官说道:"是好事,除了对谁都是个意外的宁姚不说,陈平安如果真有早就预备的撒手锏,只要跟吴霜降对上,就该水落石出了。"

中年文士啧啧称奇道:"不管有无后手,敢这么跟一位十四境大修士叫板,也确实无愧那个隐官称号了。"他随即有些感叹:"既想要见识一下久违的十四境修士手段,又不愿意惹来文庙那边的视线,着实有些为难。"

他转头望向那个男子,打趣道:"就凭邵宝卷的这份运道,他就理当与你和田婉一样,在那边占据一席之地。"

关于虬髯客那边的荆弓得失一事,陈平安失去了一份道门气数。

男子点头道:"可以考虑。"

客栈"年轻伙计"站起身,显而易见,这位已经跻身十四境的岁除宫宫主,是不算那一卦了。

陈平安袖中微动,拈出一张符箓,没什么玄妙,就只是以符箓手段"搬山"至纸上,绘制了一座无甚出奇的寻常山头而已。

陈平安微笑道:"吴宫主,真要试试看?"

悄然赶赴浩然天下,又悄然登船的岁除宫吴霜降,只是嗤笑一声。

陈平安瞬间祭出一把本命飞剑,再让裴钱和白发童子一起护住小米粒。

笼中雀。

陈平安和宁姚并肩而立,小天地除了少去了裴钱三人,仿佛依旧如常。

下一刻,整座条目城,没有任何一位"活神仙",只有皆背剑的陈平安和宁姚。

一把笼中雀,小天地之内,所有街道、建筑都化作飞剑。

吴霜降双手负后,犹有闲情逸致打量那把飞剑的本命神通,率先走到了空无一人的寂静大街。

陈平安袖中符箓,灵光一现,瞬间消散。

吴霜降微微皱眉。

陈平安一伸手,将出鞘夜游握在手中,眯眼道:"那就会一会十四境?"

宁姚笑了笑。

一位白衣少年蓦然现身,以拳击掌:"好嘞,先生!"

一位青衫长褂穿布鞋的修长男子,抬起手,指间飞旋有一截柳叶,与那吴霜降嬉笑道:"十四境啊,吓死爹了。"

一把笼中雀,在夜航船条目城内好似自立门户,除了人数悬殊的敌对双方,天地间再无多余的外人。

青冥天下,岁除宫宫主吴霜降,数座天下,最新一位十四境练气士。

陈平安,玉璞境剑修,十境武夫。

宁姚,第五座天下第一位飞升境剑修。

崔东山,仙人境练气士。古蜀蛟龙之身。

姜尚真,仙人境剑修。从飞升境跌境。

吴霜降站在大街上,一手负后,一手搓捻鬓角发丝,笑意恬淡,眼角余光打量着那个白衣少年,眼神玩味——可怜崔瀺,可怜绣虎。

陈平安突然伸手抓住宁姚的手臂,一闪而逝,身形消散,不知所终,身为笼中雀的主人,竟是主动离开了这座小天地。

吴霜降瞥了眼客栈门口那边,捻动鬓角发丝的手指动作微停,既无一字言语,也无半点灵气涟漪。

姜尚真那一截柳叶,便是一个心意所至,飞剑所向,在陈平安和吴霜降之间的虚空处,一斩而下,画出一道苍翠欲滴的剑光弧线,直接斩断了吴霜降毫无征兆的一记道法。道法被斩破之后,竟是一张飘落在地的雪白符纸,好似稚子折纸,折叠为一条纤细蛇状,当下如两截无头白蛇在地蜿蜒。显而易见,那符箓蛇头竟然跟随陈平安一起离开了笼中雀,绝不让陈平安走得毫无痕迹。

吴霜降微微起念,地上那条雪白符纸折成的白蛇就此消散。

符箓材质,只是岁除宫一种自制的雪花信笺——在青冥天下的山上道侣间,最宜用作寄托相思之情的信纸。

这就是十四境大修士的术法神通,可以随手化腐朽为神奇。

在吴霜降心神视野中,小天地之外,某处一盏灯火,极为明亮,不过很快那粒灯火就像是被蒙上了层层灯笼罩子,逐渐模糊起来,一个转瞬间,就变得昏暗一片,再无半点蛛丝马迹。

吴霜降笑了笑,定然不是那宁姚飞剑所斩。这道符箓无甚高明处,唯一妙处,在于符纸可斩可碎,唯独不可化为一个"无",除非是有人能够将那道符箓炼化为己物,所以他以防万一,又在雪花信笺上临时起意画符,很简单,其实就是两个名字:陈平安,宁姚。所以这就成了一道失传已久的姻缘符。

应该是那个年轻隐官用上了一道旁门神通?倒是好手段,应对得当。不是什么袖里乾坤的手段,以那陈平安的玉璞境修为,如此冒失,只会自寻麻烦。

姜尚真收起飞剑,用手指轻轻擦拭柳叶,抹去些许雪白碎屑,哀叹一声,满脸戚戚然道:"吴老神仙,果真好算计,一下子就让晚辈泄露底细了,这可如何是好?不如大家坐下来好好聊。"

跌境后,姜尚真的本命飞剑,从一片完整柳叶折损为一截柳叶。按照常理,世人都以为"姜老宗主"的战力大跌。

那张雪白符纸先前好似砥砺剑锋的磨石,虽说如刀切豆腐一般被割破为两段,可吴霜降凭此,依旧瞬间勘验出了飞剑的凌厉程度。

"不愧是姜尚真,不但天赋异禀,关键是行事够狠,是个天生的合道坯子,能够四处闯祸,活到今天,不是没有理由的。"吴霜降笑了笑,十分善解人意,缓缓道,"其实不用刻意拖延,我好不容易来一趟浩然天下,就没着急离开,你们大可以随便折腾,好让我领教一下浩然天下年轻人中最出彩的几个人。"

宁姚,陈平安,半个绣虎,桐叶洲姜尚真。

对于吴霜降而言,哪怕是岁数最大的姜尚真,依旧是那风华正茂的年轻人。

姜尚真的跌境,跌得极其凶险且巧妙,简单来说,就是用跌境来砥砺那一片柳叶。

一截柳叶的飞剑模样是真,但是锋锐程度,远远超过姜尚真在仙人境时的一片柳叶。代价就是姜尚真的修士体魄,受损极多,变得相对孱弱。所以姜尚真如今才会变得双鬓霜白,模样瞧着像是上了岁数。

也就是说,姜尚真跌境是真,千真万确,但是那把本命飞剑的品秩,却近乎等于留在了飞升境,只不过姜尚真这家伙太有城府,一直以跌境作为最佳障眼法,借机蒙蔽世人。

姜尚真还真就不客气了,手腕一翻,变出一壶酒,满脸诚挚道:"那咱哥俩相逢投缘,先来一壶?"

等到"闲话聊完",那就不是什么切磋道法的分胜负了,而是要直接与吴霜降分生死!

你吴霜降只要敢一味托大,那就最好不过了。

但是没有谁会小觑吴霜降,毕竟是一个能够与老道长孙怀中相互"教做人"的修士。

崔东山站在一处铺子屋脊上,手中蓦然多出一根行山杖,双手挥动成圈,涟漪阵阵,荡漾起层层光晕,层层叠叠,如一幅金色的白描画卷,一轮袖珍白日当空而悬。崔东山嬉笑道:"吴大宫主,幸会幸会。"再伸手一抓,将那光芒四射的袖珍白日抓在手中,手腕摇晃,袖珍白日滴溜溜旋转不定,照耀四方。

白衣少年的五根手指微动,圆球四周,浮现出二十八个文字,如星辰列阵,天地四象九野、二十八宿阵图,先后在其中显化而生。

吴霜降并无半点杀气,无视白衣少年抖搂了一手掌心造化神通,反而与那崔东山好似叙旧一般,微笑点头道:"惜不能见绣虎,不过能够见着半个,也算不虚此行了。崔先生当下这副皮囊,品秩不俗。陆沉所言不虚,老秀才收徒弟,确实是一把好手,让旁人羡慕不来。"

言语之时,吴霜降双指并拢,轻轻一扯,客栈年轻伙计这个被他鸠占鹊巢的身躯,就那么给一拽而出,宛若纸片,被他折叠而起,随手收入袖中。

岁除宫吴霜降,以真身示人。

这位青冥天下十人之列的常客,只是中年男子的相貌,并不出奇,但是一身气象凝聚,大道显化而生,出现了一尊等人高的缥缈法相,赤天衣,紫结巾,白云履,立在云雾中。

法相眉心处一枚枣红印,如开天眼,双臂缠绕彩带,萦绕飘荡,法相身后又有一圈凝为实质的宝相光晕。

姜尚真站在街道尽头,揉了揉下巴,知道吴霜降这份大道气象,就是所谓的天相了。契合大道,天人合一,是为十四境。

唯一也是最大的麻烦,就在于不清楚吴霜降的十四境合道所在。于是姜尚真笑问道:"敢问吴大宫主是怎么个合道?恳请说来听听,不用担心会吓破晚辈的胆子。"

这句话一问出口,连姜尚真都有些佩服自己的实诚厚道了,果然是近朱者赤,与山主相处久了,就会耳濡目染,以诚待人那叫一个水到渠成。

吴霜降微笑道:"人和。"

姜尚真苦笑不已,一遍遍念叨着如何是好,崔东山神色凝重,小鸡啄米,与周首席遥相呼应。

合道人和的十四境,都很棘手,棘手得不能再棘手了。尤其是外人只知合道人和偏又不知合道何物的十四境,那就是最棘手不过的存在了。若是吴霜降合道天时或者地利,要远远好过合道人和。

白也仗剑扶摇洲,一人剑挑数王座,依旧占尽先机,根本无视围杀之局,原因之一,就在于这位人间最得意,竟是合道心中诗篇,诗篇不尽便无敌,实在太过玄妙,加上白也又手持四把仙剑之一的太白,就更加不讲理。

曾经的蛮荒天下荷花庵主,如今坐镇璀璨星河中的符箓于玄,一辈子心心念念,辛辛苦苦,其所希冀的合道所在,是那天时,是那仿佛亘古不变的日月星辰,是某种意义上名副其实的证道长生。

老瞎子合道十万大山,文圣的合道浩然三洲,皆是略显"不得已而为之"的合道地利。

白也合道心中诗篇,是人和。苏子,还有南婆娑洲的醇儒陈淳安,也都是走在这条大道上。

此外就是剑修,比如最早身为王座大妖第三高位的大髯豪侠刘叉,在大海之上,归墟之畔,这位原本已经跻身十四境的剑修,结果被陈淳安拼了性命不要,硬生生将其从十四境打回飞升境,这才使得刘叉无法重返蛮荒天下,反而被文庙拘押在了功德林。

上任隐官萧愻叛出剑气长城,在蛮荒天下那座英灵殿,走了一条捷径,虽然她就此合道十四境,却是属于地利,无形中失去了一位剑修原本的最大依仗,那就是一份天地无拘的大自由。

这也是为何萧愻哪怕已经高出一境,在那天外战场,却始终无法与左右分出生死的根源所在,更是左右为何一定要拦截萧愻重返蛮荒天下的症结所在。

姜尚真问道:"崔老弟,越看越吓人,怎么说?"

崔东山一本正经道:"你脸皮厚些,快点与吴大宫主求饶。周首席难道没有发现吗?口口声声随我们折腾,吴大宫主才是最没闲着的那个,面对这样的强敌,既然斗力斗智都斗不过,那就服个软,只能认输了!"

吴霜降会心一笑。

在青冥天下的道官之间,曾经流传着一句脍炙人口的金科玉律:以下五境修士面对中五境的道心,再用上五境修士的术法神通对敌,意外就小了。

吴霜降依旧一手负后,一手打了个响指。身边飞旋有三把本命飞剑,笼中雀,井中月,一截柳叶。

当然都是仿剑。

但是崔东山和姜尚真,可都不觉得北俱芦洲恨剑山的仿剑,能够与这三把媲美。

崔东山一语道破天机:"幸好只能支撑一炷香工夫。"

姜尚真眼神哀怨道:"山主这个甩手掌柜,十分未卜先知了。"

吴霜降以指尖抵住那把"笼中雀"仿剑,微笑道:"那就请君与我同游鹳雀楼?"

第三章 落魄山待客之道

刹那之间，天地景象浑然一变。有一座高楼矗立在大江畔，正是青冥天下岁除宫的形胜之地，鹳雀楼。

吴霜降一挥袖，"井中月"仿剑一闪而逝，一条大江的江水随之抬升，如雨云倒悬大地，最终雨落天幕，无数雨滴激射而起，每一滴雨水皆是飞剑，飞剑数目以百万计。

悬空而立的崔东山，手中绿竹杖重重一敲，微笑道："往古来今谓之宙，那就今去往古，蹚水上游抓条大鱼，给我回去！"

儒家圣贤的口含天宪，光阴长河随之逆流倒转，三人就此重返真正的笼中雀小天地。

事实上，两次光阴流水，经过吴霜降身边的时候，都绕道而行。

崔东山摆出一个纯粹多余的金鸡独立，一手高举，掌心托起先前的白日，一手以行山杖指向那吴霜降："四方上下谓之宇，晚辈就教教吴宫主何谓小天地！"

事实上，在崔东山摆出那个滑稽姿势之前，天地已成。

吴霜降将那三把仿剑都收入袖中，看架势，竟是要拿来炼虚为实。吴霜降第一次挪步，一步跨出，身后天相与真身重叠，原地现出一尊巍峨法相，高达千万丈，相较于化外天魔在条目城的顶天立地一幕，更夸张，简直就要撑开崔东山的一座天地天幕。跨出第二步之时，法相单手撑天，一臂横扫，原本稳固的天地顿时气象混乱，出现了无数条道法洪流，每一道丝丝缕缕，都大如决堤的汹涌江河，激荡天地间，一座天地立即响起一阵细微的丝帛撕裂声响。

崔东山嗤笑一声，双指一转绿竹杖，画圆而走，掐指默念一篇圣贤教诲，囊括吴霜降和那尊法相的天地被切割开来，凝为一粒芥子。

姜尚真再无半点犹豫，从袖子里边摸出一幅搜山图珍稀摹本，被誉为山上的"太平本"，辈分只比"开山老祖师"稍逊一筹。丢出画卷，将那一粒芥子天地包裹其中，以天地裹挟天地。

与此同时，姜尚真如获敕令，笼中雀小天地蓦然开门，使得姜尚真毫无痕迹地离开此地。崔东山则双手掌心贴紧，猛然拧转，天地一变，变成了一处大泽，无数条蛟龙盘踞其中，无数道剑光纵横其间。

到了笼中雀小天地之外，姜尚真瞧见了那个正在缜密布阵的年轻山主，双方只是对视一眼，会心一笑，并无言语交流。

姜尚真再次一闪而逝，双袖翻转，又一座天地矗立而起，是姜尚真炼化的一处远古秘境遗址，名为柳荫地。

一把飞剑笼中雀，一幅星宿图的芥子天地，一座搜山阵，已经是三座小天地了。

崔东山的一座心相小天地，古蜀大泽，姜尚真炼化的柳荫地，加上陈平安负责布阵的一处无法之地，又是三座小洞天。

下一刻，崔东山又迅速路过柳荫地，去往外边，再次造就出一座天地。再下一刻，陈平安又与崔东山打了个照面，摊开了一幅从剑气长城带回落魄山山巅的剑仙画卷，一直无所事事的宁姚就只是负责坐镇其中。

不是修道之人的小天地不值钱，而陈平安三人，尤其是法宝众多的姜尚真和崔东山，根本不可以常理揣度。

先前大泉王朝蠡景城外，陈平安单独一人，问剑裴旻，崔东山和姜尚真都没有出手的机会。在那之后，三人就在落魄山，聊了一宿，最后还拉上了山君魏檗和刘景龙一起出谋划策。

陈平安先前祭出的那张三山符，是他在山上最早提出的一个设想，就是一记棋盘上至为关键的先手，当之无愧的无理手。

崔东山和姜尚真手上也都有一张一模一样的三山符，这就意味着，不管是谁遇到了一位自己难以匹敌的对手，都可以祭出此符，喊来其余两人。

最早是拿剑术裴旻作为假想敌，之后三人的推演，甚至连那符箓于玄、龙虎山大天师都没有放过，都一一被他们"请"到了棋盘上。

当然也可以用来针对田婉背后可能存在的某个护道人，总之都是奔着裴旻这样的飞升境剑修去的。

哪怕是拿来对付十四境大修士的吴霜降，还是那句话，三人联手，可以玩命。毕竟吴霜降来自青冥天下，跟当初陆沉远游骊珠洞天是差不多的处境，规矩重重，束缚不小。如果狗急跳墙，吴霜降不得不恢复十四境修为，那就坏了礼圣规矩，自然就会被大道天然压胜一筹。

何况如今形势又有变化，多出了一位飞升境剑修，宁姚。她不但是飞升境，更精通厮杀，故而宁姚无论是从旁护阵，还是一锤定音，都是毫无悬念的最佳人选。

只不过按照先前三人设想，都没有想到宁姚会置身战场，以至于哪怕她是一位飞升境剑修，依旧只能是坐镇其中之一。因为一座座小天地的叠加，环环相扣，步步为营，失之毫厘就是天壤之别。每一座小天地的生成，先后顺序都极有讲究，更别谈内里玄机了。

而剑修的一剑破万法，对于三人精心设置的这个局，会是双刃剑。

宁姚对此毫无芥蒂，安安静静等待那个吴霜降的下一次路过。先前她听陈平安说了几句，得知这些小天地，只是用来待客的棋局先手罢了。

宁姚当时有些好奇，层层叠叠的小天地，最终到底会有几座，只是不好询问，免得不小心泄露天机。陈平安就只是笑着说了三个字：有点多。

崔东山和姜尚真，在各地天地内，双袖抖落，法宝如雨。两人毫不心疼。

这就是落魄山的待客之道，只要有人做客落魄山，不管是问剑问拳还是问道，此人境界越高,落魄山就会砸钱越多,讲究越多,礼数越多。

吴霜降被困于重重叠叠的小天地,已经不见那四人身影,反而收起了那尊足以撑开天地的巍峨法相,好好欣赏起以这幅星宿图作为根本之物的第一层芥子天地。

再外边些,有那搜山图的气息,吴霜降也不着急,凌空虚渡,随意一步,就能够在小天地内跨越一个星宿。因为他是唯一被压胜对象,一个呼吸,一个挪步,就会与小天地碰撞,吴霜降每次行走,如滚滚江河冲击水中砥柱,激起一阵阵炫目的琉璃七彩色,流光溢彩,无比璀璨,他身后仿佛拖曳出一条极其纤细却凝聚不散的长线,使得吴霜降恍若一尊神灵远渡星河。

闲庭信步,就像一位刚刚进入世俗钦天监的练气士,要做那昏见、昏中、朝觐和旦中四种入门课业。

然后吴霜降一步来到斗、牛两宿之间的虚空处悬停,回首望去,一条条好似人生轨迹的长线,经久不散,是一条因果线的大道显化?吴霜降觉得有些新鲜,就放任不管,期待着对方扯起线头,不是雷声大雨点小的手段。

吴霜降双手负后,低头微笑道:"崔先生,都说气冲斗牛,试问剑光何在?"

对于浩然人物,吴霜降真正感兴趣的,就只有两个:苏子,绣虎。前者的词篇,吴霜降由衷欣赏,所以当年与陆沉一起站在大玄都观外,哪怕当着那个虎头帽孩子的面,吴霜降还是直说一句仰慕苏子。至于后者,不是佩服什么欺师灭祖,不是什么浩然锦绣三事,而是崔瀺的那个选择,以及最终做成那个选择的百年铺垫,让吴霜降觉得极有意思,换成是自己,就绝对做不成,既然如此,就当得起自己的一份敬意。

所以崔先生这个敬称,吴霜降还真不是什么客套话。事实上,吴霜降已经无须跟任何人说客气话了,与玄都观孙怀中不用,与白玉京陆沉也不用。

一位重返此地的白衣少年,现身在极其遥远的下方,哪怕吴霜降这样的修为境界,穷尽目力,也只能见到那一粒芥子身形,只是那少年嗓门不小:"你求我啊,不然见不着!"

吴霜降笑了笑,绣虎年少时,不该是这副德行吧?记得曾经有次隐匿身份,遥遥旁观三教争辩,那个站在老秀才身后的年轻书生,瞧着满身的书卷气,性情很稳重,还有几分天然的风流倜傥。当时吴霜降就觉得此人不俗,果不其然,在那之后,很快就有了白帝城彩云局。

吴霜降自顾自说道:"也对,我是客人,所见之人,又是半个绣虎,得有一份见面礼。"

只见这位岁除宫随手抬起一掌,笑言"起剑"二字,身边先是出现由二字生发而起的一粒雪白光亮,然后拉伸成为一条长线剑光,最终变成一把细看之下稍有缺口的长剑。

长剑之上,除了两百多道极其细微的剑刃缺口,与那白玉京余斗的佩剑、四把仙剑之一道藏，如出一辙。

吴霜降又道："落剑。"

一线笔直落下。

那道恢宏剑光，直直从斗牛星宿间，落去人间。

而白衣少年就站在原地，双袖鼓荡而起，袖中出现十二道剑光，作为人间还礼，射向那位天上客。

十二道剑光，各自稍稍画出一条弧线，不与那把"道藏"仿剑争锋，大不了各斩各的。何况也未必躲得过那一剑。

天上剑光如山岳落地，崔东山撇撇嘴，他娘的，果然躲不过，吴霜降这厮臭不要脸，不是剑修，竟然要剑。

崔东山的一具符箓化身，当场粉碎，毫无悬念。

剑光余韵浩荡，只是被天地古怪规矩限制，并未能当真笔直一线洞穿星图小天地，而是不断突兀出现在各大星宿间，一次次折叠，一次次骤然消失，一次次倏忽现身，一条剑光在天地间不断亮起。吴霜降看也不看那十二把飞剑，近身之后，无一例外，十二把飞剑悬停在吴霜降身外数丈，吴霜降伸手一抓，将大小不一的飞剑悉数凝为芥子大小，全部攥在手心，瞬间碾为齑粉，这些虚相物件，并不蕴含一份真正的道意，都没资格被他仿制。

吴霜降抖了抖袖子，那把道意无穷的仿剑，没入袖中。

崔东山出现在居朱雀之尾的南方七宿处，只是变成了吴霜降的模样，而且以手指画符，在掌心处写下"岁除宫吴霜降"，翻转手掌，一串文字立即如雪消融，融入脚下轸宿，然后随之浮现出一条庞然大物轸水蚓，缓缓游弋，水蚓之上，还出现了一位衣黑带剑的魁梧巨人，以及五位站在一辆车驾上的黄衣女子，各自捡取"岁除宫吴霜降"中的某个字。

吴霜降哑然失笑，这个崔先生，真会计较这些蝇头小利，处处占便宜，是想要以此占尽天时地利，对抗人和？积少成多，与其余三人分摊，最终无一战死不说，还能在某个时刻，一举奠定胜局？倒是打了一手好算盘。只不过能否遂愿，就得看自己的心情了。想要与一位十四境以伤换命，这些个年轻人，也真是敢想还敢做。

天之四灵，以正四方。

四宫九野二十八星宿，环列日月五星四方。

大道磨蚁。

除了轸宿那边的小动静之外，又有天地大异象。天地合拢，二十八星宿各有神将坐镇，如同在书案上摊开一幅星图的看客，重新卷起了画轴。

要凭此磨杀吴霜降一些道行。

吴霜降指了指不远处的星宿,笑问道:"一般的书上记载,都是壁水㺄,可按照渡船张夫子的说法,却是壁水貐,到底哪个是真?"

崔东山变成了一尊顶天立地的神灵,低头弯腰,一双眼眸如日月,两只雪白大袖之上,盘踞了无数蛟龙之属的水裔。崔东山的这尊法相俯瞰那吴霜降,寻常闲聊的语气,却声如震雷,仿佛雷部神灵竭力擂鼓,只不过言语内容,就很崔东山了:"你问爹,爹问谁去?"

吴霜降仰头说道:"崔先生再这么闹腾,我对绣虎就要大失所望了。"

崔东山一掌拍下。

吴霜降摇摇头,一抖袖子,大致领略了星图玄妙,就觉得没必要在此逗留了,去外边那搜山阵看看。于是袖出四剑,环绕身边,四把长剑,剑尖分别指向四方。

道藏,太白,万法,天真。

这四把仿剑,与那道老二余斗,孙怀中或是白也,龙虎山大天师,以及宁姚,四位真正仙剑主人的所仗之剑,剑意还是有些悬殊,可能够做出这等壮举的,数座天下,只有吴霜降一人,何况那份充盈天地的剑气,作不得假。

就像是世间"下一等真迹"的再一次仙剑齐聚,蔚为壮观。

吴霜降只是随手一指,就将那崔东山的法相戳破。

四剑一闪而逝,芥子天地就此稀烂。

那白衣少年甚至都没机会收回一幅破损不堪的阵图,或者从一开始,崔东山其实就没想着能够收回。

来到第二座小天地。

是姜尚真的那幅搜山图"太平本"。

与世间流传最广的那些搜山图不太一样,这卷"太平本",神将四处搜山擒拿的对象,多是人之容貌,其中还有许多花容失色的婀娜女子,那些人人手系金环的神将,相貌反而显得十分凶神恶煞,不似人。

等到吴霜降来到这座搜山阵内,一卷搜山图小天地内,无论敌我,再无争执厮杀,纷纷御风离开山头,各展神通,数以万计的术法,疯狂砸向吴霜降一人。

吴霜降心念微动,四把仿剑瞬间远去,在天地四方悬停,四剑剑尖所指,剑光绽放,就像天地四方矗立起了四根通天廊柱。

然后他拈出两张符箓,轻轻一丢,身边就出现了一位狐白裘女子,英气勃勃,脚踩一双飞云履,玄绫质地,素绢绣云,染以香料,香雾缭绕足间,她姗姗而行,好似足下生白云、轻身飞升的仙人,只是行走间,便有白云滚滚,天地间弥漫异香。

又有一位姿容俊美的少年郎,腰系黄琅带,悬挂一只笏囊。少年只是伸手按住腰带,无数被搜山的山精鬼怪,就自行退回山中,等到少年再伸手从囊中拿出玉笏,随便抛入空中，所有手系金环的搜山神将，就又开始止步不前，最终竟是缓缓后退。

吴霜降左看右顾，看那身边一双神仙眷侣似的少年少女，微微一笑。

一把天真仿剑那边，一位白衣少年站在十数里之外，点点头，微微松了口气："得提醒师娘一声了，不要轻易出剑。"

一头鬼鬼祟祟偷溜到这边的小精怪，使劲点头："真是难缠，比起跟裴旻对砍，与吴宫主斗法，要揪心多了。"

那把仿剑的剑光一闪，白衣少年被拦腰斩断，小精怪被砍去头颅。结果白衣少年双腿一蹦，身体缝合，那小精怪则一招手，将头颅放回肩上。

吴霜降微微讶异，不是那崔东山的手段，符箓提神而已，拼凑简单，雕虫小技。可那姜尚真，可是货真价实的阴神出窍，怎会毫发无损？

吴霜降想了想，笑道："别躲躲藏藏了，谁都别闲着。"

言语落定之后，在笼中雀小天地内，宁姚看到了一个青衫背剑、眉眼飞扬的陈平安；在一处无法之地，正在屏气凝神、横剑在膝的陈平安，睁开眼，看到了一个宁姚；而姜尚真眼前，则多出了一个蘅芜一般的柔弱少女。

唯独崔东山真身那边，他身边没有多出谁。

吴霜降大笑道："好绣虎，果真不让人失望！"

客栈内。

白发童子面无人色，一直呆呆站在长凳上。

本以为宁姚跻身飞升境，最少七八十年内，跟着宁姚躲在第五座天下，就再无隐患。哪怕下一次大门重新开启，数座天下都可以去往，即便游历修士再不受境界禁制，大不了早一步，去求宁姚或是陈平安，跑去中土文庙躲个几年，怎么都能避过吴霜降。

一没想到宁姚会带着自己来到浩然天下，二没想到吴霜降竟然已经跻身十四境，三没想到他竟然真会跨过一座天下，算无遗策，早就在这条渡船上等着自己了。

说来可笑，世间只有畏惧心魔的修道之人，哪有心魔畏惧练气士的道理？

唯独岁除宫吴霜降是例外中的例外。

他先是在那元婴境瓶颈，故意生成心魔为她，吴霜降十分顺畅地跻身玉璞境后，此后千年，再将她这位被他拘押在心中的道侣心魔，一点一点以秘术炼化，最终被吴霜降用来当作跻身十四境的证道契机。

吴霜降痴情是真，心狠更是真。在青冥天下，吴霜降的偏执，与他的道法之高，几乎齐名。

所以它才会辛苦寻觅机会离开那处心扉牢笼，最终跟随大玄都观那位道人，一同远游到了浩然天下的北俱芦洲，之后按照某个约定，获得自由。一路辗转不定，好不容易才找到了一个安身之所，也就是剑气长城老聋儿掌管的那座牢狱。看似拘禁，实则对它来说，是一方极为可贵的自由天地，最少性命无忧，何况比起落入吴霜降之手的那种生不如死，在牢狱内，能够骂一骂老聋儿，闷得慌了就主动挨刑官几剑，与小姑娘捻芯聊几句，偶尔还能与萧愻找点乐子，逗一逗那些处境比自己更凄惨的妖族修士，这头化外天魔就觉得自己没那么惨了。尤其是它还能循着妖族的心境漏洞间隙，饱览风光，以它们的视野，看遍蛮荒天下的大好河山，随便翻检不计其数的境遇趣闻，更是一桩乐事。

"别怕。"裴钱抿了一口糯米酒酿，摸了摸身边小米粒的脑袋，轻声道，"真要害怕也没关系，喝酒醉去，倒头就睡。一觉醒来，就能见着师父师娘了。"

周米粒抬起双手，胡乱抹了把脸，使劲点头，双手捧起白碗，一口喝完。可惜酒碗太小，费了不少劲才喝完一壶糯米酒酿。帮不上忙，就别添乱，这是周米粒行走江湖的第一要义。

裴钱又递过去自己那壶酒，小米粒继续一碗碗喝酒。

白发童子瞥见这一幕，哑然失笑，只是笑意多苦涩，坐在长凳上，刚要说那吴霜降的厉害之处，裴钱立即投去一道视线，白发童子瞬间了然，本就有些愧疚，就拗着性子，闭嘴不言。

等到那个黑衣小姑娘打着酒嗝，趴在桌上，昏昏睡去，白发童子这才叹了口气："宁姚和陈平安，我都知道底细，是很厉害，但是对上那个人，还是没有半点胜算，不是我危言耸听，当真是半点胜算都没有啊。你师父方才不把我交出去，实在是太傻了。"

它伸手抓过一壶桂花酿，仰头灌了一口酒，抹抹嘴，一番长吁短叹，缓缓说道："我是刚才那个……'年轻伙计'的心魔，境界尚可，飞升境吧，反正这些你都看出来了。但是我这心魔，混得很落魄，我要是儒家圣贤，我都能炼出八个本命字：时运不济，命途多舛！给万千心魔同道们丢尽了脸啊。唉，都怪隐官老祖给自家山头取名，取得太随意了，要是换成什么得意山，估计这会儿就是我欺负那人了。"

说到伤心处，唯有喝闷酒。

它始终不敢对吴霜降直呼名讳。不单单是忌讳那份山水讲究，更多的还是一种发自肺腑的畏惧，可见这头化外天魔，真是怕极了那位岁除宫宫主。

裴钱立即恍然，既然是那人的心魔，就是那人讨债找上门了？

在金甲洲一次战事落幕后，郁狷夫说起过岁除宫，裴钱只当是个故事来听，就像听天书一般。她如何都没有想到那位宫主，会从书中走出，而且还要与师父生死相向。

只是那人都已经剥离出心魔，照理说就类似斩了三尸，对于练气士而言，不是求之不得的美事吗？为何还要上杆子收回心魔？

裴钱死死盯住这头化外天魔。

"小姑娘，你觉得我会是你师父这边的胜负手？是不是太天真了点？你师父就没告诉过你，道理和绝对，是一双生死大敌，两者之间，最怕各自串门套近乎？"它伸手指了指自己，苦笑道，"说句大实话，信不信由你，那人的本事，我早年逃离岁除宫之时，就只会七八成，而且都是些细枝末节，他的看家本领，尤其是压箱底的撒手锏，早就被他炼化掉了，何况化外天魔除了在那如鱼得水的天外天，离开修士心中后，一身道法，难免大打折扣。让我去欺负个境界不高的，比如玉璞境修士，很简单，随便就能玩死。可要说一位道心坚韧的仙人，就有些麻烦了。至于飞升境？打个比方，你觉得火龙真人打开心扉，开门迎客，我敢去吗？当然不敢。所以陈平安这场架，干脆就没扯上我，这是明智之举。"

它有句话没讲，当年在陈平安心境中，其实它就已经吃过苦头，硬生生被某个"陈平安"拉着聊天，相当于听了足足数年光阴的道理。

它看了眼呼呼大睡的黑衣小姑娘，再看了眼裴钱，强颜一笑，喝完了一壶桂花酿，又从桌上拿过仅剩的一壶："不过得谢谢你们俩小姑娘，哪怕这场风波因我而起，你对我也只是有些人之常情的怨气，却没什么恨意，让人意外。陈平安的家风门风，真好。"

裴钱能够看穿人心，它作为一头飞升境的化外天魔，一样可以。

它问道："知道为什么我愿意跟在陈平安身边吗？"

裴钱点头道："我师父答应过的事情，就一定会做到。"

它点点头又摇摇头："你只说对了一半。"

还有一半，是在它看来，剑气长城的年轻隐官，实在是太像一个人了，让它既忧心，又放心——年轻隐官像吴霜降，很像，太像了！在很多事情的选择上，陈平安简直就是一个年轻的吴霜降。

学那小米粒趴在桌上，白发童子抬起双手，五指如钩，像是两把梳子，一次一次挠头，捋着头发，自言自语道："躲又躲不过，逃又逃不掉，怎么办呢？"

裴钱说道："好像不能怎么办的时候，就等等看。"

"也对。"它笑逐颜开，抬起头，问道，"路过倒悬山那会儿，跟你师父早先一样，都是住在那个鹳雀客栈？"

裴钱点点头。

它瞥了眼裴钱的那双眼眸，有些疑惑："你这小丫头片子，在那儿就没看出点古怪？"

裴钱摇摇头："去客栈之前，小师兄就提醒过我，不许盯着谁多看。"

它重新趴在桌上，双手摊开，轻轻划抹擦拭桌子，病恹恹道："那个瞧着年轻的掌柜，其实是岁除宫的守岁人，只知道姓白，也没个名字，反正都叫他小白，打架贼猛。别看笑眯眯的，与谁都和气，发起火来，气性比天大了。早年在我家乡那会儿，他曾经把一位别家门派的仙人境老祖师，拧下脑袋，丢到了天外天去，谁劝都没辙。他身边跟着的那一伙人，个个不简单，都是奔着我来的，好抓我回去邀功。我猜剑气长城和倒悬山一起飞升之前，小白肯定已经找过陈平安了，当时就没谈拢。不然他没必要亲自走一趟浩然天下。"

在倒悬山开了两三百年鹳雀客栈的年轻掌柜，正是岁除宫的守岁人，真名不详，道号很像绰号，十分敷衍，就叫"小白"。

其余四人，都是以阴神出窍之姿远游异乡，不过先前跟随那座倒悬山，都已经重归家乡宗门——洞中龙张元伯，山上君虞俦，都是仙人；化名年窗花的少女，和在客栈名叫年春条的妇人，都是玉璞。

青冥天下的岁除宫，在吴霜降崛起之前，曾经就只是个二流垫底的仙家门派，别说是大玄都观，就是仙杖山这样的一流道门势力，拎出一位祖师堂掌律，就可以让岁除宫顷刻间覆灭。吴霜降完全是单凭一人，就将岁除宫变成与大玄都观比肩的顶尖道门，其间有过无数的恩怨情仇，险峻形势，无论人事，反正最终都给吴霜降一一解决了。

而且吴霜降的传道授业，更是天下一绝。岁除宫之内，所有上五境修士，都是他手把手教出来的。

张元伯的养龙术，虞俦的炼山神通，虞俦道侣令狐翠莲的剑术。道号灯烛的嫡女吴痴，她的拨摇天鼓，遍燃灯烛照虚耗，击鼓驱逐疫疠之鬼，更是岁除宫祖师堂的不传之秘。

不但是这些岁除宫高辈分、高境界的"祖师"，几乎所有嫡传、再传弟子，吴霜降都愿意亲传道法，事必躬亲，极有耐心。

也就怪不得整座岁除宫上上下下，都将吴霜降发自肺腑地奉若神明了。

在青冥天下，宗门修士，上上下下，敢从内心到行事，都对那白玉京不以为然的，就只有孙怀中的玄都观，以及吴霜降的岁除宫。

一个是下山历练，若是阴了某位白玉京道士一把，回了自家道观，那都是要放鞭炮庆祝一下的。

一个是只要与白玉京道士在历练途中，起了冲突，全然不惜命，不分出个生死，或是一方被打断长生桥，都不算切磋道法。反正岁除宫内人手一盏长命灯，洞中龙张元伯，就是死过一次的，山上君虞俦的道侣，甚至死过两次。照理说都极难跻身上五境，但是有吴霜降在，都不是问题，之后修行，重头来过，岁除宫向他们倾注了无数的天材地宝，更有吴霜降的亲自把关，指点迷津，修行路上，依旧势如破竹。

大玄都观的仙剑一脉，在青冥天下公认打架最抱团。而岁除宫的修道之人，公认出手最重、下手最狠，因为最不珍惜身家性命。

市井无赖，尤其是少年岁数的愣头青，最喜欢意气用事，下手也最不知轻重，只要给他一把刀,都不用借着酒劲壮胆,一个不顺心不顺眼,就能抄刀子往死里一通劈砍,半点不计较后果,所以岁除宫在山上有个"少年窟"的说法。

它喝完了陈平安和宁姚的那两壶桂花酿,就开始嗑瓜子,随口问道:"一个人,学什么像什么,厉不厉害?"

裴钱毫不犹豫就点头。当然很厉害,因为自己的师父就是如此。

它又问道:"那如果有个人,学什么是什么呢?"

裴钱想了想:"很可怕。"裴钱随即说道:"这样的话,在修行路上,很容易就与人起大道之争吧?"

学什么像什么,问题不大,可一旦学了什么"就是"什么,大道修行,就太犯忌讳了。

它翻了个白眼:"捏鼻子认栽的,还好,井水不犯河水,大不了各走各路,他也会变着法子补偿几分,不过得看他心情,如何算账,如何弥补,得他说了算,别人只能接受。至于那些不信邪的,非要与他掰手腕到底的,就都死了。白玉京五城十二楼,其中两位,都是被他给拉下马的,一个靠气力,靠道法,一个靠算计,靠道心。所以……他跟白玉京道老二的关系极差。"

它加重语气,补了一句:"极差。双方只差不是那种你死我活的生死大敌了。只要路上遇见了,肯定会干一架。"

裴钱好奇问道:"你为何如此怕他?"

它伸出手:"再来点漱漱口。"

裴钱从咫尺物当中取出一壶酒,搁在桌上,推过去。

它一口饮尽,叹了口气:"还是不够壮胆,不敢说啊。"

裴钱说道:"不想说就算了。"

它感慨道:"陈平安把你教得很不错唉。"

一个人的气清气浊,其实就看有无一颗平恕心。

裴钱笑道:"凑合。师父教了十成的好,我只学了两三成。"

它突然一拍桌子,恼火道:"小姑娘家家的,你干吗学我说话?!"

裴钱第一时间就伸手按住桌面,免得吵醒了小米粒。

它悻悻然与裴钱道歉:"对不住对不住,真情流露,一个没忍住。"

裴钱没来由说道:"以后到了落魄山那边,你可以先去骑龙巷的草头铺子,那里有个老前辈,应该与你聊得来,会一见投缘。"

白发童子一脸怀疑:"哪位老前辈?飞升境?而且还是剑修?"

落魄山很可以啊,加上宁姚,再加上自己和这位老前辈,三飞升!以后自己在浩然天下,岂不是可以每天螃蟹走路了?

裴钱摇头道:"龙门境。"

白发童子呸了一声:"啥玩意儿,龙门境?我丢不起这脸!"

裴钱不再说话。

白发童子突然双手合十,满脸严肃,自言自语道:"童言无忌,童言无忌。借你吉言,借你吉言。一定要去趟落魄山,拜会一下那啥骑龙巷的龙门境老神仙。"

裴钱突然怔怔看着那头白发童子形容的化外天魔,轻声说道:"只能活在别人心中,活成另外一个自己,一定很辛苦。"

白发童子愣了愣,盘腿而坐,一边嗑瓜子,一边嬉皮笑脸道:"小丫头屁大年纪,其实啥都不知道,说起这个,轻飘飘的,可宽慰不了人心。"

裴钱嗯了一声,没有反驳,趴在桌上,双手交叠,尖尖的下巴,搁在手臂上。

白发童子瞥了眼年轻女子的丸子发髻:"所有的感同身受,每一次悲欢相通,都很不轻松,所以你别事事学你师父,陈平安也不希望如此。不然你就等着瞧吧,练了剑,修行了,哪天心魔一起,就会在你心中,大如须弥山,拦在路上,让你苦不堪言,到时候你才知道什么是'辛苦'。当年在牢狱那边,有个叫幽郁的少年,是傻人有傻福,想要多想,都不知道如何想;还有个叫杜山阴的小子,是活得很自我,管他娘的好坏,视野所及,好东西,都是他的,不值钱的东西,只要可以,那家伙宁肯打烂了都不给旁人,心中没啥条条框框。修行路上,这两种人,反而走得容易几分。"

此后两两无言。

小米粒酣睡,裴钱趴着发呆,白发童子坐在那儿百无聊赖,时不时就双手合十,高高举过头顶,念念有词,估计把能求的各路神仙都求了一遍。最后它叹了口气,瞥了眼窗外夜色,灰沉沉的,好似没个尽头。

那个吴霜降,对它和曾经的她,就是一道注定过不去的坎。

当年吴霜降先做成一事,心魔是她,她是心魔,这就像吴霜降早就订立好了整个框架和所有规矩。为此吴霜降精心准备了百余年光阴。

吴霜降如何破解心魔?

就是成为"她"的心魔。

当时在岁除宫老祖师们眼中,吴霜降在元婴瓶颈空耗了百年光阴,旁人一个个疑惑不解,为何吴霜降这般出众的修道资质,会在元婴境停滞如此之久。

谁都无法想象,其实在很早之前,吴霜降就为自己安排好了一条去往飞升境的道路,甚至连如何跻身十四境,好像都早有准备。

就像一个人,生而知之。

其实无论是她,还是化外天魔,比谁都清楚一件事,吴霜降并非生而知之,这个平时沉默寡言,总给人木讷印象的男人,就只是喜欢多想。

白发童子光是想到那个吴霜降,就头疼欲裂,双手捧住脑袋。

裴钱回过神，又递过去一壶酒，它一口气灌了半壶酒，眼角余光瞥见一只小袋子，蹦跳起身，弯腰就要将其拿在手中，不承想裴钱也站起身，轻轻按住了那半袋子小鱼干。这趟出门远游，小米粒的瓜子不少，鱼干可不多。

它只得抓了几条小鱼干，就坐回原位，丢入嘴中嘎嘣脆，一条鱼干一口酒，喃喃道："小时候，每次丢了把钥匙，摔破了只碗，挨了一句骂，就以为是天大的事情。"

裴钱不明白它为何要说这些，不料那白发童子使劲揉了揉眼角，竟然真就瞬间满脸辛酸泪了，带着哭腔自怨自艾道："我还是个孩子啊，还是孩子啊，凭啥要给一位十四境大修士欺负啊，天底下没有这样的道理啊。隐官老祖，武功盖世，天下无敌，打死他，打死那个丧心病狂的王八蛋！"

裴钱揉了揉眉心，趁着师父不在，也给自己拿了一壶酒酿，倒入碗中，抿了口酒。

白发童子擦完眼泪，仍然抽泣不已："孩子吃疼，哇哇大叫。成年人呢……"说到这里，它收敛脸色，喃喃道："一辈子活得就像是在一个人喝闷酒。"

裴钱问道："冒昧问一句，是不是吴宫主身死道消了，你就？"

它犹豫了一下，还是点头，眼神中有几分光彩，说了句很难让旁人感同身受的言语："又要不舍得。"

它在遇到吴霜降之前，希望能够重获自由，生死无忧。遇到吴霜降之后，就只希望自己能得个解脱，再不被拘押在他心中，可又不希望吴霜降就此身死道消，因为"她"从来就希望天地间还有个他，好好活着。

裴钱举起酒碗，朝它那边递过去，白发童子举起酒壶，轻轻磕碰一下，各自饮酒。

人生不快，以酒消解，一口闷了。

它试探性问道："咱俩都是至交好友了，再来两条鱼干呗？"

裴钱微微一笑，直接将那袋子鱼干收入袖中。

它伸出大拇指，大声赞叹道："不愧是隐官老祖的开山大弟子，胸襟气概，尽得真传！"

裴钱说了句公道话："就你这马屁功夫，光靠嗓门大，在我家落魄山，都嗑不上瓜子。"

它想了想，开始虔诚许愿，斩钉截铁道："只要能去落魄山，我去骑龙巷铺子给那位龙门境老神仙打杂都成！"

在那容貌城，身为夜航船主人的中年文士，因为条目城那边已经隔绝天地，连他都已经无法继续遥遥观战，就变出一本册子，宝光焕然，金玉书牒，摊开后，一页是记录玄都观孙怀中的末尾内容，下一页便是记载岁除宫吴霜降的开篇。

夜航船上，今天这一战，足够名垂青史了。

一位十四境，一位飞升境，两位战力绝不可用当下境界视之的仙人，加上一位身为玉璞境修士的十境武夫。如果再有那头化外天魔加入战场，无论它选择哪个阵营，就又要多出一位飞升境。一旦裴钱再尾随其后，说不定就要多出一位……止境武夫？

中年文士笑了起来："好一场厮杀，得亏是在我们这条渡船上，不然最少半洲山河，都要遭殃。文庙那边，是不是得记渡船一桩功德？"

刑官默不作声。

中年文士笑问道："如果吴霜降始终压境在飞升境，你有几分胜算？"

刑官说道："如果他没有破境，只能说有机会换命。等他跻身十四境，再压境至飞升，我没有半点胜算。"

中年文士摇摇头道："所以怎么都不该挑选吴霜降作为对手。"

他敢断言，只要陈平安惹恼了吴霜降，对方肯定会恢复十四境修为。

吴霜降此人，在家乡天下，就连白玉京和道老二都敢招惹，来了浩然天下，不会太把文庙的规矩当回事。

据说大掌教私底下与那师弟订立过一条"家规"，在道老二坐镇白玉京的百年之内，不许余斗携带仙剑，问剑岁除宫。

师尊道祖之外，那位被誉为真无敌的余斗，还真就只听师兄的劝了，不光光是代师收徒、传道授业的缘故。

如果传言是真，那么白玉京大掌教禁止师弟余斗擅自问剑岁除宫，肯定不是偏袒外人吴霜降那么简单。

浩然天下最被低估的大修士，可能都没有"之一"，是那个将柳筋境变成留人境的柳七。

最终柳七果然在重返浩然天下后，用事实证明了这一点——用三百多种术法，哪怕战场在大海之上，依旧处处压制王座大妖仰止的水法神通。

而在那青冥天下，按照某个流传不广的小道消息，最被低估的修士则是陆沉之外的吴霜降。

大玄都观的孙道长曾经抛出个谐趣说法，脚底板蹭不走的陆沉，竹签剔不掉的粘牙吴霜降——一个没啥真本事只会恶心人，一个比贫道还阴魂不散的难缠鬼。

中年文士不断翻检渡船书本记录，缓缓道："中五境期间，吴宫主的运气，好到堪称天下第一，每次险象环生，都能化险为夷。飞升境之前的玉璞、仙人两境，吴宫主杀气最多，杀心最重，与人频繁捉对厮杀的次数，堪称青冥第一，冠绝上五境修士。跻身飞升境之后，不知为何，开始修身养性，性情大变，变得尤其与世无争，只有寥寥两次出手记录：与道老二，与孙道长。在那之后，就多是一次次无据可查的闭关了，几乎不见任何宗门外人。所以先前才会跌出十人之列。"

书本之上，还有些相对比较翔实的山水秘录，大致记载了吴霜降与一些地仙，以及上五境修士的"问道"过程。吴霜降境界越低时，记录越多，内容越贴近真相。

吴霜降的修道之路，最大的一个特征，是死地能活，擅长在劣势绝境当中，反杀强敌。但这只是表面上的结果，真正的厉害之处，在于吴霜降能够汇集百家之长，熔铸一炉，化为己用，最终百尺竿头更进一步。

白玉京五城十二楼的道法，大玄都观的仙剑一脉，仙杖山"指点江山"的符箓阵法，再通过收集秘籍道诀、线索脉络，借此推衍一种术法神通的大道本源。于玄的符箓，龙虎山天师府的雷法，吴霜降都有涉猎，至于到底有几成神似，隔着两座天下，一直没机会验证。

中年文士合上书，笑问道："怎么样，能不能说说'看那位'了？只要你愿意说破此事，渡船之上，新开辟四城，再让给你们一城。"

刑官摇头道："事不过三，张夫子就不要再过问此事了。"

中年文士有些遗憾："那就永远都是鸿毛城里边的一个'没结果'了。"

刑官说道："不差这一件。"

剑气长城万年历史上，一直存在着三个极其重要的职务：刑官，隐官，祭官。最早的三位祖师爷，正是陈清都，龙君，观照。

随着时间推移，先是刑官一脉占尽风头，历任隐官，起伏不定，祭官开始逐渐退居幕后，而且身份极其隐蔽，从不公开。直到最近千年以来，祭官要比刑官还要沉寂不显，好像根本就没有存在过这一脉。反观隐官一脉，先有萧愻，后有陈平安，在剑气长城和蛮荒天下，就显得极为瞩目。

估计以后的浩然天下，一般的山上修士，都要误以为剑气长城从来只有隐官这个职务了。

隐官一脉的避暑、躲寒两座行宫，藏书极多，秘档无数，关于此事，却都没有任何记载，就像一部老皇历被撕掉了数页，连禁忌都算不上了。

一处小湖，铺满荷叶，有小路直通湖心凉亭。

路上，一对男女站在那边赏景，没有去往中年文士和刑官所在的凉亭。

一个年轻男子，身边站着个手挽竹篮的少女，穿着素雅，姿容极美。

年轻人青衫背剑，身材高大，腰系一只银色小袋，无数条细微金光，渗透出银色丝线，灿若霞光，正是剑气长城的剑修，杜山阴。与那幽郁一起被丢到了牢狱当中，杜山阴成了刑官的嫡传，幽郁则迷迷糊糊成了老聋儿的弟子。一个跟随刑官返回浩然天下，一个跟随老聋儿去了蛮荒天下。

杜山阴身边的少女，名为汲清，与长命曾经在牢狱内相依为命，年复一年，一起在溪畔浣纱捣衣。

长命是金精铜钱的祖钱化身，汲清也是一种神仙钱的祖钱显化。

杜山阴小声问道："汲清姑娘，真是那岁除宫的吴霜降，他都已经合道十四境了？"

凉亭那边，双方一直没有刻意遮掩对话内容，杜山阴这边就默默听在耳中，记在心里。

汲清嫣然一笑，点头道："多半是了。"

杜山阴揉了揉下巴："既然那童子是吴霜降的心魔，就类似离家出走了？那么于公于私，于情于理，隐官大人都该交还出去吧？还打个什么，很没道理的事情嘛。"

汲清笑着不言语。

杜山阴继续说道："再说了，隐官大人是出了名的会做买卖，客栈那边，怎么都没个商量？再谈不拢，最后来个撕破脸，双方撂狠话啥的，就一下子开打了？半点不像是咱们那位隐官的行事作风啊。莫不是回了家乡，隐官凭借文脉身份，已经与中土文庙那边搭上线，都不用担心一位来自外乡的十四境大修士了？"

汲清摇摇头，柔声道："奴婢也不知道呀。"

杜山阴笑道："如果是在我们剑气长城，吴霜降绝对不敢如此出手。宁姚毕竟不是老大剑仙。"

汲清已经转头望向湖中，就像人立碧水中，撑起了一把荷花伞，水波潋滟，荷叶田田，清香阵阵，沁人心脾。偶尔还有成双成对的鸳鸯凫水，穿梭其中。荷叶绝青似鬓，荷花似那美人妆。无风花叶动，不是游鱼便是鸳鸯。

汲清有些想念长命姐姐了。此次若有机会见面，她就去问问那位见钱眼开的隐官大人。记得当年初次相逢，年轻隐官起先瞧见她们，规矩得很，后来得知她和长命姐姐的大道根脚，一下子就笑得可亲近了，眼神里边的那份亲昵，藏都藏不好，一个男人，好像眼中从无美色，就只有钱哩。

少女想起这些，心情有些不错，她就蹲下身，笑拨青荷叶。

杜山阴笑道："汲清姑娘，如果喜欢这些荷叶，回头我就与周城主说一声，装满竹篮。"

汲清背对着那个年轻剑修，翻了个俏皮的白眼，懒得多说什么。天底下的钱，不是这么挣的，看似白捡便宜，得了一篮子荷叶，可是山上的香火情，就不是钱吗？况且你与那位美周郎，关系真没熟到这份上。

杜山阴只是随口一提，没有多想，一篮子荷叶而已，不值得浪费心神，他更多是想着自己的修行大事：如何练剑，如何破境更快，如何提升飞剑品秩，如何成为未来的年轻十人之一。

以后离开师父身边，独自远游，什么能做，什么不能做，比如能否带着汲清在身边，需不需要走一趟南婆娑洲,去拜访老剑仙齐廷济和陆芝……所有事情,都需要他现在就好好思量一番。他不是那个一天到晚浑浑噩噩的幽郁。他希望再过个几十年百来年,与那同龄人幽郁重逢后,双方已经是一个天一个地。

刑官师父不爱说话,所以杜山阴这些年来,哪怕和师父朝夕相处,却只知道师父的几件事,对师父根本谈不上了解。姓什么叫什么,怎么学剑,如何成了剑仙,又为何在剑气长城当上刑官,都是一个个谜团。

师父爱喝酒,所以在牢狱内才会得了个"酒鬼"的称号,但是师父返回浩然天下之后,就极少喝酒了。再就是自己拜师之后,师父没什么要求,就一个,将来等他杜山阴学成了剑术,游历浩然天下,遇到一个山上的采花贼就杀一个。最后一件事,担任刑官的师父,对天底下所有拥有福地之人,好像都没什么好感。所以当年师父对隐官其实就一直没个好脸色。

凉亭那边,中年文士一挥袖子,让那杜山阴再听不了半个字,然后笑问道:"你这唯一嫡传,难道在家乡就跟陈平安有仇?不然明明一身的机灵劲,每天在那儿想东想西的,为何偏在此事上睁眼瞎?倒像是恨不得借给吴宫主几分杀心?"

刑官摇摇头:"他与陈平安没什么仇怨,大概是看不对眼吧。"

中年文士笑道:"较真起来,不谈剑气长城和飞升城,那么多因为避暑行宫隐官一脉,才得以保全性命的下五境剑修、俗子中,他能够成为你的嫡传,归根结底,还得感谢那位隐官才对。为何陈平安遇到了兴师问罪的十四境吴宫主,这后生瞧着还挺幸灾乐祸?"

按照渡船这边的缜密推衍,剑气长城在那场战事中,虽然多打了几年的仗,却因为避暑行宫的排兵布阵,多活了一万八千人。

这就意味着飞升城到了第五座天下凭空多出了相当数量的一大拨年轻剑修,哪怕人人境界不高,也为飞升城赢得了更多剑运凝聚的气象,而且每一粒剑道种子的开花结果,在曾经的剑气长城兴许不起眼,无非是个战场上的早死晚死,可在那座崭新天下,影响之深远,不可估量。

刑官说道:"不太清楚,懒得细究。"

中年文士哑然失笑,"收了这么个弟子,你不糟心啊?不过你这样当师父的,也少。"

那个年轻剑修一口一个吴霜降,中年文士这边就要帮忙收拾烂摊子,手心处已经悄然聚拢了数个金色文字,如一只只鸟雀在笼,不得振翅外出。

"老大剑仙丢过来的,不收不行。"刑官说道,"我只负责传授杜山阴剑术,等他成为上五境剑修,就会自己出门闯荡,以后是生是死,最终走到什么位置,都是他该得的。"

中年文士笑问道:"若是每次遇到了危险,就搬出你这个师父来?"

刑官淡然道："一样随他去。既然能够认我当师父，不管是运气使然，还是因果牵扯，都算杜山阴的本事。"

中年文士点点头，也是个道理。

刑官难得主动询问，与这位张夫子问了个关键问题："为何他此次登船，在你这边如此收敛，却在陈平安那边如此强势？好像这趟远游，不单单是为了抓回那头心魔，更像是要与陈平安问道一场？不然单凭剑气长城的隐官、文圣一脉的关门弟子这两重身份，他就不该如此盛气凌人，什么都不肯谈，直接就要动手。"

中年文士斜倚栏杆，转头看着那些湖中荷叶："真正的理由，很难说清，不用费神去猜，反正只会徒劳无功。当下就只有条比较模糊的脉络，吴宫主他那心魔道侣，早年趁着他闭关试图破境之时，溜出了岁除宫，跟随大玄都观那位道人，一起离开青冥天下，使得他破境不成。而陈平安在北俱芦洲那边，应该是与孙道长同游遗址，不知怎么在孙道长的眼皮子底下，得了那份隐秘的道统传承，其五行之属本命物，其中就有那道人形象的一尊神像。我能循着线索，瞧见此景，以他的道法，当然不难看破。既然那个道人已逝，寻仇是奢望，那么估计就由陈平安顶上了。又或者，他干脆是想要演算倒推，来一场惊世骇俗的大道演化，从陈平安心中剥出那粒道种，就是一份玄之又玄的大道起始。"

中年文士双指并拢，从湖中拈起一粒水珠，随手丢到一张倾斜荷叶上，水珠再滚落入水，中年文士看过了那粒水珠入水的细微过程，微笑道："所以将陈平安换成其他任何一人，遇到了他，不会遭此灾殃。当然了，换成别人，身边也不会跟着个飞升境的天魔了。这算不算一饮一啄，皆是天定？"

刑官皱眉不已："从陈平安身上剥离出一件五行之物，以他的境界，确实不难，但是想要逆转大道？果真能做成此事？"

中年文士会心一笑，一语道破天机："你大概不知道，他与陆沉关系相当不错，相传他还从那位白骨真人手上，按照某个老规矩，用七百二十万钱换来了一张道祖亲制的太玄清生符。至于这张符箓是用在道侣身上，还是用在那位玄都观曾想要'别开生面一场'的道人身上，现在都只是我的个人猜测。"

这位夫子轻声感叹道："没办法，很多时候你我心中认定的某条脉络，其实都是一条让人走得头也不回的歧途。"

中年文士瞥了眼道路上的那个年轻剑修，细看之下，杜山阴的个个跳跃念头，条条心路脉络，好似由一连串的文字串起，被这位张夫子一一看过之后，微笑道："畏强者，未有不欺弱的。"

刑官说道："与我无关。"

中年文士笑道："当真无关？人间何处不是你那家乡福地？"

刑官闻言默然，神色更是漠然。

中年文士蓦然大笑道："你这现任刑官，其实还不如那上任刑官。曾经的浩然贾生，成为文海周密之前，好歹还为人间留下一座用心良苦的规矩城。"

瞧着岁数不大的老夫子轻拍膝盖，缓缓而语。

如果白也不只是一位读书人，还是一位剑修。

如果陈清都不顾后果，只管意气风发，只为自己，倾力出剑，问剑一座蛮荒天下。

如果十万大山里的老瞎子，和东海观道观的老观主，两位资历最老的十四境，都愿意为浩然天下出山。

如果余斗不曾仗剑远游大玄都观，不曾斩杀那位道人。

如果白也不曾仗剑扶摇洲，没有毁掉那把仙剑太白，而是物归原主，最终被大玄都观孙怀中持在手中，然后问剑白玉京。

如果剑气长城选择与蛮荒天下为伍，或者再退一步，选择中立，两不相帮，袖手旁观。

又如果绣虎崔瀺联手师弟齐静春，干脆堵住第二座飞升台去路，浩然天下最少再丢一两洲山河，双方打个彻彻底底的山崩地裂，山河陆沉，遍地尸骸，再来个披甲者选择不惜以身合道，搬移天庭旧址，跨越浩瀚星河，就此坠落，撞入浩然天下，礼圣被迫汲取天地气运，跻身十五境，拼个身死道消阻拦此事，结果依旧还有诸多神灵就此真正归位，乱局顺势席卷四座天下，几乎等于重归万年之前的天地大乱象，白玉京摇晃，佛国震动，天魔大肆作祟，鬼魅横行无忌，人间十不存一。

中年文士叹了口气："读书人最难过的心关，是什么？"

刑官说道："身为野老，路见游民。"

中年文士笑骂道："原来你他妈的也知道啊？！"

就像人生逆旅，扁舟宿寒夜，风雨吹芦花，反正芦花年年有，一夜吹落千千万，算个屁。

刑官点点头："曾经知道。"

第四章
剑斩十四

吴霜降先前看遍星宿图,不愿与崔东山过多纠缠,祭出四把仿剑,轻松破开第一层小天地禁制,来到搜山阵后,面对箭矢齐射一般的万千术法,吴霜降拈符化人,狐裘女子以一双足下白云的飞升履,演化云海,压胜山中精怪鬼魅,俊美少年手按黄琅腰带,从囊中取出天然克制那些"位列仙班"的搜山神将的玉笏。云上天幕与山野大地这两处,仿佛两军对垒,一方是搜山阵的鬼怪神将,一方却唯有三人。

吴霜降又施展神通,不愿那四人躲起来看戏,除了崔东山之外,宁姚、陈平安和姜尚真身前,无视重重天地禁制,都出现了各自心中眷侣模样的玄妙人物。

宁姚看着那个神采飞扬的青衫剑客,她嗤笑一声,装神弄鬼,学都学不像。随手一剑将其斩去头颅。

估计真的陈平安要是看到这一幕,就会觉得先前藏起那幅"教天下女子梳妆打扮"的卷轴,真是一点都不多余。

不承想那位青衫剑客竟然重新凝聚起来,神色嗓音,皆与那真实的陈平安如出一辙,仿佛久别重逢后与心爱女子悄悄说着情话:"宁姑娘,好久不见,很是想念。"

宁姚微微挑眉,真是找死,一剑再斩,将其斩碎,在那之后,只要青衫剑客每次重塑身形,宁姚就是一剑,很多时候,她甚至会有意无意等他片刻,总之愿意给他现身的机会,却再不给他说话的机会。宁姚的每次出剑,看似只是纤细一线的耀眼剑光,却拥有一种斩破天地规矩的剑意,只是她出剑掌控极好,既不破坏笼中雀,却能够让那个青衫剑客被剑光"汲取"。这就像一剑劈出座归墟,能够将四周海水,甚至星河之水强行拽入其中,最终化作无尽虚无。

简而言之,眼前这个青衫剑客"陈平安",面对飞升境宁姚,完全不够打。

那剑客似乎心中发狠,笼中雀内顿时再起一座仿造笼中雀。宁姚面无表情,稍稍不拘一身剑气,一座刚刚出现的仿造天地,连同一把井中月仿剑的磅礴剑雨,顿时一同如琉璃碎出千万片。天地间光彩迷离,景象壮丽,一位飞升境女修,仗剑置身其中,缓缓而行,鬓角发丝微微飘拂,衬托得她姿容极美,人间再无其他颜色。

在那一处结阵的无法之地,原本静待吴霜降来此做客的陈平安站起身,将佩剑夜游放回剑鞘,双袖滑出一对曹子匕首,横移一步,持剑"宁姚"的一道剑光笔直落在原地,陈平安一个蹬地,瞬间来到那宁姚幻象身后,一掌贴住她后脑勺,幻象当场粉碎,却有一剑向后横扫,陈平安在十数丈外飘然落定,微微皱眉,立即拘押心念,那重新凝聚的女子幻象竟是身躯纹丝不动,唯有头颅旋转向后,笑望向那陈平安,满是讥讽神色。

她手中那把金光流淌的剑仙,先前只是介于真实和假象之间的一种古怪状态,可当陈平安稍稍起念之时,眼前女子手中长剑,以及身上法袍,瞬间就无比接近陈平安心中的那个真相了,这就意味着这个不知如何显化而生的女子,战力暴涨。

不小心又一个念头在陈平安脑海中闪过,那女子嘴唇微动,好似说了"过来"两字,一座无法之地的小天地,竟是凭空生出丝丝缕缕的远古精粹剑意,宛如四把凝为实质的长剑,剑意又生发出纵横交错的细微剑气,一同护在那女子四周,她微微点头,眯眼而笑:"一座天下的第一人,确实当之无愧。"

陈平安一阵头疼,明白了,吴霜降这一手神通,真是要得阴险至极。陈平安赶紧拘押心中所有关于"宁姚"的繁芜念头。

那女子笑道:"这就够了?先前破开夜航船禁制一剑,可是实打实的飞升境修为。加上这把佩剑,一身法袍,就是两件仙兵,我得谢你,越发真实了。哦,忘了,我与你不用言谢,太生分了。"

陈平安倒是没觉得没法打,只是有些棘手而已,吴霜降再道法通天,眼前这位好似书画摹本的女子,再似真迹,终究不是真正的宁姚,并非一位货真价实的飞升境剑修。无论是吴霜降的心念支撑,还是她那一身灵气底蕴,以及那长剑剑仙和法袍金醴,只要陈平安拘押得住心意,她本身和一切身外物,就都会不断磨损,最终消散。

一座无法之地,就是最好的战场,而且陈平安身陷此境,不全是坏事,刚好拿来砥砺十境武夫体魄。

不过难缠是真难缠。

陈平安深吸一口气,身形微微佝偻,好似肩头一下子卸去了千万斤重担。先前登船,一直以八境武夫行走条目城,哪怕是去找宁姚,也压境在山巅境巅峰,当下才是真正的止境气盛。

不承想那女子身后又多出一个宁姚,那女子被一剑当中劈开,是宁姚仗剑来到此地,真假宁姚,高下立判。

宁姚一步跨出,来到陈平安身边,微微皱眉:"你与她聊了什么?"

下一刻,宁姚身后剑匣凭空多出了一把槐木剑。

陈平安一臂横扫,砸在宁姚面门上,后者横飞出去十数丈,陈平安一手掐剑诀,以指剑术作飞剑,贯穿对方头颅,左手祭出一印,五雷攒簇,掌心纹路的山河万里,处处蕴藉五雷正法,将那剑匣藏有两把槐木剑的宁姚裹挟其中,如一道天劫临头,道法迅猛轰砸而下,将其身形打碎。

陈平安眯起眼,双手抖了抖袖子,意态闲适,静待下一位"宁姚"的现身。

方才不过是稍稍多出个心念,是关于那把与战力关系不大的槐木剑,就使得她露出了马脚。

姜尚真怔怔看着一个梨花带雨的柔弱女子。她姗姗而行,在他身前停步,只是轻轻踹了他一脚,捶了他一拳,轻若飘絮,不痛不痒。她抿起嘴,仰起头,看着那个身材修长的人,抽泣道:"姜郎,你怎么老了,都有白发了。"

姜尚真眼神澄澈,看着眼前女子,却是想着心中女子根本不是一个人,微笑道:"我一辈子都不曾见过她哭,你算个什么东西?"

他好像觉得她太过碍眼,轻轻伸出手掌,拨开那女子头颅,后者一个踉跄摔倒在地,坐在地上,咬着嘴唇,满脸哀怨望向那个负心人。双鬓微霜的姜尚真只是望向远方,喃喃道:"我心匪席,不可卷也。"

搜山阵小天地内,那把天真仿剑悬停处,小精怪模样的姜尚真伸手揉了揉脖颈处,约莫是先前脑袋搁放有偏差,双手扶住,轻轻扭转些许,感叹道:"打个十四境,确实费老劲。现在莫名觉得裴旻真是神色慈祥,和蔼可亲极了。"

四剑屹立在搜山阵图中的天地四方,剑气冲霄而起,就像四根高如山岳的火烛,将一幅"太平本"给烧出了四个漆黑窟窿,所以吴霜降想要离开,拣选一处"大门",带着两位侍女一同远游离去即可,只不过吴霜降暂时显然没有要离开的意思。

姜尚真是什么眼神,一下子就看出了吴霜降身边那俊美少年,其实与那狐裘女子是同一人的不同岁数,一个是吴霜降记忆中的少女眷侣,一个只是岁数稍长的年轻女子罢了,至于为何女扮男装,姜尚真觉得此中真味,如那闺阁画眉,不足为外人道也。

那吴霜降正转头与"少年天然"低声言语,眼神温柔,嗓音醇厚,充满了并非作伪的怜爱神色,与她解释起了世间小天地的不同之处:"圣人坐镇小天地,仙人或以符箓阵法,或凭借心相,造就日月星辰、万里河山,都是好神通,只不过也分那三六九等。

"三教圣人坐镇书院、道观和寺庙,兵家圣人坐镇古战场,天地最是真实,大道规矩运转有序,最为无缺漏,故而位列第一等。三教祖师之外,陈清都坐镇剑气长城,杀力最大；老瞎子坐镇十万大山，最为坚固；墨家巨子建造城池，自创天地，虽说有那两头不靠的嫌疑，却已是接近一位炼师的地利、人力两极致，关键是攻守兼备，相当不俗。此次渡船事了，若还有机会，我就带你们去蛮荒天下走走看看。

"先前崔先生那幅星宿图，看似广袤无垠，其实是在跌入其中的修士神识上动手脚，混淆一个有涯无涯，最适合拿来困杀仙人，可要对付飞升境就很吃力了。至于这座搜山阵小天地，精髓则在一个真假不定，那么多的神通术法、攻伐法宝，怎么可能都是真？不过是九假一真。否则姜尚真在那桐叶洲战场，在文庙积攒下来的功德，至少要翻一番。不过姜尚真的本命飞剑，早已悄然隐匿其中，可以与任何一位神将精怪的法宝术法，随意更换，只要有任何一条漏网之鱼近身，寻常修士对阵，就要落个飞剑斩头颅的下场。可惜心相、符阵之流的每座小天地，最大的症结，在于都存在已成定数的'一'，无法大道循环，生生不息，所以星宿图与搜山阵，若非我要赶路，想要多看些新鲜风光，大可以等到崔先生和姜尚真耗尽那个'一'，再赶赴下一处天地。"

崔东山一次次拂袖，扫开那些天真仿剑激起的剑气余韵，可怜一幅搜山图"太平本"，被四把仿造仙剑死死钉在"书案"上，更像是被几个赏画人持灯近看，一盏盏灯火近距离炙烤，以至于画卷天地四方，微微呈现出不同程度的泛黄色泽。

只不过对此姜尚真毫不心疼，崔东山更是神色自若，微笑道："剑修捉对厮杀，就是沙场对敌，老魏说得最对了，无非是个定行列正纵横，乱刀杀来，乱刀砍去。练气士切磋道法，像两国庙算，就看谁的花花肠子更多了，不一样的风格，不一样的滋味嘛。咱们也别被吴宫主吓破胆，四剑齐聚，肯定头一遭，吴宫主看着信手拈来，轻松惬意，其实下了血本。"

吴霜降站在天幕处，遥遥点头，爽朗笑道："崔先生所料不差，本来是要先拿去问剑玄都观，再去与道老二讨教一下剑术。此次渡船相逢，机会难得，崔先生也可视为一位剑修，刚好拿你们几个演练一番，相互问剑一场，只希望不要让我小觑了浩然剑修。"

姜尚真伸手一探，手中多出了一杆幡子，使劲摇晃起来，他始终是那小精怪模样，骂骂咧咧，唾沫四溅："老子自认也算是会聊天的人了，会拍马屁也能恶心人，不承想杜兄弟之外，今天又遇到一位大道之敌！打情骂俏更是不能忍，真不能忍，崔老弟你别拦我，我今天一定要会一会这位吴老神仙！"

随着幡子摇晃起来，罡风阵阵，天地再起异象，那些退缩不前的山中神将精怪，开始重新浩浩荡荡御风杀向天幕三人，在这之中，又以四位神将最为瞩目，每人身高千丈，脚踩蛟龙，双手持巨剑，率军杀向吴霜降一行三人。

一位巨灵护山使者，站在大鼋驮起的山岳之巅，手持锁魔镜，大日照耀之下，镜光激射而出，一道剑光，源源不断如江河滚滚，所过之处，误伤精怪鬼魅无数，仿佛熔铸无穷日精道意的凌厉剑光，直奔那悬空如月的玉笏而去。

一尊身披金甲的神将力士，三头六臂，手持刀枪剑戟，一闪而逝，几步跨出，转瞬之间就来到了吴霜降身前。

一位彩带飘飘、怀抱琵琶的神官天女，竟是一颗头颅四张面孔的奇异姿容。

被俊美少年丢掷出的悬空玉笏，被那锁魔镜的光柱长久冲击，火星四溅，天地间下起了一场场金色暴雨，玉笏最终出现第一道缝隙，传出崩裂声响。

吴霜降笑道："收起来吧，毕竟是件珍藏多年的实物。"

少年点头，就要收取玉笏归囊，不承想山巅那把锁魔镜激射而出的光芒中，有一缕碧绿剑光，不易察觉，好似游鱼藏身江河之中，快若奔雷，瞬间就要击中玉笏的破碎处，吴霜降微微一笑，随意现出一尊法相，以伸手掬水状，在掌心处掬起一捧大若湖泊的镜光，其中就有一条四处乱撞的极小碧鱼。法相双手合掌，将镜光碾碎，只余下那缕剑气神意，好拿来借鉴砥砺，最终炼化出一把趋于真相的姜尚真本命飞剑。

吴霜降收起法相，摊开手，手心处有一条匍匐蜿蜒的极小绿蛇，被大道镇压，不得不缩小至此。吴霜降突然笑着摇头，照理说那条已经动弹不得的绿蛇蓦然变大，头有犄角，腹生四爪，一双淡金色眼眸，分明是一条蛟龙水裔。它缠绕住吴霜降手臂，吴霜降轻轻抖动手臂，蛟龙血肉瞬间全部化作虚无，只是留下的蛟龙虚相，就像只剩下一幅金色笔墨的白描龙图，仍是纠缠不休，以至于吴霜降的一只法袍袖子，竟是被那蛟龙扭转得吱呀作响。那蛟龙张嘴咬住吴霜降那件法袍后，又试图触及一位十四境修士的肌肤，吴霜降冷笑道："小小孽障水裔，不如重归江湖。"

吴霜降身上法袍闪过一抹流光，蛟龙不知所终，片刻之后，竟是直接坠入法袍天地，再被瞬间炼化了全部神意。

那条水裔，不单单是沾染了姜尚真的剑意，作为伪装，其中还有一份炼化手段的障眼法，也就是说，这个手段，绝不是遇到吴霜降后的临时作为，而是早有预谋，不然吴霜降作为世间首屈一指的炼师，不会遭此意外。无论是炼剑还是炼物，吴霜降都是站在山巅的那几位大修士之一，不然如何能够连心魔都炼化？甚至连一头飞升境的化外天魔都要再次被他炼化。

吴霜降笑问道："你们这么多手段，原本是打算针对哪位大修士的？剑术裴旻？还是说一开始就是我？看来小白当年的现身，有些画蛇添足了。"

倒悬山飞升返回青冥天下，岁除宫四位阴神远游的修士，当时就跟随那方山字印一同返乡，唯有守岁人小白，走了趟剑气长城的遗址，以秘术与那独守半截城头的年轻隐官见面，提出了一笔买卖，承诺陈平安只要答应交出那头化外天魔，他愿意为陈平安个人，或是第五座天下的飞升城，以类似客卿的身份，出力百年。

青冥天下，都知道岁除宫的守岁人，境界极高，杀力极大，在吴霜降闭关期间，都是这个小白坐镇一座鹳雀楼，在他的谋划下，宗门势力不减反增。

小白没有当那认识多年的年轻隐官是傻子,交情归交情,生意归生意,毕竟一头逃离岁除宫的化外天魔,不但与宫主吴霜降有着大道之争,更会是整座岁除宫的生死大敌。

但是出乎意料,年轻隐官拒绝了岁除宫守岁人的提议。

买卖归买卖,算计归算计。

原本只要陈平安答应此事,在那飞升城和第五座天下,小白凭借其修为和身份,又与剑修结盟,会使整座天下在百年之内,逐渐变成一座腥风血雨的兵家战场,每一处战场废墟,皆是小白的道场,剑气长城看似得势,百年内锋芒无匹,势如破竹,占尽地利,却是以天时和人和的折损,作为无形中的代价,岁除宫甚至有机会最终顶替飞升城的位置。天下剑修最喜欢厮杀,小白其实不喜欢杀人,但是他很擅长。

只不过既然小白与那陈平安没谈拢,未能帮助岁除宫占据一记隐蔽先手,吴霜降对此也无所谓,并不觉得如何遗憾。对所谓的天下大势,宗门势力的开枝散叶,岁除宫能否超过孙怀中的大玄都观,吴霜降一直就兴趣不大。

约莫是不愿一卷"太平本"搜山图太早毁去,太白与天真两把仿剑,骤然消失。

循着线索,去往宁姚和陈平安所在天地。

四把仙剑仿剑,都是吴霜降中炼之物,并非大炼本命物,何况也确实做不到大炼,不只是吴霜降做不到,就连四把真正仙剑的主人,都一样有心无力。

光是为了打造四把仙剑的坯子,岁除宫就倾尽了无数天材地宝,吴霜降在修行路上,更是早早搜集、购买了数十把剑仙遗物飞剑,最终重新熔铸炼化。其实在吴霜降身为金丹地仙之时,就已经有了这个"异想天开"的念头,而且开始一步一步布局,一点一点积攒底蕴。

道藏、太白、万法三剑,还好说,毕竟现世已久,只有那把宁姚的天真,确实让吴霜降苦等多年。

所以此行夜航船,宁姚仗剑飞升来到浩然天下,最终直奔此地,与拥有太白一截剑尖的陈平安会合,对吴霜降来说,是一份不小的意外之喜。

两剑远去,寻觅宁姚和陈平安,当然是为了更多窃取天真、太白的剑意。

只不过宁姚出剑太快,关键是剑意过于纯粹,极难捕获一丝一缕,年轻隐官又过于谨慎,干脆就收起了那把佩剑,收获比吴霜降的预期要小了些。

白衣少年笑而不言,身形消散,去往下一处心相小天地,古蜀大泽。临行前,一只雪白大袖翻转,竟是将吴霜降所说的"画蛇添足"四字凝为金色文字,装入袖中,一并带去了心相天地。在那古蜀大泽天地内,崔东山将那四个金色大字抛洒出去,数以千计的蛟之属,如获甘霖,仿佛得了圣贤口含天宪的一道敕令,无须走江化蛟。

吴霜降想起先前那白衣少年的绿竹杖,心有所思,便有一物显化在手,是一根古意苍苍的青竹杖，装饰有青玉杖首，玉色苍翠，不输那一截柳叶。青玉十二面，如一枚满月法印，铭文总计三十六字，以"行气"二字作为开篇，寥寥三十六个古篆，却是辈分极高的一份古老道诀，其中"天几春在上，地几春在下"一句，至今众说纷纭，由此语演化出的诸多大道旁支，按照陆沉的说法，始终不得正解。

吴霜降丢出手中青竹杖，跟随那白衣少年，先行去往古蜀大泽。绿竹化龙，是那仙杖山的祖师秘术，仿佛一条真龙现身，它只是一爪按地，就抓碎了古蜀大泽畔的山岳，一尾扫过，将一座巨湖大水分作两半。撕裂开万丈沟壑，湖水渗入其中，露出裸露湖底的一座古龙宫。心相天地间的剑光，纷纷而至，一条青竹杖所化之龙，龙鳞熠熠，与那只见光亮不见剑仙的剑光，一鳞换一剑。

吴霜降双指并拢，拈住一支翠竹样式的发簪，动作轻柔，别在那狐裘女子发髻间，然后手中多出一把小巧玲珑的拨浪鼓，笑着交给那俊美少年。小鼓桃木柄，是由大玄都观的一截祖宗桃树树枝炼制而成，彩绘鼓面，则是由龙皮缝制，尾端坠有一粒红线系挂的琉璃珠，无论是红绳，还是宝珠，都极有来历，红绳来自柳七所在福地，宝珠来自一处深海龙宫秘境，都是吴霜降亲自获得，再亲手炼化。这两物并非实物，只不过完全可以视为真实的山上重宝便是。

寻常宗门，都可以拿去当镇山之宝了。可在吴霜降这边，就只是情人信物一般。

吴霜降此人，想法，喜欢异想天开；术法，擅长锦上添花。

山下俗子，技多不压身，一技之长，多多益善。可是对于山巅修士来说，人身小天地的大小，终究存在瓶颈，灵气多寡也有定量。

越是靠近十四境，就越需要做出取舍，好比火龙真人精通火、雷、水三法，就已经是一种足够惊世骇俗的夸张境地。

至于那金、木、土三法，连火龙真人都不得不承认一点，只要还在十三境，就修不成了，只能是会点皮毛，再难精进一步。

事实上到了飞升境，哪怕是仙人境，只要不是剑修，几乎都不会欠缺天材地宝，但是本命物的添补，都会出现数量上的瓶颈。所以十四境的三种合道方式，就是一种极端的另辟蹊径。

而吴霜降在跻身十四境之前，就已经算是将"技多不压身"做到了一种极致，熔铸一炉，虚实不定，堪称出神入化。

身穿雪白狐裘的婀娜女子，祭出那把发簪飞剑，飞剑远去千余丈后，变作一条碧绿河水，长河在空中一个画圆，变成了一枚碧玉环，碧油油的河水铺展开来，最终好似又变成一张薄如纸张的信笺，信笺之中，浮现出密密麻麻的文字，每个文字当中，飘落出一位青衣女子，千人一面，容貌相同，衣饰相同，只是每一位女子的神态，略有差异，就像一位提笔作画的丹青圣手，长长久久，始终凝视着一位心爱女子，在笔下绘制出了数千幅画卷,纤毫毕现,却只是画尽了她一天之内的喜怒哀乐。

而那位姿容俊美似贵公子的少女"天然",只是轻轻晃动拨浪鼓,琉璃珠敲打龙门鼓面,就能让数以千计的神将力士、精怪鬼魅纷纷坠落。

吴霜降笑道:"别看崔先生与姜尚真,今天说话有些不着调,其实一直处心积虑,有所图谋。"

那少女不断拨动小鼓,点头而笑。

吴霜降察觉到另外一处天地迹象,点头道:"宁姚剑心,着实罕见。"

那狐裘女子微微皱眉,吴霜降立即转头致歉道:"天然姐姐,莫恼莫恼。"

少女眼睛眯成月牙儿,掩嘴娇笑。

吴霜降看了眼那个自己心目中的"黄绶小神仙",再转头看着那个面容稍稍不同的狐裘女子,他拉上她们的手,微笑道:"曾经答应过你,我们一定要携手走遍所有天下,会做到的。"

那狐裘女子突然问道:"你忘了是谁杀了我吗?"

吴霜降微笑道:"这就很不可爱了啊。"

那狐裘女子的曼妙身躯,瞬间脆如瓷器,吴霜降轻轻一捏,就如重锤磕碰,轻轻一声,裂纹蔓延如蛛网,遍布女子肌肤,然后砰的一声碎裂。

那女扮男装的少女被殃及池鱼,亦是如此下场。

吴霜降一个呼吸吐纳,施展仙家嘘云之术,罡风席卷天地,搜山阵瞬间粉碎。

直接越过那座支离破碎的古蜀大泽,来到笼中雀小天地,却不是去见宁姚,而是现身于别有洞天的无法之地,吴霜降施展定身术,"宁姚"就要一剑劈砍那年轻隐官的肩头。

陈平安肩头一沉,竟是以更快身形跨越山河,躲过一剑不说,还来到了吴霜降十数丈外,结果吴霜降伸出手掌,一个下按,陈平安额头处出现一个手掌印痕,整个人被一巴掌打翻在地。吴霜降小有疑惑,十境武夫也不是没见过,只是气盛一境,就有这么夸张的身形了吗?那陈平安身上符光一闪,就此消失,一截柳叶出现在陈平安位置,直刺吴霜降,不足二十丈距离,对于一把相当于飞升境品秩的飞剑而言,电光石火间,什么斩不得?

吴霜降抬起一袖,兜住那把飞剑,整个人身体后撤一步,身上法袍却悬停原地,袖里乾坤当中,一截柳叶的凌厉剑光,依旧流溢而出,足可见飞剑之威势。

陈平安毫无征兆踩在那法袍袖子之上,一个弯腰前冲,手中双刀一个划抹。吴霜降再次移步后撤。陈平安一击不成,身形再次消失。

吴霜降微微皱眉,横移一步,跨过山河千里。那一截柳叶终于刺破法袍,重获自由,尾随吴霜降,吴霜降想了想,手中多出一把拂尘,竟是学那僧人以拂尘做圆相,吴霜降身前出现了一道明月光晕，一截柳叶再次落入小天地当中，必须重新寻找破开禁制之路。陈平安则再次出现在吴霜降身侧十数丈外，这一拳不但势大力沉，超乎想象，关键是好似早已蓄力，递拳在前，现身在后，占尽先机。

绝不是笼中雀小天地的地利助力，而是陈平安与那姜尚真和一截柳叶，一人一拳，一人一剑，早早演练无数遍的结果，才能够如此天衣无缝，形成一种让陈平安未卜先知、吴霜降后知后觉的悬殊境地。

吴霜降手持拂尘，卷住那陈平安的胳膊。

与此同时，又有一个吴霜降站在远处，手持一把太白仿剑。年轻青衫客，手持夜游一剑，当头劈下。

再有吴霜降现身极远处，掌如山岳，压顶而下，是一道五雷正法。

下一个吴霜降，重新披上那件悬在原地的法袍，又有陈平安双手持曹子匕首，如影随形。

数个吴霜降身形，与一一针对的青衫身形，几乎同时消散，竟然都是可真可假，最终倏忽间皆转为假象。

那个始终从旁观战的"宁姚"，变成了吴霜降真身所在，拂尘与太白仿剑都一一返回。只是陈平安这一次却没有现身，连那一截柳叶都已经消失无踪。

吴霜降环顾四周，陈平安那把井中月所化万千飞剑之上，都有内容迥异的一连串金色铭文。

吴霜降站在原地，被一座剑阵围困其中，微微皱眉，陈平安的飞剑本命神通，姜尚真一截柳叶的剑意，再加上崔东山的儒家圣贤神通、符箓手笔？

怎么想到的？如何做到的？

吴霜降被困剑阵中，既是笼中雀，也置身于一处最能克制练气士的无法之地。没想到陈平安还会布阵，先前与姜尚真的一截柳叶配合，能够在一位十四境修士这边占尽先手，让吴霜降很是意外。

一位十境武夫近身后递出的拳头，拳脚皆似飞剑攻伐，对于任何一位山巅修士而言，分量都不轻。

练气士的体魄，始终是其软肋，除非破十四境时合道天时、地利，才算是真正的脱胎换骨，长生久视。合道人和，相对而言，更多是在杀力一途追求极致，跨步迈上一个大台阶。

纯粹武夫，九境与十境之间，存在着一道难以逾越的天堑。登山修道之人，想要跻身十四境，更是登天之难。

吴霜降收起了与宁姚对峙的那个青衫剑客，"陈平安"与"宁姚"并肩而立，一左一右站在吴霜降身侧,吴霜降将四把仙剑仿剑都交给他们。"陈平安"背"太白",手持"万法";"宁姚"剑匣装"天真",手持"道藏"。两人得到吴霜降的授意,准备找准机会,打碎小天地,最少也要破开这座小天地的禁制。

至于那座剑阵,当然是吴霜降亲自领剑。

置身于一座无法之地,每一次施展术法神通,就都需要消耗灵气了,吴霜降也无法例外。毕竟像白也那样,只要心有诗篇,就可以出剑不停,太过匪夷所思。

万千飞剑攒射而至。

吴霜降双指并拢掐诀,如神灵屹立,身边浮现出一颗颗星辰,竟是现学现用,摹刻了崔东山的那幅星宿图。群星环绕,相互间有一条条若隐若现的丝线牵引,斗转星移,运转有序,道意沛然。吴霜降双指凌空虚点两下,多出两轮日月,日月星辰,就此循环不息,形成一个天圆地方的大阵。

密密麻麻的飞剑,就像万千剑修,联袂御剑蹈虚天外,攻伐那尊仿佛居中神灵的吴霜降。飞剑攻势连绵不绝,一颗颗虚相星辰随之崩碎,又在吴霜降的驾驭之下,恢复如初。吴霜降抬头望去,大概是觉得未必能够挡下剑阵,再次抬起手,掌心处堆满了一大把花木种子,手掌倾斜,一粒粒种子从手心坠落,吴霜降与两位"剑侍"的脚下悬停处,出现一层碧绿水纹,那些种子如坠水中,叮咚作响,竟是在无法之地,荡起一圈圈金色的气机涟漪。

这种勾当,吴霜降信手拈来。一棵桂树,枝头挂圆月,树底下有神灵持斧做斫桂状,是那远古月宫景象。一树桃花,树枝挂满只只符箓纸鸢,金光盎然,是那大玄都观某位道人的手段。一株株荷花亭亭玉立,高低不平,大小悬殊,是那莲花小洞天的胜景。

每一把井中月演化而出的飞剑粉碎之后,便有一串金色文字悬停原地,都是崔东山所画符箓文字,或是圣贤诗篇,或是一幅幅不同王朝的五岳真形图,或是历史上各个版本的白泽搜山图。每当飞剑和符文向前推进,如大军压境,以剑阵开道,再以符箓铺路,将星宿天地撞开一条道路,就会掠去一朵朵荷花缝补窟窿,桃树上的每一只金色纸鸢,飘落离枝后,便是一位身形缥缈、面容模糊的青衣道人,手持一把金色拂尘,悬在天幕处,一夫当关,拂尘一裹,便能拨转剑阵长河的无数剑尖,与身后剑阵对撞在一起。那个月宫斫桂的魁梧男子,有一双金色眼眸,视线四处游弋,在某个时刻就会丢出手中斧头,打烂一座座浩浩荡荡如星河的剑阵不说,偶尔还能一闪而逝,无视剑阵禁制,直奔陈平安真身而去。陈平安发现自己竟是次次躲避不及,只得现出一尊法相,一袭鲜红法袍,身高千丈,一掌按碎那把巨斧。

飞剑实在太多,剑阵层层叠叠,无穷无尽悬在天外,如大军集结,蓄势待发。吴霜降小有意外,陈平安占了天时地利,运用一把飞剑的本命神通并不出奇,只是驾驭第二把本命飞剑,陈平安在自家小天地内,虽说无须消耗过多灵气,可是对于一位修士精气神的磨损，绝对不少，这就意味着这位年轻隐官，不只是仰仗止境武夫的体魄，上山修行，道心砥砺一事，也没落下。不然一位玉璞境剑修，驾驭如此之多的飞剑，早该头晕目眩了。

那把斫桂的斧头，不重杀伐力道，专门用来找人。其实是一张吴霜降自制的玉斧符，是山上公认的一张大符，就像是山水破障符里边的一位飞升境大修士。吴霜降与人厮杀，多是如此，每一道术法，每一张符箓，都点到为止，极其"节俭"，充满了试探意味，精准勘验真相不说，最难得的是能够不出纰漏。

吴霜降站在一张大如城池的荷叶之上，星宿小天地已经失去了小半地盘，只不过大阵枢纽依旧完整，可桃树纸鸢已经消磨殆尽，桂树明月也逐渐黯淡无光，大半荷叶都已拿去阻拦剑阵，再被飞剑江河一一搅碎。天幕中，历代圣贤的金字文章，一座座屹立五岳，一幅幅搜山图，已经占据大半天幕。

吴霜降对此毫不忧心，单凭一座剑阵和无法之地，就想要让他灵气枯竭，法宝尽出，对方还是太过痴心妄想了。

吴霜降一伸手，从一旁青衫剑客背后拿回太白仿剑，掂量了一下，剑意还是太轻。

此次与那几人切磋道法，各取所需，各给意外。

崔东山等人累加小天地，吴霜降借此机会，完善其中天真、太白两把仿剑的剑意，只要赚取一丝一毫的裨益，都是不可估量的巨大收益。

白也，一样不是剑修，白也剑术如何？

扶摇洲一役，宝瓶洲陪都大渎一役，如今已经被山巅修士，视为那场大战的山上、山下两大转折点。

吴霜降虽然深陷困境，一座剑阵，气势磅礴，杀机四伏，可他依旧分出两粒心神，在人身小天地内两座洞府游览，以山上拓碑术摹刻了两幅画卷，正是崔东山的那幅星宿图，和姜尚真的那卷"太平本"搜山图。画卷天地定格在某个时刻，如同光阴长河就此停滞，吴霜降心神分别游历其中，第一幅图，定格在崔东山现身南方七宿后，脚下是那轸宿，刚刚以指画符，写完那"岁除宫吴霜降"六字，随后黑衣神灵与五位黄衣神女，分别手持一字。

吴霜降来到那辆巡天车驾上，站在一位黄衣神女身边，看着那个她手心托起的古篆"霜"字，吴霜降陷入沉思，心神急转，那白衣少年是要在自己命理一事上动些手脚？轸既是星宿名，在《说文解字》当中也有悲痛之意，《玄摛》篇亦有"反复其序，轸转其道"之语，崔东山选择轸宿作为现身之地，肯定不是随意而为。只不过凭借这点天时运道勾连命理，就想要破坏一位十四境修士的人和气数？是不是太过蚍蜉撼树了？绣虎崔瀺，心思算计，绝不会如此浅薄。

吴霜降略作思量，芥子心神所化身形，一个骤然坠落，不知跨过几千万里，站在先前崔东山所立处,吴霜降抬头望去,按照天象地理之分,脚下正是那牛斗二星的分野处,天上相邻星宿则是翼轸二星,吴霜降站在远处,久久没有挪步,好像有一点蛛丝马迹,却极难拎起线头。

在那别处洞府内,吴霜降另外一粒芥子心神,正站在那位脚踩山岳、手持锁魔镜的巨灵使者身边。画卷定格后,镜光如飞剑,在空中架起一条凝固的白虹。吴霜降将那面失传已久的锁魔镜拓碑过后,视线偏移,挪步去往那一颗头颅四张面孔的彩带女子身边,站在一条大如溪涧的彩带之上,俯瞰山河。

对于他们这个境界的修道之人来说,什么拳碎山河、搬江倒海,什么法宝攻伐,遮天蔽日,都是小道了。

一个寻常的仙人境练气士,或是九境纯粹武夫,在这场厮杀当中,根本就没有出手的机会,或者说出手也无意义。

吴霜降微微皱眉,轻轻拂袖,将千万山头拂去大半颜色,彩绘画卷变作白描,多次拂袖改换山川颜色后,最终只留下了数座山根稳固的高山。吴霜降细看之下,果然都被姜尚真悄悄动了手脚,剐去了许多痕迹,只留山岳本体,同时又炼山为印,就像几枚尚未篆刻文字的素章。吴霜降冷笑一声,手掌翻转,将数座山岳全部倒悬,好家伙,其中两座,痕迹浅淡,崖刻不作榜书,十分阴险,不但文字小如蝇头小楷,还施展了一层障眼法禁制,被吴霜降抹去后,水落石出,分别刻有"岁除宫"与"吴霜降"。

吴霜降撤去搜山图画卷,双手一抓,将两座山岳托在手心,如两件袖珍清供玩石,再与星宿图那粒心神合二为一,又挥袖打散多余星宿,搬山再放山,轻轻一挥,手中袖珍山头,在阵图内矗立而起。吴霜降随后抬手显化出一条江水,再起两亭,吴霜降以手指作笔,写下"压江""挹翠"两匾额,附近的山根水脉如同被仙人一记画龙点睛,顿时活了过来,一时间落霞孤鹜,秋水长天,风景宜人。不但如此,吴霜降心念所动,最终在大江之畔,还竖立起一座碧色琉璃瓦的雄伟阁楼。那绣虎分明是模仿苏子笔迹,篡改了金色匾额题字,变成"鹳雀楼"三字。吴霜降一步跨出,来到阁楼台阶底部,抬头望去,有一位形容模糊的男子,好似那书上的阁中帝子。

天上星宿图,地上搜山阵。那就是一座天地人齐聚的三才阵了?

果不其然,折腾出这么大动静,绝不是花里胡哨的天地重叠那么简单,而是三座小天地在某些关键位置上,暗藏那相互镶嵌阵眼的玄机。

吴霜降会心一笑,此阵不俗,最有趣的地方,还是这个补齐天地人三才的"人",竟然是自己。差点就要着了道,灯下黑。

一旦被那三人循着这条脉络,以层出不穷的手段作为障眼法,不断积攒点滴优势,说不定吴霜降真要在这里鬼打墙,被剥皮抽筋一般,消磨道行极多。

难怪先前那条隐匿在镜光当中的水蛟,会伪装成姜尚真的一缕剑光。被吴霜降察觉到异象后,水蛟试图咬破法袍未果,不然若是真被它汲取了哪怕一粒血珠子,估计"鹳雀楼"内的那位阁中帝子,形象就要清晰许多,更接近吴霜降本人的真相。浩然天下的这三个年轻人,无所不用其极,想是真敢想,做是更敢做。

半个绣虎,一个在桐叶洲挽狂澜于既倒的玉圭宗宗主,一个剑气长城的末代隐官。

名不虚传。

自己出名要趁早,揍别人更要赶早。

修行路上,见到那些有出息又顺眼的后生,当前辈的,不要吝啬那点唾沫,赶紧指点几句,以后喝酒就不愁了。

玄都观孙道人喜欢胡说八道不假,可还是说过几句金玉良言的。

吴霜降甚至没有擅自走入阁楼中,哪怕只是自己的心境虚相,吴霜降一样没有托大行事。

崔东山一直没有真正出力,更多是陈平安和姜尚真在出手,原来是在偷偷谋划此事。

收起心神芥子,吴霜降转头望去,遥遥天幕尽头,出现了一条金色细线。

吴霜降抬起手中太白仿剑,脚下荷叶一个倾斜。一道剑光转瞬即至,直接将吴霜降的整个星宿天地,从中劈开,一斩为二!连吴霜降手中那把仿剑都一并被斩断。

那道剑光就在吴霜降身侧一闪而逝,一身法袍猎猎作响,竟然出现了一阵阵细微的扯破丝帛声响。吴霜降一抖手腕,手中太白仿剑重新恢复完整。

是宁姚出剑了。

她在极远处的一剑横扫,再将小天地横切而开。

宁姚第二剑,极远处的一丝剑光,等到星宿天地之内,就是一条叹为观止的剑气星河。

吴霜降缩地成寸,早有预料,堪堪躲过了那道锋芒无比的剑光,可是两位背剑男女却已经被剑光炸烂。

吴霜降改变主意,暂时收起了"宁姚"和"陈平安"两位剑侍傀儡的残余气韵,收入袖中,亲自驾驭那四把仿造仙剑。

瞥了眼太白仿剑,吴霜降摇摇头,依旧未能凝聚那把天真的精粹剑意。

事实上先前姜尚真通知山主夫人,最好少出剑,小心被那家伙窃取剑意。宁姚只回了一句话:"不用担心。"

趁着吴霜降那座星宿天地即将崩碎之际,姜尚真现身,拍了拍陈平安的肩膀,沉声道:"保重。"

有媳妇当然是好事,可是有这么个媳妇,最少你陈平安这辈子就别想喝花酒了。

姜尚真同时以心声言语道:"如何?距离井中月还差多少?"

陈平安咧咧嘴："还有些差距。"

架不能白打。陈平安除了做正事，与崔东山和姜尚真按部就班，其实也在用吴霜降的那座小天地，当作类似斩龙台的磨剑石，用来细密砥砺井中月的剑锋。

姜尚真欲言又止。

陈平安笑道："要想杀个十四境，没点代价怎么行。"

两道剑光一闪而至，姜尚真与陈平安同时在原地消失。

不料陈平安发现自己身边跟随了一张绘玉斧的符箓，太白、万法两把仿剑，如影随形。这道符箓，应该就是先前那斫桂人的巨斧所化，杀力一般，但是最大的麻烦，就是阴魂不散。陈平安以心声与姜尚真说道："你忙你的，不用管我。我来会一会这两把仙剑。"

机会难得，顺便连武夫体魄一并砥砺了。能找补回来一点是一点。

三人在落魄山上，其实就掂量过后果的轻重了。

必须付出的代价，可能是陈平安失去某把本命飞剑，或者是笼中雀，或者是井中月。可能是姜尚真的一截柳叶飞剑，品秩跌境。可能是崔东山失去一副仙人境的遗蜕皮囊。

甚至更多，比如陈平安从武夫止境，跌境。

又或者，必须有人付出更大的代价。

落魄山上，陈平安最终订立了一条规矩，无论是谁被其余两人所救，那么这个人必须要有觉悟，假如三人联手都注定改变不了那个最大的万一，那就让此人来与剑术裴旻这样的生死大敌换命，以保证其余两人的大道修行，不至于彻底断绝。崔东山和姜尚真，对此当时都无异议。

吴霜降一手负后，一手双指好似拈起一根琴弦，天地间响起一记无弦之音。身后一尊天人相，如同阴神出窍远游，手持道藏、天真两把仿剑，一剑斩去，还礼宁姚。

刚刚躲过太白、万法两道剑光的陈平安，被一道毫无征兆的天雷给劈中，下一刻，陈平安双手攥住两把仿剑的剑尖，身形倒滑出去千百丈，剑光绽放，双手血肉模糊，剑气激荡，整张脸庞都被割裂出细密剑痕，不得不眯起眼，不敢正视那些剑光。陈平安倒退之势依旧不能减缓半点，剑尖缓缓从掌心处刺出。

吴霜降再次拨动那架无弦更无形的古琴："小子真能藏拙，有这武夫体魄，还需要抖搂什么玉璞法相。"

陈平安一边攥紧两把仿剑的剑尖，一边只能任由无弦之音引发的天雷劈砸在身。

吴霜降双指弯曲，扯起一根弦，轻轻松开手指，陈平安就像被一棍横扫在腹部，整个人不得不弯曲起来，双手随之向前一滑，两把仿剑的剑尖已经近在眼前。

一尊十四境天人合一法相，毕竟不是手持真正的仙剑，与那飞升境剑修宁姚的问剑相比，已经落了下风。

吴霜降笑道："花开。"

背后那尊天人相瞬间变幻出千百法相，悬停各处，各持双剑，一场问剑，剑气如瀑，向那一人一剑的宁姚汹涌倾泻。

吴霜降一手掐诀，其实一直在心算不停。蓦然间，吴霜降竟是不小心扯断了一根弦，吴霜降抬起手，手指渗出一滴鲜血。吴霜降神色凝重起来，只是心弦大震，以吴霜降的推衍之术，竟然依旧无迹可寻。

一直好似作壁上观的白衣少年，蹲在一处阁楼内，并未真正与那吴霜降交手，竟是比陈平安和姜尚真都要惨了，七窍流血，骂骂咧咧。他身前呆呆站立着一个瓷人"吴霜降"，在此人四周，崔东山精心布阵，为它打造了一座风水极佳、好到不能再好的阵法，什么格龙之术、开三山立向、来去归堂水，什么天星地盘、顺逆山家四十八局、佛家六度法门、道家周天大醮、再生五行吉凶两百四十四局……全部都给这位吴大宫主、吴老神仙用上了。

就只是星宿图、搜山阵和阁中帝子吴霜降的天地人三才阵？开什么玩笑？你吴霜降未免太小看自己的十四境了，也太小看崔大爷与我家先生以及周首席的脑子了。

先前崔东山和姜尚真，在笼中雀和柳荫地之外，依旧需要法宝落如雨，图什么？是三才阵之上，叠加五行阵，更是再在五行阵之上，叠加七星阵。

相对浅显易察觉的一座三才阵，既是障眼法，也非障眼法。

五行之金，陈平安的笼中雀。水，崔东山的古蜀大泽。木，姜尚真的柳荫地。火，是崔东山亲自布阵的一大片火山群，阵法名为老君炼丹炉。土，以一把井中月、姜尚真一截柳叶作为掩藏术的五岳真形图。

三才五行七星，阵阵重叠，加上辅弼双隐的两座隐蔽阵法，就是七星之外的完整七现双隐。

北斗注死！

其中至为关键的，就是崔东山拼了命打造的这具瓷人"吴霜降"！

崔东山顾不得满脸血迹，五指如钩，一把按住那瓷人"吴霜降"的头颅："给老子稀碎！"

崔东山死死按住那颗头颅，一点一点，瓷人出现大道崩坏迹象，崔东山一副古蜀蛟龙的仙人遗蜕，竟然随之出现无数道裂缝。当瓷人一个蓦然崩碎，崔东山倒飞出去，后仰倒地，倒在血泊中。

与此同时，众多小天地，层层重叠，合而为一。

四把仙剑仿剑，一尊天人相，都被迫退回吴霜降身边。

这才是真正的大道磨蚁，碾压一位十四境，所有小天地，加上吴霜降，都小如一粒芥子。

　　陈平安，身穿一袭鲜红法袍，承载无数大妖真名的十境武夫体魄，身形彻底佝偻，当他不再刻意挺直脊梁，终于在从剑气长城返乡之后，第一次完全显露十境气盛境，伸手握住长剑夜游。

　　容我先行。

　　以少年时剑开穗山一剑，加神人擂鼓式，能递几剑是几剑。

　　化虹而去，剑仙风采。

　　姜尚真与宁姚分别站在一方。

　　一袭青衫长褂、脚踩布鞋的仙人境剑修，身前悬停有完整一片柳叶，如鲸吞一般，将姜尚真一身灵气彻底汲取一空，不惜涸泽而渔，不惜让本命飞剑跌境，甚至就此折断。

　　宁姚仗剑悬空，伸出一根手指，抵住眉心处，轻轻一抹，手中仙剑天真，直到这一刻，如获大赦，才真正跻身巅峰剑境。

　　陈平安二十一剑合一，剑斩十四境吴霜降真身与天人相。

　　姜尚真飞剑斩落阴神头颅。

　　宁姚一剑斩尽吴霜降魂魄。

　　天清地明。

　　四人重返夜航船条目城。

　　崔东山摇摇晃晃站在客栈门口，姜尚真双鬓雪白，宁姚一手仗剑，一手搀扶陈平安。

　　崔东山吐出一口血水，骂了句娘，天底下没有这样的合道人和！

　　姜尚真揉了揉下巴，苦笑道："得嘞，还得再来一次。"

　　陈平安深吸一口气，望向客栈大门那边，走出一个一手托茶盏、一手持杯盖的吴霜降。毫发无损的十四境，就那么斜靠大门，满脸笑意望向四人，缓缓道："既然真能杀十四境，那就有资格与我做笔买卖了。"

　　陈平安站直身体后，先拉住宁姚，再摆摆手，示意姜尚真和崔东山都不用着急。

　　吴霜降手拈杯盖，轻轻磕碰一下，再起小天地，彻底隔绝夜航船的窥探。

　　陈平安问道："是她？"

　　吴霜降微笑点头，看着这个年轻人，再看了眼他身边的女子，说道："很少有你们这样的眷侣了，好好珍惜。"

　　陈平安疑惑道："你就没半点大道折损？"

　　崔东山沉思不语，双手藏袖。

　　吴霜降笑着不说话。

吴霜降的合道十四境，大道所在，其实宗旨就一句话，有情人终成眷属；合道所在，就是那个真名叫"天然"的化外天魔，她是他的道侣，是他的心上人。

至于大道折损，当然会有，不过是在他那位道侣身上。但是没有关系，有他在，她想要什么，他都可以给。

陈平安问道："图什么？"

吴霜降笑了笑，仰头望向天幕，然后收起视线，笑容越发和煦："我可不觉得有什么真无敌。至于这里边爱恨情仇什么的，老皇历了，我们不如……坐下慢慢聊？"

陈平安点点头。

一行去了陈平安的屋子。

吴霜降独自坐在靠窗位置，陈平安和宁姚坐在一条长凳上，姜尚真落座后，崔东山站在他身边，一边帮着姜尚真揉肩敲背，一边心酸道："辛苦周首席了，这白头发长得跟雨后春笋差不多，看得我心疼。"

姜尚真伸出手指抵住鬓角，笑容灿烂道："崔老弟你这就不懂了，这就叫男人味，晓不得？知不道？"

吴霜降看着这些……年轻人，笑道："我这辈子遇到过很多意外，但是几乎没有身陷万一。你们几个，很可以。不过如果没有宁姚在场，你们三个，现在就不是这个下场了。"

陈平安问道："是要有一场生死大战？而且必须保证有人护住你的道侣？"

吴霜降点头道："就是那个道老二，我与他有一桩死仇。在青冥天下，这位所谓的真无敌，可以斩我再斩天然，所以当年她离开岁除宫，是我与那玄都观道人所做的第一笔买卖，今天与你，是第二笔。不然她那么笨，哪里逃得出我的手掌心？你小子如果见着了我，就将她双手奉上，就很不对我的胃口了。她身在浩然天下，又有你护着，我就比较放心了。"

陈平安默不作声。

吴霜降突然说了句奇怪言语："陈平安，不独独是你，其实我们每个人都有一座书简湖。"

吴霜降抬起手中那只鹧鸪斑的古拙茶盏，轻轻抿了一口茶水，望向陈平安，微笑道："隐官大人只管开价，先说来听听，不用担心会被我觉得是狮子大开口。吴某人与道侣，就是两条命了，怎么漫天要价都不为过。"

崔东山嗤笑道："强买强卖，不是高人做派吧？"

吴霜降点头道："是有这么个嫌疑，只不过涉及身家性命，就由不得我讲究什么神仙气度了。"

姜尚真感叹道："真是坦诚。吴老神仙到底是十四境大修士，言行一致，光明磊落。"

吴霜降微笑道："都被你们几个砍死过一次，多挨几句怪话，问题不大。"

大道之争，绝对是必须分出个你死我活的大道之争。姜尚真给气得不轻，就想要起身道理几句，崔东山双手按住他的肩头，使劲按回去，埋怨道："呜呢呜呢，打又打不过，省点力气，等会儿如果谈不拢，与吴老神仙磕头求饶的重任，还得交给你这位首席供奉呢。"

陈平安落座后就取出了一只瓷瓶，往双手涂抹了杨家药铺秘制的膏药，包扎娴熟，再拈出几张白骨生肉符，最后双手笼袖，这才说道："有请前辈翻一翻老皇历，听过之后，晚辈再做决定。"

吴霜降看着这个始终气定神闲的年轻人，笑问道："你最后那一剑，怎么斩出的？"

若是换成宁姚递出那一剑，吴霜降并不奇怪，但是一位玉璞境剑修，手持半仙兵品秩的长剑，竟是能够直接斩开自己的真身、天人相？

陈平安说道："谈不上什么上乘剑招，就是一跃往前，出剑乱砍，不过运转之法，来自剑气长城的剑气十八停，又加了点拳法，名为神人擂鼓式。"

在学什么就是什么的吴霜降这边，刻意藏掖，意义不大，既然如此，还不如干脆坦诚几分。

吴霜降笑着点头，抬手双指并拢，轻轻一抹，桌上出现了十八粒芥子剑气，并非直线，悬停位置，刚好契合十八座人身小天地的气府，相互间串联成线，剑光稍稍绽放，桌如大地，剑气如星辰，吴霜降就像凭空造就一条袖珍星河。吴霜降另外一只手蓦然握拳，缓缓推出，摇摇头，像是不太满意，数次变换细微轨迹，最终递出一拳，浑然天成，剑气缜密衔接之后，便是一把悬停长剑，或者说是完整十八拳叠加。

吴霜降手腕一拧，将这一幅既是剑谱又是拳谱的"画卷"收入袖中，毫不掩饰自己的赞赏神色，点头笑道："拳是好拳，可惜我不是纯粹武夫，学不全，差了一份根本神意。"

吴霜降略作思量，从袖中拈出一张青色符箓，轻轻一推，使其飘向陈平安："就当是岁除宫一份小小补偿。"

陈平安摇头说道："无功不受禄，前辈凭本事偷学的剑法拳意，晚辈捏着鼻子认了就是。"

吴霜降微笑道："是一张太清轻身符，又名白日举形宝箓，被青冥道官称为上尸解符，是我得意之作，脱胎于道祖亲制的那张太玄清生符。与先前月宫玉斧符，都是当之无愧的大符。"

陈平安闻言无动于衷，依旧婉拒了。

这张太清轻身符，若是今天最终一桩买卖谈成了，陈平安别说一张，就算吴霜降给出一大摞，都收得毫不犹豫，来者不拒。但是吴霜降此人性情难测，天晓得他会不会说翻脸就翻脸,若是在一张符箓上动了手脚,然后自己大大方方收下,不是取死之道是什么。

见那年轻隐官不识抬举,吴霜降并不恼火,却也没有收回那张符箓,任其轻轻飘落在陈平安身前的桌面上。

崔东山站在姜尚真身后,踮起脚尖,使劲看着桌上那张宝光流转的珍稀符箓,画符之法可以偷学几分,符纸却极其难得。那符纸材质,极好极贵,价值连城不说,主要还是有价无市,在那青冥天下,是白玉京五城十二楼的仙人,专门用来请神降真的好东西。

吴霜降转头望向那个双鬓雪白的玉圭宗"老"宗主,爽朗笑道:"你我可算是同道中人。"

双方心仪女子,都不是山上女子中的绝色。

姜尚真抬手抱拳,轻轻摇晃,嬉皮笑脸道:"过奖过奖。"

屋内当下五人的座位,也很有意思。

吴霜降背窗朝门,酒桌上面朝大门为尊。

陈平安一行当中,在吴霜降入屋率先落座后,陈平安虽然境界最低,同时还受伤不轻,仅次于一身遗蜕崩碎的崔东山,却还是坐在了吴霜降左手边的长凳上,距离吴霜降最近。

宁姚好像护道一般,选择坐在陈平安一旁。

姜尚真抢先坐在了吴霜降右边,如此一来,就将吴霜降对面的座位,让给了受伤最重的白衣少年,距离吴霜降最远。只是崔东山却没有落座,而是站在了姜尚真身后。

除了吴霜降这个外人,屋内一桌四人,其实都在为旁人考虑。

落魄山,好风气。年纪轻轻的神仙道侣之间,先生与学生之间,宗主与供奉之间,竟然无一例外,都可以托付生死。

天然跟在这些人身边,最是合适不过。

吴霜降现身之时,毫不掩饰自己的杀心,完全没有半点要坐下商量的意思,为的就是验证,陈平安对于一桩买卖,一个约定,看得到底有多重,陈平安到底愿意付出多大的代价来践约。

"一张酒桌上,什么最稀罕?"吴霜降自问自答道,"一桌酒客,皆不碍眼。"

陈平安刚要开口说话,吴霜降朝屋门那边抬了抬下巴:"你可以先离开一趟,让你的弟子和那个小水怪都放心了,咱们再聊生意的事。不然你也很难真正心安。"

陈平安点点头,去了宁姚屋子那边,告诉裴钱没事了,只是让裴钱不着急喊醒那个呼呼大睡的小米粒。发现裴钱还是忧心不已,陈平安双指弯曲做敲栗暴状,裴钱笑了笑,坐回原位,揉了揉小米粒的脑袋。

陈平安脚步缓慢,走在廊道中,那个真名"天然"的白发童子已经不知所终,肯定是被吴霜降藏匿起来了。

吴霜降微微一笑，对此洞若观火，转头与那姜尚真说道："难怪你舍得下血本，赌术和赌运都好到没边了。"

姜尚真拎了一壶自家云窟福地酿造的月色酒，正在抬头豪饮，擦了擦嘴角，笑道："吴老神仙境界高，说啥就是啥。"

等到陈平安回了这边落座，吴霜降就将手中茶盏轻轻一磕桌面，底部篆文"行不得"三字化作金光，在桌面上如水花云纹瞬间铺散开来，刹那之间，陈平安一行就置身于一座鹳雀楼的顶楼，唯有四根廊柱支撑藻井琉璃顶，再无门窗遮掩视野。陈平安身前，依旧悬停有那张青色符箓。姜尚真凭栏而立，双指拈酒壶，轻轻摇晃，月色与酒气一同被晃荡而出，消散于天地间。崔东山一跃而起，站在栏杆上，两只雪白大袖被天风吹拂，缓缓飘荡。

吴霜降缓缓走到另外一边的白玉阑干旁，檐下悬有一串走马，风吹而动，叮叮咚咚，摇曳出阵阵金色光线，细听之下，竟是女子歌声，婉约清丽。

吴霜降收起茶盏，双手负后，眺望远方，指了指一处山岳，亭台楼阁，宫阙殿观，依山而建，鳞次栉比："从山脚到山巅，总计一百零八座府邸，我在跻身洞府境的时候，就有过一个想法，以后如果由我来当岁除宫的宫主，岁除宫要有一百零八位祖师堂嫡传，分别占据其一，个个境界不低，人人道法不俗。可惜至今未成事，府邸易建人难寻，钱好挣，人心却似流水，好些个资质极好的宗门修士，总是管不住心思，嫌这嫌那，不是府邸小了，就是位置低了，故而都成了过客。"

吴霜降笑了起来："岁除宫被人说是个少年窟，我就笑纳了。刚好拿来提醒岁除宫修士，少年意气最可贵，不要被世道消磨殆尽了。"

一生修行太勤勉，不敢有半点懈怠，故而常欠读书债。山上偶尔无事，焚香闲看玉溪诗，吴霜降每次下山杀人前，就要翻那苏子词来助兴。

陈平安突然问道："倒悬山鹳雀客栈的掌柜，真名叫什么？"

吴霜降说道："真名就不提了，不然小白会不开心。至于在我岁除宫金玉谱牒上边，他叫白落，起起落落的那个'落'字。"

陈平安内心震动不已，压低嗓音，问了一个看似十分多余的问题："起起落落的'落'？"

吴霜降笑着点头："小白其实也在夜航船上，不过不在条目城，一直在垂拱城那边游荡，多半是要找那个长脸汉的麻烦。所以你当时拒绝小白的提议，是很明智的选择，不然飞升城和第五座天下，就要大动干戈了，对飞升城的剑修，未必全是坏事，说不定还能在百年之内，势如破竹，以一城之力，对抗三教势力，还不落下风。只是如此一来，避暑行宫那些稳扎稳打的长远布局，一份帮助飞升城屹立不倒的千秋大业，恐怕就要功亏一篑了。"

陈平安有些无言以对,以至于一个没忍住,当着宁姚的面,拿出一壶酒,痛饮一口压压惊。

当时拒绝那个客栈掌柜的提议,其实陈平安还真没有多想,只是单纯不希望飞升城那边横生枝节,风险既是机遇,机遇也会是风险,这个道理实在再简单不过了。一个在倒悬山隐忍数百年的年轻掌柜,还是那岁除宫的守岁人,全然不知根不知底,陈平安信不过。

宁姚有所猜测,不过不敢确定,就以眼神询问陈平安。

陈平安点点头,无奈道:"就是那个人。"

随便翻检记忆,往事历历在目,开在倒悬山一条小巷尽头的小客栈,陈平安清楚记得每次去那边落脚,见着那个站在柜台后边的年轻人,好像都是一副"慵懒"模样,而年轻掌柜每次与陈平安言语,都满脸笑意,十分地和气生财。

吴霜降一语道破天机:"小白当年其实看你很顺眼,就顺手帮你'掩盖'了一份武运气象,两两叠加,所以在黄粱福地那边,才会直接吓傻那只黄雀。放心,此事没什么算计,纯粹是小白觉得要找的人找不到,钱也挣不着几个,日子过得太过无聊。后来你当了隐官,小白还是很欣慰的,在我这边,说他看人的眼光不差。"

陈平安又喝了口酒。

桂夫人当年让自己落脚鹳雀客栈,是不是她早有察觉?

浩然天下,中土兵家祖庭有座武庙,有那武庙十哲陪祀。可哪怕是浩然天下的读书人,对此也多有非议,对于副祀之人,就有异议,对于武庙十哲的最少半数人选,更有异议,觉得根本不该选入其中。之后陪祀不断被增添为七十二名将,分成殿上十人及两庑六十二人,一同享受香火,更是让后世不少人都不以为然,各执己见,吵得厉害。尤其在这期间还有过一桩公案,中土文庙那边不断有儒家圣贤建言,提出理当"取功业无瑕者",这就使得不少战功累累却杀戮过重的名将,要么被降低神位,要么直接被除去神位。武庙十哲之一的某人,神位被从主殿搬出,移至两庑之一。

原本此人连陪祀两庑的资格都要失去,最后传闻还是文庙有两人联袂撒泼打滚,才否决了那个提议,取了个折中法子,撤出主殿,但是留在两庑,只是位列第四等名将。

这依旧让后世兵家修士大为打抱不平,说文庙筛选出来的那些所谓名将,谋士太多,只算是王佐之才。七十二人当中,最少半数给那人提靴子都不配,剩下半数中,又有半数给那人牵马都不配。

什么鹳雀客栈掌柜,什么岁除宫守岁人,什么青冥天下的小白,什么白落。

是那白起!

至于此人如何去了青冥天下,又是如何成了吴霜降的左膀右臂,大概只有天晓得了。陈平安都不愿意多问一句。

吴霜降说道:"很多作茧自缚,是不得已而为之。"

这是在对先前那场厮杀,盖棺定论。

一座座小天地层层叠叠,能够斩杀他吴霜降,却也能够让吴霜降放心施展十四境修为,根本不用担心一身合道气象,被文庙感知。

吴霜降继续说道:"你们应该很清楚,最后我没有选择玉石俱焚,不是我全然没有还手之力,不然除开宁姚,你们各自的大道折损,就远远不是这么点了。"

陈平安说道:"'这么点'?"

一截太白剑尖已经与夜游剑身几近脱离,想要重新炼制如初,耗费光阴不说,说不定还要陈平安砸入一座金山银山;陈平安一身伤势,需要使用杨家药铺药膏。这些都不去说,姜尚真的飞剑品秩已经跌了境,崔东山更是连一副仙人遗蜕皮囊都没了,这会儿看似云淡风轻,实则受伤极重,如果不是崔东山术法玄妙,换成一般仙人境的练气士,早就半死不活了,能不能保住上五境都难说。

吴霜降笑道:"这些都不用担心,我知道轻重。"

崔东山若是挣不脱这副皮囊枷锁,还怎么跻身飞升境?吴霜降敢断言,作为半个绣虎的白衣少年,这些年其实一直在寻找一位剑修,必须是飞升境起步,而且得是信得过的,剑术极高的,比如与文圣一脉关系亲近的阿良,同门的左右,让对方出剑,打破牢笼。

至于柳叶飞剑的跌境,当然损失极大,不过只要姜尚真跻身飞升境,两事并一事,都会迎刃而解。

只不过这些心知肚明之事,说出口就大煞风景,何况四人联手,一人塑造瓷人碎瓷人,三人合力剑斩十四境,这等壮举,哪怕吴霜降正是被斩之人,他也觉得极有意思。

百年千年之后,这些年轻人都已跻身飞升境,会不会有人提及此事,就要来上那么一句:岁除宫曾经有人名叫吴霜降,一人力战陈平安、宁姚、姜尚真、崔东山。

壮哉。

吴霜降大笑一声,破例取出一壶酒水,痛饮一口,开始娓娓道来一些老皇历:"岁除宫有了我之后,大不一样,不到百年光阴就崛起了,要知道我才是金丹境的时候,就已经是一座宗门的账房先生财神爷了,等到跻身了元婴,又兼了掌律一职,当然,这与岁除宫当时只是个二流山头,关系不小。你们应该翻过秘档记录,一个金丹符箓修士,捉对厮杀过程中,斩杀一个元婴剑修,以及元婴之时,击杀过两个玉璞境,非是我自夸,不是谁都能做到的。

"我生性谨慎,修行路上的一些个意外,看似凶险,其实都不算什么,但我是如此,并不意味着身边人也是如此,所以有个女子,她在下山历练过程中,误杀了两个练气士,两人都是世俗朝廷的道牒官员，厮杀过程中，还殃及无辜凡俗十数人，这笔账就算在她头上了，这其实不算过分。所以我不得不走了一趟山下，帮着她四处周旋，原本方方面面都已经被我摆平，幕后设局之人，都被我顺藤摸瓜找到了。"

那女子，就是吴霜降的山上道侣，在岁除宫，她是一个修行资质很平常、容貌也很平常的女子。

这是一个山上修士设置的局，当然是针对吴霜降，一个姿色平平、修行资质更不算太好的女子，还不值得幕后之人如此兴师动众。

牵一发而动全身，最终吴霜降惹上了白玉京二掌教，真无敌余斗。连那些幕后布局之人，都觉得是一个天大的意外之喜。

而那个时候的吴霜降，才是一个元婴境修士。

掌管白玉京一百年的道老二，最终给了吴霜降一个选择：要么去敲天鼓，再被他余斗打死；要么交出那个女子，按照道律，女子魂飞魄散，你吴霜降只需袖手旁观，就可以不用死。

吴霜降突然提了一句题外话："咱们那位三掌教闲来无事，也为他的小师弟设置了一个差不多的问心局，只是在道心细微处，始终没有让他这位小师兄满意。不然那少年，当时就可以得到一桩仙缘，能够一步登天，跻身玉璞境。如果他可以心境上不拖泥带水，比你胜出一筹，然后再与你做同样事，看似自找麻烦，做些多余事，陆沉就愿意高看他一眼了。"

陈平安说道："是那个道号山青的？"同样是数座天下的年轻十人之一。

吴霜降笑着拎起酒壶，指了指陈平安身边的女子。

宁姚直到这一刻，才随口说了句："这人行事，不太地道，被我砍了几剑，躲去闭关了几年。"

一直竖起耳朵的姜尚真，偷听至此，立即小声重复两字："保重，保重。"

吴霜降斜靠栏杆，只是喝了一口，就不再饮酒，眯眼望向远方岁除宫的一处处山水形胜，微笑道："要知道，在那件事发生之前，我被视为青冥天下最有儒家圣贤气象的道门修士，并且还曾经有望炼出一两个本命字，因为我坚信世间所有事，是非分明，对错分明，黑白分明。"

山水依旧在，人已是过客。所以吴霜降之前才会说那句，每个人心中都有一座书简湖。

可能姜尚真的那座书简湖，会有个蘅芜一般的柔弱女子，亭亭玉立，年复一年徘徊不去。

可能神篆峰的那座祖师堂，从曾经的闹哄哄，变得空无一人，再无一句骂声，也无人摔椅子。

可能崔东山的心中书简湖，会有个囊中羞涩的教书先生，空有一肚子学问，依然饿着肚子，带着初次相逢的少年，一起走过鸡鸣犬吠、炊烟袅袅的小街陋巷。

可能昔年学塾，有个意气风发的年轻读书人，前一刻还在代师授业，转眼过后，座下几个听课之人，都已远去，再不回头。

可能一位远游还乡的南婆娑洲老剑仙，在泥瓶巷曹家祖宅内，回头望去，仿佛看到了个手持扫帚的妇人。在那大雨天的家中，那处四水归堂的小天井，就是一处书简湖，直教一位活了千百年、早已铁石心肠的老剑仙，回首时也要视线模糊，轻声呢喃，娘亲，傻娘亲唉。

可能一位孤零零的账房先生，在湖边掬水洗脸。可能更早时候的某个少年，在远游路上的一张酒桌上，说自己年纪太小。

可能一位随城远游、好似天上月的女子，满脸泪水，看着那座城头上，一个连脸庞、身形都已失去的心上人，依旧好似有那笑颜，使劲与她挥手告别，好让那个明明境界更高、剑术更高的女子，千万不要担心，更不要愧疚。

一楼寂然，各有心思。

先前对峙双方，看似从生死相向，变成了谈笑风生，甚至有望做成买卖，缔结盟约，可其实依旧剑拔弩张，暗流涌动，双方随时都要继续分生死，都不需要什么一言不合，不用谁怒目相视，就会死人。

吴霜降收起些许思绪，指了指那张青色符箓，与陈平安说道："我的十四境合道人和，只要我和道侣天然，不同时被杀，两人就都不死。至于其中大道折损是多少，以及我的境界恢复之法，涉及大道根本，就不与你明说了。关于今天一场切磋，你们几人的折损，我自会一一补偿，比如这张上尸解符，除了能够让一位无望上五境、命不久矣的地仙，转为鬼仙之姿，还能够跻身玉璞境，此后是否塑造金身，转去担任山水神灵，从断头路改道，换路继续登高，都可随意。而且此符贵重，还在于符纸材质本身。这是对你体魄受伤的补偿。"

陈平安这才招手将那张符箓收入袖中。

吴霜降继续道："姜尚真与崔先生，之所以能够突兀现身，都是因为祭出了那张三山符吧？画符之法，并无问题，可惜还是那个问题，符箓材质太差了，承载不起太多道意，所以三山远游对你们三人的神魂裨益，实在太小。"

吴霜降又取出四张在那白玉京都不易见到的降真青绿箓，轻轻挥袖，丢给姜尚真和崔东山。

在浩然天下，所有白玉京三脉下宗，例如宝瓶洲的神诰宗，桐叶洲的太平山，每次有人跻身天君，都会燃烧此符，请下各自尊奉的三位掌教祖师。其珍贵程度，可见一斑。

吴霜降瞥见那陈平安的脸色，笑道："就这么多了。"

陈平安呵呵一笑，骗鬼呢？如此抠搜不爽利的十四境大修士，不多。

"我身上真就只有这五张，不过岁除宫祖师堂里边还有三张，不如你随我一起去拿？"吴霜降微微一笑，看破陈平安的心思，打趣道，"反正你与孙道长也是忘年交，说不定咱们那位白玉京三掌教瞧见了你，还要与你叙旧几分。早些年一起远游玄都观，他一路唠叨，说了不少你的事。有这么两位朋友，别说是我那岁除宫，在青冥天下哪里逛不得？"

陈平安问道："孙道长还好吧？"

吴霜降点头道："很是活蹦乱跳。"

吴霜降好像想起一事，抖了抖双袖，瞬间又有两宝现世，一把剑鞘，以及那根"行气铭"绿竹杖，再次丢给姜尚真和崔东山："剑鞘是由斩龙台炼化而成，又是一座符阵，我已经撤去所有三十六重禁制，正好可以温养那一截柳叶，就当是预祝姜宗主跻身飞升境了。这根行山杖，就送给崔先生当见面礼了。其中诸般妙用，崔先生可以自行琢磨。"

姜尚真握住剑鞘，崔东山接过绿竹杖，两人相视一笑，早先真要宰了吴霜降，咱哥俩岂不是发了？从此阔气得无法无天！

吴霜降再对宁姚说道："回乡之后，我会降下一道法旨给第五座天下的门内弟子，让他们为飞升城效力一次，不惜生死。"

毕竟是那少年窟，这样的盟友，看遍天下，绝无仅有。

宁姚道了一声谢。

吴霜降说道："天然在剑气长城，在你心境中做客一场，先后遇到三人，其中第一个，就是与我做买卖的人。换成别人，带不走天然，即便带走，也落了太多痕迹。所以在剑气长城那边，他看到天然，说要与她切磋道法，她当然会被吓个半死，她从来就胆子小。"

陈平安点头道："是孙道长的师弟。"

五行之木宅，中年道人的神像，是大玄都观的一株祖宗桃木斫成，而陈平安的五岳山根，是炼化道观青砖而成，其中蕴藉之道意，也是大玄都观剑仙一脉的根脚。

这位中年道人面容的远游客，是大玄都观观主孙怀中的师弟，也是那位"千古一人"宋茅庐的师父。

"好像她还遇到了一个暮气沉沉的人，穿草鞋，悬柴刀，一直在行走四方。"吴霜降蓦然变出一把拂尘，拂尘画圆相，再单手竖拳，笑道，"取经只是空废草鞋，不知你在寻个什么？"

陈平安微微讶异，仍是直截了当说道："不就是寻个安身立命处，何况走路何处不废草鞋。"

吴霜降向陈平安递过拂尘，笑道："我在家乡，曾经与陆沉一起遍参尊宿，不过只能算是略通佛法。希望你小子以后诚心学禅,不要逃禅。"

陈平安接过拂尘后,竟是直接一个肩头歪斜,差点没能接住那把在吴霜降手中轻飘飘的拂尘。

吴霜降突然问道:"佛陀十大弟子,各有第一。请问密行第一的罗睺罗尊者以何为第一?"

陈平安没有刻意打机锋,如实答道:"当年第一次在书上看到这桩佛门公案,其实也不知那位僧人为何要答'不知道'。后来与一位崖间僧人询问过后,才知道答案。"

既然是密行,旁人听此问,如何能够回答?当然是不知道。

书上将道理说破了,好像很简单。只可惜人生各有症结,太难知道一个自己不知道了。

吴霜降又接连问:"如何是无缝塔,如何是塔中人?如何是打葛藤去也,如何是只履西归意?如何夺境又如何夺人?为何老僧蓦一喝,独有僧人惊倒,便是所谓俊家子了?为何要歌马驹?为何要低声低声,为何又要掩口不言?为何要捏拳竖指,棒喝交驰?如何是本来面目?为何竖杖有定乱剑,放杖就无白泽图?且作么杀人刀活人剑,怎么参?为何把断要津第一句,是官不容针,私通车马?何谓三玄三要?如何坐断天下老和尚舌头?如何是向上事?!"

陈平安叹了口气,还是如实答道:"书上都有记载,我如果只是背诵照搬,这些问题,我能说出三百余个答案。"

远游路上,读书不停,光是一问"如何是祖师西来意",陈平安就一一记住,汇集整理了将近百余个答案。

比如一百个公案,可能有人知道了九十个,都不敢说自己知道。可有人只知道三两个,就已经觉得自己都知道了。

但是世事就有趣在,知道公案多寡,其实根本不重要,甚至道理多寡,亦非关键,反而在于能否真正嚼烂三两个道理。

这大概就是为何夜航船会有一座无用城了。

吴霜降最后笑问道:"那么如何是落魄境?如何是落魄家风?身在自家山中,你这总该晓得吧?"

陈平安犹豫了一下,答道:"先赤脚走路,同时缝补草鞋。自己穿鞋,也愿意送给路人,旁人不愿意收,我们也不强求,毕竟真要计较,人人早已各自穿鞋。"

吴霜降摇摇头,似乎很不满意:"先?意思全无矣,亏得我方才还担心你会逃禅。"

宁姚单手托腮拄栏杆,她只是安安静静,看着陈平安。没觉得他在与吴霜降的这场问答当中,落了下风。这个吴霜降这么大岁数了,陈平安怎么比?

崔东山坐在栏杆上,这"少年窟"岁除宫周边,大好河山,风景壮阔,看得让人唏嘘不已:"光阴似箭,日月如移越少年。"

姜尚真趴在栏杆上,点头道:"更何况少年乘白驹过隙,不觉白头。"

吴霜降笑问道:"我现在只好奇一事,你为何对佛门天然亲近?"

陈平安说道:"家乡小镇,有四块牌坊匾额,小时候听人说了内容,觉得只有'莫向外求'这一个道理,听得懂,勉强做得到,做到了还有用。"

吴霜降笑了笑,运转神通,下一刻只有他和陈平安离开鹳雀楼,来到了山巅的岁除宫祖师堂外。

这是吴霜降第一次流露出肃穆神色,取出一张符箓,正色说道:"如果万一,连你在浩然天下,都未能护住天然,被同时剑斩两人,那你就对她使用此符。"

陈平安点点头:"我答应了。"

吴霜降疑惑道:"你就不问我,为何不担心你将此符用在别人身上?"

正是那张道祖亲制的太玄清生符。

陈平安说道:"有些事,真就只有我做得,别人做不得,前辈可以放心。"

吴霜降笑着点头,让陈平安收好那张符箓:"你愿意揽下这么个大麻烦,看来你对那白玉京仙人的怨念,一样不小啊。"

陈平安说道:"白玉京里边,其实也有我很敬佩的前辈。"

吴霜降双手负后,看着山外的云卷云舒,然后指向鹳雀楼附近一处江心大石:"那边的歇龙石,以后只要你做客青冥天下,还有本事返乡,可以搬走。"

陈平安看了眼那歇龙石,眼角余光顺便瞥了眼鹳雀楼。

吴霜降啧啧称奇道:"陆沉没说错,果然像我,贼不走空。"

吴霜降突然说道:"小白在长平亭那边,跟那垂拱城城主聊得挺开心,然后约好了去揍一个叫高锡的人,好像还要请一个叫梁周翰的人喝酒,我对你们浩然天下历史知道得不多,这两个人,有什么来头?"

陈平安想了想,说道:"浩然天下这边,武庙人选,各大王朝,可以自己酌情筛选。高锡除了奉承君主,当然也跟风文庙了,与几个同僚裁定武庙陪祀人选,最终只取功业始终无瑕者。梁周翰觉得此事不妥,觉得天底下没有十全十美的圣贤,觉得太过苛求古人,似非允当。这肯定是一番平恕言论了,可惜没有被当时的皇帝采纳。"

吴霜降点头道:"指瑕人雄,谁当无累。确实是一个读书人的平恕之言。"

陈平安有些无奈,既然前辈都知道,还问个锤子?

吴霜降看了眼陈平安所背长剑,说道:"如果你放心,我就帮你炼化一二。我离开浩然天下之前,还会解开天然那些禁制,到时候她的战力,就不是一位寻常飞升境能够媲美了。将来修行路上,你再遇到一些不大不小的意外,可以暂借长剑给她。"

山巅修士的厮杀,其实真正比拼之事,就两件,术法或是飞剑的最高杀力之大小,以及逃命本事的高低。这也是吴霜降为何要炼出四把仿剑的原因所在。而且吴霜降的压箱底本事，还有几件。

陈平安抱拳致谢，一声"前辈"，十分诚心。

吴霜降问道："所背长剑，名为？"

陈平安说道："夜游。"

吴霜降点头道："好名字。"

沉默片刻，吴霜降笑问道："那就回了？"

陈平安没有异议。

小天地就此消散，众人一起返回客栈屋内。

陈平安与三人点点头，示意没事了。

姜尚真问道："正阳山那个婆姨，总不能辛苦盯了半天，就这么让她溜走吧？"

崔东山笑道："那就赶紧回去？"

陈平安说道："辛苦了。"

结果一个首席供奉捶胸，一个得意学生顿足，不约而同，都是伤心状。然后两人哈哈大笑，抬手一拍掌，为双方心有灵犀的默契，相互喝彩。

两人就要拈出一张三山符，凭此重返那正阳山周边一处僻静山头。

陈平安咳嗽一声，作为提醒。崔东山立即心领神会，可怜兮兮望向那位吴老神仙。

姜尚真的画符手段，十分鬼画符，甚至还不如山主。而崔东山和陈平安，当下还真没有太多心神气力，来画这三山符。

吴霜降笑道："那就有劳崔先生先绘制出心中三山？"

崔东山小鸡啄米，使劲点头。

白衣少年没个动静，吴霜降就只是笑着不说话，重新取出茶盏，开始优哉游哉喝茶，你们仨都不急，我一个外人，急什么？

陈平安更是不动如山。

笔呢？丹砂呢？符纸呢？好像一屋子全是穷光蛋，一样都没有。

崔东山伸手捂住心口，咳嗽不已。姜尚真一手抵住雪白鬓角。

姜还是老的辣。

陈平安转头询问宁姚要不要喝酒，宁姚说"好啊，挑一壶，不要再是那桂花酿了，换一种好了"。陈平安说"没问题没问题，只是酒水种类有点多，你别着急……"

吴霜降笑呵呵道："一条贼船，好个贼窝。"

说完之后，吴霜降摇摇头，略显无奈地放下茶盏，拿出一支笔，一张符箓。竟然他娘的又是一张青色符箓……看得陈平安瞪大眼睛，好家伙，不愧是一位与孙道长聊得来的前辈！

陈平安以迅雷不及掩耳之势站起身，先一巴掌按住那张青色符箓，再取出一张寻常符纸，赶紧丢给崔东山。崔东山接过了先生赐下的珍贵符箓，然后起身弯腰低头，伸出双手，赶紧从吴老神仙手中毕恭毕敬地接过那支铭文为"生花"的仙家笔。

在那黄纸符箓上边，崔东山绘制出三山形貌，然后使劲甩动手中"生花"笔，好似那山下毛笔，蘸墨不够，枯笔都不成了。

姜尚真埋怨了崔老弟一句，赶紧屁颠屁颠为吴老神仙送上自家珍藏的一支毛笔。

突然之间，三人几乎同时愣在当场，崔东山看了眼手中毛笔，抬头看了眼先生，陈平安看了眼崔东山，低头看了眼自己手中的青色符纸。

吴霜降则取过那张黄纸材质的三山符，握着姜尚真递来的毛笔，微笑道："崔先生和姜宗主，莫不是无须我帮忙画符了？"

吴霜降抬起手，勾了勾："两张。"

姜尚真和崔东山各自乖乖递过去一张还没焐热的青色符纸，吴霜降将手中毛笔收入袖中，又招了招手。

崔东山只好交出那支"生花"笔，不承想吴霜降接过笔后，将桌上两张青色符箓一并收入袖中，朝陈平安招招手。

显而易见，那张被陈平安落袋为安的符箓，也得还给他吴霜降。

陈平安无奈道："前辈，这就过分了吧？"

吴霜降说道："谁境界高谁说了算，先前是谁说这句话来着？"

姜尚真眼观鼻鼻观心。

三人偷鸡不成蚀把米，还搭进去一张青色符箓，准确说来好像是两张。

崔东山硬着头皮说道："先生，您那张还是留着吧，我和周首席还有一张呢。"

姜尚真一拍额头，结果挨了崔东山一肘。

吴霜降笑了笑，摆摆手，重新取出两张青色符箓，手持"生花"笔，微微凝神，便一气呵成画完两张三山符，送给姜尚真和崔东山，最后还将那支"生花"笔丢给白衣少年，说道："也预祝崔先生妙笔生花，多写几首不朽诗篇。"

如何与人做买卖是一回事，心情好送礼又是一回事。

陈平安感慨不已，学到了，学到了。

崔东山和姜尚真各自拈符，就要离开夜航船，凭此重返宝瓶洲陆地。陈平安站起身，走到他们身边，一手按住崔东山的脑袋，然后突然抱住姜尚真，轻轻以拳敲在姜尚真后背。

与崔东山，与姜尚真，陈平安都没什么好多说的。

姜尚真破天荒地有些神色尴尬，犹豫了一下，抱住陈平安。

这辈子好像还没抱过男人呢。

哪怕是嫡长子姜蘅，当年襁褓中，好像都没这待遇啊，他这当爹的，就从没抱过。

陈平安后退两步，笑道："都顺风顺水。"

姜尚真突然欲言又止起来。陈平安有些疑惑。

姜尚真压低嗓音说道："听说这边有座灵犀城，那女城主，我仰慕已久，可以的话，劳烦山主帮我捎句话，随便说点什么都成，山主说话最得体。"

陈平安听得一阵头大，脸色略显为难，转头望向宁姚。

宁姚说道："身正不怕影子斜，这种事也会心虚？江湖路上，藏了几个三百两啊？"

陈平安收回视线，对那姜尚真微微一笑，表示由衷感谢。

姜尚真试探性问道："那就……别捎话了？"

吴霜降坐在那边悠悠喝茶看热闹，觉得这个姜宗主，真是个妙人，投缘得很。

崔东山赶紧帮忙转移话题，说道："先生，若是得闲去了那座声色城，遇见个两腿打摆子，提灯登梯写榜书，最终吓得一夜白发的老先生，一定要帮学生与他说句，他的字，写得真心不错，不该让后世子孙禁写榜书的。"

陈平安知道崔东山在说谁，毫不犹豫就答应下来。

姜尚真拈起符箓，微笑道："辛苦山主捎话，走了走了。"

崔东山取出那"行气铭"绿竹杖，轻轻一拄地，大笑道："先生保重，学生去也。"

白衣少年，青衫书生，两个身形一闪而逝。

吴霜降转头望向窗外，微笑道："就要天亮了。"吴霜降转过头，起身道："那就不耽误你们聊天了？我还得去看着柜台。"

陈平安问道："前辈何时离开渡船，重返岁除宫？"

吴霜降笑道："看心情吧。可能就算离开了夜航船，也会先走一趟蛮荒天下。"

吴霜降离去后，陈平安和宁姚去了裴钱那边的屋子，小米粒还在酣睡，裴钱在师父师娘落座后，轻轻晃了晃小米粒的脑袋，没晃醒，就伸手捂住小姑娘的鼻子嘴巴，小米粒微微皱眉，迷迷糊糊，拍开裴钱的手掌，看样子还能再睡会儿，裴钱只得说道："小米粒，巡山了！"

小米粒立即一个蹦跳起身，使劲揉着眼睛，嚷嚷道："好嘞好嘞！"

然后看到了好人山主，山主夫人，还有一脸坏笑的裴钱。黑衣小姑娘双手挡在嘴边，哈哈大笑，裴钱果然没骗人，一觉醒来，就瞧见所有人哩。

宁姚对神色疲惫的陈平安说道："你先睡会儿，我陪裴钱和小米粒聊会儿天。"

陈平安点点头，趴在桌上就熟睡过去。至于小米粒会不会说漏嘴什么，实在是顾不得了，反正身正不怕影子斜。

客栈门口那边，依旧是年轻伙计面容的吴霜降，坐在板凳上，跷起腿，闭上眼睛，摇头晃脑，拉起了二胡，偶尔睁眼，笑意温柔，斜眼望去，好像身边有位怀抱琵琶的女子，就坐在一旁,她以琵琶声与二胡声唱和,愿天下有情人终成眷属。

陈平安很快就揉着眉心,清醒过来,实在是那二胡声有些吵人。

宁姚拉着裴钱和小米粒返回自己屋子,陈平安就刻意隔绝那二胡声,脱了靴子去床上盘腿而坐,开始呼吸吐纳,心神沉浸其中。

等到陈平安这一觉醒来,发现已经是黄昏时分,所幸没有了二胡声响,陈平安穿上靴子,走到客栈大堂那边,发现宁姚三人都在那边,而那个吴霜降正摊开一本书,不拉二胡了,开始当那说书先生了,宁姚三个嗑着瓜子,桌上还有一碟溪鱼干,当那捧场的听众。

陈平安只是站在原地,听了片刻,就开始冷汗直流。吴霜降说那书上有一个江湖女侠问那少侠,敢问公子姓甚名谁,不知何时才能再会?还有那山野偶遇的艳鬼狐魅,妩媚笑问那少年郎,趁此美景良宵,不要子待要怎的?

听到这里,小米粒就皱着眉头,问裴钱是啥个意思,要是咋个耍,裴钱说不知道,宁姚斜眼看着某人,笑着说可以问当事人嘛。

陈平安哈哈大笑,一身浩然气,大步走去:"裴钱,小米粒,去整点花生毛豆拍黄瓜,我好跟吴大爷喝点。"

"我又不喝酒。"吴霜降合上书,许多书页都有折角,约莫是"趁此美景良宵"之类的,都有提醒。

吴霜降走了,去了门口那边斜靠而立,但是桌上留下了那本山水游记。陈平安落座后,如坐针毡,都不知道自己来这边凑个锤子的热闹。

吴霜降笑着转头瞥了眼那张桌子。遥想当年,自己宗门,也曾是这般热闹。

陈平安随便找了个借口,来到大门这边,与吴霜降一人一边当门神。

两人都双手笼袖,旁人看去,还真挺像。

吴霜降轻声说道:"如果我没有算错,你很快就需要走一趟中土文庙了,极有可能是以一种阴神远游出窍的姿态。到时候你会同时以双重身份,站在一大帮的浩然天下山巅人物当中——文圣一脉的关门弟子,剑气长城的隐官。"

陈平安思量片刻:"是商议如何处置蛮荒天下?"

吴霜降点点头,笑道:"不然还能是什么?有点类似万年之前的那场河畔议事。没有意外的话,你还会是年纪最轻的那个人。"

至圣先师和礼圣,不知会不会现身,但肯定会有亚圣,文圣,文庙正副三教主,老夫子伏胜,三大学宫祭酒,七十二书院山长,等等;符箓于玄,龙虎山大天师,白帝城郑居中,裴杯,火龙真人,渌水坑青钟夫人,皑皑洲刘聚宝,怀荫,郁泮水,等等。

可能还会有极少露面的穗山大神,青神山夫人,等等,以及诸子百家祖师们。

因为这场议事的结果,会决定两座天下的未来走势。

吴霜降脑袋后仰,靠着大门:"可规可矩,谓之国士。"
陈平安说道:"不敢当。"
吴霜降微笑道:"是说我自己,是说那座我一手打造出来的宗门,青山绿水,少年窟。"
陈平安点头道:"与孙道长的玄都观一样,令人神往。"
吴霜降笑道:"如果去掉前半句,就更好了。"
陈平安摇头道:"我们落魄山,行走江湖,门风很正,'诚'字当头。"
吴霜降揉了揉下巴:"我那岁除宫,好像就只有这点比不上你那落魄山了。"
陈平安不搭话。
落魄山的风气来源,一直是个不大不小的谜,就像不知道周米粒每天兜里,到底放了多少颗瓜子。
山主说是拜某位得意学生所赐;崔东山信誓旦旦说是大师姐的功劳;裴钱说是老厨子饭桌上的学问,她只不过听了几耳朵,学了点皮毛;朱敛说是披云山那边流传过来的歪风邪气,挡都挡不住;魏檗说是与大风兄弟下棋,受益良多。
可怜辛苦看门好些年的郑大风,如今身在第五座天下,都没机会反驳什么。
吴霜降自言自语道:"以卵投石,尽天下之卵,其石犹然,不可毁也。"
陈平安说道:"我看未必。"
吴霜降点头道:"精诚所至金石为开,总是要信一信的。"
他又问道:"知道我最喜欢你们儒家哪句圣贤语吗?"
陈平安试探性说道:"以德报德,以直报怨?"
吴霜降啧啧道:"脑子怎么长的?这都猜得到?"
屋内桌上,小米粒双手撑在桌上,大声喊道:"山主,吴先生,溪鱼干要没嘞。"
吴霜降转头笑道:"没事,我那份归你了。"
陈平安也笑着点头附和。
小米粒使劲抿嘴再点头,抬起双手,高高竖起两根大拇指,不知是在道谢,还是想说么(没)的问题,小小鱼干,不在话下。
吴霜降突然感叹道:"一家和乐。"
陈平安轻声接话道:"即是大年。"

第五章 天下圣贤豪杰

暮色里,吴霜降突然说要走了,丢给陈平安那把长剑夜游,半天工夫,竟然就已经炼化完毕。

陈平安接过夜游后,厚着脸皮跟吴霜降讨要一幅字帖。

在青冥天下,公认岁除宫修士写的字,是可以驱鬼的。挂字如悬符,甚至还要更管用。陈平安当然不是想着靠吴霜降的字,去做什么驱鬼辟邪的勾当,那也太过暴殄天物了,他想留着当个夜航船之行的纪念品,以后挂在自家落魄山的书房,有客来访,无论是谁,还不都得问一句真迹赝品?

吴霜降答应下来,陈平安就在大堂里边,取出笔墨纸砚,小米粒收拾好桌子后,帮忙铺开宣纸,趴在桌上研墨。

吴霜降看着那些山下寻常之物的毛笔、墨锭,好像没了写字的兴致。陈平安无奈道:"我身上真就只有这些家伙,前辈将就一下?"

吴霜降笑道:"落魄山丢得起这个脸,吴某人可丢不起。既然如此,还是算了吧。"

陈平安赶紧说道:"那容晚辈去与李十郎借来文房四宝?"

吴霜降瞥了眼外边的天色,摇头道:"不能让小白久等。"

小米粒还在那儿研磨墨锭,急得抬手直挠头,可怜兮兮道:"吴先生吴先生,随便写几个字,中不中?咱们出门在外,行走江湖,讲究不如将就哩。"

吴霜降想了想,点头道:"有理。"

吴霜降从袖中取出自己随身携带的文房清供,铺开一幅彩云笺;取出一支青竹杆毛笔，上面刻有一行小篆"胸有成竹万里翠"；一方砚台，侧面砚铭"神仙窟"，古砚趴着一对袖珍螭龙，吴霜降以笔杆轻敲螭龙头颅，两条螭龙立即睁开一双金色眼眸，古砚内顿时浮现一层金色涟漪。吴霜降蘸墨过后，笔尖呈金黄色，在那笺纸上写下一幅按例可算《当时帖》的行书字帖："当时只道是寻常，不信人间有白头。明月高楼休独倚，忽到窗前疑是君。"

在这幅字帖上，分别钤印有吴霜降的两方私人印章，一枚花押：戎马书生，统兵百万；人书俱老境；心如世上青莲色。

陈平安站在一旁，双手轻搓，感慨不已："前辈这么好的字，不再写一副楹联真是可惜了。好事成双，讲究一下。"

吴霜降笑了笑，桌上出现两张岁除宫万年红材质的楹联纸张，每张楹联上，都有七处金色团龙图案，好似虚位以待，只等落笔写字。吴霜降还从袖中取出了一只小木匣，打开之后，排列着七色小瓷盒，是那岁除宫名动天下的七宝泥。山上君虞俦，曾经从仙府遗址获得一桩极大机缘，搬了座古山回宗门，山头落地生根后，异象横生，经常有那丹砂如彩云飞流的景象。仙人炼化飞砂之后，凑齐七色，就是七宝泥，有那一两彩泥一斤谷雨钱的说法。

陈平安有些疑惑，书写楹联，没有七色文字的讲究吧？只是不敢多问，怕一问，煮熟的鸭子就要飞走。

吴霜降也没有解释什么，以笔蘸七色宝砂，在两张楹联上边写下各七字：退笔如山未足珍，读书万卷始通神。

吴霜降朝着那副楹联轻轻呵了口气，一副楹联的十四条金色蛟龙，如被点睛，缓缓旋转一圈再寂然不动。

苏子的诗文，吴霜降的题字，顺便占了些身边求字年轻人的小便宜。

白白当了一次二外甥的陈平安，毫无芥蒂，只当根本不知道有那么个典故。

吴霜降笑道："就当是预祝落魄山下宗建成了，可以当那祖师堂大门楹联，楹联文字跟随时辰而变，白日黑字，夜间白字，泾渭分明，黑白分明。品秩嘛，不低，若是挂在落魄山霁色峰门上，足以让山君魏檗之流的山水神灵、魑魅魍魉，止步门外，不敢也不能逾越半步。不过你得答应我一件事，什么时候觉得自己做了亏心事，而且有错难改，你就必须摘下这副楹联。"

陈平安退后一步，与这位笑言"曾经有望炼出一两个本命字"的岁除宫宫主，作揖行礼。

吴霜降摆摆手，只是收起了几枚印章，转头与那黑衣小姑娘笑道："小米粒，桌上其余的文房用物，都送你了，就当回礼你的那些鱼干瓜子。至于回头你转手送给谁，我都不管。"

周米粒赶忙使劲摆手:"使不得使不得,鱼干瓜子都不用钱的。"

吴霜降微微一笑,转身离去,大步跨过门槛,小米粒飞奔过去,追上那位吴先生,从袖子里掏出两袋子鱼干,挠挠脸,有些难为情:"吴先生吴先生,就这么点了,都送你吧,别嫌少啊,真要嫌少,也么(没)的事,以后去我家做客,管够啊。"

吴霜降笑着接过两袋子溪鱼干,道了一声谢,轻轻一拍小姑娘的脑袋,走了。吴霜降一步跨出,就离开了条目城。

小米粒挥挥手,站在门外原地张望许久,叹了口气,有些羡慕这个吴先生的道行,都不用御风远游,嗖一下就没了踪迹,那还不得是金丹起步的老神仙?! 呵,想啥呢,地仙怎么够,说不定是那传说中的玉璞境嘞。唉,境界这么高,跟魏山君都一样高了,吴先生在家乡,得开过多少场夜游宴啊?难怪送人礼物眼睛都不眨一下的,阔气,大气,走江湖,就得是这样啊。当年在哑巴湖遇到那个憨憨傻傻的姑娘,人不坏,就是头发长见识短,一枚谷雨钱就能卖了哑巴湖的大水怪。

小米粒大摇大摆走回大堂桌旁,陈平安收起了字帖和楹联,都放入了方寸物当中,对小米粒笑道:"古砚,青竹笔,七宝泥,三样东西,都让裴钱先帮你收好。"

小米粒愣了一下,瞥了眼桌上物件:"可我都想好了怎么送人啊。"

陈平安笑道:"不用送人,你好好收着就是了,以后回了落魄山,记得别乱丢。"

小米粒一本正经说道:"我一开始是打算全都送给山主夫人,如果山主夫人不收,我也么(没)胆子坚持到底哩。那我回了家,就把七宝泥送给暖树姐姐,她喜欢每天记账嘞。把古砚送给景清,再把青竹笔送给魏山君。披云山不是有一片竹林嘛,老厨子和裴钱不晓得为啥,自己不去,让我偷偷跑去那边仔细数有几竿竹子。我这不琢磨着魏山君要是收了礼物,一个高兴,就要白送我一竿竹子哩。"

宁姚忍住笑,揉了揉小米粒的脑袋。

裴钱假装什么都不知道,反正只要师父问起,就全部推给老厨子。

陈平安则破天荒有些良心不安。不知道当时小米粒在竹林那边晃荡,认认真真扳手指数竹子,魏山君作何感想?

一个白发童子,在廊道拐角处那边探头探脑,问道:"隐官老祖,那人呢?走了没?你们聊得咋样?"

陈平安转头说道:"离开条目城了。聊得还行,不用你出手。"

白发童子哈哈大笑,双手叉腰,晃动肩头,大步走向桌子:"隐官老祖果然无敌啊,让我都没有表现忠心的机会了,不然只要我略尽绵薄之力,肯定就能与隐官老祖联袂退敌!惜哉惜哉,恨事恨事!"

陈平安微笑道:"那我把他请回来?"

白发童子膝盖一软,伸手扶住桌面,颤声道:"我看就没有这个必要了吧,毕竟请神容易送神难。"

从头到尾，都很莫名其妙，见着了吴霜降，跟裴钱聊得好好的，就如坠云雾，出了迷障，吴霜降又没了，一起没有的，还有它这头化外天魔的境界。

陈平安看了眼，说道："去屋子那边聊。"

一起回了陈平安那间屋子，陈平安取出那幅字帖："应该是前辈希望我转交给你的。"

白发童子点点头，它刚接过手，字帖上的两方印文，"戎马书生，统兵百万"，与那"人书俱老境"，总计十三个字，瞬间黯淡无光。

它神色复杂，呆滞无言。陈平安取出养剑葫芦，喝了口酒压压惊。

一位十四境大修士的术法神通，实在是不讲道理。

它使劲摇头，很快就恢复如常，看着那些陈平安在条目城捞到手的虚相物件，拎起那只水仙小瓷盆，翻转一瞧，嗤之以鼻，随手丢在桌上，小米粒赶紧一个前扑，双手扶正，挪到自己身边，对着小瓷盆轻轻呵气，拿袖子擦拭起来。

白发童子双手搬过那件铁铸三猴捞月花器，微微点头，说道："若是实物，就还凑合。"

陈平安笑问道："怎么讲？"

白发童子说道："每逢月夜，就可以取出此物，只是晒月光，就可以凝聚月华，逐渐孕育出一粒类似'护花使'的精魄，如果修士的运道再好些，说不定还能变成一位花神庙的司花女，掌管某种花信香泽。在里边插花，桂花最佳，昙花次之，牡丹再次之。天底下那些个走拜月炼形一道的精怪，不管境界有多高，肯定都愿意出高价，有了这件东西，可以省去好些麻烦。拿去那啥百花福地，更是随随便便，找个福地花主，或是那几位命主花神，就能卖出个天价。"

白发童子疑惑道："这百花福地，隐官老祖咋个一脸没听过、没兴趣的表情？当年在牢狱刑官修道之地的葡萄架下边，那些个花神杯，隐官老祖可是看得两眼放光，摩拳擦掌。我当时觉得自己若是福地花主，就要开始担心自家地盘会不会天高三尺了。"

陈平安微笑道："天底下只要是有钱的地方，就会有包袱斋。"

白发童子哦了一声，拿起那块"叔夜"款乌木镇纸，问道："不承想隐官老祖也是一位琴师啊？果然多才多艺……"

陈平安放下手中养剑葫芦，问道："你能不能写出完整的《广陵止息谱》？"

它点点头："这有何难？"

岁除宫宫主吴霜降，在青冥天下是出了名的好才情，诗词曲赋、琴棋书画无所不精。

作为吴霜降的心魔，除了一些撒手锏的攻伐手段，已经被吴霜降给设置了重重禁制,其余吴霜降会的,它其实都会。

白发童子手指虚点,写出了在浩然天下失传已久的完整曲谱。陈平安抄录在纸上。

它打了个哈欠,满脸疑惑道:"隐官老祖,就这么点收获?"

陈平安点点头,裴钱面无表情,只是嗑瓜子。

周米粒使劲摆手道:"没了,真没了!"

白发童子嘿嘿笑道:"可以有,肯定有,将那压箱底的宝贝,速速拿来,"

周米粒双臂抱胸,一脸严肃道:"如果有,我请你吃酸菜鱼!酸菜鱼好吃吗?天底下最不好吃了,谁都不爱吃的,既然没人吃酸菜鱼,请人吃都没人吃,那么就是没了啊。"

陈平安伸手捂住额头。好有道理的一套措辞,真是难为小米粒了……

宁姚嘴角翘起。

裴钱看了眼师父,陈平安无奈点头。

裴钱与周米粒说道:"拿出来吧。"

小米粒给裴钱使劲使眼色,自己藏得好好的,怎么就不打自招了呢?

裴钱点点头,黑衣小姑娘立即跑出屋子,去裴钱和自己的屋子那边,从绿竹书箱里边翻出那只卷轴,飞奔返回,抿起嘴,不着急搁在桌上,只是捧着卷轴,满脸严肃,望向好人山主,好像在说:"我可真给了啊,到时候山主夫人要说啥,可怪不着我啊。"

陈平安看了眼自己的开山大弟子,埋怨道:"都送你了,有什么好藏掖的。"

裴钱笑着点点头,然后望向那个身为罪魁祸首的白发童子。

陈平安将虬髯客赠送的那本册子,递给宁姚。

宁姚随手翻阅过后,发现每一桩机缘,都像是在打哑谜,册子上边的词汇,就像一座座仙家渡口,渡口名字都有,但是却不告诉看客们如何走向渡口。

白发童子看着桌上那卷轴,白玉轴头,外边贴有小笺,字迹勉强能算娟秀,文字内容大言不惭,说是要"教天下女子梳妆打扮"。打开之后,是一位位美人的不同眉眼、发髻,什么鸳鸯眉什么拂云什么倒晕,什么飞仙什么灵蛇什么反绾,还配有文字注解。总计二十四位美人,白发童子一一看过,啧啧称奇,念叨不已:"好好好,春山虽小,能起云头……月宫斧痕修后缺,才向美人眉上列……飞仙飞仙,降于帝前……娘唢,还是这句好,这句最妙,回身见郎旋下帘,郎欲抱,侬若烟然……"

白发童子抬起头,一本正经道:"既然隐官老祖精通篆刻,那么不如临摹各种眉印在信笺上边,以后整座浩然天下,山上道侣鸿雁传书、飞剑传信啥的,半数都要用咱们落魄山出产的信纸!应了那句'万里郎君见眉印,便似花前重见面'嘛。我觉得可行,肯定可行,绝对财源滚滚来!"

陈平安打赏了一个字:"滚!"

这种昧良心的脂粉钱,朱敛或是米裕来做才合适。

白发童子一脸受伤,寒了众将士的心。拿起最后那捆枯败梅枝,它掂量了几下,疑惑道:"隐官老祖,啥玩意儿?!咱们真捡破烂啊?"

陈平安将那本册子丢给白发童子,它翻到那一页梅枝条目,发现好像是两条脉络,各有机缘,可以选择其一。其中一条线索,是什么上阳宫,梅精,《召南篇》,江郎中,龙池醉客,珠履。另外一条,是书铺,尸,天下热客,没骨花卉,浮萍轩。

白发童子看得一阵头大,它毕竟来自青冥天下,看到这些就彻底抓瞎了,合上那本小册子,大义凛然道:"隐官老祖,费这劲干啥,咱们不如还是明抢吧?要是给人逮了个正着,没事,隐官老祖到时候只管溜之大吉,将我留下,是打是骂,是砍是剁,小的一力承担了!"

宁姚好奇问道:"这捆梅枝,怎么说?"

陈平安笑着解释道:"上阳宫,这梅精绰号,是说一位妃子,她有个弟弟叫江采芹,家族世代从医。至于那龙池醉客,则是说那一醉一醒两藩王的不同心思。反正弯来绕去,最后得手的机缘,多半是那百花福地一月花神的某种实在馈赠,不然就是与倒悬山梅花园子的那位酡颜夫人有关,所以无甚意思。

"可另外一条线索,我很感兴趣,且有私心。如果没有猜错的话,我们要先去条目城的芥子园书铺,因为李十郎擅长制造梅窗,在《居室部》一篇,李十郎更将此事引为'生平制作之佳'。接下来恐怕就需要购买一部初版初刻的《画传》作为桥梁了,找那书商王概,而此人曾经有个'天下热客王安节'的绰号。之后才好与此人的兄弟王蓍搭上线,而此人原名王尸,擅长治印和绘画没骨花卉。这就又要牵扯到一位我极其极其仰慕的老先生了,擅画梅花,天下第一,正好是那梅花屋和小舟浮萍轩的主人。不单单如此,传说这位老先生还是世间第一位以石刻印之人。有这样千载难逢的机会,我岂会错过?一定要去拜访一下老先生,如果真有什么机缘,我可以拿来与老先生换取一枚印章。"

说到这里,陈平安神采奕奕,就像先前第一次听说"李十郎"那个称呼。

像姜尚真这样的人,在夜航船上都会有想见之人,陈平安其实想要拜访的书上圣贤古人,更多。

对于陈平安的解谜本事,宁姚习以为常。

陈平安的长辈缘怎么来的?就是这么来的。

裴钱更是一脸天经地义。

周米粒反正听得模糊,好人山主只要不与人斗诗,都很厉害!

只有那个化外天魔,将这一连串的"由此及彼""顺藤摸瓜"和"走门串户",听得瞠目结舌,发自肺腑地赞叹道:"隐官老祖,这条夜航船,就该由你来当掌舵的船主啊!"

陈平安摇头道:"差远了,两脚书柜而已。"

不是他妄自菲薄,事实如此。夜航船只是条目城一地,就已经让陈平安叹为观止。如果不是敌友难辨,又有事在身,陈平安还真不介意在这条渡船上,一一晃荡完十二城,哪怕耗费个三两年光阴都在所不惜。

白发童子搓手不已,两眼放光:"发了发了,有隐官老祖在旁指点迷津,再加上有我效犬马之劳,这条渡船的仙家机缘,还不得寸草不生?"

陈平安说道:"我还有正事要忙,所以除了梅枝一物,其余机缘都不去挣了。"

白发童子双手捶胸:"这还是我认识的那个目中无人、见钱眼开的隐官老祖吗?"

陈平安说道:"我要与王元章老前辈,求一方印章。印文都想好了,就写'清气满乾坤,散作万里春'!"

沉默片刻,陈平安抿了一口酒,轻声道:"如果能求来两方印章,当然更好。印文就写那'游子行路'。"

白发童子拍手叫好:"印文极好!隐官老祖文采无双——"

陈平安斜眼看去:"是老先生诗篇里的东西,我只是照搬。"

白发童子振臂高呼:"隐官老祖,记性无敌,一拳搬书山,一脚倒文海,天下第一,都让人不敢自称第二,因为位置与隐官老祖距离太近,所以只敢称第三!"反正只要自己问心无愧,天底下就没有尴尬的马屁。

陈平安突然说道:"按照吴宫主的推衍,我可能会在某个时刻,去一趟中土文庙,何时去何时回,怎么去怎么回,现在都不好说。"

白发童子一下子噤若寒蝉,病恹恹坐回长凳,一只手掌反复擦拭桌面。

宁姚说道:"裴钱、小米粒这边有我。"

陈平安笑道:"那就解谜去?"

小米粒跳下长凳:"得令!"

一行人收拾好行李,离开客栈循着线索,一路顺藤摸瓜,与先前所料不差,该买买该聊聊,最终在一处梅花千树的山水秘境,陈平安用一桩本该得手一株仙家梅树的机缘,只与那老夫子王元章换来了两枚印章,不承想老先生最后抚须而笑,还送了两幅梅花图,一墨梅一白梅,而陈平安所求两枚印章的印文内容,就来自画卷题诗。陈平安接过画卷后,再次作揖致谢。

想起一事,陈平安说道:"晚辈听说桐叶洲有一位宗主剑仙,大雪登山,说了一番与前辈相似言语,他那宗门上下都曾听闻,不过剑仙在末尾添加了'最宜出剑'一语,所以这位剑仙应该也十分仰慕前辈。"

老先生笑道:"是那'天地皆白玉合成,使人心胆澄澈,便欲仙去'吧?"

陈平安怀捧卷轴,轻轻点头。

老先生问道:"一个如此与天地言语的剑仙,又是身在桐叶洲,那么肯定已经不在人世了?"

陈平安点头道:"已经战死。"

那位剑仙,正是桐叶宗宗主傅灵清。

老先生让陈平安稍等片刻,最后又送给陈平安两枚印章,分别篆刻"风雪助兴""天下狂士"。

陈平安挠挠头,有些赧颜。

老先生笑道:"虽然还不知道你是谁,但是我希望如今的浩然天下,有更多你这样的年轻人。"

指了指别处,老先生正色道:"记得别学那容貌城的邵宝卷,好像做了多年的正人君子,就在等着做一次坏人,然后就此再不回头,实在太可惜了。"

离开这处秘境后,陈平安又用白发童子写出的琴谱,与条目城换来了三城的通关文牒。一般某个学问,换取两城关牒就已经是极限,显然夜航船对这《广陵止息谱》极为看重。一开始白发童子还有些洋洋得意,在铺子外边走路很飘,只是得知夜航船上竟然有十二城后,立即就开始跳脚骂人,小米粒赶紧抱住这个小小年纪就白了头发的矮冬瓜,白发童子依旧骂骂咧咧,朝着铺子那边飞奔不停,小米粒身体后仰,晃晃悠悠,好不容易才保证两人不摔倒。白发童子骂完之后,双脚落地,转身拍了拍小米粒的肩膀:"忠心可鉴,护驾有功,回头赏你几样好东西啊。"

小米粒就没当真,只是咧嘴笑道:"刚才我好像喝醉打拳哩。"

白发童子比画了一下两人的个头,摇摇头:"小米粒啊,我每次跟你说话,如果不使劲低头,都瞧不见你人,这怎么行?以后请咱们隐官老祖帮你打造一条小板凳啊,你得站着跟我说话才行。"

小米粒皱起眉头,偷偷踮起脚尖,结果发现那白发童子好像更高了。一个低头望去,白发童子立即收起脚尖,等到小米粒猛然抬头,它又瞬间踮起脚尖,小米粒后退几步,白发童子已经双手负后,转身离去。

众人先去了垂拱城,见着了那位夜中提灯登梯写榜书的老夫子,陈平安帮忙崔东山捎话。

游历路上,小米粒小声问道:"裴钱裴钱,李槐说你是流落民间的亡国公主,在这儿,能找着你爹不?"

裴钱没搭话。

小米粒继续问道:"要不要我帮忙啊?我找人可厉害,巡山巡出的本事。"

裴钱一个栗暴敲下去。打得周米粒双手抱头。周米粒顿时心中了然,多半是找不着了,自己往裴钱伤口上撒盐,确实欠打。

他们还在那一条正值枯水期的大江之畔驻足，水底崖刻露出：沛泽苍生，龙宫深处。

在一处酒铺，他们遇到了一个自称少年上人的年轻人，正要提笔在墙上写字，还有个年轻伙计有些心不在焉，只是喃喃自语，问那微时故剑何在。铺子外边，走过一个怀中渗出油腻的高大男子，他看着远方一位眉眼细细、脚尖点点、轻盈旋转裙摆的活泼少女，觉得今年就是她了。不枉自己读了四十四万字的浩瀚书籍，书里书外都有颜如玉。

正在双手拍桌嚷着要好酒的白发童子立即闭嘴。陈平安突然站起身，来到酒铺外，仰头望向天幕。

容貌城那处荷塘，先逛过了声色城的两人，破开山水禁制，直接现身来到此地。

吴霜降，身边还有那位倒悬山鹳雀客栈的年轻掌柜。

凉亭内，刑官独坐。嫡传杜山阴和婢女汲清，都不在此地。

好像刑官就在等这位岁除宫的十四境大修士。

吴霜降微笑道："小白，你去别处转转。"

岁除宫的守岁人白落笑着点头："刑官大人可没那么多小天地，帮你遮掩十四境。"

吴霜降说道："打个刑官而已，又不是隐官，不需要十四境。"

白落离去后，吴霜降双手负后，缓步向前，四把仙剑仿剑一起出袖，笑道："笼中花开。"

一把笼中雀仿剑神通，一把井中月仿剑神通，再配合其中"花开"二字真言，天地间，皆是吴霜降，皆是仙剑仿剑。

至于为何今天要打这一架，理由很简单，吴霜降的心中道侣，在剑气长城的牢狱那边，好像经常被这位刑官以飞剑追杀。

片刻之后。

夜航船被剑光一分为二。

与此同时，陈平安心中响起一个嗓音："能否赶来文庙一趟？"

陈平安试探性问道："可是礼圣？"

得到那个肯定答案后，陈平安作揖道："有劳礼圣。"

阿良在离开文庙广场之后，看似化虹远游，实则偷摸去了趟功德林的一处禁制，与那陪祀圣贤好说歹说，好歹没吃闭门羹，可最后还是得老老实实拿一笔功德去换，这才见着了那个大髯游侠。说是禁地，没什么阵法禁制，甚至都无人看管，就只是一处破碎秘境，山清水秀，刘叉正蹲在水边，持竿钓鱼。

阿良来到刘叉身边，沉默不语，刘叉也没说话，阿良长吁短叹一番，摇摇头，挪步来到刘叉身后，对着这位剑修的屁股就是一脚飞踹，力道不小。刘叉一个前扑，依旧一手持竿，单手撑地，不至于摔了个狗吃屎。重新蹲好，汉子的脸上，都没点表情变化。

阿良金鸡独立，跷起一条腿，揉着脚背，叫苦不迭，说天底下怎么会有这般坚硬如铁的腚儿。

单脚蹦蹦跳跳，来到刘叉身边，一个屁股落地，盘腿而坐，拈起一根野草，掸完泥土，叼在嘴里，慢慢咀嚼草根，含糊不清道："刘兄，文庙那边是怎么个说法？"

刘叉说道："礼圣只是让我留在这边，没其他说法了。"

"能向白也递剑，厉害的厉害的。"

"败军之将不敢言勇。"

金甲洲，曾经有那镜花水月，反复只有一幅画卷，是刘叉剑斩白也那一幕。

每次开启画卷，等到大髯剑客现身，在递出那一剑之前，难免会有旁观者惊呼其名：刘叉！

久而久之，原本只是名字的"刘叉"，就逐渐演变成一个充满惊叹意味的说法，类似口头禅，两个字，一个说法，可以涵盖许多意思了。

至于刘叉本人的剑术，尤其是他的那些诗词，反而远远不如这个名字般如雷贯耳，甚至如今在中土神洲，"刘叉"二字，已经有那山下妇孺皆知的趋势。

阿良这会儿双手抱头，后仰倒去，轻声道："如果早知道有这么一茬，在剑气长城那边，我就直接干死你好了。"

却不是说刘叉剑斩白也，而是归墟之畔，被醇儒陈淳安拦下。

醇儒陈淳安，与阿良很投缘。当然投缘一事，也可能只是阿良自己这么觉得。

刘叉说道："不要把换命说得那么好听。"

与阿良捉对厮杀，差不多就是换命的下场。

阿良跷起腿，轻轻晃荡："我这辈子，有三个好哥们，都是难兄难弟嘛。一个是老秀才，都是满肚子才学，不得彰显扬名。

"一个是陈平安，一个站城头，一个趴山底下，只能遥遥对望，同病相怜啊。

"再就是你了。咱俩都是从十四境跌的境。"

刘叉说道："说完了？"

阿良说道："你管我？"

刘叉不再言语，继续钓鱼。

阿良打了个盹，这才起身，说下次得空了再来这边喝酒。汉子摊开双手，身体飞旋离去，还是用了那江湖上的梯云纵，双腿蹦跶不已。

刘叉瞥了眼，很好奇这家伙在亚圣府中，难不成也是这副鸟样？

中土神洲一处宗门，某个先前被齐廷济一剑砍了个半死的玉璞境，刚刚闭关养伤完毕，好不容易出关没几天，参加一场祖师堂议事，就有个蒙面汉子，只露出一双贼眉鼠眼，在光天化日之下，破开山门阵法，轰然落在祖师堂外边的广场上，做了一个气沉丹田的姿势，然后双手贴住额头，往后捋过头发，直呼玉璞境祖师的名字数遍，然后大声询问此人何在。

事出突然，有个年轻有为的祖师堂供奉，根本没有察觉到众人那种貌似想说话又狠狠憋住的古怪神色，挺身而出，一步跨过祖师堂门槛，与那蒙面汉子怒斥道："何方鼠辈，胆敢擅闯此地?!"

那蒙面汉子眼珠子滴溜溜转，正在与远方一位御风悬停空中的仙子，挤眉弄眼。

个头不高的蒙面汉子，一个握拳抬臂，轻轻向后一挥，背后祖师堂大门口那个玉璞境，脑门上好似挨了一记重锤，当场晕厥，直挺挺向后摔倒在地，腰靠门槛，身体如拱桥。

祖师堂里边，从宗主到掌律再到供奉客卿，一个个屏气凝神，大部分甚至没有起身，有几个不厚道的，干脆转头与邻近的好友闲聊起来，以表清白。

那厮曾经来过。不是第一次了。

之后那个玉璞境老祖师，屋漏偏逢连夜雨，下场有点可怜，惨不忍睹。

中土神洲，玄密王朝，一个富家翁正在那亭内欣赏棋局，突然给一个汉子现身背后，一把勒住脖子，富家翁咳嗽不已，说不出话来，使劲拍打那条胳膊。

老人一张极富态的圆脸，脸色青紫再转白，已经有了翻白眼的迹象，汉子这才放开手，郁泮水大口喘气，他娘的，天底下没谁做得出这种缺德勾当。

不承想那汉子重新勒住老人脖子，大骂道："郁胖子，你怎么回事？见着了好兄弟，笑脸都没有一个，连招呼都不打，啊?! 我就说啊，肯定是有人在家乡这边，每天偷偷扎草人，诅咒我回不了家乡，好家伙，原来是你啊?!"

说完一个"啊"字，胳膊一提，老人只得跟着踮起脚尖，一副吊死鬼模样，真不是老人故作可怜相，背后那个狗日的，是真下狠手啊。

郁泮水只得被迫阴神出窍，站在那人一旁，使劲一跺脚，双手拍掌，"哎哟喂"一声，几个小碎步，凑过去给那汉子揉肩敲背："原来是阿良老弟啊，几年没见，这身腱子肉结实得无法无天了，啧啧啧，不愧是领略过十四境剑修大风光的。不过境界啥的，这都算不得什么，对阿良老弟来说，主要还是这一身男人味，上次见面，就已经登峰造极，不料这都能百尺竿头更进一步，佩服，真是佩服！垂涎，真是垂涎！"

阿良这才松开手，一推那阴神脑袋，让其归位。坐在凉亭长椅上，双手摊开放在栏杆上，跷起二郎腿，长呼出一口气，丢了个眼色给郁泮水。

郁泮水心领神会，悬有一块"木野狐"匾额的凉亭内，立即掠出一道青烟，飘荡来此，最终凝聚出一位艳美女子，施了个万福，与那汉子嫣然笑道："见过先生。"

阿良一个蹦跳起身，伸手使劲抹了抹鬓角："生分了生分了，喊阿良小哥哥。"

郁泮水后悔今天吃喝多了。

阿良一挥手道:"郁胖子,你自己拉的屎自己擦。"

郁泮水装傻,阿良笑道:"你就自称阿良好了!"

在玄密王朝,有个暴得大名的山下书院山长。很多中土神洲的读书人,将其誉为一洲文胆。

在郁泮水去而复返后,阿良就火急火燎离开,撂下一句:"郁泮水你狗胆,竟敢打文胆!"

郁泮水哀叹一声。

阿良离开此地后,找到了一位上了岁数的老仙人,还是老熟人。

老仙人冷笑道:"说几句话,犯法啊?骂由你骂,打归你打,还嘴还手算我输。"

遇到了个混不吝的老无赖,阿良怒喝一声,悲愤欲绝道:"好好好,欺负我境界低,就要与我问拳是吧?士可杀不可辱,便是被你活活打死,今天也绝不受这份鸟气。"

嗓门之大,传遍宗门诸峰上下。随后阿良一把扯住那家伙的头发,将脑袋夹在腋下,一拳一拳砸在头上。最后收拳,摆出一个气沉丹田的姿势,备感神清气爽,他娘的又添一桩胜绩。

阿良使劲一脚,将那个躺地上已经晕厥过去的老仙人,一脚踹出高山之巅,笔直一线,快若飞剑。

阿良一跃而去,踩在那位老仙人的头颅之上,就那么御剑飞行,觉得今天的自己,尤其潇洒。

有一个心声突兀响起:"闹够了没有?"

阿良没好气道:"没呢。"

那人说道:"回趟家再去文庙,记得换身儒衫。"

阿良默然。

那个心声最后说道:"文圣一脉的左右、君倩、陈平安,都会到场。"

阿良大笑一声,一脚重重踩下那把名副其实的"仙剑",在大地之上砸出个大坑,自己则化虹冲天,返回中土神洲。

一艘跨洲渡船远游中土神洲,渡船属于南婆娑洲新建立没几年的龙象剑宗。

宗主齐廷济,一位曾经在剑气长城刻字的老剑仙。首席供奉陆芝,据说还暂时兼任着掌律。她也是剑气长城曾经的十大巅峰剑仙之一。此外还有倒悬山春幡斋的剑仙邵云岩,梅花园子的酡颜夫人,一起担任客卿。

齐廷济在不到十年内,收徒十八人,俱是中土神洲和南婆娑洲的剑仙坯子,被誉为十八剑子。

龙象剑宗传闻与皑皑洲刘氏、中土郁氏,都有生意往来,与南婆娑洲醇儒陈氏,更是关系非同寻常。

正是齐廷济，先为陈淳安护道出海，又是齐廷济，为陈淳安问剑一次。浩然九洲，齐廷济先后出现在三洲战场，战功彪炳，举世瞩目。

还有那位扶摇洲本土飞升境大修士，名为刘蜕，若非齐廷济出剑阻拦一头王座大妖，估计他的名字就要与桐叶洲苟渊一样，被甲子帐刻在城头上了。刘蜕跻境为仙人之后，在流霞洲下宗的白瓷小洞天闭关养伤数年，据说此次也会出关参与议事。刘蜕对齐廷济，既感激，更佩服。山上有些小道消息，说刘蜕此次出关，除了文庙议事，主动要求担任龙象剑宗的客卿。

扶摇洲是小洲，山河版图仅仅比宝瓶洲略大，当初刘蜕成为飞升境，被誉为一桩"天荒解"，如果刘蜕当真以一个上宗宗主身份，担任别宗客卿，也会是浩然天下一件破天荒的事情。

这条渡船已经极为临近文庙一处名为问津渡的仙家渡口。站在船头赏景的齐廷济，突然传令下去，让渡船放缓速度，以礼敬文庙。

齐廷济虽然是一位当之无愧的"老剑仙"，却是极为俊美的年轻容貌。也就是文庙尚未解禁山水邸报，不然光靠齐廷济这份气度，就要凭空多出一大拨女修仰慕者。

齐廷济，吴承需，孙巨源，米裕，曾经被誉为剑气长城四大美男子。后来多出了个第五人，不过那人是自封的。

此刻有人与齐廷济并肩而立，一位女子，身材高挑，一张脸庞，略显消瘦。

搁在一般人眼中，她站在齐廷济身边，就是三个字：不般配。而她就是剑气长城的"倾城"绝色，女子大剑仙，陆芝。

齐廷济笑道："落魄山观礼一趟，就让我宗多出了两位上五境客卿，我得感谢咱们那位隐官大人。不知道此次议事，这家伙到了没有。"

除了儒家圣贤，此次参与一旬后文庙议事的各路修士，被安置在文庙周边的四个地方，问津渡之外，文庙临时开辟出三座暂设的仙家渡口，迎接浩然九洲的八方来客。

南婆娑洲，扶摇洲，桐叶洲，三洲修士，其渡船会在那南边的问津渡停岸，然后在一座名为泮水县的县城落脚。泮水县只是一处很寻常的县城，唯一的不寻常，大概就只是靠近中土文庙了。

不出意外的话，陈平安只要赶来议事，多半是在东边的临时渡口现身。

此次代表宝瓶洲参与议事的人物，有顶替大骊皇帝宋和露面的宋长镜，还有神诰宗天君祁真，以及云林姜氏家主。除了宋长镜是孑然一身，神诰宗和云林姜氏，都像龙象剑宗，各自带了一批弟子，虽然无法议事，只能在文庙周边游历，但如今文庙方圆千里之内，戒备森严，能够跟随渡船入驻某地，对于一般修士而言，已经是莫大荣幸。

陆芝直截了当道："我知道你们双方之间，一直有算计，但是我希望宗主别忘记一件事,陈平安所有谋划,都是为了剑气长城好,没有私心。他不会刻意针对你,更不会刻意针对齐狩。不然他也不会建议邵云岩担任龙象剑宗的客卿。至于希望剑宗与落魄山同气连枝、缔结盟约之类的,我不奢望,而且我也不懂这里边的忌讳,擅长这些事情的,是你们。"

陆芝在剑气长城,也是这样的脾气。她一向有话直说,要么有本事让她说好听的话,要么有本事让她别说难听话。

齐廷济微笑道:"陆先生请放心,我还不至于如此小家子气,更不会让自家的首席供奉难做人。"

陆芝难得有些笑意,凭栏远眺,缓缓道:"你们确实都很擅长入乡随俗,我就不成。"

齐廷济有些无奈,伸手轻拍栏杆,以心声道:"弟子当中,我最看好的两位嫡传之一,竟然独独钦佩陈平安,还求我这个师父,只要她跻身了金丹,就帮她去隐官大人那边求一部《丽剑仙印谱》,你说烦不烦人。"

这要怨那客卿邵云岩,吃饱了撑着,将那个年轻隐官,说成了世间少有的人物,关键是年轻英俊,偏又痴情专一。小姑娘听了怎能不动心?

男子痴情,其实才是最大的风流。

在那剑气长城,关于二掌柜,有太多精彩故事可讲,而邵云岩又居心不良,专挑好的说。

陆芝说道:"不用担心,那丫头长得太好看,真要遇见了陈平安,她会紧张得说不出话,陈平安更不会多说什么,到时候客套一句,就会两两无言,尴尬得后悔见面了。"

齐廷济大笑不已。转头望向陆芝,齐廷济突然打趣道:"陆先生,我很好奇,怎样的豪杰,才能入你的眼?"

陆芝摇摇头,转移话题:"刘蜕真要担任剑宗客卿?"

齐廷济点头道:"都不知道如何婉拒,也烦。"

陆芝笑道:"这样的烦恼,罕见。"

齐廷济趴在栏杆上,轻声感慨道:"就这样在异乡安家了啊。"

陆芝默不作声,思绪飘远,回到了家乡,想起了很多旧人旧事。

一座酒铺的墙壁上,曾经悬着一块不曾署名的无事牌,写了那么一句:陆芝其实不好看,但是腿长,中意很多年了,怎么也看不够。

虽然无事牌没有署名,但是字迹明显,大概那位剑修,其实也没想着刻意隐瞒身份。

有些远远的喜欢,总是忍不住要让人知道,才能甘心。

只是不等陆芝与那老色坯计较什么,那位每次喝酒都喜欢端碗蹲在路边的剑修,就在城外战死了。

除了那块无事牌,剑修其实一辈子也没跟陆芝说过几句话,所以如今世上没人知道,他是太喜欢她,还是没那么喜欢。

剑气长城的最后几年,人人脚步匆匆,说走就走了。

曾经有个年轻掌柜,蹭着酒,偶尔喝多了酒,反而眼神越发明亮,眉眼飞扬,说以后等他回了家乡,还要开一家酒铺,卖酒,卖阳春面,也卖火锅和臭豆腐,剑气长城的人去那边,可以破例,可以打折,可以赊账。

有人问,赊账没啥意思,可不可以不还钱。年轻人笑着说,等你们去喝酒了再说。

有人再问,沽酒小娘,能不能多雇几个,水灵得能掐出水来的。年轻二掌柜笑骂道,天底下没有这样的酒铺,还得掌柜豁了性命不要,才能挣那么点辛苦钱。

哄堂大笑。

在那尚未成为家乡的异乡,飞升城的那座酒铺还在,只是年轻掌柜不在了,曾经的剑修们也大多不在了。

邵云岩、酡颜夫人,带着几位齐廷济的嫡传弟子凑过来。

面对那位既是宗主又是师父的男人,这些少年少女,十分敬畏,反而是对陆芝,显得亲近些。

众人与齐廷济行礼过后,有个少年问道:"陆先生,能见着阿良、左右、宁姚,还有那个隐官吗?"

宁姚仗剑飞升浩然天下,龙象剑宗这边的年轻剑修,都是知道的。

陆芝摇头道:"不清楚。"

那少年问道:"隐官有一次喝高了,真敢说宁姚之所以喜欢他,是馋他的相貌,仰慕他的才华?"

邵云岩笑道:"那肯定不敢,是有人坑他。"

酡颜夫人嫣然一笑:"那可说不准,酒壮怂人胆。隐官大人什么话不敢说,什么事不敢做?两军对峙,一人仗剑阵前,剑指所有王座。"

邵云岩笑道:"你这是夸还是损呢?不然我帮忙复述给隐官大人一遍?"

她嗤笑一声:"随意啊。"

在落魄山观礼一趟后,酡颜夫人涨了不少胆识。如今按照隐官大人的"法旨",与邵云岩都成了龙象剑宗的供奉,酡颜夫人每每谈及隐官,就越发镇定从容了。

另一个少年说道:"隐官只是官职高,我还是更佩服左先生,当世剑术第一!"

有人持异议:"左先生当然很厉害,不过我觉得还是阿良更猛,毕竟是一位确凿无误的十四境剑修!"

齐廷济笑着离去,不太愿意听这些稚气议论。

浩然天下的齐廷济、陆芝。

第五座天下飞升城的陈熙、宁姚。

远游青冥天下的纳兰烧苇,重返蛮荒天下的老聋儿。

再加上阿良、左右、陈平安。

如果再算上谢松花、郦采、刘景龙、蒲禾、宋聘这些浩然天下的剑仙。

就好像天地间依旧有一座剑气长城,屹立不倒。

如今的浩然天下,其实还不太理解,曾经在剑气长城并肩作战的两位剑修之间,是怎样的一种关系。

曾经的剑气长城,就像一处世间最纯粹的修道之地。

本土剑修,是等死;外乡剑修,是送死。

若是都活下来,若还能重逢,便是知己,是生死之交。

吴霜降和刑官在容貌城一役,两个渡船外人,一场名副其实的神仙打架,殃及整条夜航船。

吴霜降压境在飞升境,与那位刑官问剑一场。

太白、道藏、万法、天真,四把仙剑仿剑,将整条渡船一斩为二、四、八、十六。

一位中年文士与闭目僧人联袂现身:"吴宫主,是不是可以收剑了?"

一条原本四分五裂的夜航船,瞬间聚拢为一,毫无异样,甚至都没有半点灵气损耗。与那座被蛮荒大祖劈成两截之前的剑气长城,有异曲同工之妙。

吴霜降微笑道:"张夫子是在教我做人?"

四把仿剑悬停四周,剑尖指向四方。岁除宫守岁人白落随之现身。

刑官单手持剑,身后高空浮现出一金色一白银两轮光晕,如日月共悬天幕,好似一双神灵双眸,照破虚空,俯瞰人间。正是这位刑官的两把本命飞剑。

刑官脸上和胸口处都有一处剑痕,鲜血淋漓,只不过伤势不重,无碍出剑。但是这场问剑,身为剑修的刑官,面对并非剑修并且压境的吴霜降,反而落了下风,是事实。

僧人睁眼,佛唱一声,抬起一手,浮现一串念珠,若是不算用以记数的隔珠,总计一百零八颗珠子,皆趋近雪白无瑕颜色,僧人轻轻捻动,仿佛每一次捻珠一圈,就能让百八烦恼随之清减丝毫。

吴霜降微微一笑,一拂袖子,从袖中抖搂出一串灿若星河的雪亮光彩,亦是一串珠子,一圈长达三丈有余,环绕吴霜降四周,只是那道家流珠,颗颗大如桐子,每一颗流珠皆蕴藉浩大道意,正圆若满月,三百六十五颗,缓缓转动,斗转星移,大道循环,周天无穷。

中年文士笑道:"吴宫主既帮助道侣还剑,还顺便多学了一门上乘剑术,又打开了渡船禁制,一举三得,应该够了吧?"

吴霜降,青冥天下十人之一。戎马书生,名将无双。大道根脚,是那兵家修士。只不过吴霜降学什么是什么,才使得这位岁除宫宫主的兵修身份,不那么显眼。

岁除宫修士人数寥寥,总计不过百余人,与岁除宫在青冥天下的地位,极度不匹配,除了岁除宫门槛极高、收徒严格之外,最关键的原因,就是吴霜降曾经有过两桩壮举——在他还是仙人境之时,一人守宗门,再一人灭宗门。

两场战事过后,一座青冥天下的一流宗门,就此覆灭,都不是什么元气大伤,护山大阵,祖师堂,连同数个藩属势力,悉数灰飞烟灭。

岁除宫根本不需要讲究什么人多势众,有吴霜降一人坐镇山头,足矣。

擅长厮杀,不怕围杀,修行路上,越境杀敌,不是一两次。精通隐匿,遁法一绝,算卦推衍更是极其高明。心思缜密,出手精准,而且还特别记仇。不出手则已,一出手就是狮子搏兔,务必一击毙命,斩草除根。

毕竟是一个连大玄都观孙怀中都要点评"阴魂不散"的修士。

这样一个难缠至极的存在,如今还跻身了十四境,哪怕是夜航船,也不愿与之结仇。

中年文士笑道:"吴宫主,渡船已经到了南海归墟。"

吴霜降笑了笑,将四把仿剑和一串流珠一并收入袖中,再收起了"笼中雀"神通,带着白落一起离开夜航船,要通过那处归墟,直接去往蛮荒天下。

容貌城内荷塘凉亭,刑官收起长剑和两把本命飞剑,落在凉亭内,僧人一闪而逝,只有中年文士站在刑官身边。

中年文士笑问道:"还好?"

刑官自言自语道:"十四境就已经如此,那么十五境?"

中年文士说道:"无法想象。"

吴霜降和白落并肩悬空,双方脚下,就是一处被蛮荒大祖打开的归墟,大门难开更难关。吴霜降低头望去,归墟呈现出大壑状。远古时代,陆地上的八方九洲大野之水,连那天上星河之水,都会浩浩荡荡,流注四座归墟。更有传闻归墟之内,有大鼋,背脊上承载着万里山河的版图,在归墟当中,依旧小如盆景。更有四座龙门分别矗立其中,曾是世间所有蛟龙之属的化龙契机所在。

吴霜降伸手一指,笑道:"咱俩运道不错,好像是两条鳌鱼。"

白落顺着视线望去,归墟大壑深处,有两条龙头鱼身的鳌鱼,长达万丈,正摇头摆尾,悠哉遨游。一条雄鱼,金鳞葫芦尾,雌鱼则是银鳞芙蓉尾,神异非凡。虽然这两条鳌鱼体形庞大,但是在那归墟深处,依旧就像江河里的两条纤细小鱼,完全可以忽略不计。

白落无奈道:"这也要跟人抢?你都是十四境了,出门在外,好歹讲一讲仙师风度。"

哪里是什么运气好,分明是天上云海中,有人正在垂钓鳌鱼,那寻常渔翁,要想从大江大湖里垂钓大物,尚且需要耗费银钱打窝诱鱼,当下这两条珍稀鳌鱼,显然是被天上那位干瘦的长眉老者引诱而来。两条鳌鱼不断摆尾上浮,缓缓靠近一颗虬珠。虬珠在归墟玄冥之水中闪烁不定,每次亮起,熠熠生辉,不过拳头大小的虬珠,光亮却照耀方圆百丈。

吴霜降抬头望去,天上云海缺口处,有个白发老者正在盘腿垂钓,手持一根苍翠欲滴的青神山绿竹鱼竿,以纯粹武夫的一口真气作为鱼线,坠入归墟深处。长眉老人在给吴霜降使眼色,大概是说别惊吓到那双鳌鱼。

吴霜降想了想,收敛气象,整个人与天地融合,白落也施展隐匿术法,不打搅那位老渔翁垂钓鳌鱼,以心声与吴霜降说道:"此人名叫张条霞,绰号龙伯,十境武夫,巅峰圆满。习武之外,只痴迷垂钓一事,性情恬淡,与世无争。只有没钱打窝了,才会跑去中土神洲挣点钓鱼钱。先前归墟洞开,张条霞离得近,近水楼台先得月,是浩然天下第一个赶来此地的人。他就在这边守株待兔,只捡取那些个头大的漏网之鱼,被他成功拦下了数头试图逃回蛮荒天下的大妖。"

吴霜降点点头:"确实已经神到,可惜就只是神到了。"

两条鳌鱼还是十分谨慎,追逐那颗虬珠许久,却始终没有咬钩,长眉老者骤然提气,被一口纯粹真气牵引的虬珠,倏忽拔高,好似试图逃窜,银鳞芙蓉尾的鳌鱼再不犹豫,搅动巨浪,高高跃起,一口咬住那颗虬珠,瘦竹竿似的老者大笑一声,站起身,一个后拽,"鱼线"绷紧,出现一个巨大弧度,只是却没有就此往死里拽起,而是开始遛起那条鳌鱼,没有个把时辰的较劲,休想将这么一条雌鳌鱼拽出水面。

吴霜降眯起眼,看了片刻,一步来到云海"岸边",站在老人身旁,笑问道:"老前辈,这条鳌鱼要是钓起来,卖不卖?怎么卖?"

名叫张条霞的老者将鱼竿抵住腹部,在云海边缘跑来跑去,一条万丈鳌鱼的力道真不小,老人一边奔跑一边哈哈笑道:"对不住,我钓鱼从来都会放生。尤其是这双道侣鳌鱼,一旦被人捕获其一,另外一条就要从此孤苦伶仃,岂不可怜?垂钓之乐,从来不在饱腹。"

吴霜降轻轻点头,表示赞同,微笑道:"真渔父。"

白落松了口气。一个不小心,这位龙伯,就要被吴霜降带着一起走趟蛮荒天下了。

吴霜降突然问道:"那个大端王朝的女子武神,是叫裴杯吧,你与她有无问拳?"

张条霞依旧双手持竿,专心与那条鳌鱼斗力,爽朗笑道:"打得过的时候,不愿意欺负个小姑娘,结果好像没过几天,就发现打不过了,找谁说理去?没法子,还是钓我的鱼吧。"

张条霞突然咦了一声,屏气凝神片刻,叹了口气,竟是主动绷断了"鱼线",任由那颗价值连城的虬珠被鳌鱼吞入腹中，两条鳌鱼，一起往归墟深处疯狂逃窜而去。如此一来，除非张条霞能够将诱饵换成骊珠龙眼之流，否则最少百年之内，是休想让它们咬钩了。

吴霜降问道："龙伯前辈，这是要去中土文庙议事了？"

张条霞点头道："礼记学宫大祭酒邀请，不得不去啊。"

对于这两位蓦然现身归墟畔的不速之客，要说张条霞不提防不戒备，就是拿性命开玩笑了。虽然他看不出对方两人的深浅，但看那份意思，最少是两位仙人。张条霞思来想去，也没找到符合形象的浩然修士，只不过长眉老者觉得自己常年在海上晃荡，对山上事，可谓孤陋寡闻，不认识也很正常，就像先前遇到的那位金甲洲剑仙徐獬，之前别说见过，听都没听过。只不过张条霞在山上素无仇家，也就只当与对方是萍水相逢一场。

活久了，见怪不怪。

可如果真要打一场没头没脑的架，张条霞还真不介意舒展筋骨，十境武夫神到境，可不是什么花架子的摆设。

吴霜降抱拳笑道："就此别过。"

张条霞抱拳还礼："有缘再会。"

吴霜降望向归墟深处，抬起手，双指掐诀，说了一句"敕令天下水裔"。

已经远去万里的两条鳌鱼竟是一个摇头摆尾，如获敕令，谨遵法旨，掉转方向，朝吴霜降迅猛游弋而至，最终掀起滔天巨浪，齐齐跃出水面，龙头鱼身的两条庞然大物，无比温顺乖巧，悬停在云海下方，好像只等吴霜降登上"渡船"，远游归墟。

吴霜降带着白落一起飘落在鳌鱼背上，潜入归墟之中，就此远游蛮荒天下。

张条霞想了想，幸好没打架。出门在外，果然要与人为善。

一位十境巅峰武夫，收起那根绿竹鱼竿后，化虹去往中土神洲。

归墟大壑内，与吴霜降各自骑乘一条鳌鱼，白落笑问道："宫主，听说青冥天下有了个'大小吴'的说法？"

吴霜降点点头："那小子只是福缘随我，其他方面，其实算不上如何相似。真正像我的，还是陆沉所说的那个年轻人。亏得不是一座天下的修道之人，不然我都要以为是跻身十四境的某种天道压胜了，比如……青蓝之争，青出于蓝而胜于蓝，一枯过后有一荣。"

白落说道："所以宫主先前在条目城的那份杀心，几分真几分假？"

吴霜降笑道："陈平安接不下那场问道，十分假也是十分真；接下了，十分真也是十分假。"

白落微微皱眉。

吴霜降说道:"那小子拿得起放得下,对此不会有什么芥蒂。何况我到底怎么个心思,他很了解。"

一个人的学问多寡,是其次,做人其实最怕拎不清。

白落说道:"仙人抚顶,授长生箓。"是说那客栈内,吴霜降临行之前,看似轻描淡写,随便轻拍了一下小水怪的脑袋。

于修行并无太大裨益,却是一张货真价实的保命符。可能吴霜降还有更多的深意,白落就懒得去刨根问底了。

吴霜降会心一笑:"陆沉有些算计,光明正大,没有藏掖,那我就遂了他的愿。"

涉及白玉京三掌教,白落就不去闲聊什么了。

吴霜降问道:"知道陈平安这次最大的收获是什么吗?"

白落摇头。

吴霜降微笑道:"是终于有人能够证明,他所走的那条道路,是对的。非但不是什么羊肠小道断头路,还是一条前边已经有人走过的登顶之路,只是道路稍显弯绕了些。"

吴霜降仿佛说了一句谶语:"所以等着吧,此后百年,陈平安的修行,方方面面,都会突飞猛进。"

"这么看好陈平安?"

"我只是看好每一个吴霜降。"

吴霜降突然笑了起来,像是想到了一件好玩的事情。

白落有些疑惑。

"是学官大祭酒邀请的张条霞,那么你猜是谁邀请的陈平安?"

"一正两副,三位文庙教主之一?难道是与文圣关系最好的那位董夫子?"

吴霜降摇摇头,没有给出答案。

这位十四境大修士,骑乘鳌鱼,远游天地间。他之所见,就是心中道侣未来所见。

吴霜降双手负后,开始闭目养神,心中笑语一句:道高一尺,魔高一丈。

北俱芦洲,趴地峰。

张山峰终于成功跻身了观海境,即将破境出关。

这个年轻道士,还需要几个时辰稳固境界。他的师父,就在洞窟仙府外边护道,轻声默念道:"一门蛰龙法,先睡心,再睡眼,后睡神。睡眠是大归根,吐纳是小归根。在呼吸吐纳当中,能够凝心神为一粒芥子,又是上归根,此乃大物芸芸,各复归其根……"

一位飞升境巅峰的火龙真人,白云、桃山两脉,指玄峰袁灵殿的师兄,加上太霞一脉新任山主,都在洞窟门外为一位洞府境修士护道……

他们早早摆了一张大桌,酒水,佐酒菜,一大盆仙家蔬果,在这边静候佳音。

桃山一脉的师兄，正色道："小师弟破境不俗，相当不俗，气象万千。可喜可贺。"

可事实上，张山峰的破境，真没什么气象可言，只是磕磕碰碰地跻身了观海境。

老真人抚须而笑，"你们小师弟的相貌气度，终究是要胜过陈平安一筹，没什么好否认的。"

白云一脉的师兄，埋怨道："师父，这种明摆着的事实，说出口就无甚意味了，无须说的。"

袁灵殿本想附和师父几句，给师兄抢先，再一思量，觉得还是师兄这番话道行更高些。

老真人轻轻点头："倒也是。"

"小师弟在修行路上，能够稳扎稳打，始终道心澄澈，殊为不易。"

老真人闻言微笑点头。

袁灵殿想要说一句"是师父教得好"，不承想有师兄又来了一句："其实小师弟最大的本事，还是挑师父的眼光。师父，恕弟子说句大不敬的言语，也就是师父运道好，才能收取山峰当弟子。"

袁灵殿顿时没话说了。

老真人感慨不已："有一说一，确实如此。"

那家伙拿起空酒杯："冒犯了师父，弟子必须自罚一杯。"

老真人将自己身前一坛青神酒，推了过去："一杯不够，自罚三杯。"

袁灵殿就像是个来这边凑数的外人，完全插不上嘴。他娘的早知道在那落魄山，跟陈平安虚心请教一番了。

落魄山那边，风气丝毫不比趴地峰逊色，从山主到弟子学生，再到供奉客卿，一个比一个会说话。

火龙真人突然站起身，说道："得立即走趟文庙，这次就不带山峰了，熟人太多，容易露马脚。你们几个记得护着点。"

几人纷纷起身，稽首恭送师尊远游中土。

火龙真人斜眼看着那个好似哑巴的袁灵殿："说你呢！"

袁灵殿无言以对。

老真人一闪而逝，跨洲远游，没办法，山头穷，买不起跨洲渡船，就只能靠这点微末道法了。

中土神洲，一座圣人府。

其中一支圣人后裔，就世代居住在此。

这座亚圣府，占地一百八十多亩，房间四百余间。附庙而居，府邸旁边，就是香火鼎盛的亚圣庙。

一个汉子御风飘落在府邸门口，选择徒步而行。一位府上老管事在门外台阶下，等候已久，见着了那汉子，赶紧快步向前。

两人一起走入家中，红边黑色油漆大门，嵌着狻猊，大门上方高悬蓝底金字的"亚圣府"牌匾，是礼圣亲笔手书。

绕过一堵雪白影壁，第二道门，就是仪门了，两边各有两幅彩绘门神，皆等人高，是功业无瑕的武庙十哲之四。

有些沉默的汉子，和老管事从掖门走入，路过一幅亚圣挂像，两侧悬对联：立天之道曰阴曰阳，立人之道曰仁曰义。

大院中古树参天，绿意葱郁，还有一座高出院落的方形露台，两侧竖立有夔龙石栏和青砖花墙围护的丹墀，东南角设置有日晷，西南角设有嘉量，居中一座五楹正厅，即亚圣府的"大堂"，堂匾是龙边金字的"七篇贻矩"，当然又有楹联。二堂之后是三堂，是亚圣处理家族事务的"齐家"之地。

汉子略作停步，望向一副对联，之所以在此停步，不是在府上数十副对联当中对此情有独钟，而是他从小到大，除了家族祠堂，就数在这边受罚次数最多，下联内容：振家声还是读书。

再往后，就是这座圣人府的内宅了，所以在这道大门右侧，有那露出墙外的石流，因为内宅女眷用水，都需要挑夫在此将水倒入石流，那边就有婢女负责接水。

阿良拍了拍老管家的胳膊，笑言几句，然后单独步入其中。

一路上，亚圣府后裔弟子们，遇到那个汉子后，都立即停步，恭敬作揖行礼，阿良也会一一作揖还礼，或询问或勉励几句。

阿良入了内宅，不去住处，而是穿廊过道，径直去了最靠后的花园，花园中有那俗称大麦熟的花丛，其实它有个很美好的名字：蜀葵。

曾经有个孩子，书也读，但是更喜欢练剑，就经常在这里拿树枝与蜀葵问剑。

当年谁都没有想到，这处规矩最重的圣人府，以后会有个名叫阿良的剑客，一直出门远游，不太喜欢回家。

阿良坐在花园台阶上，隔着不算远，就是家塾书院了，年复一年，圣人之言，在那边起起伏伏，有背诵，有问答，有辩论。

外人很难想象，每次回到家中，阿良就是如此正儿八经的样子。

可能真要见着了，才会猛然惊觉一事，这个走哪儿都一副吊儿郎当模样的汉子，其实是亚圣嫡子，是个名副其实的读书人。

没有人知道，为什么阿良会与文圣一脉打成一片。又为什么会成为一个以剑客自居的剑修，为什么那么喜欢浪迹江湖。为什么会去剑气长城，会去青冥天下。

阿良双手轻轻拍打膝盖，哼着小曲儿。他准备去换一身儒衫，然后就去中土文庙那边找熟人耍去。

朋友遍天下,就有一点好,喝酒不花钱。

亚圣府大门外,一个风尘仆仆的年轻儒士,身边跟着个腰悬文庙所颁发玉牌的黄衣老者。

正是李槐和扈从,如今老人又换了个道号:嫩道人。

李槐远远看了眼气势威严的亚圣府大门,咽了口唾沫,不太敢靠近,让他去敲门,更是没胆子。

有些后悔,早知道就陪着大半个师父的老瞎子去中土文庙那边了,不然只要找到了李宝瓶和茅夫子,万事好说。

那条飞升境的嫩道人比李槐更紧张,小声说道:"公子,我觉得吧,那个阿良肯定不在家中。"

李槐背竹箱,手持行山杖,试探性说道:"那咱们就直接去文庙那边等着?"

年纪当真不小了的那位嫩道人,搓手点头道:"这敢情好。"

不料大门那边,快步走出一个穿上一身儒衫、竟然有那么点人模狗样的汉子。

那汉子见着了李槐和那条飞升境,大笑道:"哟,这不是李槐大爷嘛,没小时候俊俏啊,那会儿多好,虎头虎脑的。"

李槐招了招手。阿良走在大街上,李槐大步走去,突然将手中行山杖交给身后步履沉重的嫩道人。

几乎同时,相隔五六步远,李槐与阿良停步,

双方摆开拳架,然后两人开始绕圈圈,阿良一个蹦跳,左拳换右掌向前递出,李槐一个蹦跶,拧转腰杆,神色凝重,拳高莫出。看得那位嫩道人差点没挖个地洞钻下去,那俩人脑子有坑,老子反正一个都不认识。

俩人轻喝一声,同时小碎步向前,开始搭手,你来我往,动作极其缓慢,但是都有那拳若奔雷、力可劈砖的气势。

嫩道人真心遭不住了,转过身,打量起街上一旁的店铺。

两人蓦然抱在一起。

李槐大笑道:"阿良兄!"

阿良大笑道:"李槐老弟!"

各自后退一步,阿良压低嗓音问道:"如今当你姐夫,还有没有戏?"

李槐白眼道:"没戏了,我姐嫁人了,是个读书人,比你个头高。"

阿良怒道:"你也不拦着你姐?!就眼睁睁看着你姐错过一位良配?!"

李槐嘿嘿笑道:"阿良,你好像又矮了些啊。"

阿良摸了摸脑袋,哀叹一声。

李槐说道:"没关系,你可以回家一趟,往靴子里多垫些棉布。"

阿良眼睛一亮:"李槐老弟,奇才啊!"

阿良觉得此事可行,心情大好,再转头望向那个悻悻然的嫩道人,满脸惊喜,使劲抹了把嘴:"哎哟喂,这不是桃亭兄嘛。"

那条飞升境,觉得自己悬了。

李槐这小子还讲点良心,但是眼前这个阿良,是真会吃上一顿狗肉火锅的。

大端王朝,京城一处城头上。

一位男子身穿龙袍,满头霜白。

身边有一位个子极高的女子,腰间悬佩一把竹鞘长剑。女子武神,裴杯。

还有一位白衣青年,曹慈。

裴杯一共有四个嫡传,所以曹慈除了那个山巅境瓶颈的大师兄,还有两位师姐,年纪都不大,五十来岁,皆已远游境,底子都不错,跻身山巅境,毫无悬念。

而且这个看似评价一般的"不错",是相对于曹慈这位师弟而言。

大端王朝的武运,确实很吓人。用中土神洲的山上说法,就是这大端王朝,是开那武运铺子的吧。

当年曾经与裴杯一起远游倒悬山的皇帝陛下,已经是一位迟暮老人了。

他望向裴杯,自嘲道:"裴姑娘瞧着还是当年的裴姑娘,我其实比你年轻很多啊,却老了,都这么老了。"

裴杯笑了笑。

他说道:"那我就不耽误你和曹慈去文庙议事了。"

裴杯点点头。

他突然说道:"这辈子还没摸过裴姑娘的手呢。"

曹慈默默离去。

裴杯拍了拍老人的胳膊,说道:"很高兴,能够遇到陛下。"

老人反手拍了拍女子的手背,微笑道:"好的。"

这位皇帝陛下,突然有些遗憾,问道:"如果那个年轻隐官也去议事,那咱们曹慈,是不是就不算最年轻的议事之人啦?"

裴杯笑着点头,其实她没觉得这算个事。

老人转头望向那个好似"无瑕"的白衣青年,问道:"曹慈,不如我帮你修改年龄,反正大一岁,小一岁,在大端这边都无所谓的嘛。"

曹慈站在远处,与那个孩子气的老人,遥遥抱拳笑道:"陛下,还是算了吧。"

老人有些失落。

文庙北边的那座临时渡口。

浩然天下最大的一条"雪花"渡船，都无法靠岸，只能持续耗费灵气，不断吃那神仙钱，悬在高空中。反正渡船主人，也不在意这点损耗。

在渡船和渡口之间，出现了一道长达千丈的青云桥道，又是吃钱的手段。

众人缓缓走下，一位穿着打扮都很素雅的妇人，正在与身边年轻人念叨，说趁着这次机会，好歹见一见那位仙子姐姐。那个姑娘是山上女子嘛，百来岁的年龄，真不算老。

一家三口，皑皑洲财神爷刘聚宝夫妇，嫡子刘幽州。

别人是辛苦修行，如今刘幽州要忙的，就只有一件事，被爹娘逼着与人相亲。

相亲过后，次次不成，刘幽州的理由也很多：那位姑娘，境界太高，年纪轻轻的玉璞境，凭啥看上我这么个修行废物，可不就是奔我那点私房钱来了。

她长得也太好看了，跟画里走出一位神女似的，我配不上，只能远观。

她嫌弃我的画技不入流，不是一类人，聊不到一块去。修道之人，岁月悠悠，每天同床异梦，会出事。

爹着急，娘亲更急。

刘聚宝是想着刘幽州这根独苗，总该帮着家族开枝散叶了。

而刘幽州的娘亲，想法有些不同寻常，她总觉得生了个这么俊俏出息的儿子，不拿出来显摆显摆，她跟那些妖艳货色的女修朋友聊天，不得劲。

这位刘氏夫人，在浩然山上，是出了名的一掷千金，任何稀有的法袍衣裙，漂亮的发钗首饰，昂贵的胭脂水粉、梳妆台、信笺、眉笔，仕女图……只要她出手购买，价格最少能翻一番。所以所有做女子生意的山上势力，每次有了新鲜样式的货物，都会主动寄给皑皑洲刘氏，瞧不顺眼的，就退还，顺眼的，她就高价买下。

白送？瞧不起谁呢。

妇人与她那些朋友，最大的兴趣之一，就是评点山上大修士和年轻俊彦的道侣。

那婆娘，妖里妖气的，一看就不是个正经的妇道人家。

乡下姑子模样，越丑越爱簪花，花里胡哨的，兜里没钱才把钱穿身上。

别看她长得挺水灵，颧骨高杀夫不用刀，狠着呢。

蝎子驮马蜂，这对男女真是绝配。

他俩别看现在卿卿我我，如胶似漆，等着吧，其实拴不到一个槽上。

刘聚宝也不管自己媳妇这些私底下的嚼舌头，反正就是十几个老娘们有事没事，找个由头聚一起叽叽歪歪，言谈内容，也传不到外边去。

妇人拉起儿子的手，柔声道："儿子啊，有钱人家找媳妇，知道找啥样的吗？"

刘幽州有些心不在焉，敷衍道："我哪里晓得？"

妇人自顾自说道："太漂亮的女子，不是红颜祸水，就是红颜薄命。千万别找啊。

"首先，是真喜欢你的。其次是有孝心的，能把公公婆婆真当自己爹娘看。最后，她眼里得有钱,又不至于掉钱眼里去,不然就是个败家娘们。当然了,儿媳妇再大手大脚,咱家也败不下去,可问题是糟心啊,山上的长舌妇那么多,最喜欢背后嚼舌头,什么难听话没有?我说别人行,别人说我,万万不成。

"找岔了,一灾压百富,多大家业都守不住。可只要找对了,就是一福压百祸。"

刘幽州可以不听,但是皑皑洲的刘氏财神爷,就只能耐心听着妇人的碎碎念叨,他根本没说话的份,关键还不能左耳进右耳出,

时不时就有一场考校,方才第三句说了啥?一着不慎,妇人就要泫然欲泣,埋怨他心野了,一出门就心不在焉,心里边没有她这个黄脸婆了,家花不如野花香。

妇人最后收敛神色,轻声道:"幽州啊,娶媳妇,一定要娶个好心的姑娘,那才是真正的福气,世间头等的招财进宝。"

刘幽州点点头:"娘亲虽然没读过书,说话还是很实在的。"

妇人拍了拍儿子的手背,"咱们幽州这么会说话,怎么就找不着媳妇呢?没天理了。"

刘聚宝点头附和。

妇人记起一事,叮嘱道:"去桐叶洲做什么?别去啊,乌烟瘴气一地儿,没啥意思。"

刘幽州无奈道:"娘,能不能别这么念叨了。"

妇人取出一块帕巾,擦拭眼角。刘幽州只得安慰起来,好说歹说,才让娘亲不用辛苦挤出眼泪来。

刘幽州没来由想起一个在雷公庙遇到的姑娘。

一艘云中穿梭的渡船,去往文庙西边渡口,离着大概还有数千里山水路途。

相较于皑皑洲刘氏的那条渡船,显得十分寒酸。但是这条从扶摇洲动身的渡船,所过之地,路上无论是御风修士,还是别家渡船,别说打招呼,远远瞧见了,就会主动绕路,唯恐避之不及。

原因很简单,白帝城。

今天这条渡船之上,除了白帝城城主郑居中,还有重新入主琉璃阁的柳赤诚,身穿一袭粉色道袍,以及柳赤诚那位脾气极差的师姐,韩俏色。

这位师姐,是城主之外,公认白帝城资质最好的修道之人,曾经立誓要学成十二种大道术法,结果如今才学成十种,问题是最后两种,尤其艰难。

郑居中此次离开扶摇洲,重返中土,只带了两个嫡传。

大弟子,名为傅噤,剑修,本命飞剑,秋蝉,腰悬一枚养剑葫芦。傅噤与师父,皆是雪白长袍。

小弟子,顾璨,身穿一袭青衫,眉眼温和。

他那师姑韩俏色,此刻就站在顾璨一旁,正在小声与顾璨说那些浩然山巅的奇人

异士，谁与白帝城关系不错，谁与白帝城有仇怨。

韩俏色唯一的那点好脾气，好像都给了师侄顾璨。

先前顾璨在扶摇洲，找到了一处远古破碎小洞天的遗迹，正是她在暗中护道。只不过从头到尾，她都没有机会出手。

渡船上，还有个战战兢兢、一口大气都不敢喘的柴伯符。沾那顾小魔头的光，柴伯符历经千辛万苦，到了白帝城后，鸡犬升天了，虽说没能一举成为白帝城祖师堂嫡传，但当上了记名弟子，柴伯符的那份感激涕零，发自肺腑。毕竟天下山泽野修，谁不将彩云间的那座白帝城视为心中圣地，就像读书人眼中的文庙。

柳赤诚带着柴伯符来到顾璨房间，只因为没敲门，就被观景台那边的韩俏色赏了一记道法。柳赤诚还好，柴伯符已经瞬间倒地，躺在廊道血泊中，挣扎着坐起身后，都不用柳赤诚安慰半句，独自起身，返回屋子养伤。

大道修行，登天不易，不吃苦怎么成，习惯就好。

乖乖敲门之后，柳赤诚晃动双袖，走入屋子，来到观景台那边，趴在栏杆上，转头笑道："师姐，这次说不定可以遇到流霞洲那个芹藻哦。"

韩俏色冷笑道："狗屁仙人，见着了阿良一个屁都不敢放，怎么当的狗。"

柳赤诚满脸殷勤笑问道："师姐，不如我拉上顾璨，一起会会那芹藻？"

真要出了事情，有师兄担待着，怕个卵的怕。何况那个芹藻，就是个纸篾仙人，空有境界，没啥真本事，不然流霞洲南边战场，芹藻岂会毫无建树，比起他那师妹、擅长战场厮杀的仙人葱蒨，差了可不止一点半点。以至于一宗之主，都没资格参与议事。

韩俏色瞬间眼神凛冽。

柳赤诚立即举起双手："好好，师弟保证不拉上顾璨一起闯祸。"

白帝城韩俏色、柳赤诚这些辈分高的，本就是郑居中代师收徒，而那个所谓的"恩师"，从未在白帝城现身过，所以郑居中对柳赤诚这些修士而言，就是半个师父，半个师兄。既有师兄之名，也有师父之实。

中土神洲的白帝城，与青冥天下的岁除宫，十分相像。

吴霜降降下法旨，人人愿意赴死。在白帝城，结果一样，不过原因稍有差异，是人人不敢不赴死。

郑居中操控人心的手段，登峰造极。

作为当之无愧的魔道第一巨擘，郑居中在那扶摇洲战场的所作所为，被誉为"一人收官一洲山河"。所以如今山巅有个说法，宁肯与刘叉问剑，也别去与郑居中问道。

顾璨对此深有体会。

前些年，他重返了一趟"书简湖"，被迫一次次更换身份：宫柳岛刘老成，青峡岛刘志茂，昔年师姐田湖君，云上城的一个书铺掌柜，那少年曾掖……

柳赤诚趴着，哈欠连天，转过头，脸颊贴着栏杆，笑望向顾璨。

白帝城，"狂徒"顾璨。

在柳赤诚眼中，这个小师弟，是极为出彩的年轻儒生模样，身材修长，面如冠玉，满身书卷气。虽然有那"狂徒"的绰号，但是这个年轻人，无论是神态，还是言行，全然没有一点狂狷气。

在顾璨离开"书简湖"后，郑居中亲自赐下一枚符印给这位嫡传弟子，边款篆刻有"云游五岳东道主，拥书百城南面王"。底款印文为"吾心悖逆"。

柳赤诚咦了一声："哪家神仙，胆子这么大，竟敢主动靠近咱们这条渡船？"

顾璨举目远望，是一条水运浓郁、建有雕梁玉栋的仙家渡船，极为精巧。

韩俏色作为仙人境修士，要比顾璨目力更好，轻声笑道："是渌水坑的那个肥婆娘，骤然高位，就摆起阔来了。"

渌水坑青钟夫人，从偏居一隅的大妖，横空出世，崛起极快，如今名义上掌管着浩然九洲的陆地水运，而且还是礼圣钦定的身份。从文庙到山上，也就都没什么异议了。

说来奇怪，除了几大儒家文脉，以及诸子百家的老祖师，礼圣几乎从不对浩然天下的山巅修士，说什么对错，讲什么规矩。

是真的不管。

如今这位青钟夫人，真是做梦一般，每天都有恍若隔世之感，自个儿怎么就摇身一变，成了礼圣封正的陆地水运之主？

而她对郑居中，确实心存感激，好像没有这位白帝城城主，就遇不上那位表面上柔柔弱弱的女子，就会错过那场大战，说不定还要站错阵营，然后哪天一个不小心，就要被火龙真人那个老王八蛋几巴掌拍个半死……每每想到这里边的天壤之别，她就对郑居中更加感激一分。

半死不活的柳赤诚突然站得笔直，啧啧称奇道："巧了巧了，渡船上边，竟然还有百花福地花主，四位命主花神都在呢，五位神仙姐姐，美极了，各有千秋，大饱眼福，只是不知有无机会眼福变艳福……"

韩俏色嗤笑道："想要艳福还不简单，你一头撞上去，渡船那边的山水禁制，你撞不开，我可以帮你。"

柳赤诚是真有这个念头。

那条渡船逐渐靠近。

顾璨遥遥抱拳行礼，也不管渌水坑青钟夫人和百花福地五位娘娘看不看得见，放不放在心上。

韩俏色微微一笑。

如此一来，柳赤诚就没脸跑去寒暄了。

郑居中并未露面，大弟子傅噤倒是现身了，其中一位命主花神，神色复杂，痴痴望向那个曾经被浩然天下视为"小白帝"的傅剑仙。

而那位福地花主，姿容绝色，仪态万方，身穿一件锦绣法袍，绣百花。她饶有兴致地望向那个声名鹊起的年轻修士，顾璨。只见他文质彬彬，温文尔雅，一身由内而外的书卷气，怎就是那"狂徒"了？

正阳山的祖师堂议事，千年以来，从未如此频繁。

今天议事完毕，一位女子祖师在一道道剑光依次亮起过后，这才御风离开祖山，返回自家山头，都没个伴儿。

其间她路过了合称眷侣峰的大小孤山。大小孤山一直闲置，不曾开峰，因为正阳山太久没有一对剑修道侣，能够联袂跻身地仙了。

曾经名动一洲的仙子苏稼，最有希望在此修道，可惜大道无常，三十年过后，许多如今刚刚入门的年轻弟子，再听说这个名字，都要一脸茫然了。

然后她绕过了仙人背剑峰，先前她还专程停下身形，她不是剑修，却依循祖例，恪守规矩，单手掐剑诀，低头遥遥致礼。只是低头之时，这个名叫田婉的女修，泛起一丝冷笑。再抬头，她又已经是肃穆神色。

这座山峰，高度仅次于祖山，山巅插有一把正阳山开山老祖的遗物长剑，品秩不高，并非半仙兵，但是意义重大。

那位祖师爷立下一条铁律，只有等到正阳山的后世剑修成为百岁剑仙，才可以取走这把长剑，重新放入祖师堂，可谓用心良苦，所以此地又名剑山。

正阳山的护山供奉，白猿袁真页，就常年在这座背剑峰修行，作为远古后裔的搬山之属，袁真页有个好名字，山中真页，寓意"巅"。随着正阳山成功跻身宗门，这头白猿的身份地位，也水涨船高，故而每次袁真页在别处山头偶尔现身，门内弟子们一声声"搬山老祖"，喊得震天响。

有小道消息开始在山上流传，搬山老祖其实很快就是惊世骇俗的上五境修为了，所以也有不少年轻修士，干脆就尊称其为搬山大圣。

宝瓶洲第一位上五境的五岳山君，是披云山魏檗。那么自家这位护山供奉，就会是第一位精怪出身的上五境修士。

正阳山的人心，从未如此凝聚，修士的精气神，从未如此激荡昂扬。

哪怕只是一个刚刚进入山头的外门子弟，哪怕只是一个懵懂无知的少年少女，都开始觉得曾经广袤无垠的宝瓶洲，好像一下子就变得很小了。他们的视野和心思，会飘去剑修如云的盟友北俱芦洲，会飘去南边那个处处废墟好像一个破败篓子的桐叶洲。

守得云开见月明，是说那风雷园的李抟景死了。

如日中天，是说正阳山不但跻身了宗字头，还在着手打造下宗，虽说好像有些坎坷，但是没有谁怀疑正阳山一定会拥有一座名正言顺的下宗。放眼整个宝瓶洲，连那山上执牛耳者的神诰宗，都无法拥有一座下宗。

如今正阳山的好事者，最喜欢评点一洲风云人物，山上越来越多的年轻修士，都由衷觉得那李抟景也就是幸好死得早，不然肯定晚节不保，迟早会被正阳山的某位年轻剑仙轻松击败。

田婉返回茱萸峰。她的修道之地，十分简陋，就是位于山坳中的一处雅静庭院，都不在视野开阔的山中高处。

她在正阳山祖师堂的座椅位置很靠后，管着正阳山很清水的山水邸报和镜花水月。其实名义上田婉也执掌情报一事，只是早就被祖师堂掌律一脉给架空了，她没资格真正插手这档子事，只有等到出了什么纰漏，再把她拎出来就是。

所以田婉是正阳山最没有存在感的一位祖师堂成员。祖师堂内，有她不多，没她不少。

没教出什么剑术超群的得意弟子，也没什么话语权，只是守着一座访客寥寥的茱萸峰，都说山不在高有仙则灵，可怜茱萸峰，因为田婉，得了个"鸟不站"的说法。

可她也是那位"言尽天事"邹子的师妹。还是某一处秘密议事的二十人之一。

在那一处无须修士亲至的山水秘境当中，三山福地万瑶宗的宗主、那个仙人境修士韩玉树，资历浅，座椅位置，倒数第二，只比位置垫底的琼林宗宗主稍好，每次议事，这两位，完全说不上话，几乎只能听命行事，很难与谁讨价还价。

最近几十年内，还吸纳了一拨年轻人，筛选极为严格，某人哪怕只是成为候补之人，就需要某位在座之人的推荐，以及最少半数人的点头认可。出现了任何差池，就有极为严重的连带责任。

比如北俱芦洲的徐铉，那个大剑仙白裳的唯一弟子，是由琼林宗宗主推荐。还有流霞洲的梦游客，夜航船上化名邵宝卷的容貌城城主，是刑官推荐。

以及某种意义上，第一个揭开大战序幕的人，此人来自桐叶洲。正是他无意间撞破了扶乩宗的那个隐患。在那之后，牵一发而动全身，才有了太平山变故，君子钟魁身死，沦为鬼物，背剑老猿被太平山老天君重伤，还有一个身份隐藏极深、与那浣纱夫人有些牵扯不清关系的年轻道士，最终这两头大妖，又不幸被观道观老观主寻见踪迹，后者身魂两分，被丢入藕花福地。

只不过这些年轻人，如今都还是候补身份，暂时无法参与议事，更不清楚上边二十人的身份。

田婉开启宅子的山水禁制，步入其中，在正屋焚香后，坐在蒲团上，从袖中摸出一只签筒,神情凝重,轻轻摇晃,摔出一支竹签,拈起一看,松了口气,虽然不是上签,却也不好不坏,中下签,她很知足了。上次的抽签结果,差点让她道心失守,竟是一支下下签。田婉不得不借助师兄留下的一道护身符,帮忙更换运势,果不其然,时来运转,出现了生机,虽说依旧凶险,可是她自有应对之策。

田婉收起那枚竹签入袖,打烂签筒,然后闭上眼睛,下意识伸手拈住手腕上的红线,片刻之后,猛然起身,身形瞬间消散。

茱萸峰人去山空,正阳山再无祖师田婉。

一位老妪,乘坐一条去往老龙城的渡船。

一位少女,则登上一艘去往牛角山渡口的渡船。

人生到处,雪泥鸿爪,有过痕迹,又不久留。这就是田婉的修道宗旨。

还有一位姿色平平的妇人,先是在茱萸峰呵气结云,凭借阵法,缩地成寸,在宝瓶洲中部一片雨云中,与一场滂沱大雨一同落在人间大地。雨滴凝为人形,她悄然来到旧朱荧王朝的一处藩属小国郡城,找到了那坊间书铺中,化名何颓的苏稼。

作为苏稼的登山修行领路人,最早的传道恩师,田婉似乎要来这里与苏稼道一声别。

因为大雨缘故,天地灰蒙,撑伞都难行走,书铺生意比以往要冷清许多,田婉收起油纸伞,何颓蓦然抬头,满脸惊喜。

只是田婉心中幽幽叹息一声,转头望去,一个身穿青衫布鞋的修长男子,面容年轻,却双鬓雪白,手撑雨伞,站在铺子门外,微笑道:"田姐姐,苏仙子。"

田婉终于明白为何先前卦象签文,会是下下签了——原来是这个桐叶洲的姜尚真,好死不死盯上了自己。

姜尚真站在门槛上,收起雨伞,轻轻将雨水甩至门外,抬头笑道:"我叫周肥,落魄山供奉,首席供奉。"

姜尚真也不再看那田婉,视线越过妇人,直愣愣看着那个化名何颓的苏稼:"苏仙子,听没听说过镜花水月的一尺枪和玉面小郎君。他们两个,曾经争吵你与神诰宗的贺小凉,到底谁才是宝瓶洲的第一仙子。一尺枪虽然觉得是贺小凉更胜一筹,但是他也很仰慕苏仙子,当年远游他乡,原本打算是要去正阳山找你的,可惜没能见着苏仙子,被荀老儿引以为憾。"

姜尚真斜靠大门:"在我看来,贺仙子已是山巅人,越发仙气飘飘,苏仙子却是出淤泥而不染,两种人,一般好。"

就像个登徒子,打情骂俏来了。

苏稼一头雾水,不知道眼前这个男人,到底是何方神圣,为何怪话连篇。

田婉突然大笑道:"姜老宗主莫不是以为胜券在握了?"

姜尚真目瞪口呆，以雨伞指向那妇人，颤声道："你你你……"

田婉反而觉得有些不妙了。

一条渡船上，老妪转头望向屋门那边。

一个白衣少年以合拢折扇轻轻敲门，轻声道："千里姻缘一线牵。"

另外那条去往老龙城的渡船上，一个"姜尚真"则斜靠栏杆，站在那个在船头赏景的少女身旁："只羡鸳鸯不羡仙。"

书铺这边，田婉蓦然又一笑："姜尚真与崔东山联手，好像也不过如此。"

姜尚真摇摇头，眼神幽怨道："田姐姐你可以瞧不起我，但是不能瞧不起我那崔老弟。"

宝瓶洲东海之滨，邻近齐渎入海口。

山野之中，一位樵夫缓缓而行，一棵树上，白衣少年坐在树枝上，双手抱住后脑勺，懒洋洋道："落叶西风时候，人共青山都瘦，长恨此身非我有。"

宝瓶洲西边大海中，一位背剑男子辟水远游，转头望向不远处，满脸笑意："不如怜取眼前人。"

书铺里的妇人，怔怔无言，她不敢赌命。

姜尚真笑道："大概这就是，相见时难别亦难？"

妇人深吸一口气："要如何处置我？"

姜尚真安慰道："放心，我家山主，最是怜香惜玉了！"

龙须河畔的铁匠铺子。

圆脸姑娘坐在檐下竹椅上，目不斜视，望着远处的龙须河，轻轻喂了一声，算是打招呼了。

一旁嗑瓜子的刘羡阳立即转过头，笑脸灿烂道："啥事？只要是余姑娘发话，小生定当赴汤蹈火，在所不辞！"

化名余倩月的棉衣姑娘，随口问道："蟾宫折桂，知不知道是什么意思？"

刘羡阳半蹲弯腰，手拎竹椅，连人带椅子一起往赊月那边挪了挪，也没太过得寸进尺，免得唐突佳人，哈哈笑道："说那科举中第金榜题名嘛。余姑娘，真不是我吹牛，陈平安那个小王八蛋的落魄山上，有个叫曹晴朗的读书人，年纪不大，很正儿八经一人，在家乡福地那边，早些年前，不过少年岁数，就连中三元！到了这边，还是厉害得很。这不前些年曹晴朗进京赶考，就成了榜眼，大骊王朝的榜眼！这分量，啧啧……"

赊月耐着性子听了半天刘羡阳的胡扯，终于忍不住疑惑道："你与我说这些做什么？听着跟你也没一枚铜钱的关系啊。你到底要吹什么牛？"不过跟刘羡阳聊天有一点好，这家伙最敢骂那个落魄山山主。

刘羡阳笑着瞥了眼余姑娘,再眨眨眼,见那余姑娘好像是真没听明白,刘羡阳只得咳嗽一声,开始解释其中的缘由:"实不相瞒,曹晴朗的科举制艺本事,不敢多说,至少有一半是我的功劳,因为我每次去落魄山那边串门,都要与这孩子聊些治学心得。余姑娘,你是知道的,论行万里路,我比那个小王八蛋,只是略逊一筹,可要说读万卷圣贤书,呵,我是这个,陈平安就是这个。"刘羡阳说到这里,伸出大拇指,指向自己,再跷起小拇指,指了指落魄山方向。

好像聊着聊着,就把正事聊没了。

赊月也没觉得有什么不对,反正她在这边,也没个正事可做。在这异乡的日子,就跟那条龙须河差不多,晃晃悠悠。

她突然轻声说了句,依旧像是在自言自语:"老鸭笋干煲挺好吃的。"

刘羡阳有些难为情:"鸭子不便宜。"

赊月问道:"捡颗河边石子,也要花钱?"

刘羡阳笑容尴尬,最近在河边找鸭子越发难了。

赊月犹豫了很久,还是忍不住问出心中的最大疑惑:"为什么陈平安那么怕你?"

那个家伙,真是天不怕地不怕的主儿,都敢合道半座剑气长城,跟龙君当邻居,还要面对文海周密的算计,一个人守了那么些年,还给他活着回到家乡。

刘羡阳背靠椅子,伸长双腿,伸了个懒腰:"那也不叫怕吧。"

赊月问道:"那算什么?"

刘羡阳想了想,说道:"不好说。陈平安是一个很奇怪的人,打小就是,很难理解他到底是怎么想的。跟宋搬柴当了那么些年的邻居,也没占过半点便宜,甚至都不会羡慕。你说他什么都不在乎吧,也不是,自我认识他起,陈平安每天就合计着怎么挣钱。我就纳了闷了,那么着急挣钱做什么?那会儿刚成了窑口学徒,小小年纪的,一枚枚铜钱都只差没帮忙取名字了,可也不像是攒媳妇本啊,当年陈平安就是个什么都不懂的榆木疙瘩,听墙脚都不会。"

赊月更加疑惑:"你们两个,这么不一样,怎么混一块去的?"

刘羡阳笑道:"当年在泥瓶巷,陈平安等于救过我一命。我脸皮薄,从没说过谢谢,就换个法子,跟他说,这边只要跟着我混,保管吃香喝辣。不过陈平安当了学徒后,就已经吃喝不愁了,反而是我,花钱大手大脚的,每次领了工钱,不是请客,就是瞎买,所以还要经常跟他借钱花。他记账也记账,一笔一笔,那会儿就有点账房先生的样子了,可就是从没开口跟我讨过债。"

赊月眨了眨眼睛,转过头问道:"都清楚记账了,肯定还是会想着你哪天能还钱吧?"

刘羡阳摇摇头:"余姑娘,你这就不懂了,他记账,只是记自己挣过多少钱,真心从没想着我还。陈平安借过很多窑工、学徒钱，好像从一开始，也都没想着他们还，能还是最好，不还也不问了。但是有一点，我跟所有人都不一样，我不还钱，下次借钱，陈平安依旧毫不犹豫，有多少给多少，可是别人，只要有一次借钱不还，陈平安不管被人说什么，就要在心里边记账了，至多再借一次，在那之后，他就打死不借钱了，一枚铜钱都不给。"

赊月扯了扯嘴角，哟，这也能拿来炫耀啊，脸皮够厚，不愧是读书人。

刘羡阳笑道："给余姑娘说件事好了，当年我们仨去偷瓜，小鼻涕虫负责踩点，我搬瓜，陈平安帮忙望风。偷了瓜后，找个地方躲起来分赃。你猜怎么着，陈平安那家伙次次都不吃，就看着我和顾璨在那边狂啃，怎么劝他都不吃。偷了瓜又不吃，却愿意望风，你说他图个什么？有次给瓜田主人撞见了，我和顾璨立即撒腿狂奔，回头一瞧，好嘛，那小子就站在原地，也不跑。"

赊月说道："跟后来的那个隐官，太不一样了。"

刘羡阳问道："不一样？不是太一样了吗？"

赊月沉默片刻："那么小年纪，又是乡野长大，所以其实陈平安的那个举动，很没有……人性。还是换种说法好了，很不符合人之常情。"

刘羡阳不怕陈平安，她很怕那个年轻隐官啊。而且刘羡阳越说这些陈年旧事，赊月就越怕。

一个小小年纪，某些人性就似乎开始趋于神性的人，赊月作为一位十二高位神灵之一的转世，反而更怕。

"所以说他是个怪人啊。"刘羡阳笑道，"之所以成为朋友，顾璨是小，觉得有陈平安在身边，什么都不用怕。至于我，不过是认准一件事，不管陈平安怎么想，反正他这人，从不害人。我那会儿就笃定，如果我从姚老头那边学完了手艺，成了最好的窑工师傅，然后发迹了，手里边攥着几千两银子，大半夜的，觉都不敢睡了，那就喊陈平安当邻居，这家伙肯定都会像个傻子那样，帮我望风，守着银子。"

赊月稍稍松了口气，说道："被你这么一说，好像还挺傻乎乎的。"

刘羡阳笑道："陈平安这个人，向前走，不需要有人推着他走，但是他好像在心里边，需要有那么个人，不管是走在前边，还是站在远处，他能瞧得见，就心里有底了。他不怕走远路，他只怕……走错路。看到刘羡阳是怎么活的，陈平安就会觉得自己知道了怎么过上好日子，有盼头。不知道为什么，他很小就懂得一个道理，好像有些事情，错过一次，就要伤心伤肺，揪心很久，比起挨饿受冻这些个苦，更难熬。我那会儿就只是觉得，陈平安没道理活得那么辛苦。说实话，当年我认为陈平安死脑筋，混不开，没挣大钱的命，估摸着成家立业之前，就只能跟在我屁股后头当个小跟班了，小鼻涕虫再当他的拖油瓶、跟屁虫。

"在他心里,泥瓶巷的小鼻涕虫,和那个曾经给他饭吃的婶婶,就是……他的另外一个家。绝对绝对再不能失去一次了。他必须死死护住这么个小地方。因为顾璨的娘亲,是他的长辈,亲人,小鼻涕虫就是他的弟弟。

"天底下哪有生下来就喜欢吃苦的人?

"一个没读过一天书、爹娘早逝的孩子,说句难听的,家教使然?那么点大的人,虚岁五岁,再能记住爹娘的好,他又能记住多少?所以陈平安不是为了做好人而做好人,他当然是有所求的,而且不外求。他是想要跟老天爷做一笔买卖。

"他听过老槐树下老人们的老话,什么好人有好报,什么多做好事,下辈子就还能投胎做人。所以他要做一辈子的好人,连爹娘那份,一起算上。

"做了一百件好事,那么只要老天爷不总是打盹,能瞧见几件,他就等于赚到了。

"所以少年时候的陈平安,既不怕死,又最怕死。不怕死,是觉得活着也就那样了;最怕死,是怕好事没做够,远远不够。

"心地就是福田,言行就是风水。所以要懂得惜福,要能够藏风聚水。"

直到这一刻,赊月才发现一件事,别看刘羡阳平时吊儿郎当的,正儿八经说起话来,还真像个读书人。

刘羡阳不知何时拿出了一壶酒,弯着腰,喝着酒,看着远方。

赊月问道:"有想过会变成今天的光景吗?"

刘羡阳笑道:"我、陈平安、顾璨,当年怎么想都想不到今天。"

赊月点点头:"都差不多,路上走着走着,就是这样了。"

小雨朦胧润如酥,有婀娜女子撑伞,在河畔姗姗而行,好似画卷中人。

她只是路过铁匠铺子,走向那座拱桥。

刘羡阳神色古怪起来。

赊月望向那边,问道:"她就是泥瓶巷的稚圭吧?"

刘羡阳点点头。

赊月问道:"你们都这么熟了,不打声招呼?"

刘羡阳笑嘻嘻不说话。

王朱不知为何,独自还乡,走过了那座没有神像的龙须河水神祠庙,香火很一般,因为不远处那条铁符江的水神娘娘,是大骊王朝品秩最高的江水正神。再稍远些,过了棋墩山和红烛镇,就是绣花、玉液和冲澹三江祠庙,哪个不比河神庙的官大?

过了拱桥,她走入小镇,随便闲逛,督造官衙署,县衙、杨家铺子,一处荒废的学塾,二郎巷的袁家祖宅,一一路过,然后她撑伞站在骑龙巷台阶下,不远处就是相邻的压岁铺子和草头铺子。

雨水渐大,雨幕沉沉,白昼如夜,雨水沿着台阶上流淌而下,就像一条蹦蹦跳跳的溪涧。

草头铺子大门口,搁了条长板凳,一个眉眼飞扬的青衣小童,正陪着一位目盲老道士,各自跷起二郎腿,在那边侃大山。

瞧见了王朱后,陈灵均就跟见着了鬼差不多,大致晓得那女子身份和根脚的老道士贾晟,也好不到哪里去,哥俩不约而同地挪了挪屁股,并肩而坐,相互壮胆。

两人正襟危坐,没有跷二郎腿了。

等到那个天底下最不需要撑伞的小娘们,沿着骑龙巷,一步步拾级而上,彻底走远了,两个难兄难弟,这才如释重负,哈哈大笑,豪气干云。

龙门境老神仙抚须感叹道:"相识满天下,知心能几人?能够遇到灵均老弟,人生幸事啊。"

陈灵均唏嘘不已:"可惜咱哥俩境界虽高,可是手里钱少。有钱道真语,无钱语不真,所以我才会在魏夜游那边抬不起头。有钱好啊,挣钱难啊,如果挣神仙钱跟这下雨差不多,就爽利了。"

老道士摇头道:"兄弟二人,钱够花就行了,咱们毕竟不是山主那般的天纵奇才,挣钱一事,随缘就行了,反正无求到处人情好,不饮任他酒价高。"

王朱走到泥瓶巷后,快步而行,然后骤然间停步,刚好站在某人的祖宅外边。而隔壁宅子门口,坐着一个落拓书生模样的年轻人,满身寒酸气,一把油纸伞,横放在膝,好像就在等王朱的出现。

若是骑龙巷那边的陈灵均见着了此人,保管跳起来就是一巴掌,都姓陈,本家兄弟嘛。

陈浊流。

之前他悄无声息走了趟齐渡入海口的云林姜氏,不过是游历。他哪怕只是遥遥现身,就已经让王朱心神不宁,不得不再次出关,最终选择返回小镇。

那个青衫书生站起身,以伞拄地,笑问道:"但知江湖者,都是薄命人。小小孽障,是也不是?"

王朱脸色惨白,沉默片刻,眼神坚毅道:"去别处打。"

陈浊流笑道:"暂时没想法。不如一起去趟中土文庙?"

王朱问道:"宁姚去不去?"

陈浊流摇头道:"多半不会。"

好不容易才与浩然天下撇清关系,没理由让一座飞升城再次裹挟其中。

王朱说道:"我更不会去。"

陈浊流问道:"我答应了吗?"

王朱攥紧手中油纸伞,一言不发。

陈浊流笑了起来："行了，今天只是叙旧，顺便提醒你一句，别想着通过归墟去往蛮荒天下作威作福，会死的。"

王朱还是默不作声。

陈浊流摇摇头："蠢是真的蠢，一如当年，没半点长进。唯一的聪明处，就是知道凭借直觉，躲来这边，知道当着我的面逃去归墟，就一定会被砍死。"

王朱问道："归墟那边，有陷阱？是养龙术一脉的练气士？"

陈浊流啧啧称奇道："倒也没蠢死。"

青衫书生打开油纸伞，与王朱在小巷擦肩而过。

王朱没有转头，问道："为什么要救我一次？"

那书生一步步踩在泥泞里，跟凡俗夫子没什么两样，微笑道："斩龙术比起养龙术，更加希望世间有真龙。还有就是你太瘦了。"

王朱皱紧眉头。那人的言下之意，再简单不过，养肥了再由他来杀。

王朱在那人走出泥瓶巷后，一双金色眼眸，满是恨意。她最后背靠墙壁，看着相邻的两座小宅子。

而陈浊流去了骑龙巷那边，从骑龙巷缓步而下。

陈灵均跷着二郎腿，嗑着瓜子，蓦然一惊，跳起身，哈哈大笑，双手叉腰，站在铺子门槛上："陈老弟，你他娘的是不是没了盘缠，靠两条腿走来的槐黄县啊？不然需要这么久？让小爷我每天盼星星盼月亮，那叫一个好等啊！早跟你说了，都是北岳地界，我与那魏大山君是好友，你只要报上我的名号，喝酒不花钱，坐船天字号！"

估摸着几座天下的蛟龙水裔，也就只有陈大爷，敢与一位斩龙人，说一句"好等"了。

裤管沾满泥泞的寒酸书生，一路小跑下台阶，到了草头铺子檐下，收起油纸伞，笑道："给忘了这茬。"

陈灵均一巴掌打在那书生脑袋上，气呼呼道："忘啥都行，能忘这个？你一个别洲外乡人，真要遇到了山上凶险，让人晓得你兄弟的朋友是那披云山魏山君，可以救你一条小命的！"

书生微笑点头，然后致歉道："我不能久留，喝过一顿酒，就要远游一趟。"

陈灵均神色黯然，都想好了怎么款待这个斩鸡头烧黄纸的兄弟，自家落魄山要怎么逛，披云山那边该如何跟魏檗打个商量，怎么才可以带朋友多逛几个外人去不得的山水形胜之地，怎么喝一顿酒就要走了？

不过陈灵均很快就笑容灿烂起来，兄弟嘛，要体谅。

陈灵均立即转头与老道士吆喝道："贾老哥，整一桌酒菜！"

老道士很给面子，大笑道："灵均老弟都发话了，必须整桌好的！"

书生提伞跨过门槛，突然问道："如果世上只能有一条真龙，你觉得谁来做比较合适？"

陈灵均嘿嘿笑道："瞧瞧，这还没喝酒呢，就说上大话啦，好！不愧是我的好兄弟，不喝酒就这样，喝了酒，数天下豪杰，只有酒桌旁边几个了。"

他挤眉弄眼，故意压低嗓音道："知不知道那个叫王朱的娘们，真龙！她就是咱们这儿走出去的！这不她就刚刚路过骑龙巷，与你是前后脚的事儿，她还与我打招呼了呢，一口一个灵均小哥，害得我都有些难为情了。知道为啥我与她熟络吗？我家老爷，打小就跟她是邻居，什么关系，青梅竹马算个屁，是这个……"

陈灵均伸出双手，大拇指互敲。

落拓书生，一笑置之。

他伸手摸了摸陈灵均的脑袋，结果挨了那兔崽子一肘，陈灵均大骂道："放肆！我把你当兄弟，你把我当儿子呢?！"

一艘流霞舟，快若惊鸿，倏忽现身，眨眼工夫，就稳稳当当停靠在了北边渡口。

走下三人，秃鹫一样的少年，眼神凌厉，一个提笼架鸟的俊公子，风流倜傥，还有个如花似玉的漂亮女子。

正是在扶摇洲跌境、在流霞洲养伤出关的大修士，刘蜕。流霞洲两位仙人，师出同门，宗主芹藻，师姐葱蒨。

憋了一路都没敢说话的芹藻，终于忍不住说道："师姐，真要跟那个家伙计较一番？"

他是在说那个先前做客宗门、专程拜访师姐的阿良。

葱蒨怒目相视："又不需要你动手，到时候一旁待着去。"

那个岁数极老，却是少年面容的大修士刘蜕，幸灾乐祸道："在这里打，阿良肯定吃亏。"

一个竹杖芒鞋的大髯老者，身边跟着背书箱的少年和背着大行囊的少女，分别名叫琢玉和点酥。

在问津渡一处仙家店铺内，有山上仙师，正在与掌柜问询一幅镇店之宝的画，是怎么个价格。那是一幅《木石图》，据说是苏子真迹，铺子刚刚从扶摇洲那边得手。

坡石小丛竹，枯木一株，野趣盎然。

竹杖老者笑眯起眼，在一旁听着双方砍价。

点酥轻声道："老爷，是赝品啊。"

老人摆手道："别乱说。"

少年翻了个白眼。

店铺掌柜是个会做生意的,也没计较什么,但是一个年轻伙计恼火道:"怎就是赝品了?十数位丹青圣手都帮忙勘验过了,是真迹无误!"

竹杖老人赶紧拉着少男少女离开铺子。

在那泮水县城内,一位年轻俊美的白衣青年,腰悬一根柳条。身边一位而立之年模样的男子,斜背一把油纸伞。

两人身边,有两位女子,一位头戴幂篱,身材修长。还有一位名叫纯青的少女。

在文庙四方,还有那北俱芦洲的天君谢实,大剑仙白裳,大源王朝卢氏皇帝,崇玄署云霄宫宫主、大源国师杨清恐。

宝瓶洲的神诰宗天君祁真,大骊王朝宋长镜。

有那身边携带两位美娇娘的年轻皇帝。在渡船靠岸时,他犹豫了一下,摘下了身上那件大霜甲,将这枚兵家甲丸,交给一旁那个名叫撷秀的美人。

有个白发紫衣的赤脚老人,腰间悬挂了一枚酒葫芦,从天幕处现身,如星辰坠入大地。

穗山山神和九嶷山神,各自离开山岳辖境,然后联袂赶赴文庙这边。除此之外还有五湖水君,也在赶路。

桐叶洲那边,是玉圭宗新宗主韦滢,独自前来文庙。

文庙功德林。

一位老秀才没那观棋不语的瞎讲究,正在教两个老夫子如何下棋。下棋双方自然不会听他的,老秀才几次想要帮着落子,都给拍掉手,老秀才痛心疾首道:"怎么有你们这么不想赢棋偏要输棋的人?来来来,真心听我一次,董老儿,你就落在这里,这样的神仙手,石破天惊,我都要担心这棋盘加桌子,扛不住这份万钧气势……"

始终无人理睬。

老秀才突然想起一事:"董夫子,你好像没有功名?"

那位姓董的老夫子也懒得计较老秀才的明知故问,笑道:"当时并无科举。"

老秀才捻须点头,转去对另外一人说道:"周山长,进士出身,了不得啊。"很快又补了一句:"可惜就是藩属小国,考的人少,进士多,含金量,略微不足啊。"

那位书院山长点头道:"那是肯定不如文圣再传弟子的榜眼了。"

"这么聊天就没劲了。"老秀才摇摇头,"周山长,知道为啥你如今才是书院山长,死活当不上大祭酒吗?"

那位曾经的鱼凫书院山长道:"不知。"

老秀才小声道:"可能是因为你叫周密,名字没取好。"

周密忍了忍,算了,骂不过文圣。

只能被老秀才烦,难不成跟老秀才坐而论道,切磋学问?换成一般的书院山长、君子贤人,估计就要直接改换文脉了。

董夫子突然站起身,说要去接待客人。

周密也差不多,北俱芦洲那边有人需要他出面接应。

两个臭棋篓子一走,只留下老秀才坐在石凳上,棋局反正也看不懂,一个人闲来无事,就把弟子们都想了个遍。

老人有些孤单。

第六章 议事

文庙周边四处仙家渡口,修士落脚地,分别是泮水县城、鸳鸯渚、鳌头山、鹦鹉洲。

一位刚刚从南海归墟来到这边的长眉老者,就已经在鸳鸯渚钓上鱼了。

两艘仙家渡船几乎同时停靠在鳌头山附近的仙家渡口,分别来自玄密王朝和邵元王朝。玄密王朝和邵元王朝,都跻身中土神洲十大王朝之列。

其中一条渡船,走下一位黑衣少年,王朝得水德眷顾,朝野上下,崇尚黑衣。

一位身材臃肿的胖乎乎老者,拿着一块玉把件,在往脸上蹭。

一位玄密王朝的新帝,如今才十六岁。一位流水的皇帝、铁打的太上皇,郁氏家主郁泮水。郁泮水身边跟着郁狷夫和郁清卿。

而邵元王朝那边,人数较多,除了正值壮年的皇帝陛下,还有国师晁朴,高冠博带,相貌儒雅,手捧一把雪白尘尾,得意弟子林君璧,以及那位写出一部《快哉亭棋谱》的溪庐先生,蒋龙骧。

邵元王朝的严氏老祖,身边跟着一位身姿丰腴的抚狸侍女,眉眼天然妩媚,嘴边一粒美人痣。

连同林君璧在内,金梦真、朱枚、严律、蒋观澄,这五位剑仙坯子,都曾跟随剑仙苦夏一起游历剑气长城。

蒋观澄是苦夏剑仙的嫡传弟子,家中有两位长辈,都曾是书院君子,出身亚圣一脉。之所以"曾是",是因为都已战死在南婆娑洲战场。而剑仙苦夏的师伯,是曾经的中土十人之一,老剑仙周神芝。

苦夏,周神芝,两位剑修,一样都已战死,一个死在剑气长城,一个死在扶摇洲,都死在了异乡。

严律,家族老祖严格的玄孙。

朱枚再不是那少女姿容身段了,已经出落得亭亭玉立。她的一位叔祖,是流霞洲的书院山主,而且传闻朱枚年幼时,梦游烟支山,与那位地位尊崇的女子大山君,签订过一桩秘密契约,可谓福缘深厚。

很快鳌头山这边,就摆下了两盘棋局,一围棋一象棋,设下擂台。两位守擂主将,都是被各自长辈赶鸭子上架的年轻人,邵元王朝的林君璧,年轻候补十人之一的许白。

蒋龙骧和林君璧先下一局,旁观者众多,其中就有郁狷夫和郁清卿。

据说这位溪庐先生,此次跟随国师崑朴远游此地,是专程为了拜访白帝城郑居中。只不过旁人都很确定,蒋龙骧绝对没资格见到那位魔道巨擘,极有可能,连那傅噪都请不动。

传闻"小白帝"傅噪的棋术,得了师父七八分真传。他亲手治印一方:"天下第四。"

第一是郑居中,第二是在白帝城下出彩云谱的绣虎崔瀺,第四是傅噪,那么第三到底是谁,就成了一桩山上不大不小的悬案。

许白那边,亦是人头攒动,对局之人,是位纵横家高人。看客当中,有来自竹海洞天的纯青。她曾经与这位许仙,一起游历宝瓶洲。

许白和纯青两人,宛如一双神仙璧人,是一道绝美风景。

在四处之外,又有几处相对秘密的下榻处,分别安置释道兵两教一家,以及此外诸子百家老祖师,再就是浩然天下那些品秩最高的山水神灵。北俱芦洲天君谢实,宝瓶洲神诰宗天君祁真,与其余几位同样出自玉京三教的天君,齐聚一堂。除此之外,还有清凉宗女子宗主贺小凉,师兄曹溶,以及那个不记名大师兄仙槎,此人的化名,名气更大,顾清崧。

宝瓶洲神诰宗,其实是中土神洲青玄宗的下宗。青玄宗的降真飞鸾,冠绝浩然天下。贺小凉此次赶赴此地,就是为了拜会曾经神诰宗的小师叔,如今青玄宗的掌书人,周礼。

但是这位昔年的小师叔,当下却不知所终。贺小凉只见到了天君祁真,以及曾经的同门高剑符。她与此人,早年是宝瓶洲公认的一对金童玉女,天作之合。不料时隔多年,双方再次重逢,已经物是人非:一位还只是元婴境的宗门嫡传,一位已经是仙人境的一宗之主。

祁真对离开神诰宗一脉的贺小凉,并无丝毫芥蒂,对于她能够在北俱芦洲建立宗门,更是欣慰不已,所以这次见面,祁真还打趣贺小凉:此次有无见到那个徐铉。

在鹦鹉洲水畔,青玄宗道士周礼,与儒生李希圣,并肩而行,李希圣身后跟着少年瓷人,崔赐。

李希圣微笑道:"都跻身了年轻十人之列。"

周礼笑道:"去浒水县城,找郑居中下盘棋?"

李希圣摇摇头:"不急。"

一位没着急赶去渡口的紫衣老道人,在一处山下城池市井,对着一个孩子说道:"小娃儿,你资质不俗啊,是修道的好苗子,骨相当仙,下尸解起步,有望上尸解,若是运道再好些,前程更是不可估量啊,以后成了那地上真人,随便就竦身入云,浮游青云,潜行江海,天地无拘。"

那孩子一手一个烧饼,左一口右一口。

老道人说道:"吃过了饼,不如随我上山修行,定然可以延年久视,长在世间,寒暑不伤道本,鬼神众精莫敢犯,五兵百虫不近身。你爹娘呢?我去与他们说一声。"

那孩子啃着烧饼,就是不说话。

老道人微笑不言。

孩子抬起手,好像要递给老人半只烧饼。

老道人伸手去接,孩子立即缩手,转过头,蓦然喊道:"娘,这儿有个老骗子!"

天外。

左右与萧愻互换一剑。

左右最终坠落在剑气长城,萧愻却没能重返蛮荒天下,而是被左右一剑劈砍到了青冥天下。

左右蹲在半截城头上,单手拄剑,伤痕累累。

至于那个羊角辫小姑娘,骂骂咧咧,竟是给左右一剑剁掉了小腿,她悬停空中,拼接双腿。

左右抬起头。

见着了一个御风赶来的魁梧汉子,身边跟着个怯生生的小精怪。

汉子笑道:"左师兄。"

左右站起身,默不作声。

汉子无奈道:"大师兄。"

左右这才点点头。

城头不远处,是一位脚穿草鞋的木讷汉子,正是墨家当代巨子,他原本是要与刘十六一起去往中土文庙。

左右没有与那墨家巨子打招呼,听过了君倩的介绍后,对那小精怪微笑道:"你好,我叫左右,可以喊我左师伯。"

小精怪颤声道:"见过左师伯!"心中有些雀跃,左师伯,脾气不差啊,好得很嘛。果然外界传闻,信不得。

左右问道:"小师弟呢?"

君倩摇摇头:"不晓得。"

左右正佩剑在腰侧,闻言后视线微挑,微皱眉头。

君倩无奈道:"这次文庙议事,总归是能见着面的。"

左右恼火道:"怎么当的师兄?"

君倩只得转移话题:"先生肯定在等咱们了,抓紧赶路。"

那个小精怪瞪大眼睛,左师伯对自己师父,有点凶啊。

邻近问津渡的泮水县城,老百姓们安居乐业不说,还是见惯了各路神仙的,就没太把此次渡口的熙熙攘攘当回事,反而是一些近水楼台的山上仙师,蜂拥而至,只不过按照文庙规矩,需要在泮水县城止步,不可继续北行,不然就绕路去往其余三地。没谁敢造次,逾越规矩,谁都心知肚明,别说飞升境,就算是一位十四境修士,到了这儿,也得按规矩行事。但是规矩之内,反而行事没有太多忌讳,甚至可以说,比起浩然天下其他任何地方,都要宽松。

一时间,满大街的镜花水月,多是来自各个山头的仙子。酒楼、客栈,县城内各个书香门第的藏书楼,总之所有视野开阔的地方,都被外乡仙师包圆了。

对于各路仙子而言,最心心念念的,有四个男子,分别是那柳七,龙象剑宗的齐廷济,"小白帝"傅噩,大端王朝的曹慈。

为何?

这几位长得最好看啊。

倚红偎翠花间客,白衣卿相柳七郎。

喜好一袭白衣行走天下的傅噩,是那白帝城郑居中的大弟子。傅噩拥有一枚老祖宗养剑葫芦。这枚养剑葫芦,名字极怪,就一个字,"三"。其温养出来的飞剑最为坚韧。当然最重要的,还是傅噩长得好看啊。至于本命飞剑是什么,养剑葫如何,都只是锦上添花。

齐廷济,来自剑气长城,听说生得极为俊美,见过的女子,都说齐剑仙一点都不老,至于剑术如何,更不用多说。

而那曹慈,最年轻,已是拳高若神明。

皑皑洲刘氏,专门为曹慈开了一个赌局,名为"不输局":五百年内,只要曹慈输拳给任何一位纯粹武夫,刘氏就会以一赔十。

在产业遍及浩然天下的刘氏各个渡口、铺子,任何人都可以押注,神仙钱上不封顶。

大多是零零散散,闹着玩,多是雪花钱或是小暑钱,就当是打水漂了。

于是其中有几笔极为大额的押注，就显得十分瞩目了：郁泮水，砸进去三百颗谷雨钱；传闻还有趴地峰的火龙真人，一口气掏出了五百颗谷雨钱；桐叶洲一个名为"周靠山"的家伙，更是不把钱当钱，失心疯了，押注了一千颗谷雨钱。

还有男子修士，重金聘请了丹青圣手，一起结伴而游，为的就是瞧见那些传说中的仙子美人后，留下一幅画卷。

青神山夫人，百花福地花主，四位命主花神，龙虎山天师府的那头十尾天狐，还有那位浣纱夫人，以及龙象剑宗客卿酡颜夫人……

泮水县城内，书铺极多。

一位温文尔雅的年轻人，身穿青衫，走入一座书铺拣选书。

铺子不大，书却多，书架不够用，角落处便堆出一座小书山。

书铺掌柜笑问道："后生，你也是陪着师长来的？"

老人只是个凡俗夫子，但是面对这些容貌往往与年龄不搭边的山上仙师，依旧毫无畏惧。

年轻人闻言抬起头，笑着点头。

老人犹豫了一下，试探性问道："莫不是能够参加文庙议事的吧？"老人自顾自笑了起来，说："若真是如此，只管挑书，白拿了去，装一麻袋都无妨，不过记得留下一幅墨宝，如何？"

年轻书生摇头道："我没有资格参加议事。"

老人有些遗憾，他是个健谈的，问道："问津渡那边的铺子，仙家宝贝不更多些？就是价格贵了些。不过对于你们这些仙师来说，应该不算什么。"

年轻人说道："其实仙家渡口，反而极少卖书。"

老人笑了起来："确实，书的价格再贵，再怎么善本孤本，也有个限度，真心挣不着大钱。"

老掌柜问道："你是醇儒陈氏子弟？"

南婆娑洲、扶摇洲、桐叶洲，这三洲渡船，多是在问津渡停岸。

年轻人笑着摇头。

买过了书，结账离开，没有在僻静处缩地成寸，直接返回住处，而是徒步行走，想要更多走过些街巷。

在临近宅子的街巷拐角处，走在巷弄里的年轻书生，远远瞧见了一个少女，斜挎包裹，身上穿着一件不是特别合身的湘君龙女裙，手上戴着一串虬珠炼化而成的"掌上明珠"。

她经常下意识摸一下手珠，好像担心丢了。少女踮起脚尖，眼巴巴望着那边，手里攥着一把铜镜。顾璨瞥了眼，是那山上透光镜的样式，有一圈铭文，"神炼仙传，见日之光,遇月之华,天下共明"。只不过衣裙、手珠、镜子,都是仿造。

这就像瓷器里边的官仿官,没那么值钱,却也值钱。

如果是在别处,他的第一个念头,就是刺客。在这里,没必要。不过小心驶得万年船,谨慎些,肯定没错。顾璨收敛气息,缓缓走向那个少女。

顾璨捧着一沓书,走过小巷,停下身形,笑问道:"姑娘是想找那位白帝城的傅噪?"

少女使劲摇头。没好意思承认。

顾璨走出小巷,往大街那边走去。转头望去,少女正在用手背擦拭额头汗水,好像与人说话,就会很紧张。

他哑然失笑,这样的一位仙子,还怎么靠镜花水月挣钱?挣钱又有什么好难为情的?

顾璨突然停下脚步。

宅子里边,柳赤诚拉着柴伯符往外走,问道:"龙伯老弟,知不知道那张条霞?"

柴伯符摇摇头。

曾经宝瓶洲山上的山水邸报,对于别洲的奇人异事,都不怎么提。比如偶尔提到过一次倒悬山师刀房,还是因为墙壁上悬赏宋长镜的头颅。这对于当时的宝瓶洲修士而言,就是特别长脸的事情,所以各家山水邸报,大书特书了一番。至于师刀房的悬赏缘由,一字不提,只说宋长镜入了别洲高人的法眼。如今的宝瓶洲,肯定再做不出这类事情了。

曾经的宝瓶洲修士,会自认矮桐叶洲一头,矮那剑修如云的北俱芦洲最少两颗脑袋,至于中土神洲,想都别想了,可能跳起来吐口唾沫,都只能吐到中土神洲的膝盖上。

柳赤诚打抱不平道:"他与你有大道之争,我必须帮你一把。他这会儿不出意外,是在鸳鸯渚那边钓鱼。咱俩合力,闷棍了他!"

柴伯符心都要凉了。见那柳赤诚健步如飞,柴伯符小心翼翼跟在身后,壮起胆子问道:"怎就起了大道之争?"

柳赤诚说道:"他有个绰号就叫龙伯,你能忍?"

柴伯符火急火燎道:"能忍!怎就不能忍了……"

在别处闹幺蛾子,也就罢了,如今怎么使得?

柳赤诚嗤笑道:"你如今好歹是位金丹地仙了,怕什么。"

柴伯符小心翼翼问道:"那张条霞是啥境界?"

柳赤诚摇头道:"不是中五境练气士。"

心一紧,柴伯符立马问道:"玉璞?仙人?飞升?!"差点就要询问那张条霞是不是十四境了。

柳赤诚摇摇头:"都不是。"

柴伯符疑惑不解。

柳赤诚哦了一声："就只是个十境武夫,在裴杯横空出世之前,他是浩然天下纯粹武夫的扛把子,只不过给钓鱼耽搁了,跻身止境后,就几乎没怎么与人问拳过,所以一直名气不大。"

柴伯符站在原地,柳赤诚伸手挽住龙伯老弟的胳膊。

柴伯符一咬牙,竟是直接运转灵气,将自己震晕过去,七窍流血。

柳赤诚有些遗憾。找那张条霞是真,却不是启衅,因为这位止境武夫,与白帝城关系还算不错,柳赤诚是叙旧去的。

那就让龙伯老弟躺着吧,不吵他睡觉了。

柳赤诚准备去外边逛逛,冷不丁,门外有人扯开嗓子喊道："傅白痴,给老子死出来!"

柳赤诚愣了愣,听嗓音,有点耳熟啊,只是在宝瓶洲给关了千余年,有些记不起来了。再一想,他娘的,好家伙,是那个顾清崧!这个好像每天都往鬼门关横冲直撞的老舟子,竟然还没被人砍死?柳赤诚这辈子就没见过这么不要命,结果还能活命的。

柳赤诚问道："小傅,要不要师叔帮忙?"

傅噤只是在自己屋内静坐,潜心温养剑意,既不搭理那个顾清崧,也不理睬师叔柳赤诚。

附近仙子们,一个个神采奕奕,既对那个老人腹诽不已,竟敢称呼傅郎为傅白痴,又由衷感激几分,若是傅郎因此现身,就能得偿所愿。

顾清崧满脸冷笑道："傅小儿,一年到头穿了件白衣,奔丧啊?"

柳赤诚揉了揉下巴,好嘛,连自己师兄都一并骂上了,顾清崧风采不减当年啊。

原本韩俏色正趴在屋内一张凉席上,清点家当,瓶瓶罐罐的,都是山上各色胭脂水粉。那个皑皑洲刘氏妇人,眼光还是不错的。

她起身一步跨出宅子,来到大门口,只是不等她说话,那顾清崧就摆手道："爷们干架,婆娘让开!"

柳赤诚赶紧出现在师姐身边,结果那顾清崧呸了一声,满脸嫌弃道："大白天穿件粉色道袍,扮女鬼恶心谁呢?你咋个不穿双绣花鞋?"

寥寥几句话,已经招惹了郑居中、傅噤、韩俏色、柳赤诚。大概这就是所谓的行云流水,一气呵成。

这是顾清崧的本命神通使然。

原本就要对那老舟子出手的韩俏色,瞥了眼柳赤诚,突然笑了起来,竟是半点不生气了,骂得挺好嘛。

可能这就是顾清崧的另外一门本命神通了。

顾璨转头对那少女笑道:"这种千载难逢的机会,姑娘这都不施展镜花水月?"

街对面那些仙子,都有人已经收获颇丰了,就凭顾清崧这番话,赢得了各地看客们的不少神仙钱。

少女手忙脚乱,赶紧抬起手中镜子。

顾璨已经捧书退回拐角处。

少女一手持镜,一手擦了擦额头汗水。

没挣着一颗雪花钱,山头太小。

顾璨问道:"姑娘,如果以后想要看你的镜花水月,需要购置什么山上物件?贵不贵?"

少女眼睛一亮,拍了拍身上包裹:"买把我们家铸造的镜子就行,不贵的,十颗雪花钱。"

顾璨笑道:"十颗雪花钱,也不便宜。"

少女俏脸微红:"六颗雪花钱卖给你,真的是本钱了。"

顾璨问道:"五颗卖不卖?开门大吉嘛。"

少女犹豫了一下,点点头,解开包裹,取出一把梳妆镜,铭文内容十分雅致:"云想衣裳花想容,宝镜绰约映春风。"

顾璨从袖子里摸出五颗雪花钱,递给少女。

一手交钱,一手交货。

少女视线低敛,哈,小赚一颗雪花钱!不能笑,千万不能笑。

顾璨收起那把梳妆镜,斜靠墙壁,望向大街那边。

顾清崧,真名仙槎,玉璞境修士,白玉京三掌教陆沉的不记名大弟子,阴阳家陆氏的客卿。隐姓埋名,担任过老龙城范家供奉,据说十分爱慕桂夫人。与中土神洲青玄宗的掌律祖师,关系莫逆。名动浩然天下,虽然打架没赢过,但是吵架没输过。

顾璨想了想,一步跨出,直接回到宅子,在屋子里静坐,翻书看。

至于那把梳妆镜,先前在袖中就已经破碎。

别说是那个顾清崧,就是自家师叔柳赤诚、师兄傅噗,甚至是师姑韩俏色的死活,顾璨其实都不怎么上心。

能让顾璨唯一上心的人,还没来。

顾璨如今都不敢确定,就算他来了,会不会来见自己。

他突然放下书,走出屋子,来到池塘,低头望去,水中也有个顾璨。

一处险峻山路,羊肠小道,三骑缓行,其中一个汉子头戴斗笠佩竹刀。一骑与他并驾齐驱,是个年轻儒生,背竹箱,一手持绿竹杖。两骑后边跟着一位老者,反而最有仙家气度,穿黄衣,一手牵马缰,手捧一柄卷云形如意,木质红漆,铭文"狮子吼"。

老人轻声念叨着"山中何所有,岭上多白云"。这位老神仙,好个策马山中,顾盼自雄。

那年轻儒生问道:"阿良,咱们这么晃荡过去,真没关系?可别耽误你参加议事啊。"

山路崎岖,那汉子好像给马背颠得生疼,抬起屁股,掏了掏裤裆,笑道:"还有六天才议事,就四五百里路程,别说骑马了,就是骑条狗也来得及。"

三匹高头大马,看似神俊非凡,实则都是山上走马符。

那年轻人埋怨道:"咋个说话呢?老前辈好歹是位飞升境,跟你同境,放尊重点。"

正是阿良与李槐,还有那条飞升境的嫩道人。嫩道人谨遵法旨,为自家那位李槐公子一路保驾护航。嫩道人对此乐在其中,没有任何抱怨,跟着李大爷混,有吃有喝,只要不用担心莫名其妙挨雷劈或是剑光一闪,就已经是烧高香的神仙日子了。搁在以前,它要敢跟在阿良身边晃荡,嫩道人都要变成瘦道人了吧?

阿良转过头,望向那条世间擤山犬之属的老祖宗。蛮荒天下历史上,曾经有数以百计的山神,硬生生被这厮折腾得无家可归,只要它现出真身,一座座山峰在它巴掌底下,就跟雪球似的。什么山水阵法,什么山君神通,都是纸糊一般。而且这条飞升境,捉对厮杀的本事,其实相当不俗,在蛮荒天下都是能排上号的。当年董老儿单枪匹马游历蛮荒天下,活着重返剑气长城,愣是给这家伙追着啃了一路。如果不是被老瞎子拘禁在十万大山,就蛮荒天下如今的形势,一旦任由它撒欢去,蛮荒天下估计就要堆出一座比托月山更高的山头了。

那条嫩道人瞧见了阿良好似老子看儿子的慈祥视线,立即低头哈腰,恨不得一屁股将马背坐到地上去,谄媚笑道:"我算个屁的飞升境,在领略过十四境大风光的阿良面前,境界最少得打个对折。"

阿良感慨道:"也就是亏得文庙没有解禁山水邸报,不然咱们这一路往问津渡那边赶,你想要找个茅坑都难,到时候大晚上,光着腚儿,跟灯笼似的。"

此次文庙议事,到底是泄露出去一点风声了,加上文庙也没有太过约束这个消息。估计等到议事完毕,就会重开山水邸报。

李槐问道:"阿良,怎么不穿那身儒衫了?"

阿良白眼道:"你看那个于老儿会身上挂满符箓出门吗?"

李槐疑惑道:"什么个道理?"

阿良摘下酒壶痛饮一口:"道理就是过犹不及。所以我得收一收自己的飒爽英姿,与你那左师伯需要收敛满身剑气,是一个道理嘛。唯一的区别,就是左右收敛剑气比较轻松,我隐藏得比较辛苦。"

李槐嗤笑道:"又吹上牛皮了?狗改不了吃屎啊?"

突然有些愧疚,李槐转过头去,那条嫩道人立即一本正色道:"能跟阿良吃一样的东西,荣幸至极!"

阿良懒得废话,竖起一拳,都没有发力,黄衣老者就从马背上倒飞出去,那柄如意脱手而出,被阿良探臂抓在手中,娴熟收入袖中。

嫩道人翻滚起身,轻轻抖肩,一个振衣,振散尘土。

赚了赚了,如果送出一柄如意,就能骂一句阿良,嫩道人能送给阿良一箩筐。

李槐问道:"为什么咱们非要走这条山路?走下边的官道多好,骑马也不至于这么颠簸。"

阿良笑道:"有位高人隐居在此,带你去串个门,好让你知道阿良哥哥在中土神洲,是何等吃香。"

李槐怒道:"陪着你绕这么远的路,就为了显摆你人缘好?!"

阿良笑道:"等会儿沾我的光,喝上了好酒,瞧见了漂亮姐姐,到时候再谢我不迟。"

李槐将信将疑。

山高必有仙灵,岭深必有精怪,水深必有蛟鼋。可是这座山头,瞧着寻常啊。

约莫半个时辰后,骑马上山都变成下山了,李槐冷笑不已。

故作镇定的阿良只得以心声高喊道:"有朋友在,给个面子,开门给杯茶水喝,喝完就走。"

山中仙人回答干脆:"我不在。"

阿良急眼了:"别价啊,邺侯兄你在不在,又无所谓的,黄卷姐姐在就成啊。"

那人似乎没了耐心:"滚一边去!"

阿良只得使出撒手锏:"你再这样,就别怪我放狗挠你家门啊!我身边这位,下手可是没轻没重的,到时候别怨我管束不严。"

那人只是沉默。

阿良威胁道:"我这人最要面儿,行走江湖,一向是人敬我我敬人,你今儿要是落了我的面子,回头等我到了泮水县城,就别怪我帮你扬名。"

一处禁制重重的仙家秘境内,山水相依,有那条弯弯绕绕的龙颈溪,潺潺流入一座碧绿如镜的湖泊,如龙入水。不远处是一座大名鼎鼎的立镜峰,刀削一般。两侧悬崖峭壁,一线山脊单薄。只余一条小路,在山峰最宽阔处,也才堪堪建造有一座小宅子。每当日月光彩,透过山峰,金色光线如一把长剑,刺入湖水中。

浩然天下有五大湖,而五湖水君,品秩与穗山、九嶷山、居胥山、烟支山这些大岳山神,以及几条大渎水神相当。

此地,就是皎月湖水君李邺侯的隐秘水府所在。

不比那几位山岳大神,皎月湖的水君,身份数次变更。而且相较于其余四湖,皎月湖水君祠庙,香火最少,所以有那屋泽湖水君,一直想要取而代之,只是一直没能成功。

一位气度风雅的男子,斜躺在一处水榭青竹廊道中,白衣大袖,覆有面具,斜靠一只雪白瓷枕,手持一把泛黄的老旧蒲扇,轻轻扇动清风。

白瓷枕是那仙家至宝游仙枕,枕之入睡,五湖四海,尽在梦中。

男子身前摆有一张古琴,一摞叠在一起的古书。左琴右书。

琴腹内铭文篆刻极多,再加上那些填红小印、九叠文印,密密麻麻,可见此物极为传承有序。

龙池上以篆文铭"郁轮袍",一旁隶书刻"绿绮台",此外铭文犹有"绕梁千古""大魁天下""落霞青松,残月金枢""不知水从何处来,跳波赴壑如奔雷"……

山高无仙便有精怪,潭深无蛟则有水仙。

一位矮小精悍的汉子,正在湖面上如履平地,缓缓走桩练拳。

湖心处,建造有一座水中戏亭,有一位彩衣女子,正在戏台上翩翩起舞,身姿曼妙。

檐下廊道,摆放着一排古木钟架,悬有一组九枚青铜编钟,有绿衣女童、绛衣童子轻轻按律敲钟,音色之美,宛如天籁。

男子身后水榭,悬匾额"书仓",一对楹联,"架插牙签三万轴,箧收竹简两千春"。

山路那边,李槐不得不开口提醒道:"阿良,咱们再这么马蹄阵阵,可就要走到山脚了。怎么?是山中仙师朋友打瞌睡了,还是不凑巧出门云游去了啊?"

阿良扶了扶斗笠,一笑置之,伸手按住腰间竹刀的刀柄。

他娘的,这个李邺侯,敬酒不吃吃罚酒,那就别怪他不念旧情了。

前边道路上,涟漪阵阵,如水纹荡漾,就像道路上凭空立起一道无形镜面,阿良大笑一声,一夹马腹,策马疾驰,一人一骑率先冲入仙府秘境。

李槐和嫩道人两骑跟上,刹那之间,李槐发现自己置身于一处湖边道路,离着一座水榭就只有几步路。

各自收起走马符,李槐有些拘谨,跟在大步前行的阿良身边,嫩道人忙着环顾四周,看有无机会占点便宜,顺便泼脏水给阿良。

家底怎么来的?总不能是天上掉下来的,都是辛辛苦苦刨来的。

步入水榭廊道之前,阿良一屁股坐在台阶上,刚踢掉靴子,皱了皱眉头,赶紧重新穿上靴子。

李槐不知道这是什么讲究,只好依葫芦画瓢,脱了靴子再穿上。

阿良摘下斗笠,夹在腋下,斜靠廊柱,脚尖点地,望向那湖心戏台的婀娜女子,眼神幽怨,喃喃自语道:"每当风起竹院,月上蕉窗,对景怀人,梦魂颠倒。"

他突然开始微笑计数:"三,二,一!"

李槐一头雾水。

在阿良数到一的时候，湖心戏台上，那位彩衣女子蓦然停下身形，望向湖边水榭："狗贼受死！"

阿良笑道："李槐，如何？"

李槐问道："什么如何？"

阿良啧啧道："小别胜新婚，打是亲骂是爱啊，这都不懂？"

一袭彩衣，飘然而至，手中凭空多出一把长剑，剑尖直刺那厮头颅。阿良竟是闭上眼睛，摆出束手待毙的架势。

身形悬停在栏杆外，那女子愕然，显然没想到这个阿良躲也不躲，她犹豫了一下，仍是递剑一戳，剑尖稍稍触及那个登徒子的眉心处，刺出些许伤痕，她就已经收剑。

不承想那汉子扑通一声，后仰倒地，然后开始双手抱头，在廊道上满地打滚，还在使劲吆喝，好像在给自己打气："好男儿流血不流泪，阿良你要坚强，绝不能在黄卷姐姐这边坠了英雄气……"

李槐叹为观止，嫩道人佩服不已。

湖君李邺侯已经站起身，摘下面具收入袖中，露出一张中年男子的面容，不显老，但是眼神深邃，饱经沧桑。这位避世隐居在此的白衣湖君，风姿卓绝，意态略显消沉，却不至于让人觉得萎靡不振。

李槐看了眼这位仙师，再看着那个一路滚到白瓷枕边的阿良，就这么鸠占鹊巢了，靠着枕头，跷起二郎腿，手脚摊开，嚷着"虚浮虚浮"。

李邺侯都懒得正眼看那阿良，倒是与李槐和嫩道人点头致意。

李槐赶紧作揖行礼："山崖书院，儒生李槐。"

黄衣老者笑着自我介绍道："嫩道人，是李公子家中仆人。"

李邺侯有些讶异。

一个来自宝瓶洲山崖书院的年轻儒生，怎么身边会跟随一条飞升境的……大妖仆役？

那位彩衣女子飘然落在廊道，手持长剑，怒喝道："阿良，给我家老爷让出位置！"

那个矮小精悍的湖上练拳汉子，也来到水榭这边，对那个阿良，倒是没有恶语相向。

阿良侧过身，背对水榭栏杆，摆出一个自以为的玉山横卧姿态，好像与那女子怄气，嗓音哀怨道："就不。"

身为皎月湖水裔头把交椅的彩衣女子，在水君府的金玉谱牒上边，名为黄卷，生平喜食蠹鱼。

至于那位水鬼英灵，名为杀青，生前是一位十境武夫，如今身份相当于皎月湖的首席客卿。

黄卷快步向前，一剑砍去。

阿良一个麻溜儿单手撑地，头朝地脚朝天，躲过一剑后，手肘弯曲，轻轻使劲，翻转身形，盘腿而坐，打了个响指。

没动静。

阿良又打了个响指。

还是毫无异样。

阿良转头望向那个凭栏而立的李邺侯，哈哈笑道："邺侯兄，你是半个东道主，给我们瞅瞅四处渡口附近的光景。"

李邺侯一挥袖子，湖上出现了一幅山水画卷，山峦起伏，光亮点点，大如灯笼，小若芥子，相差悬殊，是那山水神灵的望气术，一粒粒光亮，就是一位位练气士。

阿良身体前倾，单手托腮："北俱芦洲来的人，少了点。"

李邺侯默不作声，都是中土文庙的安排，他一个小小湖君，不好评价什么。

阿良问道："裴老儿来了没？"

李邺侯手持那把泛黄蒲扇，轻轻扇风，道："文庙没有邀请，裴旻也不曾主动现身。"

阿良又问："玄空寺的了然和尚？"

李邺侯说道："来了。释道两教人物，以及诸子百家祖师，还有包括穗山在内的山水神灵，无论参不参加议事，都不在四处渡口附近落脚，文庙另有安排，不会禁止他们四处访友。只不过真正愿意挪步串门的人，不多。"

阿良揉着下巴，啧啧称奇道："都把人喊来了，绝大部分还未必能够参加议事，观礼都算不上，注定白跑一趟？怎么觉得文庙这次脾气有点冲啊。"

阿良问道："风雪庙魏晋那小子？"

宝瓶洲唯一一位本土仙人境剑修，又是风雪庙兵家修士，还去过剑气长城，在大骊陪都一役中，大放异彩，照理说是有资格参与议事的。

李邺侯摇头道："没来。文庙给兵家的名额有限，魏晋就把机会主动让给了一个名叫许白的年轻人。"

阿良笑道："那个绰号'少年姜太公'的孩子？许仙？"

李邺侯轻轻点头。

阿良搓手道："好家伙，容我与他切磋几盘，我就要赢得一个'老年姜太公'的绰号了！与他这场对弈，堪称小彩云局，注定要名垂青史！"

李邺侯背靠栏杆，轻轻晃动蒲扇，看着那个跃跃欲试的汉子，中土神洲以后又要不得消停了。

中土神洲有些仙家宗门的山水邸报，是真没半点风骨可言，什么浩然天下战绩最好的山上修士，中土神洲十大年轻俊彦，浩然天下十大最有女人缘的修士，无一例外，都有这个阿良。所幸这些山水邸报，往往销路不佳，估计也就是被人拿刀架脖子上了，只好硬着头皮，应付应付。

阿良望向那个名叫杀青的小矮子，后者只好抛出一壶自家的皎月酒。

阿良怒道："杀青，亏得我传授过你几招绝世拳法，就一壶酒啊，你良心被嫩道人吃了？！"

也就是有外人在，不然李槐就要勒住阿良的脖子让他闭嘴了。

那位以鬼魅之姿现世的十境武夫，只得又丢了两壶酒过去。黑虎掏心，海底捞月，猴子摘桃，呵呵，真是好拳法。

阿良挪动屁股，坐在那张古琴前，深吸一口气，缓缓抬起双手，突然抓起酒壶，抿了一口，打了个激灵，就跟鬼上身似的，开始抚琴，脑袋晃荡，歪来倒去，阿良自顾自陶醉其中。

一时间水榭气氛有些微妙。那些先前敲钟的小精怪，一个个捂住耳朵。

李槐实在受不了，关键是见那彩衣仙子脸色铁青，剑尖微颤，估计她随时都有可能出手，李槐赶紧咳嗽一声，阿良双手按住琴弦，转头疑惑道："干吗？"

李槐抬起一只手掌，抹了抹脖子，提醒阿良差不多就可以了，不然离开此地后，那就别怪他不念兄弟情谊。

阿良叹了口气，都是糙人，闻弦不知雅意。

阿良提起酒壶，嗅了嗅，问道："桐叶洲那边？"

李邺侯说道："玉圭宗新任宗主韦滢，武圣吴殳，就两人。吴殳是与南婆娑醇儒陈氏子弟，一起来的问津渡。"

阿良皱了皱眉头。

黄卷咬牙切齿道："柳七这次也来了！"

阿良有些心虚，道："我认识他，他也不认识我啊。"

那个柳七，岁数大了些，又去了青冥天下，待在一个诗余福地不挪窝。

她恼火道："那你当初有脸自称是柳七的至交好友？！"

阿良悻悻然："当时醇酒美人明月夜，人酒月色三醉我，哪里扛得住？喝高了说醉话，又当不得真的喽。"

她冷笑道："我很好奇这次议事，你遇见了柳七和苏子后，有没有脸与两位前辈主动打招呼？！"

皎月湖水官黄卷，最是仰慕那位柳七郎。当年阿良第一次拜访秘境水府，汉子信誓旦旦说自己与那柳七是挚友，她就当真了。她哪里能够想象，一位登门做客，还能与主人饮酒的山上仙师，会如此厚颜无耻？而且听说此人还是一位圣人后裔，天底下出身最正的读书人!"

阿良赶紧找了个将功补过的法子,正色道:"黄卷姐姐,别着急生气,我认识一个年轻后生,人品、相貌、才学,半点不输柳七,有那'远看依稀是阿良'的美誉!"

李槐踹了一脚阿良。

阿良疑惑道:"咋的,小舅子,要我把你介绍给黄卷姐姐啊?"

她一脸茫然,不知道阿良所说之人,到底是何方神圣。

李邺侯笑着解释道:"如果没有猜错,那个年轻人,是剑气长城的最后一任隐官。"

她立即肃然,都懒得计较阿良的嘴里吐不出象牙了。

白也仗剑远游扶摇洲作为开篇,白帝城郑居中赶赴扶摇洲,一人收官一洲棋局。南婆娑洲醇儒陈淳安拦截刘叉。宝瓶洲中部战况。以及更早的战场,剑气长城持续多年的惨烈厮杀。

如今浩然天下的山巅修士,几乎人人都有过复盘推演。不管选择什么切入口,终究都绕不过剑气长城和宝瓶洲。对于那些横空出世的各方豪杰,各有各的看法,比如黄卷就很佩服一个外乡年轻人,能够在那剑气长城站稳脚跟不说,还担任了隐官。不但拖住了蛮荒天下的大军数年之久,关键是打仗越多,反而活人越多,最终帮助飞升城留下了更多的剑道种子。

只说这件事,就让她对那位素未谋面的年轻隐官,忍不住由衷敬佩几分。因为浩然天下多出一两万人,与飞升城在第五座天下多出一两万人,是截然不同的两个概念。

那个精悍汉子,好奇问道:"当年评选数座天下的年轻十人,年轻隐官那会儿就是山巅境武夫了?"

"没法子,我指点过那小子拳法,名师出高徒。"阿良双指并拢,指了指自己双眼,"这就叫慧眼如炬!"

李槐咳嗽一声。

阿良立即心领神会,问道:"陈平安还没到吗?"

李邺侯摇摇头:"按照文庙那边的说法,陈平安游历北俱芦洲途中,误入夜航船,宁姚仗剑飞升浩然天下,凭借仙剑之间的牵引,才找到了那条渡船。只是在那之后她与陈平安,就都没消息传出来了。"

阿良伸出大拇指,抹了抹嘴角,收敛笑意,眼神深沉:"这就有点小麻烦了,很容易错过议事啊。"

李槐有些忧心忡忡,该不会辛苦奔波,结果到头来还见不着陈平安一面吧?

李槐小声道:"阿良,就没法子了?"

阿良摇摇头:"太难找,其他没啥。"

那条渡船,最擅长隐匿踪迹,极难寻见。

伏老夫子,曾经两次登上夜航船,他对于这条渡船的评价,褒贬皆有。老夫子还有过一个十分形象的比喻,渡船在海上游弋不定,就像寻常人家的屋子里边,有那么只蚊子,只要它不主动嗡嗡嗡乱叫,就很难寻见。

有人好奇询问,难道至圣先师和礼圣,也无法找到渡船行踪吗?

老夫子大笑不已,说了句,我本就是在说他们两位,是如何看待那条渡船的,至于寻常人,碰运气登船,凭学问下船。

有人侥幸登船又下船,事后感慨不已,说书到用时方恨少,早知道有这么条船,老子能把诸子百家书给翻烂喽。

在渡船上边,讲究机缘的互换,每一件东西,都是一座桥梁一座渡口,通关文牒,就是过客的学问。所以说一条夜航船,就像是天下学问的大道显化,而天底下学问最值钱的地方,就是这条渡船。

李郇侯笑道:"除开东边渡口人太少,其余三地,泮水县城,鸳鸯渚,鳌头山,马上要举办三场雅集,三位发起人,分别是皑皑洲刘氏、郁泮水、百花福地花主。郁泮水主要是拉上了青神山夫人,还有与那位夫人同行的柳七、曹组,所以声势不小。"

李郇侯大致说了些三方请帖的去向,刘聚宝召开的鸳鸯渚雅集聚会,邀请了龙象剑宗一行,还有北俱芦洲的火龙真人、剑仙白裳、大源王朝皇帝,国师杨清恐,扶摇洲的刘蜕,流霞洲的葱蒨、芹藻。

郁泮水因为青神山夫人的缘故,邀请了符箓于玄,由龙虎山大天师赵天籁领衔的一大拨天师府黄紫贵人,还有一头天狐,以及化名九娘的那位浣纱夫人。还有大端王朝的裴杯、曹慈。以及宝瓶洲的云林姜氏。

百花福地做东的那场聚会,除了渌水坑青钟夫人,还邀请了苏子、白帝城城主郑居中、怀荫,桐叶洲玉圭宗韦滢、武圣吴殳。

宴席上自然不缺美酒,只不过每个赴会之人,肯定都不是奔着仙家酒酿去的,哪怕酒桌上肯定会有那青神山酒、百花酿、寒酥酒。不过某个被阿良尊称为"严大狗腿"的家伙,估计会是例外。

"这么多酒局?!就为了给我接风洗尘?"阿良立即来了精神,神采奕奕道,"可以可以,感动感动,不承想几年没回家乡,父老乡亲们,姐姐妹妹们,越发看重我阿良了啊!可惜阿良只有一个,可莫要争抢得头破血流才好,三个酒局,最好错开了,郇侯兄,你赶紧与他们打声招呼,就说我立即赶到……"

李郇侯根本不搭理这茬,只是说道:"如今不少人觉得剑气长城以南,大野龙蛰,天下鹿肥。"

阿良站起身,绕过古琴书籍,一手拎酒壶,一手拍栏杆,望向那片平静无波的湖水:

"一个个的,狂浪攀虹欲上天,哪有这么简单的好事啊?"

阿良喝完了壶中酒水,递给一旁的湖君,李邺侯接过酒壶,阿良顺势拿过他手中的蒲扇,使劲扇风:"得嘞,人人避暑走如狂,愿意忙活就忙活去,反正阿良哥哥我不作风波,胸无冰炭,无事一身轻,无上清凉。"阿良一拍栏杆:"走了走了!"

那个完全不知脸皮为何物的家伙,果不其然,半点不让人意外,只见阿良伸手绕后,蒲扇贴背,然后不断挪步,反正始终面朝李邺侯,藏着那把蒲扇,绕了半个圆后,然后告辞一声,一路撒腿飞奔离去。

黄卷就要提剑追杀过去,李邺侯摆摆手:"跟半个秃子计较什么?"

那精悍汉子有些疑惑:"怎么没了头发,阿良好像反而个头高了些?"

李邺侯提醒道:"靴子。"

杀青一脸恍然,悄悄低头瞥了眼自己的靴子。

彩衣女子震惊道:"这个家伙到底有没有脸皮?!"

矮小汉子立即抬起头,正色附和道:"是不要脸。"

道路上,阿良刚要取出走马符,就给李槐伸手掐住脖子。

阿良拍打李槐的胳膊,委屈道:"李槐老弟,你弄啥咧?!"

李槐加重力道,嘿嘿笑道:"长脸了,今儿大爷我算是长脸了。到了泮水县城那边,咱俩就各走各的,你千万别说认识我啊。"

阿良只得踮起脚尖,伸长脖子,拍胸脯保证道:"没问题,我逢人便说自己不认识李槐。"

李槐气笑不已,身体后仰,阿良几乎就要两脚离地了。估计郁泮水看到这一幕,都要老泪纵横。

那条嫩道人,对李槐的敬仰之心,油然而生,自家公子,了不得,人中龙凤!先脚踹老瞎子,再掐阿良脖子,关键是这俩都没还手啊!

李槐松开手,问了个问题:"有那么多人参加议事?"

阿良犹豫了一下,以心声道:"其实有两场议事,一场人多,一场人少,会很少。"

还差两天就要文庙议事了。

功德林。

老秀才坐在石凳上,正在碎碎念叨,文庙这边都是吃干饭的吗?竟然找不到一条夜航船。不过扳手指头算一算,左右和君倩也快到了。

百无聊赖,老秀才就自己跟自己下棋。

禁制蓦然一开,老秀才转头望去,出现了两个再熟悉不过的身影。刘十六的开山大弟子,那位小精怪暂时被安置在别处,毕竟功德林不是寻常之地。

左右和君倩同时作揖道:"见过先生。"

老秀才没能瞧见最想见的关门弟子,便转过头,盯着棋局,假装没看见,没听见。

片刻之后,两位弟子依旧作揖不起,老秀才蓦然而笑,使劲招手道:"杵在那儿作甚,来来来,与先生手谈一局。"

君倩打算走到先生身后,被左右喊了一声"师弟",只得坐在先生对面的石凳上。

不料老秀才站起身,把位置让给左右,说:"你们师兄弟不常见,你们下一盘棋。"

老秀才一边胡乱指点棋局,一边绕着桌子缓缓而行,拍了拍左右的肩膀,也拍了拍君倩的脑袋。老人没有多说什么。

一局棋过后,老秀才看了眼棋局,双手负后,十分满意,在自己的指点之下,两位弟子下出了一局精妙至极的棋局啊。

文庙这边,极为罕见地连开数道禁制,然后出现了一道虹光,竟是能够直奔功德林。

老秀才猛然抬头。

一袭青衫,头别玉簪,背剑远游至此,剑客陈平安,作揖道:"弟子陈平安,拜见先生。"

老秀才快步向前,双手攥紧那个关门弟子的手臂。

左右和君倩都已起身。

老人轻声道:"很好,很好。"

此次文庙议事,礼圣亲自邀请之人,其实只有两位。

一个岁月悠悠,已经修道两万余年。一位如今才四十二虚岁。

白泽。

文圣一脉,隐官陈平安。

老秀才转头埋怨那俩傻子:"杵那儿干啥,还不快来见一见你们的小师弟!"

老秀才依旧一手攥着关门弟子的胳膊,舍不得放开。

左右和刘十六快步走到先生身边。刘十六与那小师弟微笑点头,总算见着一面了。

陈平安立即作揖道:"见过君倩师兄。"

这位头次见面的师兄,在落魄山那边,帮着挣了一大笔金精铜钱。

左右板着脸说道:"能耐不小。"

陈平安起身后,看了眼先生。

老秀才跳起来就是一巴掌打在左右脑袋上:"你这当师兄的,怎么跟小师弟说话呢?都会阴阳怪气了,谁教你的,啊?!"

左右纹丝不动,犹豫了一下,说道:"一半是真心话。"

老秀才发现自己那个关门弟子,还是有些委屈,立即就朝左右嚷嚷道:"另一半呢?给你吃掉啦,有本事就吐出来!说啊,先生一定主持公道,绝不偏袒谁。"

左右只得违心说道:"那就都是真心话。"

刘十六对此秉持一个宗旨,视而不见,听而不闻,跟我没关系。左右和陈平安师兄弟两个,真要打起来,自己再劝架不迟。

陈平安作揖道:"见过左师兄。"

左右微微皱眉,只是看在先生的面子上,不跟陈平安计较。

先生学生,四人落座。

陈平安瞥了眼桌上棋局:"先生肯定指点过两位师兄。"

老秀才笑得合不拢嘴,瞅瞅,什么是见微知著,什么是得意弟子,这就是了!

左右气不打一处来。

刘十六突然有些明白落魄山风气的源头所在了。奇也怪哉,照理说先生也没亲传太多学问给小师弟,双方相处时间极短,小师弟怎么就青出于蓝而胜于蓝了呢?

老秀才这会儿好像眼中只有陈平安,说道:"先生在这边每天抓瞎,委实是脱不开身,没法子去找你。"

陈平安站起身,再次作揖不起。

老秀才叹了口气,站起身,轻轻拍了拍陈平安的手臂,轻声道:"别这样,不然先生要更加愧疚了。坐下聊,赶紧地。"

刘十六瞥了眼左右,果然脸色好了些。刘十六再稍稍转移视线,那个青衫背剑的年轻人,正襟危坐,挺直腰杆,双拳紧握,放在膝上。有一双让人记忆深刻的眼眸,清澈明亮,就像落魄山的溪涧流水,没有去不了的地方。

老秀才说道:"左右,君倩,说说你们的事情,别等着小师弟问你们。"

刘十六就大致聊了些重返浩然天下后的境遇,去落魄山,问拳于天,之后南下老龙城,再去了桐叶洲,在一处福地收了个嫡传弟子,最后去了趟蛮荒天下,到了那座剑气长城,刚好与师兄左右重逢,就一起来到中土文庙。

约莫半炷香工夫,陈平安竖耳聆听,其间只是详细询问了两事:桐叶洲的镇妖楼,以及君倩师兄的那位开山大弟子。

轮到左右,则话语不多,就一句话:"离开浩然天下后,在天外与人厮杀,都没死。"

陈平安小声问道:"萧愻如今身在何处?"

左右说道:"被砍到了青冥天下。"

陈平安无言以对。

剑气长城上任隐官萧愻,是十四境,剑修。即便萧愻的十四境,不是剑修追求的合道人和,那也是一位货真价实的十四境。

而十四境修士的厉害之处,陈平安刚刚在夜航船那边领教过。

在师兄左右嘴里,与一位十四境剑修的捉对厮杀,好像就是相互换剑一般,各砍各的,砍死为止……

一时间陈平安有些后悔,因为记起了当年在剑气长城练剑的过程。

左右说道:"曹晴朗治学严谨,心思澄澈。裴钱习武勤勉,没有浪费她的天赋。两人都很尊师重道。你收取的两位学生弟子,都不错。"

言下之意,学生的先生、弟子的师父,就未必"不错"了?

陈平安取出一壶壶酒水,给先生和师兄们一一递过去。

老秀才揭了封泥,双手捧住酒壶,仰头喝了一小口,笑眯起眼,轻轻点头。才一小口酒水,老人便有些陶醉醺醺然。

少而好学,如日出之阳。壮而好学,如日中之光。君子之学如蜕,幡然迁之。

老而好学,如炳烛之明。君子不恤年之将衰,而忧志之有倦。

眼前三位弟子,都让先生只觉得自身学问浅薄,没什么可教的了。甚至一个个都太好了,连先生叮嘱他们要照顾好自己,都显得有些多余。

一条文脉衰落之际,被此文化所化之人,必感痛苦。

左右剑术是高,才情也高,却受限于自身性情。

君倩其实学问不差,脾气也好,适合传道授业解惑,却终究受限于那个异类身份。

到最后,有些担子就落在了年纪最小的陈平安肩头上。

陈平安突然说道:"上次先生离开后,左师兄也没带朋友去酒铺照顾生意。"

破罐子破摔,先生在,谁怕谁?

左右黑着脸。刘十六朝那小师弟竖起大拇指。

老秀才说道:"左右啊。"

左右立即说道:"是学生忘记了。"

老秀才又问:"那你有没有忘记自己还有个小师弟啊?"

左右默不作声。

老秀才说道:"如果先生没有记错,你师弟在剑气长城那边,就你这么个师兄可以依靠啊,都说一个师兄等于半个长辈,看来是先生说话不管用了。"

左右只得说道:"教过小师弟剑术,求学一事,我也有留心过。"

老秀才说道:"听口气,很委屈啊?"

左右摇头道:"没有。做师兄的,职责所在。"

一辈子都没喜欢过喝酒的左右开始喝酒。

陈平安说道:"先生,听说桐叶洲有个叫于心的姑娘,好像跟师兄关系蛮好的。这位姑娘极有担当,当年冒着很大风险,也要飞剑传信玉圭宗祖师堂。"

老秀才笑逐颜开:"晓得,晓得,先生是见过她的,是个好姑娘,确实好,一看就是个心善的女子,你这榆木疙瘩的左师兄,还真未必配得上。"

左右说道:"配不上就好。"既然不敢反驳先生,就只能退而求其次了。

陈平安刚要开口说话,左右已经斜眼相视。陈平安只得闭嘴,不去锦上添花。

老秀才拎着酒壶,缓缓起身,笑道:"先生有点事要忙,你们三个聊着。"

学生们没来的时候,老人会埋怨文庙议事怎么那么着急开,拖延几天又何妨。等到三个学生都到了功德林,老人又开始埋怨这么大一件事,急什么,多筹备几天更好。

至于老秀才要忙什么,当然是忙着去跟老朋友们谈心了。

聊一聊学生左右的练剑资质平平,这不在天外也没能斩杀那位十四境剑修不是?傻大个在宝瓶洲天幕处的出拳,毛毛雨,没啥可多说的。当然更要问一问那些老伙计,你们知不知道先前是谁来功德林,比那符箓于玄重返文庙,还要多开一道禁制?顺便问一问今年中土神洲是什么年份,再换算一下宝瓶洲的大骊年号,才能知道我那关门弟子今儿是几岁了……

三人跟着老人起身。

左右轻声道:"先生。"

老秀才疑惑道:"做啥子?"

左右没有说话,只是有些内疚和伤感。

老秀才哈哈大笑,这个矮小老人,踮起脚尖,正了正这位弟子的衣衫领口,安慰道:"先生只是个教书匠,又不是喊打喊杀的人,境界修为、打架本事什么的,那也叫事?事不难无以知君子,无日不在是。"

左右点头。

老秀才突然喊道:"君倩啊。"

刘十六立即恭敬道:"学生在。"

老秀才看了眼这个傻大个,摇摇头,叹息不已。

刘十六疑惑道:"先生?"

老秀才伸手指了指左右和陈平安,痛心疾首道:"君倩啊,你看看你,都不用说你小师弟了,哪怕是左右,那也是有好些姑娘喜欢的,只是他不喜欢别人罢了。你呢?啊?怎么回事?愧不愧疚?难不难为情?"

刘十六挠挠头。

左右呵呵一笑,说道:"要说女人缘,比起师弟,我差远了,当年在剑气长城,就有很多女子专程跑去酒铺。如果这种事也分境界的话,我和君倩是资质极差的下五境修士,师弟早就是飞升境了,只差没有合道十四境了。"

刘十六恍然道:"原来如此,难怪难怪。"

陈平安保持微笑。

"你们俩懂个屁。"老秀才拍了拍关门弟子的袖子，一脸赞赏道，"乱花丛中立得定，才是英雄真豪杰。"

陈平安无奈道："没先生说的那么夸张。"

老秀才说道："有的。怎么没有！"

陈平安坚持道："真没有。"

老秀才抚须而笑："好好好，就当没有。"

刘十六看了眼那个小师弟。

总有种错觉，一个人身上，有两个人的模样。

左右和刘十六两个当师兄的，心有灵犀，对视一眼，各自轻轻点头——这个小师弟，既然这么让先生满意，那么练剑练拳，就不能懈怠了。

老秀才大摇大摆离去，两只袖子甩得飞起。

穗山大神，找那傻大个唠唠嗑去，是得好好唠唠。

墨家第四代巨子，好像也到了。

没有功名的董老夫子，以及还是没有功名的伏老儿，你说你们瞎忙个啥，咱们好好聊聊。

于玄。

老秀才觉得都应该拜访一遍，不能失了礼数。

自己毕竟是这座功德林的扛把子，怎么都该尽一尽地主之谊。

至于怎么聊天，都已打好腹稿。与那穗山傻大个，就聊当年那个随便一剑劈开穗山禁制的少年，你这都不见一见？

墨家一脉的辩学，极妙。可惜我那关门弟子，已经是咱文圣一脉的关门弟子了，不然当你们墨家的第五代巨子，不敢说绰绰有余这种话，说是勉强胜任，绝不过分。当然了，若是可以兼任巨子，我老秀才什么肚量，半点不介意。文庙那边，好商量啊。我跟老头子和礼圣啥交情，你不知道？

与那于老儿，就更有的聊了。

金甲洲那个不到三十岁才九境武夫的小姑娘，叫郑钱对吧？

巧了，是我徒孙儿！哈哈，更巧了，那个能够让文庙连开数道禁制的年轻人，就是郑钱的师父，我的关门弟子。

老人回头看了一眼。

左右。君倩。陈平安。

老人很自豪，只是很快就转过头，好像不敢再多看一眼。

老人有些心疼，他们怎么就成了自己的学生？

一条三层楼船航行在河面上，相较于问津渡那些仙家渡船，楼船并不显眼，而且速度不快，渡船主人显然是掐准了时辰，奔着文庙议事去的，与屁大事没有，却早早赶到那边蹭吃蹭喝的芹藻、严格之流，大不一样。

三骑缓行岸边，阿良瞧见了那条规规矩矩走河道的渡船，再加上那股子熟悉气息，顿时心中了然，扶了扶斗笠，屁股一扭，就站在了马背上，扯开嗓子喊道："丁哥丁哥！这边这边！"

那条楼船稍稍靠近岸边，船头很快出现了十数位神仙中人，其实原本有些人是不愿意露面的，不承想那斗笠汉子的视线游弋而过，一个不落，将老朋友们都给照顾到了，只得呼朋唤友，求个有难同当，一同走出船舱屋舍。

好似被众星拱月的居中一人，是个五短身材的汉子，貌不惊人，身边却站着两位姿容绝美的侍女，略施淡妆，就是国色。

汉子腰间悬佩一把样式普通的秋水雁翎刀，也没什么气势可言，就像一个不起眼的杂役，却大摇大摆站在一堆王公贵胄当中。

李槐对这些山上证道求长生的奇人异士，兴致缺缺，反正自个儿高攀不起，热脸贴冷屁股，没啥意思。所以更多注意力，还是在那条渡船上边。水中竟是一条白龙和一条墨蛟在拖曳楼船，两条神异之物，缓缓探出头颅，竟是半点水花都无。这一幕吓了李槐一大跳，不过很快释然，多半是那符箓手段。

李槐低头看了眼屁股底下走马符幻化而成的骏马，再瞧瞧人家的仙府气派，人比人气死人，跟在阿良身边混，确实寒酸了些。如果不是好兄弟，真就不遭这罪了。按照李槐的一贯作风，与其打肿脸充胖子，还不如干脆破罐子破摔，老老实实徒步远游得了，当年跟陈平安一起远游求学，不就是脚上穿着一双草鞋，书箱里放几双，也没给谁瞧不起。

阿良与李槐说道："愣着做什么？喊丁哥！是我好兄弟，不就是你的好哥们？"

李槐又不傻，侧过身，对着楼船那边抱拳行礼道："丁前辈。"

这次李槐干脆就没有自报身份，免得还没走江湖，名声就已经烂大街。

汉子身边那两位侍女神色古怪。佩刀汉子不以为意。

这位中土神洲最山巅的修道之士，化名郭藕汀，道号幽明，一宗之主。

真名，只有文庙知晓。

他只是对那位黄衣老者，多看了几眼，浩然天下有这么一号山巅修士？

郭藕汀也未多想什么，只当是如今的天时，好似惊蛰时分，岁数极老的山野逸民，层出不穷，身份各异，根脚难觅。

阿良使劲招手道："云妃妹妹，梅箓妹妹，几年没见，愈发清瘦了，看得阿良哥哥好生心疼。"

三骑停下马蹄,楼船也跟着停下。

阿良蹲在马背上,伸出大拇指,指了指身边的李槐:"丁哥,我身边这后生,姓李名槐,少年英才,年纪不大,学识不输元雾,拳法不输纯青,围棋不输傅噪,象棋不输许白……"阿良赶紧补了一句:"其实我认得他,他不认识我,尚未斩鸡头烧黄纸,金兰簿上写名字。"

李槐脸色僵硬,心想:等到没了外人在场,必有重谢。

岸边马背上的嫩道人,幽幽叹息一声:自家公子,真是福缘深厚,别人需要打生打死才能挣着一点名气,李槐大爷不费吹灰之力就有了。

郭藕汀微微一笑,记住了那个"年少才高"的儒生李槐。这位飞升境大修士,对那阿良知根知底,就要告辞离去,千万不能给阿良半点顺杆子往上爬的机会。要是给阿良登了船,后果不堪设想。能够被郭藕汀记住的那一小撮浩然天下大修士,无论是谁,再如何性情诡谲、行事乖张,终究有迹可循,能够揣度几分,但是眼前这位斗笠汉子,永远不知道他下一句话会说什么,下一件事会做什么。

比如白帝城那位魔道巨擘,遇见了,只要不聊他的师父,都好说。郭藕汀一直不觉得柳七是最被低估的修士,他始终坚信郑居中才是。

又比如那个左右,孤傲至极,难以亲近,那么只要别去主动招惹他,就不会有任何麻烦。

但是那个身为圣人后裔的读书人,行走江湖连姓氏都舍了不要的剑客,真是什么勾当都干得出来。

阿良大笑着摆手道:"算了,不用盛情邀请我们登船同行,我要与好兄弟一起骑马游览。"

郭藕汀有些意外,阿良何时转性了?山上修士,见机不妙,找台阶下,谁都会,可这个阿良,从来只会找台阶上。

渡船再度缓行水中,速度依旧远超走马符三骑,很快就将阿良三个远远抛在身后。

嫩道人见李槐一头雾水,帮着一语道破天机:"是那铁树山的郭藕汀。"

李槐咋舌不已,乖乖,是那个号称一刀劈断黄泉路的幽明老祖?!

中土神洲十人之一,同样是飞升境大妖。铁树山,是浩然大宗。如果说白帝城是天下野修的心中圣地,那么这位幽明道主的铁树山,就让所有山泽精怪心神往之。

嫩道人一声唏然长叹,同样异类出身,只不过一个在浩然天下混得风生水起,开宗立派,受万人敬仰,一个在十万大山里边每天趴着看门,在鸟不拉屎的地方,受那窝囊气。

李槐回过神,又给阿良坑了一把,用行山杖戳那阿良,怒道:"汀,不念丁!丁你大爷的丁！"

阿良一边躲避行山杖，一边抠鼻子："我爱怎么叫就怎么叫，你看那藕丁兄不也答应了？换成一般人，喊破嗓子都拦不住那条淋漓渡船。"

李槐收起行山杖，犹豫了一下，小声说道："总觉得那条船煞气有点重，阿良，是我的错觉吗？"

嫩道人感叹道："公子开了天眼一般，真是有如神助！"

阿良取出一壶皎月酒，喝了一大口，笑道："你年纪小，好多个山巅的恩怨，别说亲眼见过，听都听不着。不谈什么万年以来，只说三五千年来的老皇历，就有过十余场山巅的捉对厮杀，只不过都被文庙那边禁绝了山水邸报。口口相传没问题，只是文庙之外，不允许留下文字。其中有一场架，跟郭藕汀有关，打了个山崩地裂，再后来，才有了不开花的铁树山，以及那座彩云间的白帝城。"

阿良拍了拍自己腰间竹刀："别看郭藕汀长得人畜无害，其实脾气真不算好。他腰间那把佩刀，名为枭首，实打实的血迹斑斑，腥血淋漓炼宝刀嘛。这家伙运气好，还拥有一把老祖宗品秩的照妖镜，曾是远古一尊高位神灵所持重宝，被郭藕汀得手后，大炼为本命物，光是炼化，就耗费了千年光阴。不过真要比拼刀法，我是半点不怵的。"

远古行刑台上边，甲剑、破山戟、枭首、斩勘两刀，这几件，都是老皇历上边的神炼重器，不等神灵真正行刑，蛟龙只是瞧见了那几件兵器，估计就已经吓掉了半条命。

李槐感慨道："别的不说，能够与幽明老祖聊上一句话，这走马符没白骑。"

嫩道人有些想不通，李槐对那郭藕汀的敬畏之情溢于言表，再加上先前在湖君李邺侯那边的拘谨，怎么回事？阿良什么剑术，你不知道？老瞎子什么境界，你不清楚？也没见你有半点畏缩啊，横得无法无天了。

阿良继续显摆自己的见多识广："拖曳楼船辟水前行的那条白龙，来自安乐寺壁画《海水图》，另外那条墨蛟，来自一幅《神龙沛雨图》。寺壁《海水图》和《神龙沛雨图》画卷，我都亲眼见过，确实各自少了一条白龙、墨蛟。

"至于先前站在郭藕汀身边的那拨高人，都是一等一的丹青圣手，其中三人，尤其擅长画龙，他们几个的名字，你在书上应该都看到过。陈所翁，笔墨若铁钩锁，可拘蛟龙画卷中。房虎卿，被誉为画中的草书圣人，除了画龙之外，各大王朝的宫廷水陆画，都以邀请到此人绘画鱼龙海水为荣。董毗陵，他在登山修行之前，是位宫廷画师，曾经奉旨画龙于玉堂院北壁，用笔极精，结果因为太过惟妙惟肖，皇帝御笔点睛之时，天地感应，云雾生成，墙上水纹做波涛汹涌状，吓哭了一大拨前去赏画的龙子龙孙。"

李槐难得在阿良这边说句好话："你懂的还不少。"

阿良仰头灌了一口酒，抹了抹嘴，眼神深沉："懂得多了，最怕记得住。所以才要喝酒。"

人生寄世，奄忽飙尘。年命之逝，如彼川流。未几见兮，泥土为俦。飞驰索死，不肯暂休。为之流涕，不容回思。

　　总把平生入醉乡，醉中骑马月中还。

　　李槐疑惑道："你哪来的皎月酒？"

　　先前在李邺侯府邸那边，一人一壶，都是喝完了的。

　　阿良立即嬉皮笑脸："是多年以前的一次做客，邺侯兄非要我搬走百来坛，不然不给走，盛情难却，我有啥法子，只能收下了。紧着点喝，喝了这么多年还没喝完。"

　　身为一名剑客，多次云游四方，知己遍天下，光是为了装酒，就填满了两件咫尺物。

　　跟山上人世间事较劲，不如跟酒较劲。

　　至于咫尺物，当然是借来的，他一个穷光蛋，只有情债多。

　　阿良长叹一声："朋友太多，喝不完酒，也愁人。中土神洲曾经有一份以公道著称的山水邸报，评选出山上十大口碑最佳修士，我是榜首。"

　　轻拍马背，银鞍白马，飒沓流星。

　　阿良跟随着颠簸马背，晃晃悠悠，一边饮酒一边高声道："气质冷如冰，风骨硬似铁，在下剑客阿良，四座天下的风流帅！"

　　李槐忍了半天，终于忍不住正色道："阿良，作为你的拜把子好兄弟，我能不能说句良心话。"

　　阿良瞥了眼李槐，小兔崽子难得如此神色严肃，多半是要讲几句掏心窝的马屁话了。阿良喝着酒，大手一挥，只管放马过来。

　　李槐小声说道："你爹娘要是还可以的话，就再生一个吧。你算是废了。"

　　阿良一口酒水喷出来。嫩道人辛苦憋住笑。阿良一拳竖起，向后一拍，黄衣老者又倒飞出去。阿良收敛神色，看了眼那条楼船，微微皱眉。

　　一座铁树山，是郭藕汀以崩碎山脉堆积而成，算是一种受罚姿态。

　　差点砍死郭藕汀的那个人，就是后来的斩龙人，也就是白帝城郑居中的传道人，同样是韩俏色、柳赤诚名义上的师父。

　　相传第一次"铁树山开花"之时，就是郑居中登山之时，在那之后，铁树就再无花开了。

　　这样的老故事，阿良知道不少。

　　如今主持浩然天下陆地水运的，是那位道号青钟的澹澹夫人，但是陆地之外，依旧没有名正言顺的水运主人。

　　关键是那个出身骊珠洞天的稚圭，如今连齐渡公侯都不是，要知道连那北俱芦洲的大渎，都有了灵源公和龙亭侯。

　　铁树山郭藕汀，身边跟随着一拨画龙圣手。既然如此堂而皇之聚集在一起，那么就不是什么密谋了,反而应该是一种提醒?

合情合理。

世间所有画龙之人,最希冀一事是什么?自然是世间犹有真龙,可以让人一睹真容。

当年那趟宝瓶洲之行,阿良在遇到风雪庙魏晋之前,还曾路过云林姜氏附近的一条大江,文运与龙气都不少。

接下来的天下大势,会更加复杂,更加暗流涌动。

原本好像各自割据的浩然天下九洲,被一场惨烈战事给硬生生接成一片,人与事越发紧密结网。

阿良坐在马背上,突然幸灾乐祸起来。

嫩道人缩了缩脖子。

李槐问道:"咋了?"

阿良笑道:"没事没事,就是心疼完两位妹子,我开始心疼丁兄弟了。我这人,就这点不好,心肠软。"

楼船那边。

一位年迈炼师好奇询问道:"郭山主,那个阿良,当真跻身过十四境?只是被托月山给硬生生消磨掉了十四境?"

郭藕汀说道:"为何跌境,我不清楚,但是阿良肯定跻身过十四境。"

一条楼船,微微一颤。郭藕汀一手按刀,一手抬起,示意所有人都不要妄动。

一个佝偻老人,有眼无珠,一手负后,一手掌心抵住下巴,他孤零零一人,站在不远处,咧嘴道:"见着了我的弟子,架子还这么大?靠岸都不舍得,黄泉路上,这么急匆匆吗?"

李槐,既是这个老瞎子的开山弟子,也是关门弟子。不过如今老瞎子却只是李槐的大半个师父,老瞎子反而偏就喜欢这样的没道理。

阿良再不管楼船那边的死活,只是抬头看了眼天幕。

天下豪杰,可挽天倾。

也要能够补天缺。

先前那三场雅集,其实是场面事,接下来的私人聚头、拜会、秘密议事,才是真正的重头戏。

比如原本无人问津的鹦鹉洲那边,就凭空多出了一座仙家酒铺——是那最早开在倒悬山的黄粱铺子。老掌柜趴在柜台上逗着那只笼中武雀,年轻店伙计忧心忡忡,因为听说那个阿良就要到了。

而老掌柜的那个姑娘，与年轻伙计的心情恰恰相反。她坐在角落一张桌旁，忙着梳妆打扮。桌上的瓶瓶罐罐，堆积如山。女子正在犹豫是垂珠眉好看呢，还是新鬓角鸦飞的却月眉更好看呢，对着一把梳妆镜，左看右看，她突然变了主意，觉得自己有一双丹凤眼，若是将上眼睑线条画深些，下眼睑浅些，说不得就要更加符合那些艳本小说上所谓的"美姿姿可喜煞"了，只是牵一发而动全身，眉眼妆一换，那面靥花子、口脂和发钗衣裙都要换了，岂不愁人？

而当下铺子里边，客人有兵家尉老祖，商家的范先生，还有阴阳家陆氏一位年轻家主，小说家的两位老祖师，以及一位习惯横剑身后的剑客，墨家游侠许弱。

范先生的一位扈从，喝高了，在怂恿同桌饮酒的许弱，找机会一剑砍死那个阿良，结果被那酒铺掌柜闺女一拍桌子，大骂不已。

鳌头山一处府邸内，中土神洲五尊山君第一次齐聚。结果有两拨客人，一起登门拜访，一方是想要与九巍山大神讨要几盆蕴含文运的菖蒲，一方是邵元王朝的几位年轻剑修，朱枚要见烟支山那位与自己缔结盟约的女子山君。于是五位山君就此散去，很快就又有其他客人陆续登门，最后就没有一位山君得闲。

鸳鸯渚上边的一座水府秘境，皎月湖李邺侯与其余四位湖君，也在闲聊，但是谁都没有邀请那位渌水坑的澹澹夫人。

从飞升境跌为仙人境的刘蜕，与葱蒨、芹藻两位仙人，一起找到了齐廷济，刘蜕正在破口大骂完颜老景这个老王八蛋。

怀荫找到了财神爷刘聚宝。刘幽州与怀潜是老朋友了，刘幽州欲言又止，因为郁狷夫如今也在这边，但是她与怀潜的那桩婚事，好像不了了之了。

跟随龙虎山天师府一起赶来此地的浣纱夫人，主动找到了玉圭宗宗主韦滢，询问大泉王朝的近况。

曹慈与元雾一起行走在鳌头山的林荫小道上，迎面走来两位下山之人，是北俱芦洲的徐铉和林素。

鳌头山上两盘棋局，今天一处不再是林君璧守擂，而是郁清卿，对弈之人，是白帝城傅噩。另外一处，是许白对局一位龙虎山小天师。

云林姜氏家主，撇下了其余子孙，只带着姜韫乘船游览鸳鸯渚，船上两位外人，是四大圣人后裔府邸的当代家主。

泮水县城。火龙真人主动拜访青钟夫人，见面就道贺："哟，升官了，好大官。"

中土神洲山神湖君，火龙真人大多很熟，这位渌水坑肥婆娘，当然也不例外。而道号青钟的澹澹夫人，还真就最怵眼前这个老家伙。

一个瘦竹竿似的老人，身材矮小，紫衣白发，腰悬一枚酒葫芦。先前在那市井处收徒，小有挫折。收个徒弟，就是这么难。

一位木讷汉子,穿着草鞋,步行天下,正是墨家第四代巨子。

鸳鸯渚,由那绰号龙伯的张条霞领头后,出现了一群钓鱼人。而这位看似与谁都和颜悦色的长眉老人,是裴杯崛起之前,公认的浩然天下武道魁首。

张条霞左手边不远处,是一个坐在小竹凳上的中年男子,腰系小鱼篓,喜欢晃荡古战场遗址,捕捉英灵、阴煞厉鬼。

右边还有三人,皑皑洲雷公庙一脉师徒二人,沛阿香和柳岁余。

以及刚到水边的一个北俱芦洲老莽夫,王赴愬。他坐在张条霞和沛阿香之间,笑道:"这不是阿香姐姐嘛。"

王赴愬,如今是大源王朝卢氏供奉,这次跟过来,纯粹就是闲来无事闷得慌,出来透口气。

沛阿香置若罔闻。

张条霞笑问道:"那个李二拳脚如何?"

王赴愬嗤笑道:"一般般,拳不重脚不快,如果不是你问起,我都不稀罕多说。"

张条霞轻轻点头,将信将疑。

王赴愬早年在试图跻身"神到"之时,走火入魔,人身小天地内的万里山河,湖海蒸腾、山岳陆沉一般,气象大乱,武夫纯粹真气被数位剑仙合力拘押起来。

柳岁余笑问道:"怎么个'一般般'?"

王赴愬毫不犹豫答道:"李二铆足了劲,三拳都没能打死我。能厉害到哪里去?"

更远处的那位桐叶洲武圣吴殳,哑然失笑。

如今浩然天下,门户之见,依旧有,只是有了翻天覆地的变化。

中土神洲,当然独一档。

接下来就是北俱芦洲,东宝瓶洲。

此外西南扶摇洲、南婆娑洲、西金甲洲、西北流霞洲、皑皑洲,都差不多。

东南桐叶洲,独一档,只不过是垫底。

所以,吴殳与那玉圭宗宗主韦滢,其实在先前那场雅集酒宴上,都比较沉默。而武夫吴殳与剑仙韦滢之间,哪怕是桐叶洲同乡,其实也没什么可聊的。算是认识,点头之交。

岸边垂钓,武夫扎堆。

不是十境,就是九境。

文无第一,武无第二。

那个王赴愬笑道:"裴杯没来,宋长镜也没来。怎么?是瞧不起龙伯前辈你这位江湖总瓢把子?"

张条霞笑道:"别乱取绰号,什么江湖,什么总瓢把子,传出去容易惹是非。"

裴杯的境界，一直是个天大的谜。她到底有无十一境？

至于宋长镜，在那宝瓶洲，凭借阵法，凝聚一洲武运在身，一拳击退王座大妖袁首，拳杀俩仙人境。

同样地，宋长镜当时到底有无跻身十一境？或者说已经迈过那道门槛，等到阵法崩碎，就又退回了十境？

那么跻身武学之巅，眼中所见的山河画卷，到底又是怎样个景象？

在战事当中，裴杯更多是以大端王朝的国师身份，负责调兵遣将，出手机会，甚至要远远少于弟子曹慈。

曹慈在扶摇洲和金甲洲战场，出拳极多，战功极大。

一个年轻人有无出息，只看旁人提及此人师传，越少，出息越大。

比如白帝城郑居中，为何明明是城主，却有韩俏色、琉璃阁阁主、守瀑人等数位师妹、师弟？他们的传道恩师是谁？早已无人探究。

百花福地的花主，正在设宴款待柳七郎。

一年四季十二个月，分别有四位命主花神，十二个月花神。而十二个月花神，都会邀请一位男子，作为各自唯一的客卿，故而他们又有男子花神的美誉，往往是那些诵花诗词堪称"神来之笔"的文人雅士、山上神仙。相貌气度，修士境界，文采辞藻，自然缺一不可。不过在这之上，还有那太上客卿的虚设头衔，例如白也之于牡丹。

这次出门远游，除了福地花主、四位命主花神，还有一位少女面容的凤仙花神，在百花福地资质浅，神位低，昵称瑞凤儿，好不容易才跻身了七品三命，有了个"羽客"的美誉。只是"菊婢艳俗"的说法，始终让少女黯然神伤，而且流传越来越广，而率先提出这个伤人心说法的，又是苏子的一位得意门生。

加上这百来年，没有一篇脍炙人口的诗词传世，下一次白山先生和张翊、周服卿一起主持的福地评选，她极有可能就要直接跌落到九品一命了。

问津渡那边，哪里有仙子的镜花水月，一个腋下夹斗笠的汉子就往哪里凑，探头探脑，这边蹦跳几下，那边挥手几下，不然就是站在原地，竖起双指，笑容灿烂。

含蓄些的仙子，眼神哀怨，提醒那个碍眼的汉子："你让开啊！"

脾气没那么好的女子，就直接让他"死开"。

如今的小姑娘，不解风情，汉子呆呆无言，不就是才离开了浩然天下一百多年吗？有些受伤，世道到底是怎么了？

李槐吃一堑长一智，带着嫩道人离得远远的。

阿良屁颠屁颠跑到李槐身边，问道："接下来怎么说？咱们是先找个落脚地儿，还是直接去功德林找陈平安？要见就抓紧点，因为很快就要议事了。"

李槐问道："你谁啊？"

阿良无奈道:"李大爷,厚道点。"

李槐闷闷道:"陈平安来见我还差不多。"

阿良叹了口气。也没觉得奇怪,当年远游途中,李槐就与陈平安最亲近,跟陈平安也最不见外。

阿良突然一拍额头,服了。

问津渡不远处,一袭青衫长褂的背剑男子,满脸笑意,缓缓走来。

拣选路线极有讲究,刚好躲过那些镜花水月。

嫩道人瞧见了那人,顿时心弦一紧。

李槐笑容灿烂,一路飞奔过去,骤然停步,与陈平安重重击掌。

阿良与嫩道人站在一旁。

阿良笑道:"有我一半帅气了。"

陈平安笑道:"不敢。"

刹那之间,所有有资格参与议事的人物,心中都响起一个温醇嗓音:"开始议事。"

陈平安与李槐说道:"回头找你。"

青衫剑客与斗笠汉子,两人身形在问津渡凭空消失。

直到这一刻,渡口看客们,因为有人得到了飞剑传信,议论纷纷,才后知后觉一事,那两人,竟是参与文庙议事之人。

文庙广场上,天地清明,席位并无主次之分,所有人刚好围成一个大圆。

儒家圣贤,文庙正副三教主,三大学宫祭酒、司业,七十二书院山长。诸子百家老祖师。各大宗主,飞升境,仙人境。止境武夫。王朝皇帝。大岳山君,五湖水君。洞天福地主人……

浩然天下,豪杰圣贤,齐聚于此,视线游弋,各有打量。

至圣先师并未现身。

主持第一场议事的礼圣,没有着急开口说话。

其中五人,站在一起,位置极有意思。

齐廷济,陆芝。阿良,左右。

阿良没有站在亚圣身边,左右也未曾站在文圣一旁。

而在齐廷济、陆芝与阿良、左右之间,刚好居中站着一位身材修长的年轻男子,剑气长城隐官,陈平安。

一时间,仿佛一座天下,不约而同,共看一人。

第七章
无话可说

万年以来,可能除了剑气长城的巅峰剑仙议事,就再无一次,能够让类似的这四位剑仙,心甘情愿当那绿叶陪衬。

齐廷济,南婆娑洲龙象剑宗宗主,剑气长城的齐氏家主,是一位曾经城头刻字的老剑仙,飞升境巅峰。在异乡三处战场接连出剑,仅凭一己之力,赢得了整座浩然天下的敬意。

陆芝,剑气长城上唯一一位女子大剑仙,传闻她其实是浩然人氏,但陆芝却始终以剑气长城本土剑修自居。杀力巨大,不是飞升境,却完全可以视为一位飞升境剑修,不然她的名次也不会排在飞升境老聋儿之前。身为城头十大巅峰剑仙之一的纳兰烧苇,更是亲口说过,自己作为垫底剑修,在他身后不远处的岳青、米祜这几位巅峰候补,他们与陆芝,其实隔了两个纳兰烧苇。

阿良,作为圣人府后裔,却在剑气长城游历百年光阴,曾是剑气长城名气最大的一位读书人。

在阿良出现之前,剑气长城剑修对浩然天下的印象,很纯粹,唯有冷眼低看而已。在阿良晃荡百年之后,大为改观,赌品酒品人品,都让本土剑修"眼前一亮"。如果不是被托月山镇压数年,他又不惜大道消磨,剑斩无数厉鬼冤魂,去了一趟西方佛国,不然如今已是十四境。至于阿良在城头所刻大字,最为惊天地泣鬼神,相信等到山水邸报一开,剑气长城两截城头有了镜花水月,那个"猛"字,会赢来无数个充满惊叹意味的"刘叉"。

左右，飞升境巅峰。被视为浩然天下剑术最高者，更是剑气长城最不苟言笑、脾气最差的一位剑仙，也是厮杀起来最有"剑仙风采"的一位。相传战场上，曾经有那一人同时问剑十四王座的壮举。而左右在南婆娑洲海外，以遥遥一剑，将那萧愻直接打入大海底部，更是无数修士都曾目睹的一幅壮阔画卷。

剑气长城，五位剑修，三飞升一仙人一玉璞，却是境界最低、年纪最小的青衫剑客陈平安，站在居中位置，而且落在众人视野，并无半点突兀感觉。

关键是四位剑修，显然对此都毫无异议。

虽说人心隔肚皮，山巅修士，往往修身养性功夫都极好，但是这五位剑修并肩而立，大道相契，剑意融合，无法作伪。

哪怕那个让中土神洲"剑仙坯子"沦为一个笑谈的左右，还有个文脉同门的师兄身份，在此刻，依旧只是站在陈平安身边。

剑气长城剑修的跋扈，浩然天下心知肚明，甚至还有很多游历之人，在那边吃过大苦头，却只能回到家乡后，至多学小娘子作态，与师长与好友哀怨诉苦，绝无报仇的胆量和能耐。

在剑气长城，万年以来，不认身份名字，不认师承靠山，只认剑术，只认战功。

加上居中的陈平安，这五位剑修，就像一座崭新的剑气长城，就像一座无可匹敌的剑气天地。

任你是一位十四境大修士，无论是合道天时地利还是人和，与之为敌，毫无悬念，一样会死。

议事开始之初，获得视线最多的一小撮人，要么得修为境界足够高，同时还得人缘足够好。

比如已经开始合道天外星河的于玄，一位板上钉钉的十四境大修士，符箓于仙这个说法，将来只会更加名副其实。

当然还有喜欢云游浩然九洲，而且从不乘坐跨洲渡船的火龙真人。火龙真人的视线迅速游弋半圈，儒家圣贤之外，贫道看了谁，谁敢不看贫道，贫道就要去登门做客，添加香火情，免得将来再有这类对面不相识的尴尬处境。

要么年纪轻轻，是山上的生面孔，同时在这场战事中，脱颖而出，年纪小却功劳大，前途不可限量。

比如曹慈，家乡是那青冥天下的儒生元雯，许白。

对于每一位参与议事的年轻修士而言，所谓年轻，五百岁以下，都算年轻。今天能够跻身此地，就等于获得了浩然天下一张最大的护身符。

当然曹慈肯定是例外，这位纯粹武夫，不需要。

然而在这一刻，议事众人，视线相同，想法各异，观感各异，都在看那个剑气长城第五位剑修。

陈平安,宝瓶洲骊珠洞天,陋巷贫寒出身,祖籍槐黄县,大骊王朝人氏。年少喜远游,两次游历剑气长城,最后一次停步多年,以外乡人身份,顶替叛变剑修萧愻,破格担任剑气长城末代隐官,统率避暑行宫隐官一脉,帮助陈清都排兵布阵,号令剑仙,调遣剑修,战功卓著。

两大兵家老祖之一的尉老祖师,眼界极高,却对那个素未谋面、从无交集的年轻人评价极高,不吝溢美之词,说了两句极有分量的言语:"前有隐官调度十万剑修镇守一城,后有绣虎掌控大骊铁骑死守半洲山河,为我浩然赢尽人和。""年轻隐官,可谓儒将。"

天下武运最为浓厚的居胥山,其大山君怀涟有言,剑气长城多打了几年的仗,就等于浩然天下少打了几年。为我浩然活人无数,善莫大焉。

有那"算盘"绰号的怀荫,评价此人,相对老成持重,说隐官坐镇剑气长城避暑行宫,更多是顺势而为,群策群力,功劳并非全归于陈一人,但是功劳最大者,当数陈无疑。

一向"看遍天下目无余子"的白帝城郑居中,也曾笑言,剑气长城这一局万年未有之死活题,胜在守方执棋之人,落子冷酷,严苛无情,看待妖族、剑修攻守双方,甚至连同陈自己,皆以死棋视之,故而最终能够死中觅活,剥削蛮荒元气极多。

陈平安身上那个文圣一脉关门弟子的头衔,在今天有资格占据议事一席之地的豪杰圣贤眼中,反而不是特别瞩目,甚至有可能还不如一个"宁姚道侣"的身份。

才四十岁出头,就已是一位玉璞境剑修,还是止境武夫,这位首次闯入浩然天下山巅视野的年轻剑客,身在此地,众目睽睽之下,神色自若,显得极为从容。

穗山大神,身材魁梧,披挂金甲,双手拄剑,一双金色眼眸,打量着那个陈平安。早年就是这小子,莫名其妙一剑劈开了穗山禁制,惹来了不少惊叹和非议,还被山巅好事者百般揣测。

火龙真人抚须而笑,好小子,几年不见,气度风采,胸襟雅量,都快要追上山峰了。

白发紫衣的老神仙于玄,挠了挠耳朵,先前给那老秀才拽着道袍袖子不让走,给唠叨得差点耳朵起茧子,真是怕了。不过老秀才唾沫四溅,其中有个道理说得还算公允,就像他于玄这一道脉,上梁直挺挺的,下梁就歪不到哪里去,那么陈平安与裴钱这对师徒,更是如此道理了。于玄细细思量一番当年的金甲洲战场,那个扎丸子头小姑娘的所作所为,确实挑不出半点毛病来,于玄对那宝瓶洲新建宗门落魄山,便难免高看一眼,打算返回天外星河之前,可以下一道法旨,让徒子徒孙和自家福地,与那山头做点小买卖。

毕竟那个郑钱说过,她师父对自己这个符箓于仙,那是极为仰慕的,看来这个陈平安,年纪不大,眼光老辣啊,难怪能当隐官。

渌水坑的澹澹夫人,则想起了那个自称是此人得意学生的白衣少年,做起生意来,真是行家里手，自家虬珠库藏，直接被搜刮一空。她完全可以预料，以后无论是炼制法袍、湘君龙女裙，还是制作女修心头好之一的掌上明珠手钏，落魄山不敢说就此一家独大，最少能够垄断半壁江山。

老夫子伏胜，其实早就见过那个年轻人了，就在宝瓶洲青鸾国的柳氏狮子园。他这条文脉，对三坟五典钻研极深，在儒家几条文脉内，算是研古一派，只不过开枝散叶不多，关键是道统传承，相对松散。三大学宫七十二书院，只有三座书院的学问宗旨，尊奉伏胜为首。不过若是笼统而言，后世训诂、音律、解字，伏胜都算是一位开山鼻祖，只不过这个身份，一直不被儒家文庙正式认可。那位"说文解字、当世第一"的召陵许君，就与伏胜只是好友，双方之间并无师承。而这位许召陵，就是许白真正意义上的先生。不过直到这次参与议事之前，在鳌头山棋局上，许白才知道那位前来观棋的家乡学塾夫子，站在南婆娑洲醇儒陈氏新任家主身旁的教书匠，竟然是大名鼎鼎的召陵许君。

伏胜身旁，是如今的稷下学宫司业，一位中年面容的儒家圣贤，曾是鸿都门学的主持人，刚刚转任学宫司业没几年，伏胜转头与他笑道："是不是没想到会有这么一天？"

那位学宫司业点点头："是没想到。"

青神山夫人，望向那个年轻人，眼神温和，虽然笑意浅淡，但已经殊为不易。她是通过数个渠道得知此人。弟子纯青，游历归来，就提及过崔东山是那人的学生。还有个宝瓶洲的马苦玄，作为候补十人之一，性情极为桀骜，先后打败过赊月、纯青和许白，他在纯青这边，撂下一句与陈平安有关的题外话："小娘皮，学什么拳？给那姓陈的提鞋都不配，以后乖乖修道去。"

再就是竹海洞天如今人人皆知，有个绰号"二掌柜"的年轻人，在剑气长城，靠着几片竹叶，卖那青神山酒水，卖得很问心无愧。剑气长城的剑修们偏就好这一口，喜欢蹲在街边端碗饮酒，全天下，估计就只有那处小酒铺，会以一碟咸菜就青神山酒了。同样是远游剑气长城的读书人，天壤之别。

墨家当代巨子，倒是不怀疑老秀才所说的，他那关门弟子，对三别墨都有关注，还对辩者和历物十事都有研究。只不过老秀才说的其他事，比如什么我那弟子，年纪轻轻，就对墨家辩学极为推崇，造诣颇深，什么以名举实、类取类予，见解独到，不输你们墨家三脉的任何一位学问大家，尤其是对那飞鸟之影未尝动一说，差点就要遥遥相契，有那观水见影的悟道迹象，我那弟子其中一把飞剑的本命神通，多有得益于墨家此说，所以回头你更应该去我那弟子身边，一个道谢，一个领谢，也算一桩美谈，忘年交嘛，兄弟相称都是可以的，你就别瞎讲究什么辈分了……这位巨子，对老秀才这些喝酒喝高了的不着调说法，听过就算。

裴杯转头与曹慈微笑道："如何？"

曹慈说道："可以问拳一场分胜负，前提是陈平安愿意。"

两个同龄人的拳法高低，其实不用问拳，曹慈已经是止境的归真巅峰，陈平安还只是十境的气盛圆满，但是曹慈却说要分胜负，需要问拳。

　　两位拳法高度相当的纯粹武夫之间，几乎从无客套话，不讲究什么君子之交彬彬有礼，没什么虚情假意的和和气气，能够一人倾力问拳，一人全力接拳，就是双方最大敬意。此外平时言语，至多是好坏各半，就像王赴愬提及李二，既大言不惭说"一般般"，却也承认自己技不如人。还有更早崔诚在竹楼二楼，既说撼山谱的拳意宗旨极高，也说拳招实在土气。

　　裴杯说道："拳分胜负，悬念不大。"

　　曹慈突然叹了口气，看了眼自己师父那把佩剑的竹鞘，说道："不出意外，师兄要被问拳。"

　　裴杯笑道："欠债还钱，欠拳还拳。"

　　宋长镜神色淡然，只是想起当年在小镇，那个还脚穿草鞋的少年，曾经拿着三袋子金精铜钱找到自己，求他这位"宋大人"，帮忙给一个公道。那会儿的泥瓶巷草鞋少年，想要一份心中的公道，就只能求人，还要送钱。

　　但是那个时候的窑工学徒，在与人谈买卖的时候，就已经十分沉稳，胆敢舍生忘死，不会意气用事。之后少年背弓与宁姚联手，与那位正阳山"搬山老祖"搏命一役，宋长镜其实从头到尾，都看在眼中。但是陈平安能够一步步走到今天这个位置，还是让宋长镜大出意料。

　　中土十人之一的怀荫，神色古怪，见到那个年轻隐官之后，心念微动，然后赶紧掐指，极有讲究地"绕路心算"一番，怎么越发觉得这位年轻隐官，与怀潜着重提过的一位北俱芦洲"陈道友"，如此重叠？难不成真是那个躲在大玄都观孙怀中身边的"奸猾贼子"？按照怀潜的说法，此人来历不明，城府极深，擅长避险，保命和捡漏儿功夫，都堪称一绝。

　　邵元王朝的国师晁朴，终于第一次见到那个学生林君璧心心念念的隐官大人。

　　当年陈平安还曾借助林君璧，捎话给出身亚圣一脉的邵元国师，是某个不大不小的道理：人性且不去先谈善恶，只说好人与善心，那人性善心之灯火，人间俯拾皆是，只看旁人是否愿意睁眼看。

　　流霞洲那位女子仙人葱蒨，总觉得那个隐官，好生眼熟。不是容貌，而是那双眼睛。

　　思来想去，她蓦然瞪大眼睛，是那芦花岛附近海上的汉子，是一个在造化窟门口自称玉圭宗客卿曹沫的家伙，不过葱蒨遇到他时候，他在一条渡船上，船上还有九个孩子。

　　对了，只有剑气长城的隐官，才有可能在身边带着九位修道坯子，在雨龙宗芦花岛一带海域,"招摇过市"。

当时葱蒨还与他闲聊了几句,这家伙说自己认得姜尚真,但是那个花心大萝卜却不认得他。那会儿,对方的眼神还挺诚挚啊。

回想起来,这个陈平安,那会儿肯定凭借她悬佩的香囊,就已经认出了她流霞洲松霭福地之主、仙人芹藻师姐的身份。

好嘛,真会装蒜,不愧是隐官大人,难怪会跟阿良站在一边。

阿良"来时路上",以迅雷不及掩耳之势,破天荒穿上了一袭儒衫,干净利落的装束,再无半点邋遢。此刻站在陈平安和左右之间,大概是被身上儒衫给"大道压胜"了,终于要了点脸,知道先转过头,再吐了口唾沫,捋了捋头发,掌心小心翼翼贴着两边鬓角蹭了蹭,与左右轻声道:"这么多人都盯着我猛看,教人十分难为情了。"

左右点头道:"其中就有青神山夫人。"

腰间还悬佩一把青神山材质竹刀的阿良,目不斜视,消停了。

陆芝开始闭目养神。

在参与议事之前,在那功德林,左右询问陈平安,会如何对待接下来的那场议事。陈平安的回答很简单,我知道自己是谁,做过什么,做成什么,没做成什么。到时候参与议事,多看少说,能不说话就一定闭嘴,当个哑巴。

许白站在人数众多的诸子百家老祖师当中,其实很不轻松。

参与议事的人当中,年纪最小的修士,其实不是陈平安,而是有那"少年姜太公"美誉的许白,如今才是而立之年。

这位年轻候补十人之一,比起剑气长城的年轻隐官,大端王朝的武夫曹慈,亚圣一脉的儒生元雾,都要年轻。

许白这会儿只觉得别扭万分。如果不是姜老祖师生拉硬拽,许白是打死都不会过来露脸的,哪怕他和元雾等人,都曾是文庙秘密设置的一处军帐的军机郎。三十余人,来自文庙、兵家、阴阳家、纵横家等,都是诸子百家和最顶尖世族豪阀当中,最为出类拔萃的年轻俊彦,都曾不同程度上影响过五洲某处战场的走向。

只是文庙从未宣扬此事,所以这些年轻人的名声,远远不如那座剑气长城的避暑行宫隐官一脉。其中又有一人,身份极为特殊,邵元王朝的林君璧,他是唯一一个,既是隐官一脉剑修,又是文庙军机郎的年轻人。只是林君璧依旧未能跻身此次文庙议事。

而因为最为年轻,所以必定名垂青史的许白,其实是同为兵家一脉的风雪庙魏晋的让贤,才能够现身会议。

事实证明许白并没有多想,因为当真有许多山巅前辈的视线,毫不遮掩他们的冷漠、讥讽、轻视。并不明显,隐藏得各有深浅,但是许白凭借一门天赋,可以模糊察觉,最可怕的,还是几位与兵家关系不错的山巅大修士,在某一刻,看似对自己笑颜相向,却心念冰冷。

许白也不计较这些居高临下的眼神,也没法子计较什么,他只是跟随其他人,一起望向那个年轻隐官,陈平安气定神闲,却不是想象中那种桀骜不驯的狂士风采,而是一种温润如玉的风雅气量。

在许白的原先想象中,能够在剑气长城立足,还能以远游外人身份担任隐官的,一个武学登高路上绝无捷径可走的纯粹武夫大宗师,一定是那种极为锋芒毕露的年轻人。

当然,人不可貌相,这位隐官的真正性情如何,暂时还不好说。

礼圣身边分别站着亚圣、老秀才。

只不过如今的老秀才,依然还不是文圣。

老秀才望向自己的关门弟子,以心声言语道:"不心虚,不怯场。理所当然,天经地义!"老秀才随即忧心忡忡:"只是如此一来,岂不是要让很多心眼不大的老神仙,觉得碍眼、难受? 这样的位置安排,不妥当啊。"

这一次,亚圣没有觉得老秀才是得了便宜还卖乖。

学海无涯,但问耕耘,不问收获。山上好些人,境界高,其实并不意味着修心深远,依旧喜欢只见收获,不见耕耘。这些人,对那个好像横空出世的陌生年轻人,在那剑气长城怎么、为何当上的隐官,合道剑气长城之后,几乎等于死了一次,需要面对甲子帐和文海周密的算计,每天与剑修龙君对峙……这些过往,都会视而不见。而每一份视而不见、听而不闻,就是山上修行的万一,一旦相遇,就有可能成为凶险的意外。

礼圣淡然道:"喜欢难受,那就难受去。谁觉得不妥当,让他来找我。"

亚圣微笑点头道:"陈平安的那份理所当然,不是年轻气盛,而是为了剑气长城的所有战死剑修,他身为隐官,必须挺直腰杆,站在此地。这点道理都不懂的老神仙,觉得碍眼难受,那就老老实实憋着。今天谁没藏好那点痕迹,文圣你记账,回头你再让人算账,我这次不拦着。"

陈平安担任隐官之后,曾经在那倒悬山,找出一头在浩然天下隐匿极深的飞升境大妖,他联手陈淳安,在海上渡船,将其斩杀,年轻人却不贪功。后来重返家乡途中,路过桐叶洲,又寻出一枚周密的"老书虫"藏书印,就立即让人火速交给文庙。

为人老到谨慎,行事恪守规矩,所以哪怕陈平安出身文圣一脉,亚圣对这个年轻人一样欣赏。

没有绣虎崔瀺那么离经叛道、一人独行,没有左右那样的"孑然一身,唯有出剑讲道理",没有刘十六的那种"孤云野鹤,天随我去",简而言之,文圣一脉的关门弟子,很愿意耐心与人讲理。

一个愿意在剑气长城街头巷尾,与孩子们讲山水故事的酒铺掌柜;一个愿意吃力不讨好，根本不担心被剑修排斥，还是为浩然天下说几句不偏不倚实在话的读书人。

其实这是一件陈平安自己都没多想的极小事，可在文庙三大学宫和七十二书院这边，却为陈平安赢得了极多的好感。

浩然九洲，各大书院山长，几乎都曾听说此事，不少圣贤都曾点头，会心而笑。

一次都没有拜会那位坐镇天幕的儒家圣人，身在异乡，却始终没有说过半句对亚圣一脉的怨怼言语，哪怕在剑气长城最为言语无忌的酒桌上，也不曾说过。

在人生路上，好像一个人所有的言行，都会草木生发，开花结果，或长或短，一岁一枯荣，或大或小，或花团锦簇，茂树成林。

老秀才使劲点头道："善，很善。"

看来这位亚圣，火气不小啊。老秀才知道缘由，一半原因是醇儒陈淳安的境遇。

礼圣在先前文庙内部的议事上，展现出一种不同寻常的"规矩"。比如关于七十二书院的山长人选补缺，几乎是礼圣一言决之，从亚圣到老秀才，再到文庙三位教主和伏胜这些老人，都只能听着，按例行事。不但如此，其余几件会拿到这场文庙议事的，一样是礼圣率先定下规矩，文庙诸位圣贤山长这边，今天就不会有任何异议了，甚至连一个疑问都注定没有。

可惜今天议事之人，没能听见当下三人的对话，不然就可以咀嚼出许多大有学问的余味。

老秀才突然说道："其实元雾那孩子，也是相当不错的。"

亚圣默然。

礼圣轻声道："可以开始了。"

亚圣轻轻点头，开口说道："第一件事，由我来介绍七十二书院山长、学宫祭酒与司业。"

只说那桐叶洲、南婆娑洲、扶摇洲、金甲洲，书院山长就全部战死，无一例外。此外君子贤人，书院儒生，战死之人，只会更多。

南溪书院，紫阳书院，横渠书院，鹅湖书院，象山书院，槐堂书院，嘉康书院，洛学书院，鉴湖书院，濂溪书院，观湖书院，山崖书院，鱼凫书院，大伏书院……一位位书院山长，被亚圣点名之后，都会向众人作揖行礼。

其中就有横渠书院新任山长，元雾，他是文庙历史上最年轻的书院山长。

三大学宫祭酒依旧是老面孔，但是司业当中，有山崖书院副山长出身的茅小冬，不过他已经从文圣一脉，转入礼圣一脉。

茅小冬在作揖之时，正面朝向老秀才。

老秀才点头而笑。

一粒读书种子，花开浩然，在不在自家园圃，其实没那么重要，转头一看，还是美景。何况茅小冬的先天性情、治学之道，天生就更适合礼圣一脉，那就更无须拘泥于文脉藩篱了。

再说了，茅小冬是出了名的尊师重道不忘本，以后在文庙与人吵架，还是一员强援猛将嘛。

不亏，稳赚。

这一门只可意会不可言传的绝学，就又只有关门弟子最得精髓喽。

左右那呆子，君倩那傻大个，在这方面比他们小师弟差了十万八千里，前两天你们俩师兄，不是要向小师弟教剑教拳嘛，先生我隔三岔五就回功德林瞥一眼，你们倒是公报私仇啊，怎么不传剑术不教拳法了？就你们那点弯弯肠子，都凑不齐一碟佐酒菜，你们小师弟好歹也是要参加文庙议事的人，那么俊一小伙儿，曹慈、许白加元霙，这仨加一起都比不上，鼻青脸肿的，一瘸一拐的，像话？

亚圣在介绍完书院山长和学宫祭酒、司业之后，说道："从今天起，浩然九洲山下王朝，担任礼部尚书一职的读书人，都必须拥有书院儒生身份。"

参与议事的十大王朝，总计有九位皇帝，因为还要加上一个宋长镜。卢氏皇帝显然与其余八位皇帝是差不多的心境，讶异、错愕、震惊，当然还有下意识迅速权衡利弊起来。宋长镜对此则置若罔闻，只是双臂抱胸，闭眼凝神，呼吸绵长。

卢氏皇帝视线微微偏移，担任国师的崇玄署杨清恐，立即以心声提醒道："陛下听着就是了。"

文庙广场上，沉寂一片，肃然无声。

有些是事不关己高高挂起，比如那些地位尊崇、辖境辽阔不仅限于一国版图的山神湖君，还有竹海洞天青神山夫人、百花福地花主这些洞主、福地主人，双方人数加在一起，总计二十六位。他们这些或雄踞一方，或形同藩镇割据的山水神灵，对此自然并无异议。

还有些是不愿意擅自开口，这是今天文庙的第一个正式提案，此时谁站出来率先质疑，谁就容易触霉头。例如那些与山下王朝联系紧密的宗门宗主，不管平时山巅修行，看待山下是何种眼光、姿态，每一位宗主，都明明白白清楚一件事，其实山下王朝和凡俗夫子，才是一股流向山上的源头活水。上山修道证长生，开枝散叶，得有后来人，祖师堂需要嫡传，山上每家的金玉谱牒，都需要往后翻页添补名字，一宗一门之内，往往山头林立，大修士也需要弟子传承各自法脉。

尤其是那些根深蒂固的千年豪阀，对这件事，其实是最有想法和说法的，但是一样都没有冒失开口。

礼圣缓缓笑道："不用拘束，是站是坐，可以随意。飞升境不用压制修士气象，武夫不用刻意约束气势，剑修和山水神灵，同理。"

议事地点，是文庙广场，可事实上，人人身在礼圣天地中。

符箓于玄率先施展术法，盘腿而坐，悄然撤去障眼法，一袭极为宽松的紫色道袍，法袍背后绘有黑白两色的阴阳鱼图案。腰间所悬那枚酒葫芦，开始绽放出璀璨星光，仿佛已经炼化了一整条绚烂星河。

火龙真人紧随其后，悬空而坐，双手叠放在腹部，开始打盹，似睡非睡，道袍双袖上的两条火龙，开始缓缓游弋。

龙虎山天师府当代大天师，背着一把桃木剑，而非仙剑万法，也缓缓落座，身下出现一张蒲团，赵天籁开始呼吸吐纳。

不知为何好像受伤不轻的铁树山郭藕汀，这头飞升境大妖，同样没有见外，直接祭出了一把古意苍茫的镜子，开始养伤。一把镜子，即便被这位道号幽明的大妖大炼为本命物，相较于主人身形，依旧显得大如山岗。

飞仙宫怀荫，坐在了一张小榻上。

秃鹫少年一般面容的扶摇洲大修士刘蜕，席地而坐，身前还有一张案几，一座香炉，紫烟袅袅。

一些个原本打算有样学样，也跟着随意些的，在瞧见郭藕汀那边的景象后，大多犹豫一番，还是选择站立。因为郭藕汀在祭出那把名动天下的照妖镜老祖宗后，镜子大如蒲团，而郭藕汀却已经小如芥子。

并非郭藕汀有意施展什么神通，礼敬礼圣，而礼圣也未刻意针对这头飞升境妖族修士。

圣人天地，规矩使然。

白帝城郑居中，双手负后，随意打量起两边人物，看过那些各具道气异象的道门高真后，就去看那些佛门大德高僧。郑居中自有眼力，能看到一些不同寻常的道人法相和高僧宝相。

玄空寺的了然和尚，一手托树叶一片，正在低头凝视，是依旧在想如何将掌上叶，变作那树上叶。

还有一位僧人，身边有一条好似光阴长河的纤细溪涧，就像已经被僧人以佛法截断，环绕四周，缓缓流淌，分别有"顾""鉴""咦"三个金色文字，屹立不动。僧人背后，竟是一个身形模糊，却是人间天子的宝相。

身旁一位僧人，身后宝相显化，是一位威严武将，一手持棍棒，一手按长剑，脚边有那踞地狮子。

另外一位低头僧人，双手合十，身后宝相显化，竟是一位老农模样的庄稼汉，好似行走田垄间，步步绵密回互。

还有一位垂垂老矣的年迈僧人，形容枯槁，由于心有佛法三问，那些文字便大道显化为三串佛珠,如同三处文字关隘。天下佛门丛林,将其视为黄龙三关。

文庙教主,董老夫子缓缓开口说道:"第二事,文圣重塑神像,文庙陪祀位置不变。"

左右,刘十六,陈平安,这三位文脉嫡传,几乎同时与自家先生作揖行礼。

礼圣,亚圣,三位文庙教主,所有儒家圣贤,此外所有议事之人,都一样向老秀才或抱拳,或合十,或稽首,或作揖致礼。

老秀才神色肃穆,坦然受这一礼。

说实话,老秀才什么大场面没见过,什么大风波没有经历过,三教辩论赢了两场,文庙议事无数,学宫书院讲学一场又一场,一场三四之争,神像被搬出文庙,打砸殆尽,弟子流散各方,老秀才合道三洲山河,拽过至圣先师的袖子,与礼圣吵得面红耳赤,一脚踏下一座中土山岳,在天幕伸长脖子求那道老二砍……

可能今天因为三个弟子都在的缘故,老人显得格外神色认真。

最后老秀才与众人作揖还礼。

这样的老秀才,其实不常见。

遥想当年,还是文圣时,学究天人,如日中天。那会儿,与老秀才坐而论道,几乎就只能想着怎么少输点了。

阿良嘿嘿笑道:"可喜可贺,老秀才终于又是一条有官身的大腿了,以后在文庙这边跟人吵架,我算是有底气了。我与老秀才联手,天下无敌啊。"

只要老秀才在场,保管一人单挑一大片,他阿良闯了祸,反而可以搬条板凳坐着看戏。

左右冷声道:"正经点。"

阿良埋怨道:"我这样的正经人,你上哪儿找去?哦,只有喝酒的时候想着我结账,骂架的时候就不让我沾光了啊?我阿良那白璧微瑕的名声,咋来的?还不就是因为那么点酒债?"

左右开始沉默不语,懒得跟他废话。

阿良身体后仰,望向陆芝,剑气长城那些老光棍、小兔崽子,都是些不开窍的,不晓得陆芝姐姐的那份绝色,得从后边看吗?

陆芝依旧闭眼,却说道:"找砍?"

阿良收回视线,双手抖了抖儒衫衣领,瞧瞧,只是换了身行头,陆芝姐姐就不敢多看自己一眼了。

齐廷济微笑道:"亚圣要说第三件事了。"

阿良立即正色,不再嬉皮笑脸。

果不其然,亚圣开始说那第三件事,是关于南婆娑洲、扶摇洲、金甲洲和桐叶洲的重建事宜。

因为涉及太多细节，每一位议事成员身前，都出现了一本不薄的册子。

至于为何没有提到宝瓶洲，就值得玩味了。

一时间，视线多有投向那宋长镜、天君祁真和云林姜氏家主。这三位，都算是此次文庙议事的宝瓶洲话事人。至于那位年轻隐官，显然不在此列。

亚圣在众人翻阅册子的时候，提醒了一句："诸位可以畅所欲言。"

文庙副教主，韩老夫子说道："若有疑问，我可以为诸位详细解惑。"

皑皑洲财神爷刘聚宝，看得尤其仔细，只说在那桐叶洲，刘氏就投入了不少的神仙钱。除他之外，宝瓶洲的大骊宋氏，还有玄密王朝的郁泮水等人也投了钱，其实人人有份。所以哪怕是宋长镜，也开始一页一页翻阅册子，没有遗漏任何内容。而分别来自扶摇洲和金甲洲的两大王朝新帝，更是不敢错过任何一个字。

郑居中因为是扶摇洲的收官人，所以也耐着性子看过一遍，合上册子后，开始计算得失。

如果说郑居中是最快看完册子的那个人，那么陈平安就是最慢翻完的人，没有之一。

其实这本册子，最关键的一点，就是对于某个别洲势力，比如白帝城、皑皑洲刘氏，在这四洲扶持仙家山头傀儡的约束力大小，以及文庙这边具体的规矩界线所在。其实任何一个界线模糊地带，都会引发极多的山上纠纷，若是今天文庙不议此事，那就无非是一切规矩照旧，再简单不过，山上的钩心斗角，是一门积淀数千年的学问了，只要是个传承悠久的宗门，都不陌生，一个比一个擅长。

至于文庙编撰的这本册子，提出了重建山河一事的补偿方案，看似条目清晰，但意义不大，因为只给出了一个大方向，何况落实在具体事务上，到时候真正对接双方，是山上宗门和那山下王朝。

郑居中、刘聚宝、郁泮水，都有问题。

扶摇洲的刘蜕，作为曾经的飞升境大修士，自家宗门曾经手握三座王朝，王朝藩属更有二十余国。

还有试图在桐叶洲选址下宗的北俱芦洲大剑仙白裳；往桐叶洲秘密倾斜人力物力的大源王朝，卢氏皇帝不宜开口，国师杨清恐却必须发声。

如今依旧占据宝瓶洲半壁江山的大骊王朝的宋长镜，也不例外。

一一询问，韩老夫子一一回答，有些答案，显然不让人满意。只是除了白帝城城主和宋长镜，就再无人当面与那位文庙副教主"讨价还价"。

至于玉圭宗宗主韦滢，则始终默不作声，反而是关系不大的武圣吴叟，主动站在那些大宗门大山头的对立面，希望文庙订立的规矩更加严密。

陈平安已经将册子看完一遍，却又重新翻了一遍。

对于这个年轻人,如果是只有一个"隐官"粗略印象的山巅修士,兴许会觉得陈平安是在故作认真姿态,但是每一个避暑行宫一脉的剑修,都很清楚,隐官大人最精通也是最喜欢的一件事,就是把一本书从厚看薄。避暑行宫堆积如山的秘录档案,陈平安几乎本本都看,而且还要看成一本本册子,再将一本册子看成几张或是数十张便签,以便隐官一脉剑修能以最快的速度翻检。

除了翻阅册子,陈平安当然也在仔细观察那些发言之人。说不定其中某个,甚至数个,会是那万瑶宗韩玉树的同道中人。

第三件事,耗时极多。

好在今天文庙议事之人,除了那九个皇帝陛下,都是山巅修士,而且那些山下君主,哪怕是玄密王朝那个少年皇帝,体魄比起寻常人还是要强上不少。

开口议事之人越来越多,一位被誉为涿鹿宋子的大族家主,还有扶风茂陵一位世袭慎侯的豪阀家主,以及中土悬鱼范氏,等等,都纷纷参与议事。

有些事项,异议较大,就暂时搁置。

陆芝偶尔睁开眼睛,只是觉得有趣,因为有些擅长修行却不善言辞的老修士,说话的时候,竟然嗓音略带颤抖。

至于一位中年皇帝涨红了脸,在发言时颤音更为明显,双手紧握,手心满是汗水,陆芝反而没有觉得如何有意思。

陈平安就只是一边翻册子,一边竖耳聆听,时不时抬头看一眼议论之人,悄然分心,将所有人的言语内容、衣饰、口音、神态、眼神、某个习惯性细微动作,都一一记住。

齐廷济突然以心声微笑道:"有空去龙象剑宗坐坐。"

陈平安点头答道:"没问题。议事结束后,我可能要立即去趟北俱芦洲,下次再来游历中土神洲,我会先去南婆娑洲。"

齐廷济说道:"那就说定了。"

事实上,在陈平安看来,落魄山和龙象剑宗缔结盟约,对双方而言,都有好处。只要齐廷济放弃了对第五座天下飞升城的觊觎,不去拦阻"陈熙"担任城主,那就万事好说。

当初如果齐廷济违反与老大剑仙的誓约,去往第五座天下,就会是当之无愧的天下第一人,凝聚气运在身,从而产生一系列意外。这位野心勃勃的老剑仙,会将一座飞升城变成踏脚石,成为一条跻身十四境的登天之路,而且以齐廷济的枭雄心性,加上剑道底蕴,必定登顶顺遂。所幸齐廷济不管出于何种原因,最终并未如此行事。

至于年轻隐官的那份私心,不管是本土剑修还是外乡剑仙,都再清楚不过。毕竟这是陈平安拿自己一条命换来的结果。宁姚也没有让他、让飞升城失望,在第五座天下接连破境,玉璞,仙人,飞升,一路势如破竹。

一个本就是飞升境的剑修,违反文庙规矩,擅自闯入,在崭新天下依仗境界行事,会惹来其余所有势力的天然敌意。而且青冥天下和西方佛国,肯定都会对此有所非议,到时候一座天下,就会乱成一锅粥。飞升城的争夺大势,就再难名正言顺。

只说飞升城内部,陈熙与齐廷济,宁姚和整个隐官一脉与齐廷济,都会产生巨大分歧。

可不管怎么说,齐廷济愿意拗着性子,选择在浩然天下开宗立派,魄力极大。

陈平安突然说了一句:"如今身在蛮荒天下的那拨远游剑仙,落魄山不会与龙象剑宗抢人,而且这是前辈该得的敬意,晚辈也争不来什么。"

那些曾经主动放弃隐秘身份的远游剑仙,得到老大剑仙的秘密授意,未曾投身战场,如今未必人人愿意来这座看不顺眼的浩然天下。说不定大战落幕,很多剑仙就已经重返蛮荒天下,但是肯定会有一小部分剑仙,不介意在龙象剑宗或是落魄山当个记名客卿。陈平安猜测齐廷济已经暗中联系他们,只是在等某个合适契机,再来个水落石出。

所以陈平安的言语,既是一句漂亮话,也是一番真心话。

南婆娑洲的龙象剑宗,就像当年那座剑气长城,在浩然天下的第一座下宗。

齐廷济会心笑道:"若是有人愿意去往落魄山落脚,担任供奉也好,客卿也罢,我都乐见其成,反正肥水不流外人田,都是半个自家人。"

这就叫礼尚往来。

如陈平安所料,齐廷济确实早已悄悄联系过那拨剑仙,其中三人,确实愿意担任剑宗客卿。还有两人,却对落魄山兴趣更大,只是一直没听说年轻隐官的确切返乡消息,所以才没有动身。

今天与年轻隐官交心过后,齐廷济回到南婆娑洲,就会秘密飞剑传信给那两位剑仙。齐廷济没有立即告知陈平安此事,不然也太落了痕迹。

恩怨归恩怨,算计是算计。

而齐廷济与陈平安,更是剑修,都是剑气长城的剑修。

就像齐廷济与陆芝亲口所说,自己气量还不至于那么小,承诺不会让陆先生难做人。

其实陈平安说服春幡斋邵云岩担任龙象剑宗的客卿,就已经表现出一份极有善意的结盟意愿了。

邵云岩担任龙象剑宗客卿,意义深远,这倒不是因为龙象剑宗急需一位玉璞境剑修作为客卿,而是邵云岩在那倒悬山春幡斋经营多年,迎来送往,再加上那串葫芦藤的多枚养剑葫的买卖,与浩然天下山巅宗门的香火情,相当不俗。其实当初邵云岩去往落魄山,齐廷济做好了这位剑仙一去不回的心理准备,不承想陈平安给了他一个不小的意外之喜。邵云岩在私底下,甚至答应暂任宗门财神爷百年光阴,等到齐廷济找到合适人选,邵云岩再卸任这个职务。

陈平安问道:"落魄山下宗选址桐叶洲,前辈是准备选址中土神洲,还是皑皑洲?"

齐廷济说道:"有些两难。一来宗门人数太少,再者开宗与下宗衔接太快,容易招来嫉恨。这两洲,跟桐叶洲的形势,大不一样。"

双方当下闲聊与谋划,其实已经涉及未来百年千年基业。

陈平安犹豫了一下。

齐廷济笑道:"隐官有话直说。"

陈平安坦诚说道:"下宗选址皑皑洲,会顺风顺水,但是龙象剑宗如此一来,会很难成为浩然天下第一大剑道宗门。"

一直沉默的陆芝突然睁眼开口道:"其实是下宗选址扶摇洲。"

齐廷济有些无奈,陆先生,你这位首席供奉,胳膊肘有点往外拐了吧?

陆芝疑惑道:"这个不能说?"

陈平安微笑道:"你要是这么问,不能说也能说了。"

齐廷济微笑点头:"确实。"

陆芝说道:"那你们继续聊,我肯定不说话。"

接下来所议之事,可大可小——如何对待浩然天下的本土妖族,以及如何搜寻那些来不及撤到蛮荒天下、隐匿在广袤大海与数洲陆地的妖族。

一瞬间,剑气长城的五位剑修所在,再次成为视线聚集处。还有铁树山的郭藕汀,也惹来不少玩味眼神。

最终剑气长城这边,由齐廷济一人发言。他没有说什么豪言壮语,只说龙象剑宗地理位置近海,所以连他齐廷济在内,从首席供奉陆先生,到客卿剑仙邵云岩,再到剑宗新收没几年的十八位嫡传剑修,都愿意出海绞杀隐匿妖族。

一番言语,齐廷济说得不温不火,但依然给人一种剑气凌厉、杀气腾腾的感觉。

齐廷济剑术卓绝,却杀不得一位中土玉璞境修士,可要说出剑杀妖一事,这位容貌年轻俊美的老剑仙,当真毫不手软。

年轻隐官依旧一言不发。

醇儒陈氏新任家主,陈淳化,附议齐廷济。

武夫宗师当中,张条霞、王赴愬、吴殳,都愿意听从文庙调遣,出海杀妖。

刘蜕与文庙承诺十年之内,他会暂缓修行一事,保证杀得扶摇洲没有一头外来地仙妖族。

白帝城郑居中闻言后始终沉默,笑意和煦。

刘蜕这番话,绵里藏针,杀机四伏,理由很简单,扶摇洲的上五境妖族修士,几乎绝大部分残余，如今都是白帝城城主的麾下"爱将"。

而玉圭宗宗主、仙人境剑修韦滢，也承诺大泉王朝以南的半个桐叶洲，都会是自家宗门修士陆续下山历练的道场，争取一鼓作气扫清残余的妖族修士。

怀荫则说飞仙宫修士，愿意跨洲赶赴南婆娑洲。

龙虎山大天师赵天籁，只说了一句，他会亲自下山，云游天下九洲甲子光阴。

那位阴阳家陆氏家主，冷不丁提议，说要多给一些年轻人历练机会，不用拘束一洲一地，比如让一位书院的儒家君子领队，加上一位杀力出众的剑修，一位七八境的纯粹武夫，再加上两三位诸子百家练气士，组成一队，同时文庙负责将浩然九洲版图细分出来，作为一处处巡狩辖境，那位儒家君子，遇到紧急情况，有权调动当地山水神灵、王朝军伍。

此言一出，文庙广场气氛，顿时为之一滞。

老秀才呵呵一笑，这可不是文庙这边的意思。

于玄眯眼抚须。

火龙真人与于玄以心声笑道："是想要让他们陆氏子弟，找机会捞个副领队当当？"

于玄微微摇头："应该没这脸皮。"

火龙真人笑问道："于老儿，你年纪大，辈分高啊，杀妖一事，就没个表态？换成我是至圣先师的话，明儿就把那条星河收回囊中，让你合个锤子的道。"

于玄翻白眼道："你在北俱芦洲那地儿趴窝，能知道个啥？文庙议事之前，我就已经接连降下数道法旨，让几百号徒子徒孙，浩浩荡荡杀向了金甲洲。"

火龙真人觉得有些被戳心窝子了，感叹道："老母鸡会下蛋，就是了不起，一窝窝闹哄哄，气势上就已经赢了。"

其实趴地峰一脉，有些尴尬。北俱芦洲哪来的隐匿妖族？要说那宝瓶洲，其实根本轮不到趴地峰插手，至于桐叶洲，就更拉倒吧，多少别洲势力已经渗透其中了？三十个？五十个？再加上那些寻访机缘的各路山泽野修，一窝蜂拥向了破篓子一般的桐叶洲，杀妖夺宝，挣钱挣功劳，总觉得那个被蛮荒天下打得稀烂的地方，遍地都是神仙钱。事实上，有这种看法，也确实不算鬼迷心窍，百废待兴，桐叶洲山下处处求贤若渴，先捞个"中兴"王朝或其藩属的供奉客卿，也不耽误求宝求财一事。

玉圭宗元气大伤，那个桐叶宗更是半死不活，使得一洲山上山下，无数空白，虚位以待。

陈平安依旧只是远远看了眼发言之人，那位陆氏家主，脚下悬浮有一幅太极图，此外还有层层叠叠的一圈圈繁密篆文。

事实上，因为阴阳家陆氏家主重点提到"年轻修士"，所以隐官陈平安、曹慈、元雾、许白这几个，又成了瞩目人物。

有人突然发现，好像这几个最为年轻的天之骄子，没有说过一句话。

怎的？这些年轻人，一个个都成了哑巴啊？

怀荫打破沉默，说了一句先前言语之人都有意无意绕开不谈的重点："浩然天下如何看待本土妖族？只要他们循规蹈矩即可，以前文庙的规矩是如何，以后就是如何。"

董老夫子突然说道："我看不够。"

怀荫笑了笑，不再言语。

是文庙的老规矩不够完善呢，还是不够严苛、以往太过宽松呢？确实让人吃不准。

再就是那条所谓的文庙规矩，其实正是礼圣亲自订立的，所以才会让人不敢画蛇添足。

一直沉默的铁树山郭藕汀，突然说了一句让人刮目相看的言语，极为硬气："敢问董先生，何谓'不够'？"

董老夫子沉声反问道："请教郭山主，你觉得何谓'不够'？"

所有人都意识到了反常之处。

不对劲，很不对劲！

照理说，按照以往的文庙议事风格，作为飞升境大妖的郭藕汀说这话，不管有无道理，都属于情有可原，何况铁树山在那场战事中，有功无过。虽说功劳与铁树山的宗门势力，不是那么匹配，但是谨遵礼圣所订立规矩的文庙圣贤，一般情况下，绝不会如此咄咄逼人。

以至于陆芝都不得不以心声询问身边两人："怎么回事？"

陈平安没有说话。

齐廷济解释道："议事氛围太温暾了，就没有几句真心话，文庙这边不太满意。"

元雾侧过身，向礼圣那边作了一揖，这才开口说道："文庙约束本土妖族并非太松，而是各地宗门约束妖族修士太狠。"

一片哗然。

陈平安已经收起了册子，放入袖中，抬头望向那个年轻儒生，未来的横渠书院山长，真是好胆识。

其实先前已经见过面了，是在夜航船上的条目城，不过当时谁都没有认出对方身份。

元雾第二句话，更加惊世骇俗："我建议除了中土神洲之外，浩然天下八洲，都建立一座类似铁树山的宗字头门派，让各洲本土妖族修士，都有一个立足之地。"

郭藕汀大为讶异。

那位百花福地花主，更是神采奕奕地望向那个年轻山长。

青神山夫人也不露痕迹点头认可。

亚圣微微一笑。

元雾所说，其实没有与文庙这边打过招呼。

老秀才转头与亚圣笑道："如何？我果然没说错吧，是个好孩子。"

亚圣没有答话。

齐廷济眯起眼。龙泉剑宗的客卿之一，昔年倒悬山梅花园子的酡颜夫人，可是一位上五境的精怪。

玉圭宗韦滢同样心有所动。那位浣纱夫人，其实是可以从龙虎山天师府返回桐叶洲的。

渌水坑澹澹夫人，亦是眼神熠熠，她一下子对这个元雾顺眼万分。因为她麾下除了"渌水坑旧吏"捕鱼仙，和那几位南海独骑郎，还有一头如今只能当那缩头乌龟的上五境妖族。反正如今她身居高位，不差这么个狗腿子，留在身边意义不大，干脆剥离契约，让它自立门户，到时候当个宗主，外人说起来，她脸面上也有光嘛。到时候再让那家伙，给自己弄个太上宗主的虚衔……

她突然察觉到一道视线，是那火龙真人！她立即收敛神色，只是腹诽不已，有本事你也找去啊，你们趴地峰道士不是喜欢斩妖除魔吗？这会儿傻眼了吧？

火龙真人以心声笑道："傻眼什么？"

澹澹夫人脸色僵硬，心中试探性默念一句："火龙真人你老人家，都会读心术啦？"

火龙真人微笑道："贫道术法浅陋，哪里懂得读心术啊？"

澹澹夫人苦着脸，惨也。看样子文庙议事一结束，就得跑路了。

火龙真人又笑道："官帽子那么大，官署那么阔气，能跑哪儿去啊？"

澹澹夫人想死的心都有了。

两位同境修士之间，哪来的狗屁读心术啊？到底怎么回事?!

龙虎山大天师帮忙解围，微笑出声道："别吓唬澹澹夫人了。"

澹澹夫人松了口气，突然发现那火龙真人眼神里边，满是讥讽神色。她后知后觉，读心术，又多出个大天师了？

于玄一本正经安慰她："赵天师德高望重，就算会读心术，也不会对你施展的。"

澹澹夫人呆若木鸡。如果可以的话，她想要与礼圣老爷求个情，让她离开这里，就不参与议事了。

一位席地而坐的画圣，早已备好笔墨纸砚在案几上，已经画好三幅，一幅是礼圣，一幅是重新恢复文圣身份的老秀才，一幅是书院七十二贤长卷，可在元雾言语之后，老人就又笑着画了一幅图卷。

陈平安知道元雾这番言语的厉害之处。这就是善用规矩的力量，用到玄妙处，就像借助天时地利人和，自成一座小天地。

可惜顾璨不在这里，不然一定会受益匪浅。

成了，肯定还是文庙具体布局，元雳有建言之功。即便此事不成，齐廷济，渌水坑澹澹夫人，百花福地花主，这些山巅修士，最少都会念元雳一份香火情。

要说其余宗门之主，当真会对元雳心生恶感？可能会有几个，但是更多大修士，都会从这一刻起，开始将那元雳视为书院山长，而不只是亚圣一脉的嫡传弟子而已。

元雳如果能让浩然八洲，凭空多出八座妖族修士的宗门，浩然天下，几乎所有本土妖族，恐怕都要对元雳由衷道一声谢。

今天的元雳，可能将一座天下的妖族命运，仅凭他一言决之。那么下一次文庙议事，书院山长元雳，或是未来的学宫元司业、元大祭酒，就一样可以用寥寥几句话，便能够决定铁树山和一位飞升境大妖的命运。而那郭藕汀，真要论厮杀本事，别说一个元雳，就是一堆元雳，都不够这位幽明道人杀的。

拳头是道理，可道理也是拳头。

一个肉眼可见，可能会更加酣畅淋漓，而后者，杀人救人都在无形中。所以，两者缺一不可。

阿良以心声笑道："陈平安，可别忘了那位白老爷。"

陈平安点点头。

最终关于八洲建立妖族宗门一事，文庙这边的董老夫子，以"再议"二字结束。

第五件事，是商议第五座天下的名称，以及下一次大门重启之后，浩然天下的应对之策。

陈平安双手笼袖，深吸一口气。

齐廷济突然与身边三位剑修问道："那座崭新天下，是儒家花了巨大代价开辟出来的，为何文庙却愿意接纳其余两座天下的修道之人？"

陈平安摇摇头，确实是个天大的谜题。

师兄左右比陈平安更像哑巴。

阿良撇撇嘴："大概只有三教祖师知道吧。"阿良想了想，补了一句："可能礼圣，还有那个嬉皮笑脸陆老三，也都猜到了。"

文庙这边给第五座天下的最终命名，是一个让人说不上好坏的名字：五彩天下。

姗姗来迟，拖延多年，不管如何，总算有了个定数。

陈平安眯起眼，开始快速翻检记忆。

上天垂五彩，人间得太平。文章五彩珊瑚钩，肺腑肝肠尽经史。两者都是诗家语。

五色化成金世界。是佛家语。

灵华九耀五彩舒，混为仙坛一凝珠。是道家语。

还有一句，五彩光明遍及世界，山河万里，浩然无碍。

那些精通推衍演化之术的山巅修士，无一例外，都开始心算。

阿良有些百无聊赖，说道："左右，咱们喝个小酒？你先来吧，不然我胆子小，不太敢啊。"

左右说道："你只要有胆子拎出两壶酒，我就喝。"

阿良嘿嘿一笑，只是刚要动，原本打算拎酒的那个动作，就变成了拍袖子，因为有个嗓音在他心湖响起："要不要请礼圣，请我和文圣，都喝上一壶？"

阿良干笑几声，没说话。

关于下一次五彩天下的大门重启一事，诸子百家老祖师，都各有建议。加上这件事，与整座浩然天下的运势都休戚相关，所以参与议事之人最多。

阿良叹了口气，知道为何那些老祖师，如此踊跃建言，因为很快就有一个议题提出，或者说都不算议题了，是文庙某个已成定局的决定。这些老家伙，算是尽人事听天命吧。比如商家，那位范先生，为何如此胸有成竹，自然是因为商家的地位，会在今天抬升，此外药家、农家等，亦是如此，因为在那场战事中，他们要么出力最多，要么伤亡最大。陈平安的家乡宝瓶洲的修士，对那原本根本不在意的药家练气士，如今几乎人人敬重，甚至所有远游宝瓶洲的药家练气士，处处被奉为座上宾，哪怕只是一位下五境练气士，行走在官道驿路上，只要被大骊铁骑见到了，后者一律抱拳致敬。

至于兵家，当然功劳极大，只不过还能怎么升？本就是三教一家的万年不变格局，难不成兵家还要立教不成？绝无可能。

身为武庙十哲陪祀之人的姜老儿，以及那个尉老儿，在这场文庙议事中，说话极有分量。

不过即使兵家地位不变，好处实惠，肯定不会少。

毕竟以姜老儿为首的这拨兵家修士，脾气不比剑修好到哪里去，而且更加人多势众嘛，功劳又确实大，自然嗓门也大。

议论那座五彩天下，第一个绕不过去的，就是飞升城，以及五彩天下的第一位、暂时也是唯一一位飞升境修士，宁姚。

可那个年轻隐官，依旧没有开口说话。

老秀才既心疼，又欣慰。

那座飞升城，是不需要任何人去锦上添花的。只要能够维持现状，就是最佳处境。只需要按照既定方略，稳扎稳打，飞升城在五彩天下，就是雷打不动的扛把子，比起在功德林自封扛把子的老秀才，那可要威风多了。所以飞升城一定不能急躁，只要隐官、刑官和泉府三脉不内讧，不窝里横，下一次打开大门，哪怕放入一定数量的上五境修士，又能如何？便能撼动飞升城的地位了？当自己是飞升境的天劫啊，敢那么横？

于玄以心声问道："火龙老弟，陈平安这么好脾气？闷不吭声的，好像不太豪杰啊，我可是一直留心那小子,这会儿都有些犯困了。"

火龙真人笑道:"好脾气?这叫不见兔子不撒鹰。不豪杰?你有本事让那小子走趟你的几座福地,天不高三尺,地不陷一丈,以后贫道都不喊你于老儿了,次次尊称你一声于老祖,咋样?"

反正喊几声于老祖,不值钱,事后与已经赚了个盆满钵满的陈平安,坐地分赃,可是实打实的神仙钱。

于玄伸出双指,捻动胡须,好像打算试试看。

钱不钱的,算个锤子嘛。这辈子就没穷过,真真烦人。

第六件事,是将四海水运疆域,划清界限。

又是一桩文庙定论,根本无须外人讨论。只不过关于四海水君的人选,文庙并无给出确切说法。

但是相信在场的五湖水君,都会争取,五湖是大,可终究不比四海水域那般广袤无垠,尤其是那四处归墟,是天底下水神、水仙之属的最佳修道场所。除了五湖水君之外,所有大湖大江水神,以及那几条大渎公侯,相信都会蠢蠢欲动,无论是一举跻身四海之主,还是顺势升迁为大湖水君,都值得运作一番。

接下来一件事,文庙拿出了四座洞天福地,分别送给了南婆娑洲龙象剑宗,刘蜕所在的扶摇洲九真仙馆,桐叶洲的玉圭宗,以及宝瓶洲的老龙城。

韦滢如释重负。

在他心湖当中,贺喜声连绵不绝。韦滢一一答复过后,悄然后退一步,转身面朝东南方向,遥遥抱拳三下。

一敬荀渊,再敬姜尚真,最后敬所有玉圭宗战死修士。

然后是文庙对诸子百家的升迁和贬谪。

礼圣向前一步,由他亲自负责此事。

这让原本许多想要倒苦水的老祖师,立即闭嘴不言。

其中商家祖师范先生,在听到那个不出所料的答案后,仍是毕恭毕敬,与礼圣作揖行礼。

除了礼圣的言语,就只有一位位诸子百家祖师的一声声"领命",看似平淡无波澜,可事实上,暗流涌动得惊心动魄。

礼圣站在原地,不知为何,没有收回那一步。

亚圣则说道:"即刻起,山水邸报解禁。浩然九洲山下,各国官话照旧,但是必须通行大雅言,此事会作为各国朝廷官员、胥吏的考评内容。"

这两件事,没什么可说的,是货真价实的小事。

在亚圣说完这番话后,所有人,无一例外,都开始屏气凝神,郑重其事地望向那位单独走出一步的礼圣。甚至所有在座之人,都纷纷站起身。

因为这场文庙议事,真正的压轴大戏,是如何处置那座蛮荒天下!

相较于这件天大事情,什么如何看待本土妖族,根本不值一提。

礼圣笑望向刚好位于对面的年轻隐官。

无话可说?未必。

年轻人在那异乡,与人同桌饮酒,笑言无忌许多年。回了家乡,反而无话可说,没有这样的道理。

刹那之间,天地异象。

原本站在一个大圆之上的浩然天下所有的圣贤豪杰,变成了一线排开。

而远处,山水迷瘴缓缓散开,出现了另外一条直线。

双方对峙。

郑居中忍不住笑起来。确实只有礼圣,做得出这等手笔。

于玄使劲揪须。

火龙真人抖了抖双袖。

铁树山郭藕汀神色复杂。

齐廷济冷笑不已。

陆芝手心抵住腰间佩剑的剑柄,她的佩剑,只是一把剑气长城最寻常的剑坊制式长剑。

几位山下王朝的皇帝,更是神色微变。

原来那条直线上,竟然是百余位蛮荒天下的上五境妖族修士!而那边的居中一人,竟是一位青衫剑客,托月山百剑仙之首,如今俨然蛮荒天下共主……斐然!

再一次不约而同,蛮荒天下妖族修士的所有视线,再次聚集在一人身上。

是那个不再身穿鲜红法袍,换成了一袭青衫的背剑男子。

一个让蛮荒天下吃尽苦头的王八蛋,一个失心疯合道半截剑气长城的外乡人,一个连文海周密和剑修龙君都未能宰掉的家伙,一个年复一年守在城头上的半人半鬼。

剑气长城,末代隐官陈平安。

一天之内,两座天下,共看一人。

第八章 那就打

两座天下遥遥对峙。

之所以能够出现这幅波澜壮阔的山水画卷，是因为礼圣亲自开启了万年以来的最大一座镜花水月。

如今浩然天下和蛮荒天下，依靠当年倒悬山遗址残存的两座大门，和四处大海归墟，相互衔接。

蛮荒天下的百余位妖族修士，当然不可能赶来中土神洲的文庙，所有妖族只是聚集在了托月山，在那边同样有一场山巅议事。

开启画卷，双方遥遥议事，"坐下来好好谈，谈不拢再说其他"，是礼圣与托月山的提议。

也只有礼圣，能够促成此事。

比如青冥天下要议事一场，道老二余斗坐镇白玉京，邀请一座天下的山巅修士，包括大玄都观孙怀中的剑仙一脉，以及吴霜降的岁除宫在内的一拨顶尖道门，就肯定都不会搭理。不是他们当真无视白玉京，而是觉得那位真无敌没有资格号令天下。至于余斗的师弟陆沉，当然更做不到，何况这位白玉京三掌教，天生就对这些"庶务"最是头疼，是一个公认"能坐着不站着，能躺着不坐着"的怠懒人。

斐然面带笑意，视线快速扫了一遍浩然众人，儒家圣贤，天下豪杰，诸子百家，一线之上，好像一条银河落地，群星璀璨，气象万千。

陈平安如出一辙，视线迅速掠过百余位蛮荒妖族修士。

而且双方这个不露痕迹的举动，还有一个隐蔽契合处，比如陈平安视线扫过群妖之时，尤其关注那些妖族修士的一双双眼睛。斐然亦是如此。两位同道中人，都在以眼为镜，以镜观物。

双方除了仔细打量对方天下一遍，斐然眼中所看，还有自家蛮荒天下修士的神态。陈平安真正留心的，则是浩然天下议事修士的众生相。

对于蛮荒天下的风土人情，陈平安再熟悉不过。因为坐镇避暑行宫多年、翻遍秘录档案的缘故，甚至可以说，陈平安对蛮荒天下的了解，无人能出其右。

在这期间，陈平安与斐然只是对视一眼，并无太多眼神交集。

白帝城城主，与剑仙绶臣，都各自发现了对面斐然和年轻隐官的心思。

飞仙宫主人怀荫双手再次藏在袖中，掐诀不停，盘算不止。

那位画家圣人，此刻不宜摆出画案，却已经将这幅万年未有的对峙画卷，记在心头。因为礼圣的天地规矩，谁都无法随意施展神通术法，看清己方这一线站位，那就只等议事结束那一刻，定要赶紧转身后退几步，将文庙议事众人的位置记清楚了，到时候回了鸳鸯渚住处，先喝完一坛青神山酒，再喝完一坛百花酿，等到醺醺然了，再来落笔作画。

曾经的蛮荒天下十四王座，托月山大祖、文海周密、大髯游侠刘叉、白莹、仰止、绯妃、袁首、曜甲、黄鸾、荷花庵主、牛刀、切韵、龙君、五嶽，早已折损严重，或战死或消失或被文庙关押，如今新面孔居多。

老面孔的王座大妖，只剩下三位。

搬山之属老祖宗袁首，脚踩飞剑，肩扛长棍，眼神阴沉，死死盯住那个凭借一洲武运、一脚踩入武道十一境的宋长镜。别先在那宝瓶洲抖搂威风，要不再来蛮荒天下走一遭？

曳落河共主绯妃，有些讶异，那个在老龙城和她比拼过水法神通的小姑娘，竟然没有参与议事？是没资格，不至于吧？作为世间唯一一条真龙，要是在蛮荒天下，怎么都该占据王座一席之地，刚好可以替代仰止那个婆娘的空缺。早先她与袁首私底下闲聊，都觉得那个小丫头，极有可能会通过一处归墟，来到约束更少的蛮荒天下，所以她与袁首都做好了合力将其截杀的准备。只是苦等不来，等到托月山议事，她才离开一处归墟地界。

化名五嶽的大妖，三头六臂，坐在一张金色蒲团上，它既是一位飞升境巅峰修士，又是一位止境神到纯粹武夫。

其余王座。

在剑气长城战场上，荷花庵主被董三更斩杀于一轮道场明月中。荷花庵主也成为第一头身死道消的王座大妖。

黄鸾被阿良联手姚冲道,宰掉大半条命,直接跌境到元婴,等于死了一次。后来黄鸾哪怕换了一副皮囊,辛苦躲藏,仍是被文海周密找出,秘密炼化为自身大道一部分。

曜甲,在剑气长城上,击杀坐镇天幕的道家圣人白玉京神霄城城主,在扶摇洲山水窟战场,击杀中土十人排名第九的周神芝,结果被从五彩天下重返浩然天下的白也,三剑斩杀,最终一样被文海周密暗中"吃掉"。

白莹和切韵,在扶摇洲一役,都被拥有四把仙剑的白也,斩杀在光阴长河当中。不过枯骨王座大妖白莹,本就是周密的阳神身外身,而作为斐然师兄的大妖切韵,在桐叶洲就已被周密合道。

龙君在半座剑气长城,因为试图拦阻仙剑太白的那一截剑尖,因此越过城头,被陈清都一剑斩杀。

从十四境跌境的刘叉,被拘押在功德林。

仰止先是被柳七阻拦退路,再被文庙拘押在一处火山群遗址,相传远古时代它们曾是道祖亲手炼化的炼丹炉。

大妖牛刀,不知所终。它身上金甲牢笼其实已经被破去,被它炼化为一杆破城大戟。只是它既没有返回蛮荒天下,也没有被文庙拘押起来。

托月山大祖,在那蛟龙沟,与坐在穗山之巅翻书的至圣先师对峙,双方各自消磨大道,最终灰衣老者只能拼去一死,搅乱天时,差点就要帮助天外神灵合力打破礼圣的庇护天地。

周密登天而去。

新王座当中,真正能够在蛮荒天下服众的,其实不多,十四境剑修萧愻、斐然、绥臣,相对还好,其余哪怕是资历、战功都足够,境界也算凑合的官巷、重光,都不能太让人心服口服,至于剩下的几位,就更让山巅妖族修士不以为然了。拉壮丁凑数呢?什么时候咱们蛮荒天下的王座,如此不值钱了?与其填补位置瞎胡闹,还不如就此位置空悬,只等巅峰强者杀出一条血路,登顶落座。

可惜那个羊角辫小姑娘,至今不知所终,连那左右都已经回了文庙,她竟然还没返回蛮荒天下。不然就萧愻她那脾气,肯定不会答应让那几个废物与她为伍,同为王座。她一定会打得垫底几位,乖乖滚下王座,要是运气不好,被她活活打死都有可能。

回到蛮荒天下的萧愻,与身在浩然天下和那左右相互递剑的萧愻,还是不一样的。哪怕萧愻没有跻身十四境,在剑气长城,她也是那个历史上杀妖数量最多的剑修。

斐然左手边两头大妖,都是托月山大祖的嫡传弟子,只是一直不曾投身剑气长城和浩然天下两处战场。

其中一位被阿良称呼为"新妆姐姐"的貌美女子,与师兄负责驻守托月山。她先瞥了眼那个阿良,再看了眼青神山夫人,好看是好看,却也没有想象中的那么惊艳,名不副实。至于那个衣裙绣百花的娘们,多半是百花福地花主了,更是让她觉得腻歪。可惜切韵死得早,这场仗也没打赢,不然眼前这俩婆娘,下场肯定不会太好。

剑仙绶臣,独目,剑匣藏六剑,身穿一件翠绿法袍束蕉炼。这位在剑气长城都大名鼎鼎的妖族剑修,就站在小师弟周清高身边。作为文海周密一脉的开山大弟子,绶臣刚刚打破仙人境瓶颈,已是飞升境。

其实很多事情,先生都早早留好了后手。

比如绶臣的破境契机,还有斐然的登顶以及破境,以后未来百年的蛮荒天下,大体上需要做哪些事情。

绶臣参与过早年的十三之争,后来随着年轻隐官的横空出世,在剑气长城和蛮荒天下,开始流传一个"南绶臣北隐官"的说法。

绶臣身边还有那位玉璞境剑修的师妹,流白。他们三人的其余同门,采滢、同玄、桐荫、鱼藻,这些剑修都已跟随传道恩师周密,一同登天离去。

不知为何没有被周密带走的女子剑修流白,看了两眼对面那一袭青衫,第一眼与第二眼之间,有些间隔。

甲子帐大妖官巷。

一袭鲜红法袍的大妖重光,是剑气长城剑修的老对手。在桐叶洲战场,还曾负责围剿玉圭宗,跟姜尚真交手数次,却与当时玉圭宗的下宗真境宗韦滢没打过交道,不过算是认得韦滢,所以这会儿与那位玉圭宗剑仙笑道:"姜尚真死翘翘了?不然就他那脾气,爬也要爬来文庙,难道是山门内讧,被你搞死了?如果是的话,敬你是条汉子,以后你就是我的座上宾了。如果不是,那就是姜尚真养的一条看门狗?那就无趣了。学谁不好,非要学咱们隐官大人。"

韦滢一笑置之。这笔账,记下了。

蛮荒天下这些山上修士,明显要比文庙议事众人,规矩更少,忌讳更少,多有交头接耳之辈,一时间各种方言杂烩,显得十分乱糟糟。

青衫背剑的斐然,抬起一只手臂,原本闹哄哄的那条直线,逐渐趋于寂静无声。

虽然斐然做出的那个动作,远远称不上立竿见影,可他的两侧,都是雄踞一方的蛮横大妖,能够如此遵守规矩,已经极为罕见。这让浩然天下的那拨山巅修士,都觉得今天的议事,会很难聊,或者说会变得毫无意义。

斐然收起手臂,正了正衣襟,与礼圣作揖行礼。

这大概算是蛮荒天下群雄的第一个正式举动,也是此次议事的开篇。

这位青衫剑客,如今名义上的托月山主人,好像根本不在意自己此举,是否会被蛮荒天下那些桀骜大妖惦念记恨。

当年在桐叶洲桃叶渡渡船上,哪怕是在文海周密身边,斐然也毫不掩饰自己对礼圣的尊敬。

从在剑气长城揭开序幕,到归墟大开作为落幕,在这场大战中,斐然真正出手次数寥寥。

这位剑修,重返家乡之后,莫名其妙就成了托月山第二任主人,他炼化了一份堪称海量的气运,以及数件托月山武库秘宝,先前一直假装玉璞实则仙人的剑修斐然,百尺竿头更进一步,一跃成为一位崭新的飞升境剑修,骇人眼目,惊讶天下。

在蛮荒天下,一向强者为尊,早就将这个道理讲到了极致。

浩然天下的几场隐秘内讧,就是因为有浩然山巅强者,由衷认可这个道理。只是这几场骤然暴起的风波,都被文庙强行压下了。

裴杯就曾跟文庙两位副教主联手,秘密处置了一位中土飞升境鬼物。大战过后,一座山头被直接夷平,战场方圆千里之地,皆是焦土。另外一场,则是穗山大神跟随董老夫子,再加上其余两位山巅修士,一起镇压了那个无望打破飞升境瓶颈的老修士。后者闭关千年,与金甲洲飞升境完颜老景是差不多的处境,加上此人宗门位于沿海地带,自认为退路无忧,便一人扫平了大半个王朝!足足七十二个州郡,二十余个山上门派,三天之内,就被这位大修士以铺天盖地的术法神通,扫荡一空。

而这等凶残暴虐行径,在那蛮荒天下,却是家常便饭一般,年年有,处处有。

强者讲理,弱者跪地听着便是,能活下来,活成一位强者,再来继续讲同样的道理。

这就是蛮荒天下。

瞧见了斐然作揖这一幕,浩然天下这边,许多有心人,反而一下子心情凝重起来。

两座天下的那场架,怎么打起来的?为何浩然天下如此吃痛?扶摇、桐叶、金甲三洲山河悉数陆沉,东宝瓶洲和南婆娑洲也都各有半洲之地,变得支离破碎。很简单,浩然贾生,变成了蛮荒天下的文海周密。若非宝瓶洲的那支大骊铁骑,能够守住一座中部陪都战场,若非南婆娑洲始终未能被蛮荒天下全部收入囊中,说不定之后的北俱芦洲和流霞洲,就会被蛮荒天下顺势改换天时地利。归墟既然能够被托月山大祖打开,让蛮荒天下妖族撤回家乡,那么同样地,驻扎在浩然天下的各大妖族军帐,一样可以快速补充兵力,就算掏空了蛮荒天下的底蕴又如何?打赢了这场架,缓缓归乡便是。一旦形成合围中土神洲之势,那么如今两座天下的最终形势,就会颠倒过来。

这一切,都是因为那个文海周密,一个满腹经纶的书生,一手造成两座天下的惨烈碰撞,山上山下,死伤无数。

好了伤疤才能忘了疼,如今才过去几年?文庙收拾残局才刚开了个头,数洲山河的妖族余孽,还在四处暗中作祟。

蛮荒天下多出一两个飞升境剑修,对于浩然天下而言,根本不算什么,怕就怕蛮荒天下再多出个新文海。

曾经的甲申帐领袖,少年木屐,后来的周密关门弟子,周清高,此刻就站在斐然身边。

周清高笑着对那位年轻隐官抱拳致礼,可惜隐官大人就没搭理他。

其实上一次两人见面也是这样的光景,在两截剑气长城崖畔,周清高诚心诚意想要邀请陈平安复盘棋局,结果吃了个闭门羹。

周清高对此无所谓,证道长生的修行之路,大道漫长,岁月悠悠,总归是有机会重逢的。

文庙这边,众人所站位置,与先前有些变化。

儒家圣贤居中,然后依次排开。

释道两教高人和兵家老祖,年轻人许白,站在左端。诸子百家老祖师们,一同站在最右边。

五位剑气长城的剑修,虽说就站在一位儒家书院山长的身边,可到底不算最中间的位置了。

一位妖族剑仙,与那齐廷济嗤笑道:"齐老剑仙,论功行赏过后,看来地位不高啊,都不如剑气长城之时了,越混越回去怎么行?干脆来咱们这边得了,板上钉钉的王座之一。哪里需要寄人篱下,给人当条走狗?!"

又有一头仙人境大妖哈哈大笑道:"哟,这不是咱们的隐官大人嘛,总算换行头啦,都快认不出了。怎么回了家乡,连看门狗都当不成了?站这么偏的地方,害得老子都快要把脖子转断了,差点就要让隐官大人再立一功。"

还有个煽风点火的仙人境妖族:"陈平安,就没在文庙挣个陪祀圣贤身份?反正亚圣一脉都不济事,废物一箩筐,加一块儿都不如你一个。要是来咱们这边,你不坐王座谁坐?隐官大人的剑术是一绝,骂人本事更是登峰造极,在城头那边待过的托月山百剑仙,都是领教过的,哪个不佩服?如果隐官大人登上王座,我愿意趴地上当那垫脚台阶!"

一头眉发雪白的年迈飞升境大妖,身形佝偻,是那甲子帐大妖官巷,望向那个久闻大名的年轻人,笑眯眯道:"隐官大人,有无兴趣去我家做客啊?有个我最喜欢的家中晚辈,模样不差的,她对你仰慕得很啊。你们双方应该打过照面,她曾经与好友驾车赶赴剑气长城,专程见了你一面,还说你们一见投缘,隐官大人送了一件定情信物给她。她可说了,愿意做小,不与宁姚争大妇位置。"

陈平安始终置若罔闻,双手笼袖,开始闭目养神。

阿良一脸向往神色,跃跃欲试,如果不是在文庙,估摸着就要嚷嚷一句"有本事冲我来"了。

结果立即有妖族放声大笑道:"狗日的阿良,快喊爷爷,王八驮碑好几年,滋味如何?"

阿良微微一笑，学李槐那小王八蛋，抬起手掌在脖子那边，轻轻抖了两下，以眼神示意，下次游历蛮荒天下，就找他叙旧了。

不承想那妖族立即喊道："阿良爷爷，你是我爷爷，我家就在托月山！"

阿良扯了扯儒衫领口，有点郁闷。

其实绝大部分的浩然议事之人，都听不懂蛮荒天下的大雅言和几种主要方言，所以文庙这边，专门有一个精通蛮荒言语的书院山长，负责以心声解释一遍妖族修士的言语内容。

于玄听着那些乱糟糟的言语，疑惑道："火龙老弟，听口气，陈平安很会骂人？看样子，可不像。"

那小子瞧着就像读书人啊。模样俊，话不多，符合道书上所谓的"道气轻清山中客"一语。而且陈平安教出来的弟子郑钱，在那金甲洲战场，分明也是个懂礼数守规矩的小姑娘，只是出拳狠得……像个妒妇，好似拳下所杀，全是一群不要脸的狐狸精。可等到收拳，就又很大家闺秀了。

火龙真人其实也正纳闷呢，印象中的陈平安，确实不是个会骂人的，老真人却摆出一副比老秀才更熟悉陈平安的架势，抚须笑道："你这就不懂了，这小子在私底下，言语是很损人的，也就在我这种被他由衷敬佩的长辈身边，才会温文尔雅。你想啊，陈平安是小镇陋巷出身，没吃过猪肉还能没见过猪跑？没吃过鸡蛋还没见过老母鸡下蛋？"

于玄点点头，转移话题，说道："换了这么个年轻的，心机不浅啊，帮着蛮荒天下当家做主，反而有点棘手了。"

火龙真人沉默片刻："怕就怕有人误以为可以得寸进尺，随随便便就能占尽便宜。如果形势所迫，真要再打一架，也未尝不可，但是怎么打，太重要了。要是都觉得蛮荒天下是个纸糊篓子，两眼一闭头一低，吭哧吭哧就冲杀过去，那我就闭关睡觉去，别人爱咋咋的。"

于玄说道："皑皑洲刘财神肯定愿意打这一仗。"

火龙真人笑了笑："刘聚宝这个人，好就好在有眼力，挣钱手段十分高明。先前议事怎么个情况，他已经心里有数了，不会也不敢瞎起哄。"

虽然是两座镜花水月，但是两座天下修士，依旧隔着数百丈远。

可怜那九位浩然王朝皇帝，是真看不清"对岸"的光景。所幸对方那些言语，文庙这边都会复述一遍，就算当了睁眼瞎，不至于再是个聋子。

斐然一挥袖子，双方之间的空白地带，出现了一幅蛮荒天下的袖珍山河图，堪舆图上每一处起伏，都是异常雄伟的大岳山脉，每一处细微蜿蜒，都是一条万里江河。

反正这幅图，文庙肯定早就有了，而且只会更加详尽，会在旁边仔细标注出蛮荒天下所有当地势力、妖族数量、修士状况、物产……

第八章 那就打

233

周清高突然用醇正的中土神洲大雅言，笑道："大好河山，凭君割取。"

绶臣同样没有以方言开口，微笑道："只要浩然天下本事足够，处处都是宝瓶洲齐渎以南疆土。"

那个先前笑眯眯与隐官和气言语的大妖官巷，自顾自点头道："蛮荒坐等浩然还礼！"

这三位的言下之意，好像笃定了浩然天下要大举攻伐蛮荒，而打仗一事，蛮荒天下，只有欢迎。

一直闭目养神的陈平安突然睁开眼，斜眼看了下对面位置居中的斐然、周清高和绶臣。

周清高似乎察觉到年轻隐官的视线，脸上立即有些笑意。好像苦等多年，终于得到了年轻隐官的些许关注，这位文海周密的关门弟子，还挺开心。

只不过那个年轻隐官，很快就又袖手闭眼打瞌睡，好像根本不理会两座天下的走势。

那个玄密王朝的少年皇帝，扯了扯一旁那位太上皇郁泮水，轻声道："郁爷爷，这帮畜生有点胆肥啊，怎么听着像是打了大胜仗的一方。"

郁泮水眼神满是赞许，英雄出少年啊，低头微笑道："陛下你的胆子也不小啊，说话跟打雷差不多，不鸣则已，一鸣惊人。"

少年皇帝心中哀叹，得嘞，说错话了。身边这个郁老胖要是捶胸顿足，做痛心疾首状，那就说明说对了，可要是笑呵呵，一脸慈祥，就完蛋了。

郁泮水笑嘻嘻向对面挥手道："童言无忌，童言无忌哈，谁计较谁傻子，谁在乎谁没卵。"

阿良以心声骂道："肥美人，你要点脸。"

郁泮水立即答道："对对对，好好好。"

肥美人这个绰号，哪怕是郁泮水都要遭不住，所幸暂时只是私底下的称呼，真不能流传开来，回头山水邸报一开，千万不能跟严大狗腿落个同样下场。

大源王朝皇帝轻轻咳嗽一声，崇玄署仙人杨清恐立即施展道法，隔绝出一座小天地，大源皇帝这才压低嗓音，问道："国师？"

杨清恐依旧是以心声说道："输人不输阵，如果不是摆出这副架势，还怎么跟我们漫天要价？不太可能真的打起来。"

有些话，不适合在这里说，那就是浩然天下的人心，如今反而不再凝聚了。尤其是扶摇、桐叶两洲的山河废墟，其实已经足够喂饱一部分人了。再加上除了皑皑洲与流霞洲，以及中土神洲腹地，其余几洲对于蛮荒天下大军的凶悍程度，印象很深刻，以至于接下来两三代人的凡夫俗子，每每谈及此事，都会心有余悸。至于亲身经历过各洲战事的山上修士，那就更不用多说了，以后修行路上，只要偶尔想起，就会揪心几分。

最关键的是，蛮荒天下能够像驱赶猪狗一样，强行征兵，不计代价地驱赶大军赶赴剑气长城战场，一路上尸骨累累，遍地残骸！按照渡口那边传来的谍报显示，妖族鬼修在最近二十年内，数量暴涨。

浩然天下这边，文庙做得到吗？一旦无法集结足够数量的兵马去往蛮荒天下，不是去送死吗？退一步说，进展顺利，一路高歌猛进，不断往南推进，可就算打下数万里几十万里山河，怎么守？谁来守？即便守住了，意义何在？会不会得不偿失？难道人人都坚信不疑，能够一路杀穿整座蛮荒天下？然后文庙再来论功行赏，谁都可以分一杯羹？

如今浩然天下的山上修道之人，心怀仇恨、愿意奋起厮杀的修士，当然不在少数，可更多的，就只想好好活着。终究不像那些蛮荒天下贫瘠之地的妖族修士，会对一处异乡充满渴望，垂涎三尺，会一听到富饶的浩然天下，就两眼放光，摩拳擦掌。而蛮荒天下这种潜移默化的氛围，本就是文海周密布局千年的结果之一。

百花福地花主悄悄说道："青神姐姐，对方好像有些混不吝。"

青神山夫人笑着点头。

如果将文海周密在宝瓶洲失踪，与至圣先师斗法多年的托月山老祖，不惜身死道消，彻底打乱浩然天时，同时打开归墟入口，帮助蛮荒天下妖族重返家乡，以及那个年轻隐官在剑气长城凭空消失，作为那场战争的真正结束。那么在这短短数年之内，蛮荒天下内部，半点没闲着，群雄并起，割据一方，内乱惨烈，相较于浩然天下的休养生息，是截然不同的乱世景象。

在几年前，出现了一个转折点，蛮荒大祖的两位嫡传，突然昭告天下，选取斐然作为托月山新主，再联手文海周密一脉的剑仙绶臣、周清高，整合了白莹、黄鸾等数头逝去王座大妖的势力，最后与曳落河绯妃在内的几位老王座合作，三方一起镇压群雄，以雷霆万钧手段，横行天下，依循之前的蛮荒天下二十块版图，再对半分为四十处山河，正式在边境线上竖立起一道道界碑，第一次为蛮荒天下划清界限。每一块版图之内，五十年内，打杀随意，只管征伐，反正五十年后，只有一个势力能够执掌一方。

托月山最终宣布三条铁律。

第一，百年之内，所有飞升境大妖，除非获得托月山许可，或是凭借彪炳战功，否则不得离开各自辖境。百年之后，恢复自由。

第二，所有仙人境妖族修士和玉璞境剑修，必须主动交出真名，亲自走一趟托月山，真名会被托月山记录在册。剑修之外的所有玉璞境练气士，可以自行开宗立派。六十军帐的战功已记账，档案保存完整，斐然承诺百年之内，托月山都会一一兑现。

第三，托月山说什么就做什么，不服者皆死。

这些内幕，其实浩然天下这边山巅，都有所耳闻。毕竟如今浩然天下渗透蛮荒天下，实在太简单了。

四处归墟不去谈，在剑气长城南边，还建立了三座巨大渡口。除了墨家巨子跟个勤勤恳恳的庄稼汉似的，每天一个人就在那边默默搭建城池，其余两座渡口，以及蛮荒天下的归墟入口，背一把仙剑而不是桃木剑的赵天籁、女子武神裴杯、怀荫等人，都曾在那边待过一段时间，而他们当然不可能是原地不动发呆，跑那么远，就为了每天站着喝西北风，一个个自有手段和秘法，用各种方式远游蛮荒腹地。而且有小道消息说，在扶摇洲的白帝城城主，其实早已秘密潜入蛮荒天下，所以现在的这个郑居中，到底是不是真身在此，恐怕就只有礼圣一人清楚了。

相较于先前文庙的那场关门议事，托月山那场耗时数月的议事，吵得更厉害，有那不服斐然担任托月山主人的，有酣畅大骂文海周密是万年罪人的，也有气焰跋扈，觉得自己必须成为最新王座之一的。前前后后，有几个已经被托月山拘押起来"做客"，甚至还死了几位，袁首一棍子下去，打死一个，斐然亲手斩杀两个。

在斐然出手之前，几头王座大妖和托月山之外的大妖，都将他视为一位撑死了仙人境的剑修。

礼圣终于开口，笑道："是打是和，都不着急表态，先聊聊看。"

斐然笑着点头道："那就请文庙给个说法，我们听听看。"

文庙副教主、与亚圣一脉最为亲近的那位韩老夫子，缓缓说道："首先，四座归墟，你我双方可以合力关闭。剑气长城，我们收回重建。三处渡口，浩然天下必须保留。"

大妖重光冷笑道："首个屁的先，半点诚意都没有。合力关闭归墟？要是不关，两座天下的天时混淆一起，文庙想要重新制定度量衡、光阴刻度，就算是礼圣亲力亲为，也一样不轻松吧？只要不关门，就等于为咱们蛮荒均摊气运，搅和在一起，拖延越久，文庙就会越来越事倍功半。是当我们傻啊，还是你们文庙根本就没有诚意？"

说到这里，这头大妖望向那位居中圣人，高高抱拳致歉道："并无冒犯礼圣的意思。"

礼圣微笑点头。

韩老夫子说道："关闭归墟，可以不劳蛮荒。剑气长城，本就是浩然天下的边境疆域，如今更是被我们牢牢占据，其实根本谈不上收不收回。我们不收，你们就能拿走吗？"

韩老夫子摇摇头，自问自答："拿不走。那我们之前提议收回重建剑气长城，合二为一，其实是句废话。"

这位文庙副教主继续说道："在三处渡口，我们会建成三座书院，你们需要答应文庙，不拦阻蛮荒天下有心求学之士，赶赴书院游学。然后三座书院的学子，将来无论是返乡，还是结伴游历蛮荒天下，你们一样不可刻意针对，当然也不能暗中袭杀，或是事后故意为难。托月山只要答应此事，浩然天下就不会有任何一位十四境、飞升境修士，擅自潜入蛮荒天下。"

斐然笑着没说话。

绶臣笑道："擅自？是不是在渡口那边报个名号，或者飞剑传信托月山，就不算'擅自'了？"

韩老夫子摇头道："当然不是。"

周清高开口问道："那三座书院，儒生人数定额，总计？"

韩老夫子答道："总计三千儒生，六十年一收，浩然蛮荒各占一半。"

周清高说道："那么六百年后，我们蛮荒天下，就会有一万五千位书院弟子。"

绶臣说道："可以。但是有两个前提条件，这些出身蛮荒的书院儒生，返回家乡后，不准开设学塾，不准传授道业，收取任何一位弟子门生。三座书院的浩然儒生，不准踏足书院方圆千里地界之外，一步都不行。"

韩老夫子笑道："这可不行，除非用这两个前提条件，换取文庙这边将书院定额翻两番。答应了，我们就可以接着议论下一事。"

脚踩飞剑的袁首嗤笑道："都不答应又如何？搞得好像咱们不答应，蛮荒天下就要变成浩然天下一样，你们有几个白也？有几把仙剑？"

董老夫子突然开口笑道："朱厌，你能侥幸活着返回蛮荒天下，就该知足了。"

王座大妖当中，就数这一头老畜生，最该杀。

被直呼真名的袁首脸色狰狞起来："董老儿，找个地儿，陪袁爷爷捉对厮杀一场？"

龙虎山大天师赵天籁微笑道："贫道刚好有时间。朱厌，怎么说，挑个时间地点？是你来龙虎山，还是贫道去托月山？两者都可以。"

袁首吐了口唾沫，倒是没继续撂狠话了。

袁首和大妖重光，在桐叶洲玉圭宗那边，都领教过这位大天师的五雷正法，还是有那么点本事的……

而且就赵天籁那种不说狠话只做狠事的风格，多半真会杀到托月山和它单挑一场。

若是围殴能杀，也就顺手宰了，问题是赵天籁的逃命本事，一样出神入化。

文庙这边众人还好，反正都是习惯了家族祠堂、山上祖师堂或是庙堂议事的，可对于蛮荒天下的不少大妖而言，以往自家关起门来议事，其实也有，但都没有这么弯来绕去不爽利的，看文庙的架势，双方如果想要一条条捋顺过去，还不得傻乎乎站个几天几夜？反正真正能说上话的，也就那么一小撮人，托月山的，文海周密一脉的，加上那些个王座，它们这些凑数的，能做什么？看娘们吗？对面倒是有几个，水灵倒是真水灵，可眼馋又吃不着,有个屁用。

事实上,今天文庙议事之人,真正对这个斐然有所了解的,没几个。至多知道这个斐然,是一位剑修,托月山百剑仙之首,还是数座天下的年轻十人之一。再稍微知道些内幕的,也不过是听说斐然担任过一座军帐的领袖,是大妖切韵的师弟,甚至间接护住了一座芦花岛的所有修士性命。但是在那场战事中,斐然没有任何一件值得称道的亮眼举措,好像这个资质惊人的剑修,到了浩然天下的桐叶洲,就是奔着游山玩水去的。

而这些蛮荒天下大妖,几乎都是第一次亲眼见到那位礼圣,很快就被礼圣的气度折服几分。

几位女子妖族修士,更是瞪大一双眼眸,异彩涟涟。不看白不看,这位可是传说中的礼圣咦,据说还是那位白泽老爷的挚友。

对于礼圣,哪怕是蛮荒天下的修士,其实或多或少,都持有一份敬意。

如果不是礼圣当初在文庙力排众议,浩然天下的本土妖族,早就被斩草除根、宰杀殆尽了。

阿良以拳击掌道:"完蛋完蛋,风头都要被咱们礼圣老爷抢光了。"

那个紧紧抿起嘴唇的女子剑修流白,她的视线,先落在五位剑修身边的那些山神湖君上,然后再快速扫过齐廷济几个。

如果某个家伙愿意开口,愿意恢复当年独守城头的几分风采,肯定会来一句"我们既有诚意,又当你们傻";或者稍微含蓄些,"反正我们诚意一箩筐,至于傻不傻自己当去";可能都不会,会更恶心人,过好久才能让被骂的人回过味来。她胡思乱想着,干脆心神沉浸小天地,开始自说自话。

绶臣瞥了眼这个师妹。她身上那件法袍,是自家先生亲手赐下的,品秩不输大妖仰止身上那件墨色龙袍。师妹能够险之又险地破境跻身上五境,这件名为"鱼尾洞天"的法袍功劳不小。

阿良以手肘轻敲左右,抬起下巴,点了点对面:"瞅瞅,那小姑娘,有点意思。"

左右看了眼对面:"谁?"

阿良忧心忡忡道:"就绶臣旁边那个啊,大长腿小蛮腰瓜子脸,至于胸脯啥的就不去谈了,陆姐姐在,咱俩聊这个不合适。方才小姑娘秋波流转,脉脉含情,是不是觊觎我的美色啊?让我怕怕的,咋个办嘛。"

左右瞥了眼那女子,说道:"绶臣认识,她不认识。法袍品秩不错,不像是金翠城的炼制手笔。"

阿良啧啧啧。

左右皱眉道:"作甚?"

阿良嘿嘿而笑,左右这呆子开窍了啊。

陆芝说道:"阿良刚到剑气长城那会儿,在酒桌上信誓旦旦说,他有一种独门绝学,只要喝酒喝尽兴了,天底下就没有法袍衣裙这种东西,而且他还是一位丹青圣手。靠这个,赚了不少神仙钱。结果等到他送出那一大摞画,当天就被几十号剑修追着砍了一路。"

左右疑惑道:"画技拙劣?"

陆芝点了点头:"是奇差无比,而且还画了那个殷沉,他信守承诺,确实是没穿衣服的那种。"

左右点头道:"老大剑仙能忍阿良一百年,挺不容易的。"

阿良没来由叹了口气,拿出一壶酒,狠狠喝了一大口。

除了一个偶尔会去唠嗑的外乡人,就连家乡人,都没谁愿意搭理那个孤僻老人,而且不光是不爱搭理他,很多剑修还会真心讨厌那个老人,而且讨厌得确实合乎情理。所以很多年的战场上,老剑修要么是独自一人,守在城墙中的那个修道处;要么是一人赶赴战场,一人生还,而最后一次,一人赴死。

阿良突然问道:"陈平安,知道殷沉的过往吗?"

陈平安点点头。

阿良笑了起来:"这就好。那么加上我,最少有两个了。"

在当年,阿良就希望剑气长城的剑修,尤其是年轻人和孩子们,能够记起有个剑修叫殷沉,脾气很糟糕,为人很差劲,出剑很功利。

少年时的殷沉,曾经因为自己和几位同伴剑修的拖泥带水,害死过一位原本不该死不会死的女子剑仙。

少年殷沉,不是喜欢她,只是单纯觉得那么好看的一位女子,一位剑仙,为了救几个该死的废物,死得太不值当,死得太不好看,就那么被大妖一剑将身躯对半分开,摔了满地的肚肠鲜血。

关键是那个将死的女子,其视线扫过他们这些王八蛋的时候,没有恨意,没有悔意。就是那么一个眼神,让殷沉记住了一辈子,一辈子都没办法安心。

所以后来从一个少年变成孤僻老人的元婴剑修,最后一次仗剑出城赴死之前,其实偷偷将一本印谱翻开一页,对照印谱,仔细临摹刻下其中一方印章。

印文只有四字:彩云忽来。

老剑修一个人喝酒为自己送行时,都不知道自己泪流满面。老人只是觉得酒水尤其不好喝。不过从少年时喝酒那天起,就没觉得好喝过。

老人其实原本想与阿良亲口说一声,矫情几句,道个谢什么的。也想与那个年轻隐官说一句,当时不救那些剑修,做得没错,小子不孬。只是光顾着喝那难喝的酒了,老剑修就都没去做。

战场上,死得默然且漠然。其实也不单单是他,很多剑修都是这样。

文庙这边,多数人除了竖耳聆听议事内容外,更多还是打量对面那些蛮荒天下的上五境。

刘叉首徒,剑修竹篌。

金翠城城主,她身上那件法袍,一看就是件仙兵,水路分阴阳,有那日月交替星辰流转的大道气息。

一位骑马持枪的金甲神将,覆面甲,腰别两枚极其袖珍的流星锤,就跟稚童玩耍物件差不多,其实是金甲神将截获两颗坠入蛮荒的天外流星,精心炼化而成。

它在避暑行宫的那一页秘档末尾,曾被隐官一脉剑修写下"必杀"二字。有此待遇的玉璞、仙人两境妖族修士,其实只有三个。此外两个,分别是剑仙绥臣,以及一位仙人境妖族女修,化名柔荑,道号硕人,相传是王座大妖黄鸾的道侣,也有传闻她是黄鸾斩却三尸的古怪余孽。她法宝极多,而且每一样都品秩极高,在剑气长城和老龙城两处战场上,她都有不俗手笔。

柔荑今天一身女冠装束,头戴白玉京一脉鱼尾冠,却身穿天师府黄紫样式的道袍,手捧一柄玉如意。涂抹淡妆,体态丰腴,使得一身道袍略微紧绷几分。

她望向那个年轻俊美的齐老剑仙,齐廷济却对她视而不见。

曳落河四凶中的三头妖族,并肩而立,仰止被留在了浩然天下,它们如今就归顺了绯妃,至于四凶中的那条泥鳅,早就被拘押在牢狱当中,肯定已经遭了那个年轻隐官的毒手。

剑气长城的叛变大剑仙、守门人张禄,今天也身在其中。

在先前那场战事中,张禄从头到尾,都没有递出一剑,既没有去城头斩杀蛮荒妖族,也没有跟随萧愻去浩然天下出剑,只是在门口那边饮酒。

这会儿的张禄,还是老样子,盘腿而坐,独自喝酒。萧愻前些年送了不少酒,按照双方约定,她每打碎一座浩然山头,就送他一壶好酒。

其实曾经看门的张禄,与陆芝,与阿良,与还没成为隐官时的少年,关系都不错。他甚至与宁姚的爹娘,都是好友。与姚冲道也是,在战场上,曾相互救过对方的性命。

陆芝对那张禄,哪怕到这一刻,依旧没什么恶感。

在阿良来到剑气长城之前,尤其是在那场十三之争之前,张禄与阿良是差不多的性格,只不过赌品酒品都要更好些。

齐廷济瞥了眼那个张禄,张禄察觉到了对方视线,只是喝酒动作略微停滞,然后猛然间痛饮一口。

因为张禄,齐廷济想起了一桩极为隐秘的陈年往事。

宁姚能否在百年之内,跻身飞升境,是一个极为重要的考量。

齐廷济在离开剑气长城之后，其实在赌，赌自己确实赌运"不济"，赌那宁姚一定会在百年之内跻身飞升境。因为那个道家圣人，曾经帮齐廷济算过一卦，说了一句："修身齐家，会相当顺遂。至于治国平天下嘛……"

那位神霄城老神仙说到这里，只是摇摇头，笑而不言。

只是当年齐廷济也没太当真，平天下？蛮荒天下，还是那浩然天下？想都不用想的事情。

不承想，最后还真出现了第五座天下。

姜老祖与身边两位以心声笑道："在蛮荒天下妖族眼中，这场大仗输得没头没脑，连很多军帐大妖都一头雾水，因为他们根本不理解托月山大祖和周密的谋划，猜不到那个被郑居中一语道破的上中下三策，没有意识到，经过宝瓶洲一役，蛮荒天下其实已经守不住那个'中策'形势了。所以大部分妖族，直到现在，还很不服气。在他们眼里，真正能打的，有资格被视为对手的，就两个地方，剑气长城，宝瓶洲。其余都是稀烂。"

尉老祖师点头道："如今剑气长城已经飞升到五彩天下，而宝瓶洲的绣虎已死，半洲山河依旧破败，就等于少掉一半战力。说不定蛮荒天下这些畜生，比我们更想要再打一架，战场一旦是在蛮荒天下，都不用拉伸战线，正中下怀。如果说赶赴异乡，还会打得不情不愿，回了家乡，在自家地盘上厮杀，对于蛮荒天下来说，实在是太熟悉了。"

许白忧心忡忡道："先前我们桐叶、扶摇两洲，其实根本就没有发挥好地利优势，各大王朝和山上仙家之间，更谈不上紧密合作，所以两洲战场，几乎是一盘散沙，一触即溃。当然这跟我们从未有过这样的大战经验也有很大关系。现在我们有了经验，对方何尝不是？如果更换天下战场，对方说不定会汲取我们两洲的教训，早早做好极富针对性的一系列准备。"

姜老祖笑道："文庙议事结束后，不管结果如何，我们都来一场战事推演。"

许白犹豫了一下，试探性问道："能不能请隐官帮忙，不然我们的推演，会不切实际，变成空中楼阁。"

不得不承认，最了解蛮荒天下的人，是那个年轻隐官，而不是剑术更高的齐廷济，不是阿良、左右、陆芝。

陈平安坐镇剑气长城的避暑行宫，具体参与、目睹、指挥调度那场战争的每一个局部战役，年轻隐官几乎知晓每一处战役细节、胜负关键、利弊得失、双方战损的精准数目。而且陈平安对蛮荒天下所有参战的上五境妖族底细，更是了如指掌，以及蛮荒各大部族的实际战力、作战风格和优劣势，他心里都极为有数。

简而言之，如果万不得已，真要打起仗来，隐官陈平安这个年轻人，就会是浩然天下最不能死的一个人。

元雳、许白、林君璧，这拨曾经担任过文庙军机郎的年轻俊彦，都会迅速成为陈平安的手下，一定还会再加上昔年隐官一脉的年轻外乡剑修玄参、曹衮、宋高元，一个不落。

说不定文庙还会破例，将其余几个身在五彩天下的剑修邓凉、顾见龙、王忻水、董不得、郭竹酒，都一并招徕过来，重新帮助陈平安出谋划策。

当然，不是说没有这些年轻人，浩然天下就不会打仗了。兵家和墨家，再联手纵横家、阴阳家，其实就已经极有底气。

文庙早年曾经有过一场小规模的议事，诸子百家当中，只选取了九家参与其中。此外还有商家、药家等四家老祖师。只不过那次议事，文庙这边只有亚圣和正副三位教主。可两位兵家老祖师，都故意没有跟许白这孩子谈及这件事。

极有一种可能，蛮荒天下希望占据地利，跟没有了剑气长城和剑修的浩然天下，再结结实实打上一场。

一座托月山，以及蛮荒天下的所有巅峰强者，可是半点不介意山下蝼蚁的生死，死得越多，天时气运，就可以逐渐聚拢在一小撮仙人境、飞升境大妖身上。哪怕蛮荒天下再输一场，输得再惨痛，大不了就是来一个坚壁清野，不断南撤，浩然天下的练气士，难道能够待在那边的不毛之地，安心修行几十年几百年？一旦留不住练气士，山下人间的王朝铁骑，兵马再多也无济于事。

而浩然天下这边，除非是至圣先师亲自开口，大举攻伐蛮荒，不然就会落入一个颇为尴尬的境地。其实文庙只有两种选择，不计代价，彻底打烂连同托月山在内的半座蛮荒天下，或是迅速重建剑气长城，然后此后百年千年，稳扎稳打，不断往南渗透，不然那三座渡口，哪怕有墨家巨子坐镇其中之一，也抵挡不住蛮荒天下的反攻，说不定两截剑气长城，不等重建，就要毁于一旦。可是剑气长城想要恢复，何其困难。三教祖师，再次联手？道祖和佛祖，当真愿意出手？

而且最最麻烦的，依旧是最简单的两个字：人心。

大势倾轧，浩然人心才逐渐凝聚起来，如今却大势已定。

说句难听的，就是那山河破碎的数洲版图，真正愿意赴死的，无论山上山下，几乎都死了，浩然天下实在是已经死了太多太多人。

不管如何恨那蛮荒天下，都很难真正地痛快报仇了。

阿良悄悄问道："右呆子，那个羊角辫呢？"

左右说道："不清楚白玉京那边如何处置。她受了伤，没个十年，很难恢复巅峰。"

不是说萧愻出剑杀力不够大，而是在左右这边，她剑术还不行，互砍不占优势。毕竟敢说左右剑术不太够的，只有在城头修行万年的老大剑仙，陈清都。

哪怕是在阿良这边，如果只说剑术，左右一样要高出一筹。

事实上，左右的剑术冠绝浩然天下，还是阿良帮着宣扬出去的，反正他跟几个宗门负责山水邸报的老祖师,那都是喝酒不花钱的至交好友。

被说成剑术冠绝浩然,左右既不承认,也从不否认。

为何?因为左右早就有信心,只要被自己找到剑术裴旻,那么裴旻就要失去"剑术"二字。

之前出海访仙,想要问剑裴旻,是为切磋。而如今自己如果再次找到裴旻,那就砍死他好了。

一个练剑多年的老前辈,竟然有脸问剑一个才刚刚玉璞境没几年的晚辈?

"有点悬,虽说这百年是真有敌坐镇白玉京,按照我那位余老弟的一贯脾气,说不定都能跟羊角辫打个天崩地裂,再转去天外天打个一塌糊涂,非要打得小姑娘哭鼻子。羊角辫又是个不愿认输的,估计下半辈子就算撂在那边了。"阿良叹了口气,用手心使劲揉着下巴,"可那陆牛皮糖,是个唯恐天下不乱的,关键陆老三尤其嫉妒我那风流帅的头衔,上次我去白玉京做客,他跟防贼似的防着我,恨不得将五城十二楼所有的女仙,一个个用麻袋罩起来。就怕货比货,这家伙先前比拼相貌气度,输得惨了,肯定要折腾出些幺蛾子恶心人。"

左右眼神冷漠,沉默片刻,道:"她如果返回蛮荒天下,我就去问剑一场。"

阿良小声道:"问剑没问题,我陪你去都成,那边我熟啊,地头蛇,跟逛自家地盘没两样。不过说好了啊,分胜负就行,别分生死啊,没啥意思的。真要按照我的看法,萧瑟在那蛮荒天下,真正祸害哪边,其实不好说嘛。今儿看谁不爽,她就一拳打个半死,明儿见谁不顺眼,再一剑砍死。托月山可管不着她。"

左右的回答,只有一个字:"分。"

阿良一拍额头,最烦这样的左右。

没事,先跟陈平安那小子打个商量,再合伙去老秀才那边吹吹耳边风,陈平安马屁功夫第一流,再加上我阿良的锦上添花,他娘的咱们兄弟二人齐心,其利断金啊,双剑合璧,天下无敌啊,还怕一个左右不服管?

左右说道:"劝你别拉上陈平安,一起去先生那边胡说八道。"

阿良委屈道:"我是那种人吗?冤枉我了啊。"

左右没说话。陈平安这小子好像心情不太好,齐廷济在神游万里,陆芝又不敢多看自己一眼,阿良只好蹲下身,继续小口小口喝酒。

老秀才以心声笑问道:"伏老夫子,怎么讲?"

伏胜笑着反问道:"什么怎么讲?劳烦文圣给个提醒。"

老秀才埋怨道:"咱哥俩谁跟谁,明知故问不是?"

赶紧将我那关门弟子夸起来啊。我堂堂文圣,都没喊你一声伏老哥,改称呼伏老夫子了,一肚子学问,藏掖作甚,拿出来晒晒太阳啊。

伏胜无奈，想了想，只得缓缓道："风流不在谈锋胜，袖手无言味最长。"

老秀才喟然长叹，佩服不已："绝了。"

伏胜笑了笑，总算放过自己了。

礼圣视线微挑，所见之地，不是对面画卷，而是蛮荒天下的托月山。

刹那之间，对面画卷当中，有一个矮小身形骤然落地，动静太大，尘土飞扬，遮天蔽日，一大片妖族东倒西歪。

竟是那萧愻破开天幕，从青冥天下撞入蛮荒天下，直接坠落在托月山上了。

文庙众人，只见那个扎俩羊角辫的小姑娘，双膝弯曲，屁股贴地，缓缓起身。她拍了拍身上尘土，抬起双拳，轻轻一晃，将身边几个上五境妖族修士拍飞，脚尖一点，悬停空中，看了看两边，又蹬腿两下，再"飞升"稍高一些，等到比所有人都站得高了，这才双臂抱胸。

萧愻俯瞰对岸那条直线上的左右，眼神冷冽，竖起一条白藕似的纤细胳膊，然后另外一条胳膊横敲一下。她约莫是在示意，要打死你个左右。

左右面无表情。

老秀才收敛神色，看了眼那个好像对此早有预料的斐然。

那头不知所终的王座大妖牛刀，多半是被托月山丢到青冥天下去了。说不定那斐然，还额外送了些蛮荒天下的道种给白玉京，帮着道老二补齐五百灵官之数。

萧愻瞧见那个站立位置比较偏远的张禄，微微皱眉，却没有多说什么，只是遥遥抛过去一壶仙家酒酿。

张禄接在手里，揭了泥封就开始喝酒。

斐然望向那位白帝城城主，笑问道："郑先生，看够了没有？"

郑居中点头道："差不多。"言语落定之时，托月山上的一位妖族修士，砰的一声碎裂，金丹、元婴和皮囊魂魄尽碎。

郑居中微笑道："买一送一。"又有一位身为某个蛮荒大王朝国师的妖族修士，沦为同样下场。

一些个被殃及池鱼、略显手忙脚乱的妖族修士，对那位浩然天下的魔道巨擘大骂不已。但是更多的，是一种忌惮。

不仅仅是托月山那些妖族，文庙这边，也有不少人觉得头皮发麻。

在萧愻现身之后，一个不知名的消瘦老者，拄着拐杖缓缓而行，好像是刚刚到托月山。老人随随便便挑了个偏远位置站定，看了眼符箓于玄，再看了眼龙虎山大天师，然后面带笑意，怀捧拐杖，与两位道人打了个道门稽首。再面朝佛门高僧，单掌在胸前，轻轻低头。最后更是与礼圣作了一揖。

礼圣点头致意。

是一位天外来客,不见踪迹很多年了。

陆芝疑惑道:"谁?"

齐廷济叹了口气:"斐然和切韵的师祖,那个老鼠洞的开辟者。"

阿良捏了捏鼻子:"听说当年道祖骑牛过关,是有些想法的。"

陈平安瞬间身形佝偻,再缓缓挺直腰杆。

那个身为不速之客的老人,笑道:"先前议事,谈妥了的,就缔结山水盟约,没谈妥的,都可以答应,反正都不算过分,无非是想着靠那三个书院小小螺蛳壳,一点一点教化蛮荒。愿意要就要去,反正你们读书人,最喜欢做这些吃力不讨好的勾当。我们只有一个要求,浩然天下的本土妖族,只要想来蛮荒天下,文庙都别拦着。至于那些打败仗的,留在那边,你们该杀杀,该抓抓,托月山都不管。如何?"

礼圣笑着摇摇头。

亚圣沉声道:"此事不议。"

老人双手抵住拐杖,哦了一声,点头笑道:"那当我什么都没讲,你们双方继续议事。"

伏胜皱紧眉头。

老秀才抚须眯眼。

斐然笑望向董老夫子,问道:"那咱们就继续聊?"

董老夫子默然,似乎在与礼圣以心声言语,然后董老夫子显然有些意外。不是因为礼圣说了什么,而是什么都没有说。好像礼圣就没有听见他的那几个问题:到底要不要继续与托月山聊下去?以及大致怎么聊,是更进一步,还是后退一步?

老秀才有些伤感。

那句话怎么说来着?好像是"有些位置上,没有少年,只有老人了"。

就在此时,一袭背剑青衫,毫无征兆,向前跨出一步,说道:"那就打。"

左右一步跨出。

接下来这场仗,打输了,他就不姓左,姓右。

阿良伸了个懒腰,双手捋过头发,大步跨出,淡然道:"痛快。"

齐廷济向前一步。

陆芝向前一步。

于玄大笑一声,大袖飘摇。

火龙真人同行,要去领略一下曳落河的大水滔滔。

龙虎山大天师赵天籁,亦是向前一步,既然先前与文庙承诺,会亲自下山游历一甲子,那么蛮荒天下,也是龙虎山之外的山下。

曹慈前行。剑气长城曾是他练拳之地,还曾在那边建造小茅屋。如今境界高了,自然要出城递拳。

元雱向前跨出一步。

刘聚宝笑容灿烂。挣钱去,这次要挣个天不管地不管文庙更不管的神仙钱。一展宏图,财运滚滚!

宋长镜冷笑着向前一步。大骊如何,宝瓶洲如何,都与他关系不大了。既然如此,那就去问拳托月山。

柳七微微一笑,好像还没去过蛮荒天下,那就去看看。

苏子笑着前行。

张条霞一步跨出。听说那曳落河水深鱼大,不去就可惜了。

渌水坑澹澹夫人向前一步。若是蛮荒天下归入浩然天下,那么她这个陆地水运之主的权柄,岂不是要翻上一番?至于打架嘛,打谁不是打。

青神山夫人跨出一步。她要去剑气长城看看,剑气长城的剑修,喝过青神山酒水,可那酒水,到底是假的。要带上货真价实的,她要以酒祭奠,所有豪杰斫贼却无名的剑修,那么既然去了剑气长城,不顺便去南边瞧瞧?要去。

许白前行一步。

兵家姜老祖和尉老祖,相视一笑,一同向前跨出一步。

商家范先生会心一笑,撒钱去。

纵横家老祖师,与范先生几乎同时跨出一步,对视一眼,爽朗而笑。

刘蜕,秃鹫一样的少年,眼神凶狠,满脸阴鸷神色。他娘的,在扶摇洲家乡,宗门损失惨重,堂堂飞升境,跌境不说,宗门上下嫡传,十不存一,山头尽毁,害得老子都快变成一条光棍了,机会难得,干死蛮荒天下这帮畜生!

郁泮水伸手拽着那个傻乎乎少年皇帝的脖子,一起往前跨出一步。

邵元王朝国师晁朴,带着皇帝陛下一起前行。

老秀才笑问道:"亚圣,怎么说?"

亚圣笑道:"走一个?"

老秀才使劲点头:"老善了!"

随着两位圣人、文庙三位教主、伏老夫子等陪祀圣贤,纷纷前行。包括穗山在内的山岳大神、五湖水君都跟上。

当礼圣最终一步跨出,其余所有人就都跟上。

一袭青衫长褂布鞋的年轻剑客,刹那之间,微微弯腰,不再辛苦压制体魄,瞬间变成了一袭鲜红法袍,整个人的身形,仿佛再无血肉、筋骨、经脉,而是纯粹由千万条丝线构成。

人不人鬼不鬼的剑客,缓缓直腰抬头,沉声道:"那就打啊!"

第九章
河畔议事

依旧是遥遥对峙的两座天下,只是这一刻,浩然天下那条直线,人人前行一步。

约莫有三成人,是跟随一袭青衫长褂、脚穿布鞋的年轻隐官,要跟蛮荒天下再干一架。

其余七成,是跟随礼圣走出那一步。

三成,很少?很多了。

而且在这三成之内,有那剑气长城三飞升、一仙人四位剑修,有即将合道星河、跻身十四境的符箓于玄,有从不撂狠话的龙虎山大天师,有一个能在托月山隐藏两枚棋子的白帝城城主,有裴杯、曹慈这对武夫十境师徒,有元雳、许白这样的年轻人,未来浩然天下的顶梁柱。何况文庙学宫书院的儒家圣贤,很多人不是不想走出那一步,而是必须要等礼圣率先走出那一步而已。所以说,其实不是三成,事实上最少是五成。

这意味着什么,意味着浩然天下的文庙,真的会随时随地开启战事,还礼蛮荒天下,割鹿一座天下。而且只要打起来,就会极其惨烈,绝对不会是小打小闹。对双方而言,再无半点回旋余地。因为这不是某位文庙老夫子讨价还价的虚张声势,不是某个儒家圣贤的热血上头,然后不痛不痒闹上一场,为浩然天下占点小便宜。

阿良肯定会找那个口无遮拦的妖族修士。左右会问剑萧愻,分生死。

赵天师会携天师印、背仙剑万法,直接深入蛮荒腹地,找袁首切磋道法。至于找到袁首之前,一趟山河远游,这位大天师当然还会顺手降妖除魔。

郑居中这尊始终深藏不露的魔道巨擘,就会更加如鱼得水,行事无忌。裴杯、曹慈、宋长镜，甚至极有可能浩然天下的所有止境武夫，都会陆续赶赴蛮荒天下。而所有已经返乡的剑气长城外乡剑仙，都会再次重返剑气长城，并肩作战，联袂一路御剑往南。

会有武夫出拳，剑仙递剑。

柳七、苏子的词篇，会在蛮荒天下——大道显化。

墨家巨子会在蛮荒天下再起城池，三别家的墨家游侠，会再一次同仇敌忾，在异乡舍生忘死。

趴地峰的火龙真人，会教蛮荒天下何谓贫道略懂火、水双法。

一旦战场转换，身在异乡，反正四面八方皆是敌寇，所有浩然山巅大修士，都会不再束手束脚。

蛮荒天下怕就怕这些来自浩然山巅的术法、飞剑和武夫宗师的拳脚，每一支大军的集结、推进、驻守、再推进，都有着缜密精细的算计和布局，环环相扣，每个环节都会充满一种"追求利益最大化，谁都可以死"的事功色彩，再没有任何仁义道德上的束缚。守浩然，谁死谁活，扪心自问，多有为难处，处处都有后顾之忧，事事都在拖泥带水。攻蛮荒，还有什么可多想的，反正都已经置身战场了，无论是山上修士，还是山下精锐，无论是家国大义驱使，还是开疆拓土之功的诱惑，或是不计代价的报仇雪恨，无非就是与蛮荒天下分出个你死我活。

陆芝深吸一口气，神采奕奕，拇指轻轻摩挲剑柄，问道："左右、阿良，不如我们三人走趟托月山？"

是学那万年之前的老大剑仙、龙君、观照，三人联袂问剑蛮荒天下。

齐廷济如今到底是一宗之主，不宜擅自问剑托月山。龙象剑宗如果只是少了个首席供奉，问题不大。

左右说道："我会先问剑萧愻，如果还能出剑，就一起去托月山。"

阿良低头手指捻动衣角，哀怨不已："陆姐姐都没喊一声阿良弟弟，我伤心得都要提不起剑了。"

陆芝脸色不太好看。"提不起剑"这个说法，原本谁会多想？可就因为这个阿良，先是在剑气长城酒桌上广为流传，成为荤话，然后在一对对男女剑修道侣之间，也开始成为某种笑谈。剑气长城的风气，被阿良一搅和，跟凭空出现瀑布似的，骤然一跌，之后又来了个二掌柜，一跌再跌，只不过相对含蓄而已。

陆芝说道："在蛮荒天下创立下宗，比起扶摇洲，会不会更好？"

齐廷济笑道："不做取舍，都可以要。"

陆芝可以担任扶摇洲下宗的第一任宗主。至于未来蛮荒天下的下宗宗主人选，随便挑一位南游剑仙就是了。

阿良使劲盯着地面，好像犹豫要不要比所有人多走一步，出出风头。身上穿了件儒衫,真是话也不敢说,酒也不敢多喝,一世英名毁于一旦。

阿良委屈万分,以心声道:"陆姐姐,不然你陪我多走一步吧?"

陆芝直接打赏了一句:"你怎么不直接走对面去?"

阿良瞥了眼对面。

陆芝冷笑道:"你要有这胆量,腿给你随便摸。"

阿良跺脚,双手轻轻捶胸,道:"这日子没法过了。"

阿良突然眼睛一亮,问道:"我没这胆量,是不是就要给陆姐姐随便摸了?"

陆芝拇指抵住剑柄:"可以啊,三条腿都给你剁下来。"

财神爷刘聚宝可能是文庙这边,最应该感谢年轻隐官的人物。于公于私,他都希望在蛮荒天下那边再打一场。

而且这次皑皑洲刘氏的几个大盟友,不会再是郁泮水等人了,而是郑居中和白帝城、龙象剑宗的齐廷济,玉圭宗韦滢,以及扶摇洲刘蜕等人。

天下钱财聚散,归根结底,不过就是四字学问:重新分配。

什么情况最能够让无数个落袋为安的神仙钱,重新长脚,挪动位置?当然是战争。战场在浩然天下,皑皑洲刘氏,挣钱要讲规矩,甚至还要舍得花钱,是用今天的银子挣明后天的金子,其实风险不小。可一旦战场在那蛮荒天下,就不用那么讲究了,忌讳少,约束少,收益大。

九位来自山下王朝的皇帝君主,多多少少,都有那个念头:年轻隐官,仿佛此人一剑,可当百万师。若是这位隐官,能够成为自己的左膀右臂,或是陈平安的宗门在自家山河之内,岂不美哉?

只是皇帝们,突然疑惑起来,好像没有听说这么一位年轻剑仙具体的宗门名称,是尚未建立宗门?那么是否可以找关系运作一番?如果说宗门选址,会在那家乡宝瓶洲,那退而求其次,下宗可以在自家境内选址。道理太浅显了,自家山河之内,陈平安无论是担任下一任帝王师,还是一座王朝境内的山上执牛耳者,君主就高枕无忧矣。

陈平安这位年轻隐官身后,站着所有剑气长城的剑仙,除了今天议事四位,还有那宝瓶洲的风雪庙魏晋,北俱芦洲的齐景龙、郦采,皑皑洲的谢松花,扶摇洲的谢稚,金甲洲的宋聘、司徒积玉,流霞洲的蒲禾……

除此之外,更有飞升城宁姚,相传是陈平安的道侣,她是五彩天下的第一人!

关键是,隐官很年轻,太年轻了。陈平安的大道成就,一定会很高。

郁泮水以心声与那少年皇帝说道:"陛下,你要是有本事拉拢陈平安来当我们玄密王朝的帝师,我以后就不管你的吃喝拉撒了,全部不管,都由你开心,如何?这么些年,连每天至多翻几页春宫图,都有人管,你心累,其实我也累。陛下城府深重,要不是无法修行,注定活不过我,会死在我前头,我都要担心以后被你开棺鞭尸。"

郁泮水与这位少年皇帝，双方的言语交流，一向坦诚，在皇帝还是潜邸年幼皇子的时候，就是这般光景了。

郁爷爷送你去龙椅坐几十年，你要听话，要比亲孙子还要孝顺，别学大澄王朝那个末代君主，非要私下跟文庙告状，做事不讲规矩，逾越了两家老祖订立的那条底线，结果下场如何？对于文庙的条条框框，界线在哪里，郁氏研究得比某些书院山长都要精通。

类似这样的关起门来说自家话，郁泮水与少年皇帝时不时就要来上一场。

少年皇帝疑惑道："郁爷爷，你也没见过隐官，为何对他那么看重？"

郁泮水笑了起来："因为我希望浩然天下的这个年轻'绣虎'，哪怕与崔瀺所走道路相同，也能够善始善终。"

少年皇帝惊叹道："郁爷爷对他的评价这么高啊。"

大源王朝卢氏皇帝犹豫了一下，轻声问道："国师，听说隐官曾经游历过龙宫洞天，与太徽剑宗和浮萍剑湖，还有最南端的披麻宗、东边的春露圃，关系都很好？"

崇玄署杨清恐笑道："确实都很好。其实计较起来，咱们大源与落魄山还是有一份香火情的。前些年有条元婴境的青蛇，来北俱芦洲走江济渎，我们大源王朝沿途各大仙家、地方官府，曾经联手灵源公和龙亭侯，为其一路开道护送。所以陛下就等着吧，下次隐官再来游历北俱芦洲，说不定就能见到他了。"

卢氏皇帝点点头，只是心思复杂。

杨清恐笑道："国师头衔，哪怕我愿意给，陛下想要送，以陈平安的性情，一样不会接受。可若是换成其他某些分量足够的山下虚衔，只要陛下与他谈得拢，对方可能不会拒绝。陈平安的那座落魄山，其实与北俱芦洲商贸往来十分紧密，想要更进一步，就很难绕过大源王朝，这就是陛下的机会了。"

其中，其实就藏了个最为虚无缥缈的"人心"。

就像火龙真人，前一刻还觉得文庙谁要打打杀杀，就自个儿抖搂威风去，反正贫道要开始潜心修行了。上一场架，那也是拼了老命的，整个趴地峰、桃山、指玄几脉嫡传，只要是能打的，都去宝瓶洲干架了，所以文庙也别跟贫道提什么天下大势。

火龙真人之前笃定一事，除非是文庙内部已经通过气了，然后由礼圣亲自开口，就能打。否则这场仗，浩然要打，只会白白死人。事实已经证明，涉及两座天下归属的大战，山上修士如何选择，当然重要，可是山下如何，才是真正的胜负关键。

桐叶洲和扶摇洲，是反面例子。宝瓶洲是正面例子。曾经聚拢起小半洲之力与妖族拼死一战的金甲洲，算是在中间。如果不是完颜老景这个老飞升临阵倒戈，金甲洲北部还能多守几年，所以被殃及池鱼的流霞洲南方各大仙家，对于完颜老景所在宗门修士，如今恨不得见一个杀一个。若非有两位儒家君子坐镇那座山头，估计祖师堂每天都要挨上几记术法。

可其实那座宗门除完颜老景之外，从祖师到嫡传再到寻常修士，在那场厮杀当中，身先士卒，折损严重，绝无半点怯战。

这个道理怎么算？这份人心怎么算？

流霞洲南部，那些出力不多，或是干脆就没有出力的山上仙门、山下豪阀，一边如释重负，暗自窃喜，一边大骂完颜老贼，上梁不正下梁歪，肯定是蛇鼠一窝，说不定还暗藏蛮荒余孽，文庙必须彻查，掀个底朝天，宁肯错杀不可错放。

这就是浩然天下的人心麻烦处。道义太高，喜欢占尽道理，擅长杀一儆百。

然而等到陈平安走出那一步，火龙真人自然而然地改变了看法，当然不是因为老真人与年轻人有一份香火情那么儿戏，而是剑气长城那一场仗，打得如何，大致过程和最终结果，火龙真人都看在眼里，不然胡乱启衅，依旧人心各异，一盘散沙，闹呢？

火龙真人甚至已经下定主意，文庙这边，只要开打，完全没问题，但是必须多出一座文庙的避暑行宫，而且绝对不是先前一拨年轻的军机郎议事那么简单，不能只是帮着文庙这边查漏补缺，至多给几个天马行空却行之有效的建议，避暑行宫必须拥有在关键事项上一言决之的独断权柄。

谁最了解蛮荒天下？就是那个说要打的年轻隐官。

那个小子，是剑气长城的外乡人，但是最终却能被剑气长城剑修视为自己人，破格担任隐官，竟然无波无澜。

浩然天下是怎么个尿性，陈平安更懂。没关系，崔瀺的事功学问，在宝瓶洲一役过后，其实已经赢得了人心。

如今的宝瓶洲山上山下，怎么个心态？怎么个光景？小小宝瓶洲，曾经垫底的偏隅小洲，现在眼前就只剩下一座中土神洲了。

更早的剑气长城，避暑行宫隐官一脉剑修的排兵布阵，何尝不是如出一辙的事功学问显化？

只要整座浩然天下，从文庙到山巅，再到山下王朝，能够真正一心一意为一场战争做准备，怎么就不能打了？

俱芦洲曾经打得皑皑洲丢掉了一个"北"字。

那么浩然天下，大可以打得蛮荒天下丢掉"蛮荒"两字，此后千年万年，皆是我浩然天下山河好了！

不少已经身居浩然高位的老修士，今天都很少年气。

生不可不惜，不可苟惜。

于玄感叹道："气象一新，人心可用。"

火龙真人笑道："谁钱多，谁说话嗓门大，于老儿说啥是啥。"

于玄打趣道："刘财神不比我钱多？听说他早年曾经私底下找过你，只要北俱芦洲

第九章 河畔议事

愿意归还那个'北'字,就有个'五千五百仙'的说法。"

两洲誓约期限为五千年,每个千年之内,皑皑洲愿意掏出一笔巨额神仙钱,扶持俱芦洲趴地峰、太徽剑宗、浮萍剑湖等各大宗门的一百位剑仙坯子,一路砸钱,直到剑修跻身金丹地仙为止。反正只需要火龙真人最终给出一份百人名单,以皑皑洲刘氏为首的各大势力,就一颗雪花钱都不会差了俱芦洲。若是这些剑修当中,有谁能够跻身上五境,可以额外为俱芦洲多赚取十个名额。

火龙真人嗤笑道:"贫道只是个修道之人,又不是北俱芦洲黑白两道的总瓢把子。我说了算啊?"

于玄点头道:"当然是你说了算,因为你说不行,刘财神才死了这条心。"

火龙真人不愿意多谈这些陈芝麻烂谷子,抚须而笑:"于老儿,回头我介绍陈平安给你认识认识啊。"

于玄揪须而笑,呵呵笑道:"不用不用,这位隐官,早就听说过我了,不然也不会每天与自己的开山弟子念叨符箓于仙嘛。读书人讲究一个今人翻书与古圣贤往来嘛,按照这个规矩,咱哥俩谁与陈平安认识更早,还真不好说。"

火龙真人唏嘘不已:"贫道总算知道为何我穷你有钱了,原来想要挣大钱,就得不要脸。"

于玄摇头道:"非也非也,我打小就没穷过。"

火龙真人说道:"这就更说明你于老儿是天赋异禀啊。"

于玄说道:"看来合道一事,又要拖上一拖了。"

火龙真人说道:"于老儿,我就佩服你这点,小事很精明,大事最糊涂。"

听着不像是好话,于玄眯眼而笑,轻轻揪须点头,显得十分消受此语。

礼圣以心声与那位年轻隐官笑问道:"不是意气用事?"

这个问题问得奇怪,礼圣都已经跨出一步,再来问,好像显得十分多余。

那一袭鲜红法袍轻轻摇头,以心声作答:"可以打。"

停顿片刻,年轻隐官又补上一句:"如果有那万一,可能是必须打。"

礼圣笑道:"不是万一,周密肯定会重返人间。"

陈平安直截了当问道:"最坏情况,需要几年?"

"短则百年,长则千年。确切数字,暂时还很难说。"

"等到议事结束,我私底下可以立即交出一份详细策略,但是我担心一件事。"

"说说看。"

"担心周密是希望用半座蛮荒天下,为他一人拖延时间,最终还能换取礼圣一人的大道崩坏,那么他从天上重返人间之路,就再难有人阻拦了。除非……"

"除非一鼓作气,速战速决,超乎周密的算计,尽早拿下整座蛮荒天下,再由我为两座变一座的天下,重新制定礼仪规矩。"

"会很艰难。"

"艰难?有多难?有一个修行还没几年的年轻外乡人,当上剑气长城隐官那么难吗?"

中年儒士模样的礼圣,微笑道:"我是礼圣,看书多年。"

陈平安闻言默然。

确实,浩然天下的礼圣,就像剑气长城的老大剑仙。

他们哪怕什么话都不说,只要站在那个地方,就能够让所有人安心。

蛮荒天下齐聚托月山的顶尖战力,或看着那位被誉为浩然天下最会打架的礼圣,或看着那位离开城头没几年的年轻隐官,一时间都有些束手无策。

竟然有些重返剑气长城战场的错觉。

先前聊得挺好啊,怎就掀桌子翻脸了?

果然只要有这个年轻隐官在,就肯定没好事。

之前打那浩然几洲,年轻隐官乖乖待在城头,每天陪着那一袭灰袍唠嗑,蛮荒天下在桐叶、扶摇两洲的战场推进,那就是刀切豆腐,想要稍微磨刀都难。

这就像市井两家门户起了冲突,一场痛殴,结果谁都没能打死对方,双方都还没养好伤,然后各怀心思,打算聊几句,就在大街上摆了一桌,开始谈判。闯入别人地盘的那个地痞无赖,跷着二郎腿,摆出一副光脚不怕穿鞋的作态,要打就打,反正没啥值钱家当,倒是对方,出身书香门第,不是笔啊墨啊,就是画卷啊绸缎啊,真舍得玩命?唬谁呢?

然后一个不留神,对面那个读书人突然就掀了桌子,摸出一把刀来,要砍人。关键是这个读书人的那些亲朋好友、街坊邻居,原本都是多少读过几本圣贤书的,也跟着一起失心疯。

为何蛮荒天下打下桐叶、扶摇、金甲三洲,好像跟玩一样,即便偶有磕碰,依旧大势难挡,唯独打剑气长城那么吃疼?

除了陈清都坐镇剑气长城之外,除了剑修如云、人人赴死之外,真正让蛮荒天下万年难进一步的,其实是凝聚的人心。浩然天下怎么说怎么看,剑气长城的剑修都不管,要想让我家破,必须人先死绝。所以剑修只管站在城头一线,向南方战场递剑复递剑,剑心纯粹,连生死都不管了,更何谈利益得失?

一方已经前行一步,一方仍然原地不动。

跟着向前一步,甚至多走一步,其实没啥意思,难不成还能后退一步?那就只好杵在原地不动了。

只见那袁首脚踩飞剑,探臂手持长棍一端,遥遥指向那一袭鲜红法袍,大喝一声:"小子滚回去!"

小娃儿，侥幸活下来，就该烧高香，躲起来好好躺在功劳簿上享福，偏不知足，竟敢扬言要攻伐一座天下？一个不知道自己有几斤几两的玩意儿，如今再无合道剑气长城，猿爷爷我一棍下去，最少要死两个隐官。

好个打碎浩然两洲无数山岳、仙家祖师堂的猿老祖，一身跋扈气焰，唯我独尊，目空天下，不可一世。

它那真名朱厌，那年轻隐官的千万条丝线，文字交织而成，虽然一闪而逝，袁首凭借那份大道牵连，依旧得见文字，这让天生桀骜的袁首，神色越发凶戾。不做掉这个年轻隐官，必然后患无穷。打就打，两座天下往死里打才好，继续山河破碎，连那托月山和老瞎子的十万大山一并稀碎才好。到时候它说不定就可以归拢大量山根气运，凭此跻身十四境。

浩然天下这场大战，都没能打破宝瓶洲和流霞洲，害得袁首的大道收益，比预期少了半数，根本无法打破大道瓶颈。

这头真名朱厌的搬山之属老祖，合道十四境的契机，就是一句"借他山之石可以攻玉"。看似合道地利，实则还是合道人和。

天下山头，若被它一棍砸碎，未来十四境的道场天地，就可以多出同等数量、样式的山脉。

搬碎石，移断脉，堆山根，积少成多，在自家道场中，塑造出崭新五岳，大道不朽，不死之身。

早年在英灵殿议事之时，哪怕有绯妃这个婆娘暗中帮忙，双方互惠互利，各取所需，袁首依旧只是搬出了两座心中山岳道场。后来在扶摇洲和桐叶洲棍碎山头无数，终于又被袁首辛苦积攒出两座。只要五岳屹立道场，再合道出一座昆仑道场，袁首脚踩此山，那就是大道独行，登天去也！

什么青冥天下，什么西方佛国，天下但凡有山有土处，便是猿爷爷的道场地盘。

再等到天下无山，尽数搬入道场，那它就是继三教祖师之后的又一位十五境！天地同寿，脚踩星辰，棍碎日月。

什么穗山，什么龙虎山，都他娘的就是一堆竹筷子，猿爷爷都不用两只手，单手一捏就碎。

到时候杀个再无仙剑的白也，屁大事情！

斐然抬起两根手指，在身前轻轻往下虚按，竟是直接将袁首手中长棍微微压下几分。

袁首脸色阴沉，转过头去，就要与这个大战厮杀毫不出力、事后却捡漏儿最多的托月山年轻主人，好好说道说道。

不承想心湖当中，立即响起一个涟漪，是那拄拐杖老者的笑声："朱厌，我都不生气,你气什么？是想要去井底趴着,还是学那阿良,留在托月山做客？"

袁首冷哼一声,收起长棍,重新挑在肩头。

大妖官巷一脸无辜,万般无奈道:"什么时候,浩然天下的读书人,如此咄咄逼人了？说双方议事的是你们,这才聊了个开头,说要打的也是你们,讲点道理好不好？"

绶臣没有开口说话的兴致,反正有斐然主持大局,又有先生留下的那些既定策略,万事无忧。

南绶臣北隐官,这个说法,更多是在吹捧那个剑气长城的年轻人,总不能再过个几年,就反过来成了他绶臣沾光吧？

他身边的小师弟周清高,返乡之后的那份得天独厚,丝毫不比托月山新主斐然逊色。因为周清高得到了王座大妖的蝉蜕皮囊,而且还不是一副。

被周密合道的大妖,有那化名陆法言的十四境大修士,此外还有几大王座,身外身白莹,以及切韵、曜甲、黄莺。

周密吃的是那一份份大道,至于大妖们的剩余皮囊,对周密来说,可有可无,不是全然无用,而是意义不大。与其带走,不如留下。

所以修道资质极其不佳的甲申帐少年木屐,后来的关门弟子周清高,成了那个意外收获最多的人。

周密在登天之前,就以一副枯骨王座大妖白莹的真身遗蜕,打造出周清高的阳神身外身,再将大妖黄莺、切韵的遗蜕,分别炼化、融入周清高的魂、魄,架起一座崭新长生桥,一步登天路。

而且周密早就在托月山留下一道仙诀,专门留给原本不宜修行的周清高——柳七首创的柳筋境秘法。最擅长化腐朽为神奇的周密,对这门道法、这条捷径的钻研之深,说不定可以与柳七媲美。

所以如今的周清高,不但直接从练气士第三境留人境,跻身玉璞境,之后在短短几年之内,就又破一境,成为一位仙人。

什么叫文海周密的关门弟子？这就是。

不到十年,就已仙人。

至于首徒绶臣,得到了三件仙兵,全是长剑。绶臣早先背后剑匣藏有五剑,在大战当中,失去了三把,所以如今才会背着五把。

剑修流白,相对而言,得到先生的馈赠最少,只有一件仙兵,"小洞天"法袍,另外还有一件半仙兵,是一顶碧芙蓉冠。

盘腿而坐的萧瑟,咧嘴而笑,她抬起双臂,双手揪住两根羊角辫,这个接替自己位置的小家伙,本事不错嘛。

张禄一边喝着酒,一边打量着对面那个惨不忍睹的身影。很难想象,当年那个小心翼翼游历倒悬山的背剑少年,会变成今天这个样子。

剑修竹箧身后所背长剑,颤鸣不已。

当陈平安变成这副熟悉模样后,流白的脸色微变。

在城头练剑那些年,她与离真,其实是与陈平安打交道最多的剑修。而他们两位剑修,都等于在年轻隐官手上死过一次。

作为托月山大祖嫡传弟子的离真,死在了那场捉对厮杀当中。就是那场惊心动魄的换命,让蛮荒天下第一次知道,在剑气长城,竟然有人能够顶替宁姚出剑。

之后,竹箧、离真、雨四、涃滩、流白等甲申帐五位剑修,皆在托月山百剑仙之列,并且名次都极为靠前,精心设伏,依旧围杀不成,流白正是在那场伏杀过程中,反而被陈平安拧断了脖子。

周清高朗声开口道:"我完全可以理解隐官大人为何执意要打。剑气长城损失最为惨重,在那第五座天下的飞升城剑修,确实最有资格与我们蛮荒天下寻仇。而且隐官大人所在文圣一脉,大骊国师崔先生,与山崖书院山长齐先生,都已不在。隐官作为文圣先生的关门弟子,同样有理由与蛮荒天下讲一讲道理,以直报怨,天经地义。"

周清高面带笑意,娓娓道来:"无论是以剑气长城剑修身份,还是以如今的文脉儒生身份,陈平安说一句'那就打',最有资格,最问心无愧。"

剑气长城,最后一场大战,打得很不剑气长城。明面上说是拜避暑行宫隐官一脉剑修所赐,其实蛮荒天下六十军帐,再清楚不过,是拜一人所赐。

不是说陈平安一人,真有那么大的本事,仅凭一己之力,就成功算计整座蛮荒天下。而是陈平安"吃掉"了隐官一脉所有剑修的想法,"吃掉"了避暑行宫所有档案秘录,"吃下"了蛮荒天下的所有战场布局。

甚至"吃掉了"老大剑仙的威望,让隐官一脉的任何一把传信飞剑,可以轻松力压岳青、米祜等巅峰候补剑仙。

战场上,大妖仰止在众目睽睽之下,拧断了一位南游蛮荒的岳姓大剑仙头颅。剑气长城群情激愤,但是避暑行宫传信不救,虽然违令出城递剑者,数量不少,却并未形成牵一发而动全身的战场形势。之后双方剑修的那场相互问剑,飞剑浩荡如江河,剑气跌宕如大瀑,剑气长城的出剑,更是精准到了每一处细分战场,每一位地仙剑修对谁出剑,何时出剑,剑落何处,都有规矩。

剑气长城的年轻隐官,与身居王座第二高位的文海周密,好像是一个路数的同道中人。

就像文庙议事众人,不在意蛮荒天下多出几个飞升境剑修,但是谁都不希望托月山主人,未来的蛮荒天下共主,是一个新文海;蛮荒天下山巅群妖,同样不希望,浩然天下成为一座崭新的剑气长城。

"这个狗崽子,说话真阴险。"郁泮水啧啧称奇,"皇帝陛下,学到没?这才算是会说话。"

就那么几句话,可意思很多,藏得还不深,关键是不全在胡扯,很容易让人多想。

对方是在暗示浩然天下的文庙议事众人,两座天下真要再次打起来,剑气长城其实没几个人可以死了,文圣一脉的清誉声望、文庙地位,更会水涨船高。

年轻隐官既报私仇,又可得利最多。天大便宜,为何不打?

你们浩然天下,还愿意跟着这么一个旱涝保收的年轻隐官,再打一场吗?那个年轻人只需要躲在幕后运筹帷幄,死的人,反正不会是他。第一场大战,他都能活着从半座剑气长城返回浩然天下,接下来这一场,当然就更不会死了。

此处歪理,别处正理,天下皆然。

此心光明,他人说不定只觉得刺眼。

这番话,不是说给那些跟随年轻隐官一同前行之人听的。

话挑人。

很多人哪怕今天听不进去,没有当真,等到真正打仗了,就会听进去,肯定会多想。

少年皇帝使劲点头,嗯嗯嗯,附和郁胖子。

这位玄密王朝的皇帝陛下,对那年轻隐官,是越来越由衷仰慕了,竟然能够让蛮荒天下的大妖们如此刻意针对。为啥蛮荒天下不去调侃怀荫?不去打趣刘氏财神爷?犯不着嘛,看不起嘛。

看来以后一定要找机会称兄道弟去,这条大腿一定要抱,抱上了,说不定以后郁老胖子对自己,都要客气几分,再不会每次在御书房只有"君臣双方、爷孙两人"了。老胖子经常从袖子里拿出把剪刀,咔嚓咔嚓剪指甲,还时不时斜眼瞥向皇帝陛下的裤裆。

青神山夫人皱眉不已。

百花福地花主,如果觉得自己设身处地,与那年轻隐官更换位置,好像也没什么太好的应对之策。很多事情,其实越解释越浑浊,可要是不解释,就只能吃个哑巴亏。

官巷蓦然大笑道:"隐官大人有点私心怎么了?文庙这边不管给出多大的封赏,都是他该得的,凭本事活下来,凭战功当圣贤,谁敢叽叽歪歪?老夫第一个不服气,良心被狗吃了吗?!如果不是隐官大人力挽狂澜,今天议事,说不定咱们双方都在你们文庙广场了!"

大妖官巷本来想说良心都被阿良啃了吗,只是看对方笔直一线、气势汹汹的架势,觉得做事说话,还是要留一线。

陈平安瞥了眼周清高,冷笑道:"甲申帐之所以毫无建树,就是因为有你这么个小废物领头。"

那个挂拐杖的老人,笑了笑,与袁首、绯妃和五嶽都以心声说了一句。

只见那一袭鲜红法袍的年轻人，瞬间双膝微曲，身形佝偻如驼背，只是刹那之间，年轻人又再次挺起腰杆。

陈平安只是看向那个周清高："听说周密收了你做关门弟子，那他以后就别想开门见人了。如果换我是绶臣，现在就得跪在地上砰砰磕头，求你来当大师兄，只要别当小师弟，当大师姐都成。"

绶臣哑然失笑。

那些在半座城头上练过剑，也未曾悄然消失在浩然天下的托月山剩余百剑仙，对于这个经常与龙君、离真"儒雅谈心"的年轻隐官，印象深刻。有事没事，隔三岔五，谁练剑遇到瓶颈了，或是实在闷得慌了，剑修们就挪步去往龙君附近，看看能否瞻仰一番隐官大人的风采。谁要是运气好，能与那个家伙聊上一句，都是不小的荣幸。不过年轻隐官露面次数极少，不是谁都能见着的，讨句骂都很难，反正比破境难。

来了，流白心中幽幽叹息一声。

陈平安微笑道："有你和斐然兄帮忙，浩然打蛮荒，胜算就大了，原本只有十成的胜算，硬生生给你们提到了十二成，不然我还真不敢说个'打'字。如果我在文庙说得上话，以后等到大局已定，可以让你们一个当甲申帐输圣，一个当托月山躺圣。一个勤勤恳恳，用心谋划，负责帮忙送人头，明天送完袁首的脑袋，后天送绯妃的头颅，送完飞升境再送仙人境，送得让浩然天下应接不暇，都要忍不住劝你们别送了，这样的战功，感觉受之有愧。一个躺着躺着就当上了托月山扛把子，躺着躺着就成了文庙的最大功臣。该你们当圣贤。不过回头我还是要问问文庙，你们俩是不是安插在蛮荒天下的死士，如果是，不小心被我连累给砍死了，我会篆刻两方印章，刻那'百死不悔'和'心向浩然'。"

于玄倒抽一口冷气，好狠，凶残。

火龙真人有些疑惑不解。剑气长城啥地儿啊，风水可以啊，以前多闷葫芦一小子，怎么去了剑气长城几年，就成这样啦？

周清高抱拳笑道："隐官风采依旧。"

礼圣突然问道："陈平安，有没有抱怨我把你拉过来议事？"

齐廷济，虽然是一位境界足够的老剑仙，能够代表一部分的剑气长城，但是绝对无法决定飞升城剑修的选择。

陈平安老老实实答道："起先是有一点的，不敢说全然没有。但是文庙宣布恢复先生的身份之后，就没有了。"

礼圣又问道："说打就打，就不怕自己成为第二个崔瀺？"

陈平安开始沉默。

当自己开口之后，其实陈平安就已经感觉到自己脚下那条路，就像冥冥之中自有天意，不由自主地拐入了一条岔路，好像道路尽头，就站着那个曾经离经叛道的大师兄

——浩然绣虎。

直到那一刻,陈平安才真正理解为何师兄崔瀺,当年选择外人眼中的欺师灭祖的道路,为何要脱离文脉,放弃文圣首徒的身份。

有时候,大道之上,好像真的就只有孑然一身,才能没有任何负担和愧疚。

比如这次文庙议事,一旦与蛮荒天下真正开战,对于自家文圣一脉,其实长远来看,是弊远远大于利的。

战场上的任何伤亡,都会是文圣一脉的永久污点。任何一场战役的失利,都会是陈平安和文圣一脉的"功业瑕疵"。

此后百年千年,都会被秋后算账,被翻老皇历。从文庙到书院,到每个山下王朝,后世所有的读书人,都会各持己见,争吵不已。就算文圣一脉从此开枝散叶,文脉能够源远流长,却很难真正在书斋安心治学。不是说浩然天下都是如此,而是世道复杂,一百个人中,哪怕只有两个人不讲理,都会被硬生生搅成一摊浑水。如果再来几个看似讲理之人,多讲几句以偏概全的公道话,或是有人站在一旁,多说几句煽风点火的风凉话,局面会更加不可收拾。

所以先前某一刻,陈平安脑海中的一个念头,就是脱离文圣一脉,暂时只保留剑气长城的末代隐官身份。

至于落魄山将来怎么办,只能是先走一步,多算几步。

其实很多事情,陈平安从剑气长城返回浩然天下,是可以假装不知道的,也完全可以不去多想。

只是还有一个看似登天离去的文海周密。

周密既然能登天,就一定会返回人间。

师兄崔瀺为何在剑气长城,会有那番自问自答?

"天下太平了吗,是的。可以高枕无忧了吗?"

"我看未必。"

斐然为何能够成为托月山主人,蛮荒天下的主人?

这与陈平安当年突然被老大剑仙一举提拔为隐官,是不是很像?

绶臣、流白作为嫡传和剑修,为何没有跟随周密登天?

周清高为何一身气象大变?哪怕对方刻意隐藏境界,但是陈平安对这个曾经的甲申帐少年,极其上心。当年双方在崖畔遥遥相对,少年木讷,绝无今天的一身沛然道气。

至于周密本人,当真无法吃掉包括袁首、绯妃在内的其余王座?总不至于是吃饱了撑着了。在尚未收回阳神身外身的白莹之前,甚至在尚未吃掉任何一头王座大妖之前,周密就已经能够吃掉一个蛮荒天下十四境的"陆法言"了。如果周密当真将全部赌注,都押在了那座古老天庭遗址,以周密的"独夫"心性,肯定不介意多吃几头王座、飞升境大妖。

这就意味着，周密是在找那个两座天下大势的均衡点。

周密哪怕已经远离人间，可是蛮荒天下依旧在他的严密掌控之中，继续悄然运转。斐然，绶臣，托月山，其余几个老王座，以及更多暗藏的棋子，都是周密留在蛮荒天下的棋子。

而浩然天下的战后人心，也等于是周密的一枚棋子。

学生崔东山在教陈平安下棋的时候，曾经笑着说，早年跟郑居中下完彩云局后，双方有了两个感想：一个是觉得棋盘太小，只有纵横十九道。再一个，就是围棋对弈，一方棋手真正高明处，是打破规矩，再订立规矩，对手却只能死守规矩不变。

这才是真正的无理手。

当时陈平安好奇询问："比如?"

"棋盘上，双方棋子，非黑即白，黑吃白，白吃黑，这就是老规矩。黑吃了白，白子变黑留在棋盘上，还是不高明，因为太明显。若是那枚白子留在棋盘，作用却等同于黑子，而且何时变化，得是棋手说了算。能够做到这个，才算走到了那个'奉饶天下先'的境界。转瞬之间，随便屠大龙，或是于绝境处，起死回生。"

崔东山所说棋理，陈平安当然听得懂，只是棋理如道理，不等到亲身经历，是很难真正体会其中玄妙、凶险、神鬼莫测的。

这样的浩然贾生，才值得托月山大祖，心甘情愿拿出一座蛮荒天下，放心托付给文海周密。

周密定下上中下三策，因为浩然天下守住了宝瓶洲和南婆娑洲，周密最终联手托月山大祖，直接选择保存底蕴，使得蛮荒天下的下策，好像变成了文海周密一人的上策。

但是一局棋，还没真正下完，只是进入了收官阶段。

斐然、周清高这些，依旧不是棋手，还没有摆脱周密的棋子身份。

接下来就该轮到周密坐镇古天庭遗址，俯瞰数座天下的整个人间。

托月山要为周密争取到某个契机，比如百年之内，托月山一定要拖住浩然天下，拖住礼圣的补天缺！

就算让出蛮荒天下极多版图，也一定要将浩然天下的练气士，一并拽入战争泥沼当中。

但是托月山肯定需要保证一件事——蛮荒天下不能真丢了。这是一个极其微妙、极其讲究分寸的选择，蛮荒天下不能全部丢掉，不然那个周密，就会成为无源之水、无本之木，一座换了主人的新天庭，就只能孤悬天外。但是也绝不能让浩然天下休养生息，任由礼圣恢复浩然天下的全部天时。

陈平安如果没有参加这场文庙议事，这些事情，就都不用他去忧心。

可他已经来了。

怎么办？

那就干脆速战速决，打烂蛮荒天下，斩杀所有山巅妖族修士，赢得一个真正的万年太平！

争取让师兄崔瀺口中的那个"未必"，一鼓作气，变成定局。不然等到周密成功返回天下，下一场战事，注定只会更加惨烈。因为周密根本不愿意做什么缝补匠，他要万事万物，都在他手中重建，别说是浩然天下的生死存亡，就连蛮荒天下的一切有灵众生、山河版图，周密都不介意推倒重来。

既然如此，礼圣不合适说的，我来说。

礼圣问道："不后悔？"

陈平安毫不犹豫道："不会。"

我们都要成为强者，我们都应该为这个世界做点什么。

礼圣轻轻点头："那我就不跟你先生计较那些翻来覆去的车轱辘话了，烦人是真烦人，都想动手打人了。"

老秀才与谁都好说话，唯独在至圣先师和他这边，那是真会撒泼打滚的，尤其是老秀才一旦真急眼了，阴阳怪气得半点不讲道理。

陈平安无言以对，忍了半天，大概是习惯成自然，担心那个万一，试探性说道："礼圣真要动手，也恳请挑个没人地方，我先生好面子。"

礼圣不置可否，抬头看了眼天幕，收回视线，微笑道："既然已挽天倾一次，天就塌不下来了。周密这个难题，崔瀺不是留给你这个小师弟的，而是给我们这些老人的。

"这次拉你过来议事，就像你所想，确实是要你帮我说出那句话。

"我年纪大，撂狠话，没什么意思。换个年轻人来说，更有……气势？

"所以你别担心，以后只管安心修行，遇到事情，有几分气力就出几分，文庙不是摆设。至于功劳什么的，你也别学老秀才。这笔账到底怎么算，从飞升城到落魄山，你是当惯了账房先生的人，应该很清楚，别跟文庙这边装傻。"

陈平安只是听着，然后老老实实保持沉默。

礼圣嘛，说什么都是道理。

礼圣一振衣袖，天地气象浑然一变。

一直被朱厌在内的某几个大妖真名，压得几乎快要窒息的陈平安，瞬间如释重负，重新变成了一袭青衫。

礼圣最后提醒道："陈平安，稍后你还要参加下一场河畔议事。"

与此同时，蛮荒天下那条直线上，一左一右，最外侧，多出了两位。

只不过并非通过托月山的镜花水月现身，反而像是从文庙这边，跨越那座蛮荒天下山河图,走到了那边。

白泽！浩然九座雄镇楼,镇白泽的那个白泽。

十万大山的老瞎子！

聚集在托月山的妖族修士,先是愕然,然后哗然,最终喧闹震天。

绝大多数的妖族,无论是飞升境大妖,还是身居某个显赫位置的玉璞境,它们第一次如此沉默且整齐,向那位存在,或者抱拳行礼,或者握拳捶胸,以示敬意,偶有开口,都是同尊称一声白泽老爷。显而易见,对于蛮荒天下来说,白泽,才是那个最有资格担任天下共主的存在。

至于白泽老爷在万年之前,选择背叛蛮荒天下所有同类,在先前那场大战之中,又选择袖手旁观,怨气归怨气,服气依旧服气。

道理再简单不过,白泽活得够久,足够强大。

再说了,只要白泽老爷这次愿意返乡,那咱们再去一趟浩然天下,都没问题！

更何况,还有那个两不相帮一万年的老瞎子,竟然这次也选择站在了蛮荒天下这边。

不过浩然天下这边,一左一右,同样出现了两人。

一个鸡汤和尚,曾经护送那位为浩然天下传法点灯之人。有些佛书记载,正是老和尚为其掌灯护法三十载。

以及一位消失了三千年的斩龙之人。

白帝城城主已经转身,与那位老者,低头抱拳。

哪怕只是遥遥看一眼的蛮荒天下绯妃,都觉得浑身不自在,更不用说浩然天下的渌水坑澹澹夫人,以及所有五湖水君,自然都感受到了一股气势磅礴的大道压胜。

瘦竹竿似的老瞎子,双眼凹陷,双手负后,微笑道:"我就是看个戏,站哪里不是站。"

一袭雪白长袍、不再青衫落拓的那个斩龙之人,今天终于恢复真实面容,是一位看着很年轻的男子,好像与老瞎子针锋相对,笑道:"杀谁不是杀。"

今天对峙双方,浩然天下,蛮荒天下。

在两者之间,又有一座屹立万年的剑气长城。

其实哪怕是文庙议事众人,绝大部分也不曾去过剑气长城。

更多浩然天下的人,其实从未真正了解过剑气长城,只是听说那边剑修如云,那边的人都会敌视浩然天下。

就好像那边的人,就只是剑修,只有剑修。不讲道理,粗鄙不堪。只会练剑,是异类。

没有悲欢离合。

那边的生生死死,好像都与浩然天下关系不大。因为没见过,没听过,不知道。

在地上那幅蛮荒天下山河图的边缘地带,出现了一条长线,是那剑气长城。

接下来一幕,哪怕是陈平安这种人,都开始老脸一红……觉得礼圣这个手笔,太不讲理了。

因为那边出现了一幅山水画卷,是一座酒铺,还有一对楹联:

剑仙三尺剑,举目四望意茫然,敌手何在,豪杰寂寞;

杯中二两酒,与尔同销万古愁,一醉方休,钱算什么。

横批:饮我酒者可破境。

老秀才拿胳膊一捅身边圣人伏胜:"咋样?"

伏老夫子只得"物归原主",无奈道:"绝了。"

左右伸手抵住额头。

阿良感慨万分:"好字,学我。"

青神山夫人会心而笑。

这就是剑气长城的那座酒铺?

陈平安突然拿出一壶酒,开始饮酒。

因为接下来一幅画卷,是一堵墙,挂满了木牌——一块块酒铺的太平无事牌。

不少无事牌,其实连陈平安都没有见过,因为当时陈平安已经去了老聋儿坐镇的牢狱,等他再次重见天日,去往城头,飞升城已经飞升离去。

花好月圆人长寿。剑修高魁。

此人,是剑气长城龙君一脉的最后一位剑修。此人此生最后一次出剑,是高魁问剑龙君,是晚辈问剑祖师。

为情所困,剑不得出。风雪庙魏晋。

此处天下当知我元青蜀是剑仙。南婆娑洲大瀺水弟子。

此地酒水价廉物美,极佳,若能赊账更好。陶文。

师父卖酒,徒弟买酒,师徒之谊,感人肺腑,天长地久。弟子郭竹酒。

昔年风流不足夸,百战往返几春秋。痛饮过后醉枕剑,曾梦青神来倒酒。

然后那个不通文墨的元婴老剑修,犹不尽兴,偷偷摸摸,用了个化名作为署名,又写了一块无事牌:斗诗一事,老子自称第二,没谁敢称第一。二掌柜除外。

人间一半剑仙是我友,天下哪个娘子不娇羞。我以醇酒洗我剑,谁人不说我风流。

这是北俱芦洲一位元婴剑修写的,战死了。

太徽剑宗第四代宗主,韩槐子。此生无甚大遗憾。

韩槐子也战死了。

宁姑娘,你有了喜欢的人,我很伤心。刘铁夫。

这是剑气长城的一位龙门境本土剑修,跻身了金丹没多久,就战死了。

老子看遍无事牌，斗胆一言，我浩然天下剑修，剑术不如剑气长城又如何，这字，写得就是要好许多！

这块无事牌，是唯一一块正反两面都写有文字的。

浩然天下如你这般不会写字的，还有如那二掌柜这般不会卖酒的，再给咱们剑气长城来一打，再多也不嫌多。

正面是扶摇洲一位年轻金丹剑修所写，反面是剑气长城一位元婴剑修所写，后来双方还成了朋友。

礼圣一脉君子王宰也留下了一块无事牌。

待人宜宽，待己需严，以理服人，道德束已，天下太平，真正无事。

为仁由己，己欲仁，斯仁至矣。愿有此心者，事事无忧愁。

无事牌上两句话，第一句是行书，第二句是蝇头小楷。

从不坑人二掌柜，酒品无双陈平安。

文圣一脉，学问不浅，脸皮更厚，二掌柜以后来我流霞洲，请你喝真正的好酒。流霞洲剑仙司徒积玉，老子玉璞境，怎么就不是剑仙了？

林君璧饮过此酒，三年破三境而已。

来时元婴，去时元婴，不曾破境，愧对美酒。北皑皑洲，邓凉。

喝得酒，杀得妖，作得诗，才情不输二掌柜，相貌惜败吴承霈，我这一生很圆满，就缺个媳妇了。

兜里有钱，喝垮酒铺。

剑术尚可。

老子与阿良联手，可杀飞升境大妖。

阿良如果将来跻身十四境，一定是合道脸皮。

放你娘的屁，这场大道之争，狗日的争不过二掌柜。

纳兰彩焕，我去去就来。

牧笛，驼铃，皆是风过声。

这辈子未曾醉过，怨酒。

陈李，佩剑晦暝，飞剑瘖痖。百岁剑仙，唾手可得。

世间无好喝之酒，狗日的还我酒钱。

陆芝确实好看。

人生苦短，练剑太难。

托是什么，不存在的。二掌柜坐庄，高风亮节，光明磊落。

阿良是那中土神洲书香门第出身？打死我也不信。隐官真不是那浩然天下的高门豪家子？我不信。

纳兰老贼,要么滚远点,要么给白姑娘一个名分。

左右剑术比我略高一筹。

叠嶂姑娘,如果二掌柜对你毛手毛脚,告诉我一声,我去告诉宁姚。

这一遭,乘兴而来,乘兴而去。

次次都是我结酒水钱,如果哪天我不在酒桌旁边了,二掌柜,给我个面子,为那群穷光蛋朋友破例赊欠一次,先行谢过。

浩然天下,有哪九洲?曾经听过,已经忘了。

看了她一眼,人间颜色如尘土。

记得小时候有一年,夏天的蝉鸣特别吵人,冬天路上积雪冻屁股。只是忘记了哪一年。

凭什么我是剑仙他是元婴剑修,五十岁的时候,我还是龙门境,他就是元婴境。救我作甚?

怎么会有一座天下,只有一轮明月?与老子一般打光棍吗?

有些事,总是姗姗来迟。有些人,总是匆匆离去。喝酒真苦。

黄花黄,白云白,青山青,少年年少。

一拳就倒二掌柜,笑得我腰子疼。

桌上灯半黑,窗外月半明,有人觉得不够亮,有人觉得不算黑。还剩酒半壶,吐完再喝啊。

皇帝宰相状元郎,是什么东西?能当佐酒菜吗?祖坟又是什么?

对错都在酒碗中。

我家城头,高过白云。浩然有吗?

城头剑气,龙蛇飞动。

几天没来大碗喝酒,无事牌怎么这么多了?

已负美人辜负剑。

呱呱坠地,大笑而去。

不是剑修怎么了?偏要来这里喝酒。

年复一年勤勉练剑,也没练出个上五境。倒是喝那哑巴湖酒没几碗,就真喝成了个哑巴。

今天好像没什么可写,下次喝过酒再补上。

最近二掌柜不来蹭酒,买酒的姑娘都少了,喝酒没滋没味啊。

墙上无事牌晃得厉害,可我没喝醉。不比剑术比酒量,董三更加上陈熙,都要喊我哥。

老大剑仙,你不收我为嫡传弟子,凭良心说,是不是怕我剑术超过你老人家?

我们这边，玉璞境都只是剑修，听说浩然天下的金丹、元婴剑修，就是什么剑仙了，老子没被绶臣砍死，差点被这种事笑死。

二掌柜不是个娘们，真心可惜了。

今天换了件紧身些的衣裙，坐在不宽的长凳上喝酒，好像隐官大人蹲在路边一直看我。

老子只要喝过了酒，剑砍董三更，拳打狗日的，脚踢二掌柜。

听说浩然天下的仙子，每次往脸上涂抹胭脂水粉，得耗费半个时辰，那还不得有个七八两重？真能好看吗？

做过一个梦，不知是哪里。

男女情爱，相互喜欢时，是圆圆镜，团团月。情伤过后，就是一锤碎出无数月，好像没那么喜欢了，但是记起更多。

坐在小板凳上当说书先生的二掌柜，有点潇洒。

外乡剑修，都早些回家。

陈平安是我家乡人。

见此美景，感激不尽。

……

礼圣拂袖收起画卷，笑道："再议。"

至于双方何时何地再议，这位读书人没有说，只是收起了文庙这边的镜花水月。

谋之在多，断之在独。

真正议事所在，还是那座天庭遗址。

下一刻，阿良和左右对视一眼，都有些神色凝重，因为陈平安不见了。

一条河河畔。

不知为何，三教祖师，并未现身。

礼圣。

亚圣。

文圣。

白泽。

老瞎子。

斩龙之人。

东海观道观的老观主。

鸡汤老和尚。

道老二余斗。

白玉京三掌教陆沉。

岁除宫吴霜降。

还有几位陈平安辨认不出身份的存在。

无一例外，除了陈平安，都是十四境。

吴霜降微笑道："这么快就又见面了。"

陈平安点点头。

陆沉使劲挥手："陈平安，是我啊。"

陈平安视而不见。

站在一旁的老秀才轻声道："听听就算。"

陈平安嗯了一声，干脆蹲下身，尝试着伸手掬水。

掌中一捧水上，出现了白衣，她身材高大，一双金色眼眸。

老秀才使劲跺脚："哎哟喂，前辈……个锤儿，原来是神仙姐姐来了啊。"

陈平安收起手，站起身。

她手中拎着一颗头颅。她身披一副金色甲胄。

最后河畔现身的不速之客，有两位。

其实是一位。

那些已在众山之巅屹立多年的十四境大修士，这点眼力还是有的，两者大道相契，只是一分为二。

当身材高大的白衣女子，与披挂金甲的"侍从"一同现身后，所有修士都对她，或者说她们纷纷投以视线。

一颗头颅，与那副金甲，都是战利品。

传说中的远古持剑者，五大至高神灵之一。

礼圣，白泽，东海观道观的老观主，老瞎子，都对她不陌生。

而道老二余斗、三掌教陆沉、斩龙之人、吴霜降等人，这些参与今天河畔议事的十四境大修士，都是第一次目睹这位"杀力高过天外"的神灵。

万年之前的登天一役，人族最终登顶成功，抛开人族先贤的舍生忘死，慷慨赴死，此外持剑者问剑披甲者，水火之争的那场内讧，还有神灵对人性的蔑视，都是关键。任何一个环节的缺失，人族的下场都会极为凄惨。

万年之前，大地之上，人族的处境，可谓水深火热，既沦为神灵饲养的傀儡，被当作淬炼金身、不朽大道的香火来源，还要被那些在大地之上横行无忌的妖族肆意捕杀，视为食物。早先的人族实在太过弱小，高高在上的神灵，通过两座飞升台作为道路，越过无数日月星辰，降临人间，征伐大地，往往是帮助圈禁起来的孱弱人族，斩杀那些桀骜不驯的越界大妖。

在这之外，先有剑落人间，才有后来问剑于天和随之的术如雨下，人族开始修行剑术、术法，便是登山之始。

　　这也是为何独独剑修杀力最大，又被天道无形压胜的根源所在。

　　余斗，头戴鱼尾冠，背着一把仙剑道藏，一身道气与剑匣剑气皆起涟漪，好像连这位"三教祖师之外我无敌"的道老二，都无法压制一把仙剑的汹汹剑意。

　　当然也可能是余斗一种随心所欲的问剑姿态。

　　而负责为道祖坐镇白玉京五城十二楼的三位嫡传，失踪已久的道祖首徒、余斗、陆沉，其实都未曾参加万年之前的那场河畔议事。

　　陆沉头顶莲花冠，肩头站着一只黄雀，与师兄笑嘻嘻道："作为晚辈，不可无礼。"

　　陈平安没有说话，神色有些恍惚。

　　眼前这位手中拎头颅者，身穿白衣，身材高大，面容熟悉，面带笑意，望向陈平安的眼神，异常温柔，但是陈平安反而觉得陌生。

　　而那位身披金色甲胄、面容模糊、融入金光中的女子，带给陈平安的感觉，反而更熟悉。

　　就像一位剑主，身边跟随一位剑侍。陈平安真正认识的，是后者。好像前者只是窃取了后者的姿容相貌，两者又像是修道之人真身与阴神的关系。

　　连心性坚韧如陈平安，一时间都有些不知所措。

　　陈平安只是看了眼白衣女子，便久久望向那个披挂金甲者，好像是在向她询问，到底是怎么回事。

　　而率先开口说话的，却是那位近在眼前又好像远在彼岸的白衣女子，她笑道："不过是出了趟远门，主人就不认识我了？"

　　身披金甲的剑侍，横移两步，与白衣女子重叠为一，然后穿白衣、披金甲的她，随手将那颗头颅丢入光阴长河当中，以至于整条长河都瞬间变成金色。

　　她笑问道："现在呢？"

　　陈平安欲言又止，最终默不作声。实在是不知道该说什么。

　　陆沉看到光阴长河流水泛金这一幕后，轻轻感叹了一句人间福祉，泽被苍生。

　　陆沉转头与余斗笑问道："师兄，我现在学剑还来得及吗？我觉得自己资质还不错。"

　　道老二懒得说话。

　　老秀才破天荒没有捣糨糊，让关门弟子自己去处置这桩复杂至极的因果。

　　剑灵是她，她却不只是剑灵，她要比剑灵更高，因为蕴藉神性更全，不单单身份、境界、杀力那么简单，这其中涉及神性。

　　如果文庙这边的推衍，无太大偏差，那么简单来说，就是她剥离了一部分神性给后来者,同时对后者的记忆进行了删减、篡改,以一种相对孱弱的剑灵姿态,在骊珠洞天里边,沉睡万年,偶尔醒来,看几眼人间。她也会偶尔重返古老天庭遗址。

这有点像斩龙之人与那道士贾晟、车夫白忙的关系,却不完全相同,要更加复杂,纯粹。

杨家药铺的那个老人,作为掌管两座飞升台之一的青童天君,虽然神位不如她高,只是远古十二高位神灵之一,可其实杨老头作为昔年最早成神的人族之一,手握一条天下所有男子地仙的"成神"之路,权柄极大。所以杨老头在家乡药铺,哪怕面对阮秀和李柳这两尊至高神灵的转世,依旧没有给她们半点好脸色,甚至还直接训斥一句:"天庭覆灭,你们罪莫大焉。"

而且远古神灵,也有派别,各有阵营,各司其职,存在各种分歧和大道之争。比如后来的宝瓶洲南岳女子山君,范峻茂,面对恢复一半持剑者姿态的她,就显得极其敬畏,甚至将死在她剑下作为莫大尊荣。而披甲者一脉的诸多神灵遗留,比如赊月、水神一脉的雨四之流,就算对她心存畏惧,却绝不会像范峻茂那般心甘情愿地引颈就戮。

她有一双浓郁金色的眼眸,象征着天地间最为精纯的粹然神性,满脸笑意,打量着陈平安。

对于神灵来说,几十年的光阴,就像凡俗夫子的弹指一挥间,只是浩瀚光阴长河飞快溅起又落下的一朵小浪花。

老秀才看着神色轻松,实则紧张万分。

先前这位神仙姐姐的现身,故意以剑主、剑侍现身,一分为二示人。

不管她的初衷是什么,是想要第一次以持剑者的真实身份,展现给陈平安,还是天外一场大战落幕,她不得已而为之,必须披挂金甲,稳固一部分神性,其实杀机重重。

山下有那虚岁与周岁的区别,按照山上的讲究,"元婴诞生已是人"。而山顶修士的兵解转世一事,关键之处,其实就在于能否凑齐魂魄,恢复前身前世的记忆。

简而言之,修道之人的转世"修真我",其中很大一部分,就是"恢复记忆",以最终决定是谁——到底是前世记忆,覆盖掉今生记忆,继续修行,还是今生之我做主,只是吸纳了前世记忆,重新修心。

比如佛家许多禅子,年幼时都会有那遇像即行礼的本能,或者翻阅某本经书,如目睹旧物。

水神李柳的生而知之,之所以可贵,就在于不存在这种大道冲突,层层叠加,生生世世,相互衔接,都是"一人",只是换了一副副修道皮囊而已。

老秀才起先那番插科打诨,看似叙旧套近乎,其实是想为陈平安赢得一瞬的时机,万一陈平安心神失守,好赶紧调整心态。

陈平安对她的认知,一直是一位无主剑灵。而持剑者也一直有意无意,始终误导陈平安。就像她开了一个无伤大雅的小玩笑。

那么当剑灵的上任主人，莫名其妙出现之后，作为新一任主人的陈平安，会用怎样的心境看待陌生的剑主，以及那位随侍一旁的熟悉剑灵？

老秀才终于松了口气，好像神仙姐姐没生气，反而还有些开心。

这算不算是她的第二次试探了？

第一次是在陈平安剑劈穗山之后，当时与宁姚有关。

这一次，陈平安的本心，选择了那个自己熟悉的剑灵。

她突然一把抱住陈平安。

哪怕陈平安已经不再是少年，身材修长，与她相比，还是矮了不少。

陈平安有些无奈，轻轻拍了拍她的肩头，示意别这样。

老秀才唏嘘不已，不愧是神仙姐姐，豪迈与柔情兼备。

她终于放开陈平安，后退两步，笑眯起眼："在天外这段时日，很是想念主人。"

老秀才抖了抖衣襟，没办法，今天这场河畔议事，自己辈分有点高了。

礼圣蹲下身，掬起一捧呈现出璀璨金色的光阴流水，仔细勘验分量。

礼圣没有开口议事。这万年之后的第二场议事，真正的言语开篇，显得极为闲适有趣，气氛半点也不凝重，因为都是冲着一个货真价实的年轻人去的，实在是太年轻了，四十岁出头，好像不拿来调侃几句，就是暴殄天物，太可惜了。

白泽率先开口，微笑道："陈平安，又见面了。"

早年双方在宝瓶洲大骊边关相逢，在风雪夜栈道。当时陈平安身边跟着一位青衣小童和粉裙女童。一个出身陋巷的草鞋少年，返乡路上，却与精怪融洽相处。

白泽后来看过书简湖那段过往，对这个年纪轻轻的账房先生，当然不陌生。

移风易俗，人心向善，即是补天缺。

这就是齐静春当年赠送给白泽一幅光阴长河图，真正希望他看到的结果。恰恰是竭尽全力，依旧未能得偿所愿，可世道大方向，终究是被逐渐扭转，所以反而更加能够让旁观者动容。

陈平安与白泽作揖行礼。

吴霜降调侃道："外甥狗，吃完就走。"

陈平安置若罔闻。

这位青冥天下的岁除宫宫主，当然按律是道家身份。青冥天下一教独尊，几乎没有给其他学问留有余地，所以要远远比浩然天下的独尊儒术，更加纯粹单一。青冥天下也有一些儒家书院、佛门寺庙，但是地位低微，势力极小，一座宗字头都无，相较于浩然天下并不排斥百家争鸣，是截然不同的两种气象。

吴霜降是毋庸置疑的道官身份，可他的修道根脚，却是兵家修士。

吴霜降,谐音无双将。姓吴,炼化道侣心魔,凭此合道十四境。

夜航船之上,提及岁除宫守岁人白落,吴霜降用了一个"起起落落"的说法,两个"起"字。其实是一语双关,说破了白落的根脚,也一并将自己的真实身份道破了。

浩然武庙十哲,本就有两"起"。只是因为功业有瑕,在陪祀位置上,曾起起落落,可如果只说功业,不谈功德,天下名将前五,双"起"都可以稳稳占据一席之地。

至于吴霜降如何去的青冥天下,又如何从头来过,投身岁除宫,以道门谱牒身份开始修行,估计就又是一本云遮雾绕、玄之又玄的山上老皇历了。

而吴霜降的修道之路,之所以能够如此顺遂,自然是因为吴霜降修道如练兵,熔铸百家之长,好似名将带兵,多多益善。

那位斩龙之人,打趣道:"山主真是好福缘,这都遇得上,还能抓得住,我在小镇那几年的记名供奉,当得不冤。"

骑龙巷,草头铺子。

斩龙如割草芥,一条真龙王朱,对于曾经斩尽真龙的男子而言,不过是一条草龙之首,要斩便斩,要杀便杀。

陈平安抱拳致礼。

老瞎子笑道:"人死卵朝天,不死万万年。看架势,将来再有一场议事,隐官大人还要现身一次?"

东海观道观的老观主,点头道:"争取下次再有类似议事,还能剩下几张老面孔。"

关于祥瑞一事,三教老皇历的最前边几页,曾经记载了两大典故。一个是儒家至圣先师诞生时,曾有麒麟登门,口吐玉书。再就是这位"天下臭牛鼻子老祖师"的老观主,曾经被道祖称为"逢天下将盛,而现世出,遇天下将衰,则隐世去"。

此外,就是那位与西方佛国大有渊源的君倩了,只驱龙蛇不驱蚊。

礼圣好像也不着急开口议事,由着这些修道岁月悠悠的山巅十四境,与那个年轻人——"叙旧"。

吴霜降和余斗,连对视一眼都没有。吴霜降倒是与身边一位青冥天下的女冠,小聊了几句。

青冥天下的十人之列,怎么来的?其实再简单不过——跟那位"真无敌"打过,次数越多,名次越高。

玄都观孙怀中,被视为雷打不动的第五人,就是因为与道老二切磋道法、剑术多次。

而吴霜降身边这位女冠,曾经是青冥天下历史上的第四人。不过她如彗星崛起,又如流星一闪而逝,很快就消失在众人视野。

后世只知道她早年与余斗有过一场同境之争,双方打了个平手。当时余斗刚刚跻身上五境,她亦是。

但是那一场问道,余斗的的确确祭出了那把仙剑道藏。

老秀才与一旁的亚圣轻声问道:"我这关门弟子的长辈缘,如何?善不善?"

亚圣一笑置之。

礼圣缓缓起身,说道:"我与余斗、神清,拦下包括披甲者在内十数位返乡神灵,持剑者剑斩披甲者。"

礼圣,白玉京二掌教,鸡汤老和尚。三人联袂远游天外,拦截以披甲者为首神灵重归旧天庭遗址。

三教圣人,需要阻止这位远古至高神灵之一,与周密会合。

最终披甲者被持剑者斩杀。

虽然高大女子先前手中所拎头颅,以及那副金甲,都早已证明此事,但是从礼圣口中听到这个消息,哪怕议事之人都是道心无垢的山巅十四境,还是难免有些心神摇曳。

"持剑者最近几十年内,暂时无法继续出剑。"礼圣说道,"何况我们也没理由继续劳烦前辈。于情于理,都不合适。"

高大女子摆摆手,示意礼圣不用客气。

她坐在了光阴长河之畔,身上金甲已经消失不见,恢复白衣姿容。不过她身边多出了一把长剑和一把金色剑鞘,被她随手钉入身边地面。

她将双脚伸入河水中,然后抬起头,朝陈平安招招手。

陈平安犹豫了一下,没有刻意保持站姿参与议事,反正自家先生说了,听听就算,于是陈平安就盘腿坐在她身边。无所谓什么礼数不礼数,相信礼圣也不会计较这点繁文缛节。

她指了指那把高出剑鞘的长剑,轻声笑道:"以前是它开口说话,我听着看着,好玩不好玩?"

陈平安翻了个白眼,只是伸手掬起一捧光阴流水。

她笑道:"哟,寻常玉璞境修士,可掬不起这些光阴水。仙人掬水,都要被消磨道行,世间飞升境,则拼了命都要避开光阴长河,主人倒好,一门心思,想要一探究竟。"

以前陈平安走过几次光阴长河,不过都需要小心翼翼绕道,避开"水深处",如今虽然修道小成,但是能够成功掬水在手,还是让他很意外。

陈平安悻悻然收手,主要是一个没忍住,掂量流水分量,再顺便掂量一下,值不值钱。

如果按照以往行事风格,一个不小心也就顺手入袖了。

陈平安小声问道:"受伤很重?"

她说道:"争取不耽误甲子之约就是了。只不过如此一来,也就只能老老实实遵循约定。我必须重返天外,找到几处遗址,浩然已经不适宜炼剑。早知道就不理睬那头绣虎了。"

她指了指远处正在议事的礼圣："披甲者早先与礼圣打过一架,其实受伤不轻,加上披甲者又非要往老地方去,不然没那么好杀。其实这件事,利弊都有,因为披甲者一死,老地方那边,就等于完完全全让出了一个高位。不过某个补上位置的新神灵,金身不稳,暂时是不敢擅自离开那处遗址的,一露面就死,没什么悬念。"

她的言下之意,她对上披甲者,杀是能杀的,就只是不好杀而已。

周密登天,占据古天庭遗址的主位。

火神归位,地位与之并肩,双方并无高下之分。

蛮荒天下的那个雨四,也就是曾经的绯妃主人,虽然顶替了李柳的水神之位,但是相较于前两者,还是远远逊色。何况万年之前,水神就不是火神的对手,万年之后,更是火神馈赠给他一份水神的大道神性。

新任披甲者,是那离真,万年之前剑气长城的剑修观照。

至于新天庭的持剑者,不管是谁补缺,都反而会变成杀力最弱的那个存在。

原本应该是周密相中的斐然,继任持剑者,只是最终周密改变了主意,选择将斐然留在人间,成为蛮荒天下共主。

礼圣所说的这些事情,其实山巅修士都各有猜测,只是今天得到了证实。

其实斐然,宁姚,一位蛮荒天下共主,一位五彩天下的第一人,虽然两者都没有跻身十四境,暂时还是飞升境剑修,但都是有资格参加议事的。

更不谈萧愻,以及那位开辟出古井的拄杖老者,这两位蛮荒天下的十四境大修士。

只不过今天议事内容,不宜牵扯五彩天下,更不会将蛮荒天下拉进来,因为这场河畔议事,本就是针对那座天庭遗址,准确说来,是针对那个登天离去的文海周密,针对那拨崭新天庭的崭新神灵。

陈平安第一次听到"神清"这个名字。

对于鸡汤老和尚,他当然不陌生。学生崔东山那边,有聊过,但是崔东山好像从头到尾,都称呼为鸡汤老和尚,没有谈及"神清"这个佛门法号。

老秀才以心声解释道:"这位得了个鸡汤和尚绰号的老僧,其实法号神清,在佛书上记载不多,因为咱们浩然天下,如今流传的多是南禅各家门户的典籍,再往上的老皇历,比较少。其实这个老和尚,学问了不得。"

老秀才感慨道:"神清和尚,不是浩然本土人氏,之所以落脚浩然多年,是因为神清曾经护送一位僧人返回中土神洲,他和这位僧人一起翻译佛经,而他负责校定文字,勘验疑难。这个神清,擅长《涅槃》《华严》《楞伽》等经,精通十地智度对法等论,精研《四分律》等律书。参加过首次三教争辩,故而又有那'万人之敌''北山统摄三教玄旨,是为法源'等诸多美誉。吵架本事,很厉害的。"

能够被老秀才说一句吵架厉害，足可见神清的佛法高深。

老秀才继续道："最早佛法西来，僧人往往随缘而住，独来独往的头陀行，近似云水生活。僧人自己都来去不定，自然就难授业。直到……双峰弘法，择地开居，营宇立像，打破不出文记、不立文字的传统，同时开创道场，造寺院立佛像，正法住世，接受天下学众。在这期间，神清和尚都是有暗中护持的，再然后，就是……"

说到这里，老秀才突然止住话头。

陈平安其实清楚先生本想说什么，是说那东山法门。

双峰山也名为破头山，距离双峰不过几十里路的凭墓山，也叫……东山。

陈平安年少时，当那窑工学徒，多次跟随姚老头一起入山寻找瓷土，曾经登上披云山，遥遥见到东边有座高山。

东山。

崔东山。

古蜀蛟龙皮囊。佛门八部众。

极有可能，崔东山，或者说崔瀺，一开始就做好了准备，一旦王朱扶不起，无法成为那条世间唯一的真龙，崔东山肯定就会顶替她，成功走渎后，难道最后还会……皈依佛门？

陈平安叹了口气，都是些无法想象的深远谋划，至于真相如何，以后可以问问那个学生。

又比如姚老头，到底是谁？为什么会出现在骊珠洞天？

可能是姚老头言语不多的缘故，所以他每次开口，死活当不成正式徒弟的学徒陈平安，反而记得十分清楚。

陈平安清清楚楚记得一次入山，走在前头的姚老头曾经随口讲过一番言语："脚底下那些最不起眼的泥土，离了地，最后是塑成泥菩萨，吃那香火，还是烧造成瓷器，送进了皇帝家里，或是成了老百姓家里的破瓶烂罐，难逃火烤水浸，都是有其根脚的，各有各命，与人相似……"

当时老人和少年，一起脚踩真珠山，姚老头跺了跺脚，对着当时正在扒土的窑工学徒，说了句："这里土味最全，就是地方小，跟人缩在墙角差不多，伸头就碰头，伸腿也磕脚，老话就是螺蛳壳。"

姚老头还说山中那些不起眼的老树墩子，有可能是山神的座椅，坐不得；说天底下的大山小山，一脉相承，不过有祖孙之分。

真佛只说平常话。

所以哪怕老人是在说些神神道道的事情，哪怕陈平安当时只是个没念过书的陋巷少年，却都能听懂，并且牢牢记住。

后来陈平安之所以会用一颗金精铜钱，果断买下真珠山，除了"一颗钱就能买下一座山头"的财迷心性作祟，姚老头所说的"土味最全"，其实也是一个重要理由。那会儿的草鞋少年，脑子里所想，当然是先买下山头，等挣了更多钱，就再买下一座龙窑，自己当那窑口师傅，或是让刘羡阳帮忙，两人凭手艺烧瓷赚钱，细水长流，自己什么样的大宅子买不起？刘羡阳什么样的媳妇娶不着？

老秀才转移话题，笑道："再后来，就是中土的那场禅分南北了。'法是一宗，人分南北'这句话，大体上还是公允之说。平安，你觉得当时得以佛法广布的契机，是什么？"

陈平安不再分心想那些陈年旧事，用心想了想，答道："法门大启，根机不择。同时提出几大方便、次第。比如其中就有依一行三昧，念佛心即佛。"

老秀才点点头，转头看了眼那个鸡汤老和尚，唏嘘不已："只是岁月悠久杀猪刀啊，不只名将美人不放过，竟是连这么一位得道高僧都没放过。书上记载那个'清貌古奇，晰白光莹'的僧人，粹采多奇，殊姿特茂，绝对是美男子一个，唉，不知怎么就变成了个骨瘦如柴的老和尚。我当年带着你师兄，第一次去拜会神清的时候，见了面，都没敢认。"

陈平安说道："可能是这位佛门老前辈，利济天下瘦法身。"

老秀才抚须而笑："有道理，有道理。"

胖去容易瘦回难，身形是如此，人心更如此。

老和尚突然低头合十："阿弥陀佛，善哉善哉。"

陈平安神色尴尬，转过头，一脸疑惑地望向自己的先生。

老秀才一脸坦诚道："神清和尚，辩才无敌，佛法可不是一般的高深啊，咱们聊什么，估计都被听了去，很正常的。"

陈平安只得硬着头皮站起身，单手竖掌在身前，与那老僧恭敬行礼。神清和尚还了一礼。

那位道门女冠突然有一问："礼圣，都一万年过去了，三教祖师对那座天外遗址，如今到底有无破解之法？"

如果没有，她不觉得这场议事，他们这些十四境，能够合计出个行之有效的法子。如果有，河畔议事的意义何在？

礼圣笑道："我也问过至圣先师，没有给出答案，没说可以，也没说不可以。"

女冠点点头："若是这般，那就是三教祖师依旧觉得为难。没关系，如此一来，事情反而简单了，既然避无可避，那就迎难而上，咱们一起走趟天外，世间事全部交给世人自己闹去，已在山巅、只差一步登天的我们，就去天上往死里干一架。哪怕做不掉周密，好歹保证那座天庭遗址无法扩张分毫。如果人数不够，咱们就各自再喊一拨能打的。"

礼圣笑着摇头："事情没这么简单。"

女冠微微皱眉道："如此不爽利？"

吴霜降突然说道:"那座托月山,既会是陷阱,也会是机会。"

亚圣点点头,显然认可此说。

余斗说道:"如果可行,贫道开路便是。"

神清和尚说道:"贫僧护法一程。"

那位斩龙之人,微笑道:"礼圣,我出剑天外之时,人间这边,可别坏我大道。"

礼圣笑道:"理所当然。"

这就是河畔议事。

白衣女子笑问道:"主人不跟着砍上一剑?"

陈平安疑惑道:"能行?"

她笑着点头道:"递一两剑,问题不大。"

陈平安试探性问道:"如果是剑挑托月山?"

说实话,出剑天外,陈平安没有什么信心,可要是跟那座托月山较劲,他很有想法。

早就想做了。

她站起身,双手拄剑,说道:"愿随主人搬山。"

图书在版编目(CIP)数据

剑来29：座中皆豪杰 / 烽火戏诸侯著. —杭州：
浙江文艺出版社，2022.6
 ISBN 978-7-5339-6817-5

Ⅰ.①剑⋯　Ⅱ.①烽⋯　Ⅲ.①长篇小说—中国—当代
Ⅳ.①I247.5

中国版本图书馆CIP数据核字（2022）第052852号

选题策划　柳明晔
责任编辑　周海鸣
营销编辑　俞姝辰　宋佳音
封面绘图　温十澈
责任印制　张丽敏

剑来29：座中皆豪杰
烽火戏诸侯　著

出版　浙江文艺出版社
地址　杭州市体育场路347号
邮编　310006
电话　0571-85176953（总编办）
　　　0571-85152727（市场部）
制版　浙江新华图文制作有限公司
印刷　杭州杭新印务有限公司
开本　710毫米×1000毫米　1/16
字数　352千字
印张　17.5
插页　2
版次　2022年6月第1版
印次　2022年6月第1次印刷
书号　ISBN 978-7-5339-6817-5
定价　48.00元

版权所有　侵权必究
（如有印装质量问题，影响阅读，请与市场部联系调换）